光尘
LUXOPUS

IF YOU TELL

A True Story of Murder, Family Secrets,
and the Unbreakable Bond of Sisterhood

如果你敢说出去

[美] 格雷格·奥尔森 —— 著

张玫瑰 —— 译

Gregg Olsen

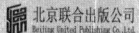
北京联合出版公司

献给妮基、萨米和托莉

作者声明

　　家人之间的共同记忆，如参差不齐的拼块，有些甚至无法完全对得上。我尽量努力按照准确的顺序，将所有记忆碎片拼凑起来，还原一个庞大且复杂的故事。有些叙述包含了人物对话，来源于某些调查档案，以及我走访了两年的回忆访谈。最后，出于隐私考虑，本书并未使用劳拉·沃森真实的娘家姓。

目 录
Contents

1		序章
5	第一部分	**邪恶的萌芽** _ 谢莉
39	第二部分	**夹缝中生存** _ 妮基和萨米
91	第三部分	**母亲的"好姐妹"** _ 凯茜
153	第四部分	**魔鬼的爪牙** _ 戴夫
265	第五部分	**沉默的羔羊** _ 罗恩
327	第六部分	**山穷水复** _ 麦克
409	第七部分	**迟到的真相** _ 肖恩
435		后记
438		致谢
441		跋

序章

三姐妹。

如今皆已成年。

都住在太平洋西北部沿岸地区。

大姐妮基四十岁出头,已成家,育有几个漂亮的孩子,生活在富裕的西雅图郊区,居住在价值数百万美元的豪宅里,家中尽是高档奢华的家具,实木地板光洁透亮。她家的客厅里摆放着许多家庭照,记录着她与丈夫为一家人创造的美好生活,有成功的事业,正直的品行,指引着一家人走在正路上,永不迷途。

然而,只需简单的两个字,就能将她拉回常人无法想象的深渊。

"妈妈。"

每当听到这两个字,她都会不由自主地战栗。这成了一种条件反射,像老鹰的爪子一样划过她的身躯,将她抓得皮开肉绽,血流如注,直至干涸。

看着现在的她,没人能想到她曾经历过什么,又受过多少苦。那段过去,除了直系亲属,再无一人可知。光鲜亮丽的外表,不是她为了掩盖过去而戴上的面具,而是一枚隐形的勇气勋章。过去发生在她身上的一切，不仅让她变得更坚强，也塑造了今天这个了不起的女人。

二姐萨米后来回到故乡生活，那是华盛顿州的一个沿海小镇，也是书中所有故事的发生地。她刚满四十，在当地一所小学教书，头发烫成螺旋卷，幽默风趣，富有感染力。幽默是她的铠甲，一直都是。和姐姐一样，她也生了几个可爱的小孩，聪明、爱冒险、惹人疼爱，是所有母亲梦寐以求的小天使。

每天早晨，在帮孩子打点好东西，送他们去学校之前，萨米习惯先洗一个澡，总是不等水热了就进去，任由冰冷的水刺痛身体。她和姐姐一样，至今仍活在过去的阴影下，那些她无法摆脱的过去，那些她无法忘却的过去。

小妹托莉未满三十，金发碧眼，恣意随性，才华横溢，和两个姐姐一样，出落得美丽动人。她住的地方更远些，在俄勒冈州中部，但她不曾断了与姐姐的联系。逆境和勇气形成了强大的纽带，将三姐妹紧紧地凝聚在一起，谁也拆散不了。她年纪轻轻就在一家大酒店上班，负责打理社交媒体，小日子过得有声有色。她平时发的帖文，不管是关于工作的，还是关于生活的，总能让人不禁莞尔，甚至大笑。

当然，能有今天的成就，她全靠自己，但她也坦言，倘若没有姐姐，她不可能有今天。

每次去杂货店买东西，只要一走到清洁用品专区的过道上，目光一落到漂白消毒水的货柜上，她就会立马转身离去，几乎可以说是落荒而逃。她见不得漂白水，更闻不得它的味道。和姐姐一样，一些不起眼的小东西——胶布、止痛药、除草机的声音，常常会猝不及防地将她拉回过去，再次经历母亲曾做过的那些事，那些她们曾发誓要永远深埋心底的秘密。

　　她们都曾长期遭受母亲的虐待。这段共同的过去，将她们紧紧地联结在一起。虽然同母异父，但是她们比同父同母的姐妹还要亲，是一辈子不离不弃的姐妹。这份姐妹情深犹如浮木，是她们母亲唯一无法夺走的东西，也是支撑她们活下去的力量。

第一部分
邪恶的萌芽

谢莉

一

有的城镇建立在鲜血染红的土地之上，建立在背叛之上。战地镇就是这么一个地方。它位于华盛顿州，毗邻俄勒冈州边界，西南边是温哥华镇，两地相距十二英里①。它之所以叫"战地"，是因为在这片土地上，克利基塔特人曾与美国军队对峙，僵持不下。克利基塔特人是这里的原住民，他们原本逃离了美国人划定的营地②，后来打算向美国人投降，然而就在和谈过程中，不知哪里来的一声枪响，打死了酋长乌姆图奇。

战地也是米歇尔·琳·沃森·里瓦多·隆·克诺特克③的家乡。该地最为人所知的，是一场血腥的冲突，一个虚假的承诺，倒也名副其实。

后来证明，米歇尔——也就是谢莉——的人生大抵亦是如此。

对于 20 世纪 50 年代生活在这片土地上的人来说，战地是一

---

① 英制长度单位，1 英里约为 1.61 公里。——如无特殊说明，本书脚注均为译者注
② 指美国政府划定并强迫原住民居住的狭小区域。
③ 米歇尔·琳·沃森·里瓦多·隆·克诺特克（Michelle Lynn Watson Rivardo Long Knotek），简称"米歇尔·克诺特克"，昵称"谢莉"（Shelly），娘家姓"沃森"（Watson），中间名取自历任前夫与男友的姓氏，"克诺特克"为最后一任丈夫（戴夫·克诺特克）的姓。

个典型的美国小城，有不错的学校，有相互照拂的邻居，有自己的保龄球联赛，每周五、周六晚上都有比赛。家家户户安居乐业，男主人努力工作买新车，让全家人住上好房子，女主人大多在家带小孩，有的后来重返职场，或去克拉克学院念书，追逐被旧传统和婚姻耽误的梦想。

要说战地有什么万人迷的话，谢莉的父亲或许算得上一个。

她的父亲叫莱斯·沃森，身高近一米九，肩宽背厚，在战地高中念书时，曾是学校里的田径和橄榄球明星，长大后也是个风云人物，在镇上无人不知，无人不晓。他机智灵敏，文质彬彬，能说会道，爱跟人漫天胡侃，长得一表人才，镇上的姑娘都觉得他是个好对象。他跟母亲合开了两家疗养院，自己还单独开了一家保龄球馆，名叫"老虎保龄球馆"，内有十条球道，外加一个小吃吧，可坐十二人。

1958年，劳拉·斯托林斯[1]来到这家保龄球馆打工。那时，她刚从温哥华堡高中毕业，在店里卖汉堡，攒钱上大学。她有一双明亮的蓝眼睛，一头金色的鬈发扎成高高的马尾，每当她快步走向要点菜的客人时，脑后的马尾总会跟着一晃一晃的。她无疑是美丽的，还很聪慧，但是未来的她将会感慨，自己当时是一时糊涂，才会答应跟莱斯约会，甚至结婚。

结婚那年，她未满十八岁，莱斯谎称只大她四岁，实际上大了十岁。

"我被他所拥有的一切给迷惑了，"多年以后，回想起当时的决定时，劳拉悔不当初，"我完全迷了心窍，以为他是多么好的

---

[1] Lara Stallings，此处所用姓氏为化名，非劳拉真实的娘家姓。

男人,但他根本不是。"

1960年,劳拉扎着和《群鸟》①女主人公米兰妮一样的法式麻花辫,回到温哥华的家乡,与莱斯举行了一场民间婚礼②。出席婚礼的只有劳拉的家人,尽管一直反对这桩婚事,但她的父母最终还是露面了。莱斯则找了一个冠冕堂皇的理由,不邀请他的父母过来。第二天,她便从云端跌回现实。

对于即将发生的事,她的父母早已隐约预料到了。

第二天一大早,电话响了,劳拉接了起来。电话那头是莱斯的前妻,从加州打来的。

"你们到底什么时候才来接这几个死小孩?"莎伦·托德·沃森在电话里头啐道。

"什么?"劳拉完全听不懂电话里的女人在说什么。

莱斯和莎伦有三个孩子——谢莉、查克、保罗。莱斯私下答应了莎伦孩子由他来抚养,可他从未向劳拉提过此事。莱斯总是刻意遗漏重要的细节,假装一时没想到,忘了说。他经常这么干,劳拉知道他一辈子也不会改的。这时,她才明白,父母的担心是对的。

结束早晨的电话后,莱斯才向劳拉交代,他的前妻莎伦有抑郁症,而且还酗酒,照顾不了孩子。面对丈夫的请求,劳拉深吸一口气,答应了。除了答应,又能怎么办呢?那是她丈夫的孩子。她知道,未来自己得打起十二万分精神来才行。

事实证明,这是一个不小的请求。孩子刚搬来时还很小,谢

---

① 《群鸟》(*The Birds*),希区柯克经典电影之一,讲述了富家女米兰妮来到律师位于小镇的家中,却遭遇了鸟群的攻击,小镇的一切也因此而改变。
② 指无宗教仪式的世俗婚礼。

莉六岁,查克三岁。劳拉担起了继母的责任,亲自照顾两个大的,最小的那个还是婴儿,暂时留在莎伦身边,由她抚养。谢莉是个漂亮的小女孩,留着一头红褐色的鬈发,眼睛大大的,睫毛很浓密。不过,劳拉注意到,谢莉和弟弟的相处方式很奇怪,两人之间总是谢莉在说话,查克一声不吭,如同姐姐控制的傀儡。

渐渐地,谢莉适应了新环境,开始动不动发牢骚,口出恶言。

"她天天说恨我。"劳拉回忆道,"我没开玩笑,她真的天天这么说。"

* * *

1960年秋天,莎伦将最大的两个孩子送去莱斯家后,便回家乡加州的阿拉米达县去了,从此消失在两个孩子的世界里,不曾来过电话,不曾寄过生日贺卡,也不曾在圣诞节捎来问候,仿佛她这个人不曾存在过。无论有何苦衷,这样对孩子不闻不问的,总归说不过去。后来,劳拉也曾想过,莎伦的这种作风,会不会早就有迹可循——早在她和莱斯离婚甚至结婚之前。

"莎伦来自一个非常不正常的家庭,"后来,劳拉听说了莱斯前妻的身世,"她的母亲改嫁了六七次,只生了她这么一个孩子,听说本来是一对双胞胎,另一个一出生就夭折了。这是我从别人那里听来的,不知道是不是真的。"

虽然不清楚是什么害她沦落至此,但是明眼人都看得出来,她身上有太多问题,将她拉入无底深渊的,何止酗酒这一条。她过着危险堕落的生活,有亲戚甚至怀疑,她可能在外头卖淫。

最后,不幸发生了。1967年春天,沃森夫妇在战地的家中接到了洛杉矶县警察局的电话。一位负责侦办凶杀案的警探称,莎伦死在了一个又脏又破的汽车旅馆房间内,法医需要有人去辨认尸体,顺便接走她年幼的儿子保罗。

保罗有一大堆行为问题,这点莱斯是知道的,因此他不想去接,可是劳拉坚持要他去,觉得把孩子接过来才是对的。莱斯拗不过妻子,不情不愿地去了加州,辨认完莎伦的尸体,便将保罗接了回来。

回来后,莱斯将他从警察和法医那里了解到的情况告诉了妻子。

"她跟一个印第安人在一起,两人居无定所,"莱斯告诉妻子,"都爱酗酒,住在贫民街①上,她是被活活打死的。"

后来,莎伦的骨灰寄回了华盛顿州,但她的母亲拒绝签收。没人为她办追悼会。这样的结局很凄凉,但也符合她的人生。在一本破旧的家庭相册中,莎伦的照片寥寥无几,而且几乎没有一张是笑着的。她的消沉与阴郁,永远地封存在了黑白遗照上。

得知母亲的遭遇时,十三岁的谢莉无动于衷,几乎毫无反应。在劳拉看来,这很反常,仿佛莎伦于她而言,是一个毫不相干的陌生人。

"她不曾问起自己的母亲。一次也没有。"劳拉回忆道。

---

① 洛杉矶市中心一个流浪汉集中的街区,称为"Skid Row"。

二

自从到了战地镇,沃森家最小的小孩,也就是保罗,便把家里搞得鸡飞狗跳的。他急躁冲动,毫无自制力,完全不懂如何与人相处,吃晚饭的时候,甚至不晓得怎么坐好。刚来这个家的头两天,劳拉就撞见他爬到厨房的台子上,翻箱倒柜地找吃的,看到不合意的便往外扔。

"保罗太野了,"劳拉直白地说,"像一头野兽,身上还藏着一把弹簧刀。真的,我没有开玩笑,他真的随身带着它。"

劳拉尽力而为,但是打从一开始她就知道,这孩子她管教不来。莱斯有生意要忙,没多少时间陪孩子,这点她不曾过多苛责。这三个孩子,一个是任性的谢莉,一个是沉默的查克,一个是野蛮的保罗,都不好管教。身为他们的继母,她尽心尽力,掏心掏肺。这时的查克依旧孤僻得很,总是孤零零的一个人,除非谢莉唆使他说什么,否则他一句话也不会说。20世纪60年代,很少有人谈论家暴,但是那会儿就有认识查克生母的人猜测,这孩子不肯说话,可能是家暴的后遗症。

"有一次,隔壁邻居告诉我,他们看到查克房间的窗户开着,而他就站在房间里哭泣。"劳拉说,"他经常这样,一个人躲在房间里哭。"

不过，两兄弟再难管教，也比不过谢莉。

一到周末，沃森夫妇总会充分利用难得的家庭时间，努力屏蔽外界的打扰，将所有精力放在孩子身上。这时，除了前妻留下的三个孩子，莱斯还和劳拉生了一双儿女，一大家子经常夏天去俄勒冈州或华盛顿州的海边划船，冬天去胡德山①滑雪。这样的生活本该是幸福美好的，却因谢莉变了调。

她爱发火，爱挑事，会毫不客气地拒绝跟家人出去玩。不管做什么，只要不是她想做的，那就绝对成不了。一有不如意的地方，狡猾如她总能找到方法，叫大家按她的想法走，而她得逞的方法，基本离不开撒谎，编的理由很空洞，通常还很可笑。比如，她不想做作业，就会抱怨说自己好不容易写完了作业，却让最小的弟弟或妹妹给撕毁了。一旦这招失灵，她干脆不装了，连学都不去上了。

"为了让她早晨轻松一点儿，什么方法我都试过了，"劳拉回忆道，"前一天晚上，我会把她要穿的衣服拿出来放好，这样她就不会到了要出门的那一刻，还在纠结该穿什么去学校。我会把麦片和水果弄好，摆在餐桌上，她一来就能吃。只要能让她早晨顺利一点儿去上学，所有方法我都试遍了，但都不管用。只要谢莉不想做，你再怎么努力，她都不为所动。"

每天早晨，要去上学的谢莉总是阴沉沉的，而且经常火气很大。不过，只要能成功将她送出家门，早晨的硬仗就算是打完了。

至少当时的劳拉是这么想的。

---

① 胡德山（Mount Hood），俄勒冈州最高峰，海拔 3425 米。

"有一次，我接到一通电话，是标准石油公司的加油站打来的，跟学校在同一条马路上。店里的人说：'真没见过这么离谱的事！我们最近经常看到这个小姑娘进进出出的，借用店里的洗手间，带了一套衣服进来又出去。'他们接着说，'离开时穿着另一套衣服，牛仔的。她在我们这儿放的衣服都快堆成山了！'"

劳拉钻进车里，朝加油站驶去。到了那里后，眼前的景象令她大为吃惊。

谢莉果真藏了好多衣服在那里。"是她的裙子，她不想穿去学校的那些，大概有四五件吧，全新的，很漂亮。"

一直以来，劳拉都不曾放弃寻找将继女拉回正轨的方法，但是这场关于衣服的闹剧，成了一场无法化解的僵局，反映出了两人之间的不和，而且只是冰山一角。等谢莉大了一点儿，劳拉开始送她去学舞蹈，但是有一半的时间，她都拒绝踏入舞蹈房，连舞蹈表演也不去。

"到了她那里，任何一点儿小事，都能小题大做。没事也能让她整出事来。不管做什么，不管去哪里，她总是一脸愤愤然。不管你做什么，包括对她好，送她礼物，都能惹到她。我会问，你在气什么？她从不回答。但是，透过她的肢体，我能看得出来，她嫌我们做得不够好。怎么做都不够。什么都不能让她满意。"

一开始，谢莉只是爱发火，不知足，不感恩。日子久了之后，她开始变得阴暗起来，报复心越来越重。她特别恨弟弟妹妹，只要他们多分走父母的关心一分，她就会觉得父母多亏欠她一分。若是得不到补偿，她就会实施报复，报复的手段很残忍，有时甚至构成了虐待。她会说家人的坏话，偷家里的钱，甚至疑似在家中放过火。

多年以后，回想起谢莉童年的报复行为，劳拉深吸了一口气，说："她曾剁碎玻璃，将玻璃碴儿放进（弟弟妹妹的）鞋靴里。什么样的人干得出这样的事来？"

这样的人，不必舍近求远去找，沃森家就有一个。

这个人就是谢莉的奶奶——安娜。

三

　　一见到婆婆安娜，劳拉就背脊发凉，肌肉发紧，害怕她那如鲨鱼般凶恶的目光会落到自己身上。两人擦身而过时，劳拉会忍不住战栗，同时如释重负——直到她走开，劳拉才敢大口地喘息。每次面对令人生畏的安娜，劳拉总有芒刺在背的感觉，至少她是这样的。

　　安娜出生于北达科他州的法戈县，十几岁时搬到克拉克县[①]，长得魁梧强壮，肩头浑圆，肌肉结实，颈部肌腱轮廓鲜明，沿着脖颈往下绵延，没入蓝色衬衣的领口。她体重超过113公斤，走路时，左脚习惯拖地，发出拖沓的响声。一听到那脚步声，别人就知道她来了，或走了。她的自负和体重成正比，任何事情，她永远是对的，没人敢忤逆她，莱斯不敢，他那年轻的小媳妇更不敢。沃森家开了两家疗养院，其中一家由安娜掌管。在那里，什么都得听她的，这是毋庸置疑的。回想起安娜的作风，大家经常不约而同地提到两个字——"铁腕"。

　　乔治·沃森是安娜的丈夫，夫妻俩性格截然相反。他善良、

[①] 克拉克县（Clark County），美国内华达州南部的一个县。

体贴，人缘好，对妻子百依百顺，长得没妻子壮，也没妻子高，比她还矮了十厘米。劳拉回忆说，二十多年来，乔治一直睡在屋外，就在厨房后门外头的小棚子里，还不到六平方米大。安娜只准他睡棚子，所以他不曾进屋睡过。

莱斯和劳拉结婚前不久，两个女人离开了塔科马[①]附近的西部州立医院，来到战地镇，进入安娜的疗养院工作。两人有名有姓，一个叫玛丽，一个叫珀莉，但是劳拉只听到过安娜喊两人"傻子"。她颐指气使地命令两人做这做那，活像一个暴戾的女王使唤不受待见的奴婢。疗养院工作繁多，总有干不完的活，什么重活脏活她们都干过。

在劳拉看来，两个女员工几乎成了安娜的奴隶。在家里，安娜将她们当帮佣使唤，要她们为自己洗碗、打扫、拖地。只要她一声令下，两人不管在做什么，都得立马停下，跑去给她洗脚梳头。要是动作慢了一点儿，安娜就会拳打脚踢，或扯她们的头发。

有一天，劳拉去安娜家接谢莉，发现玛丽心神不宁的。珀莉的头发湿漉漉的，用毛巾裹着。劳拉问玛丽怎么了，玛丽说安娜带着谢莉，气冲冲地跑了出去。不知道什么事惹到了她，她突然大发雷霆，将珀莉的头按进马桶里，一遍又一遍地冲。

劳拉吓了一大跳，她这辈子从未听说过这么骇人的事。

"她为什么要那么做？"劳拉问玛丽。

"她一生气就那样。"玛丽说。

后来，回想起这一幕时，劳拉说："她们一直很怕安娜。"

[①] 塔科马（Tacoma），美国华盛顿州西部港口城市，位于普吉特湾南端，该州第三大城市。

每个人都怕她。

每个人都怕，谢莉是个例外。

莱斯与前妻的孩子刚搬来战地没多久，劳拉就开始在丈夫的疗养院办公室里上班。她一直很想上大学，没想到这么快就成了继母，人生计划全被打乱了。谢莉的学校离安娜的疗养院很近，她放学后经常去奶奶家玩，而不是立马坐车回家。放学后，只要谢莉一直不见人影，劳拉就会打电话给婆婆，问谢莉在不在她那儿。这时，安娜会愤愤不平地说，她的孙女没爹疼，没妈管，只有来奶奶这儿，才能吃上一顿像样的饭菜，洗上一个干净的澡。

"安娜，你不用帮她洗头的。"

"她的头发脏兮兮的。你洗的方法不对。"

安娜总觉得自己更懂怎么做才是对谢莉最好的。

事实上，她对每个人都这样，以为自己最懂。

劳拉欲言又止。跟安娜相处久了，劳拉逐渐学会了隐忍，多说无益。

还有一次，劳拉来接谢莉回家，却看到她那头漂亮的红头发被剪得乱七八糟的。安娜就站在边上，手里拿着一把剪刀，嘴角挂着刻薄的笑。

劳拉吓了一跳。"这是怎么了？"

安娜厉声说："你连孩子的头发都梳不好，我干脆替你剪了省事！"

她剪得又乱又急，看上去惨不忍睹，谢莉整个人都蔫蔫的。

"她的头发很浓密，"劳拉心里清楚，谢莉肯定会将她奶奶干的事，全怪到她这个继母头上，但她坚称，"我每天都有给她梳头。"她瞥了一眼谢莉，每次梳子一靠近，她都会尖叫。

安娜一脸轻蔑地转身走了,拖着那条不太灵光的腿,在光亮的木地板上跩拉着。

这下子,她应该满意了。

把别人弄得不痛快,她就痛快了。

早在那时,劳拉就看出了苗头。谢莉总喜欢找奶奶,两人几乎形影不离。在奶奶的人生中,谢莉主要扮演的是门徒,偶尔是受害者。她是奶奶最爱的孙女,是她的影子,她的模仿者。奶奶的一举一动,她都看在眼里,记在心里。

日后,谢莉将会让所有人看到,她的模仿功力有多强。

四

谢莉第一次真正打击到家人,是在她快满十五岁的时候,而且一声不响地就来这么一下,让人措手不及。在挑起家庭矛盾的过程中,她学会了突袭的战术,想重挫家人,这招是最有效的。

1969年3月,某天放学后,谢莉迟迟没有回来。以前,她也经常拖到很晚才着家,但是这次不一样。这次更晚了,已经过了她平时到家的点,却依然不见人影。劳拉站在打扫得一尘不染的厨房里,盯着墙壁上的时钟,不时用指尖轻轻地敲着桌面。

谢莉,你在哪里?

你想干什么?

和谁在一起?

劳拉越等心越急,便打了一通电话到校长办公室去,却听到了一个让自己差点儿背过气去的消息。谢莉到现在还没回来,是因为她被送到了温哥华的少管所。还差一个月就满十五岁的谢莉告诉辅导员,家里发生了一些她无法承受的事。

"你在说什么?"劳拉追问校方的人,请求对方告知细节,"究竟是什么事,你总得告诉我吧。"

"我真的不方便多说什么。"电话那头的女人语气冷冰冰的,这让劳拉心里更慌了。

挂断电话后,劳拉立马联系了正在疗养院工作的丈夫,叫他赶紧回家。"现在就回来,谢莉出事了。"她直截了当地说。

两人心急如焚地给少管所打了一个电话,接着往少管所赶去,迫切地想知道那天下午谢莉在学校里到底怎么了。

后来,劳拉一边低头看着谢莉小时候的照片,一边回忆:"大家什么也不肯告诉我们。"照片上的她十几岁,一头红发垂在两颊,鼻梁上缀着点点雀斑,一双蓝眼睛镶了一圈浓密的睫毛,犹如海葵随波摇曳的触手。谢莉的美毋庸置疑,可是在劳拉眼里,她的美就跟龙葵果一样,看似美味,实则险毒。

无辜。甜美。却是面具。

劳拉心急如焚。

"我甚至打电话到校长家,可他同样什么也不肯透露。我在心里想,谢莉有可能是偷人家东西了。她以前也常偷我的东西,私自拿走我皮夹子里的钱。我猜,她可能是偷了某个同学的钱包之类的东西。她到底犯了什么事,我真的完全不知情。"

她只知道,一定是特别严重的事,才会让人这么无力,这么揪心。

到了温哥华的少管所后,夫妻俩请求与女儿立即见面,却被所长拒绝了。

"她还在接受调查。"对方说。

"什么调查?"莱斯问。

"她指控你强暴她。"一脸威严的所长说。

莱斯难以置信地瞪大了眼,眼珠子都要蹦出来了。他后退了一步,脸涨得通红。

"我的天！"他大声说，"她为什么要说那样的话？"

劳拉只觉得恶心，这是她这辈子听到过的最令人恶心的指控。虽然早就知道谢莉说谎成性，但是这次的谎言实在太过分了，别说她的亲生父亲，就连她这个继母听了都受不了。莱斯或许有做得不好的地方，别人想给他扣什么帽子都行，但是"强奸犯"这顶帽子绝对不行。

"孩子可能不知道自己在说什么。"劳拉走到丈夫身边，出言安慰。

"我们现在必须见一见她。"莱斯坚持要见女儿。

"不行，"所长严厉地说，"我们正在调查一起罪案，你们不能见面。"

莱斯只好退而求其次："我们马上打电话给我们的医生，要求他给孩子做体检。"

他们的家庭医生叫保罗·特纳，他让谢莉去温哥华的圣约瑟夫医院，沃森夫妇则先回战地去。

那天晚上，劳拉走进继女的房间。为什么进去她不知道，也许只是想试试看，能不能找到一个答案，或者一些蛛丝马迹吧。谢莉的房间一如既往地乱，到处都是衣服、纸团、没洗过的餐碟、字迹潦草的笔记本——她觉得自己是诗人，整天在本子上写写画画。劳拉翻了翻杂乱的物品，什么线索也没找到。过了一会儿，她搜到了床边，想看看能不能找到什么。她弯着腰，手探入床垫底下，在床垫与床箱之间摸索。突然，指尖碰到了一本杂志的边，她用力一抽，抽了出来。

劳拉屏住了呼吸。

那是一本书角都卷起来了的旧杂志，名叫《真实忏悔》(*True*

Confessions）。

杂志封面上印着一行加粗的大字——"十五岁那年父亲强暴了我！"

劳拉感到气血上涌。谢莉对父亲的指控，跟杂志封面上写的如出一辙。这世上真有这么巧的事？

"看这个。"她将找到的东西递给莱斯。

莱斯看了，猛地一阵恶心，难以置信地摇了摇头。女儿的指控令他大受打击，但是她的行为更令人揪心。

"她是不是有什么毛病？"他问。

劳拉不知道。她这辈子不曾听说过，有谁会编出这种足以毁掉一个人的谎言。她想不通，这么做的意义是什么。第二天早晨，特纳医生抵达医院，准备给谢莉做体检。劳拉挥了挥手中的杂志，说："全是她捏造的。"

在沃森夫妇看来，这本杂志证明什么都没有发生过，谢莉说的那件惊世骇俗的事，只不过是她从杂志上得到的灵感。谢莉经常使性子，搞破坏，离经叛道，时不时整些小幺蛾子，但是这次并没有这么简单。沃森夫妇已经忍无可忍。他们得为两人自己的孩子着想。另外，莱斯是做生意的，还担任商会主席，万一谢莉的谎言传了出去，哪怕只传出去一点点，也足以毁了他的事业。

"这真的太恶劣了，劳拉。"在谢莉的病房外等候时，莱斯说。

"这就是谢莉，"劳拉叹了口气，"她向来如此。"

过了一会儿，特纳医生带着体检结果出来了。

"这个女孩毫发无损，"他说，"找不到一块瘀青。什么伤口也没有。连碰都没被人碰过。"

当天夜里，谢莉就被释放了，但是有一个条件。

"你女儿需要接受严格的心理辅导,"劳拉说少管所所长告诉他们,"她需要看心理医生。"

* * *

遗憾的是,一轮又一轮的家庭治疗①,包括与心理医生的一对一谈话,皆以失败告终。谢莉始终不认为自己有问题,也不觉得自己需要改正什么。即使将事实摆在她面前,她也依旧不为所动,始终坚持自己一点儿错也没有,从头到尾都没有。20世纪60年代末至70年代,除了沃森夫妇,鲜少有人懂得这么一个道理:当一个人有问题,却又不觉得自己需要帮助时,谁也帮不了她。事实上,谢莉始终没有承认,被父亲强暴一事,完全是她瞎编的。她似乎意识不到,自己对父亲做的事有多恶劣。

相反,她似乎很得意,得意自己朝家里扔了一颗手榴弹,成功获得了她想要的关注。

谢莉想回战地高中,但是校方拒绝了。

校长说:"回来的路被你自己给断了。"谢莉坐在校长办公室里,两眼空空的。莱斯和劳拉坐在边上,默默地看着这一切。"我们不希望你回来上课,也不想再有更多麻烦。"

听到这句话,沃森夫妇差点儿崩溃。谢莉才十五岁,不能不上学。附近的塔科马市有一所高中——安妮怀特中学,寄宿制的,名气大,学费贵。劳拉立马联系了那里,同样碰壁了。

"他们做了背景调查,"劳拉后来回忆说,"然后断然拒绝了。"

---

① 指以家庭为对象实施的团体心理治疗模式。

沃森夫妇收入不错，只要能让谢莉离开战地，有地方上学，不管付多少钱，他们都愿意。最终，在华盛顿州的胡兹波特市，他们找到了学校，将谢莉转了过去，寄宿在劳拉父母家。很快，两个老人家就学会了跟谢莉的相处之道，整天小心翼翼的。没人愿意激怒她，也没人猜得透，她会做什么。她阴晴不定，反复无常，时不时披着关心的外衣，掩饰骨子里的刻薄。比如，有时她会自告奋勇帮外婆（劳拉的母亲）洗碗，最后却将完全没洗过的餐具、盘子、锅碗瓢盆扔进垃圾桶里。心情好的时候，她会用布将盘子擦"干净"，而不是用洗的。

谢莉说自己喜欢小孩，想帮邻居看孩子，还伪装得很纯良，说自己可喜欢照顾小孩了，喜欢到愿意免费帮人看孩子。她似乎很享受被人当成一个有爱心的女孩，一个喜欢付出的女孩。没过多久，她的伪装就破功了。有一次，邻居家的大人夜里外出，请谢莉帮忙照看孩子，隔天回到家里，发现孩子外套没脱，就躺在床上睡了。孩子还说，谢莉搬来沉重的家具，将他们堵在房间里。

在劳拉父母家才住了几个星期，谢莉就开始对两个老人下手。

"我父母跟所有孙辈都处得很好，从来没有闹过矛盾，"谢莉回到战地多年后，劳拉回想起当时的情形，"后来我才发现，那个学期终于结束时，可以将谢莉送回去了，我父母有多开心。"

谢莉还曾控诉外公（劳拉的父亲）想侵犯她。"有人告诉我，谢莉对邻居说，她外公在骚扰她，对方立马联系了我母亲。"劳拉百思不得其解，"我不明白，为什么谢莉总想毁掉别人的生活。"

五

有时，电话铃声响了，劳拉得鼓起勇气，才敢去接，因为她害怕听到谢莉又做了什么，再次考验她想将这个家带回正轨的决心。劳拉是个能干的女人，善于跟人打交道，乐观开朗。然而，这段婚姻令她不堪重负，即使少了谢莉，负担也还是很重。家族的生意需要有人时刻操心，莱斯愿意挑起这个大梁，这也是他最擅长的。家里有五个小孩，两个是劳拉和莱斯生的，三个是莱斯前妻留下的，全靠劳拉一人照顾，忙得她应接不暇，仿佛深陷在流沙里。大一点儿的孩子天天在家搞破坏，虽然没有谢莉那么严重，但也让人疲于应对。查克大部分时间都很安静，甚至胆怯。有时，劳拉会将查克抱到大腿上，读故事给他听，他假装跟着她念。每当他试图开口说话，劳拉都会陪在他身边，努力回应配合。对他来说，上学很吃力。另一个孩子保罗总爱撒谎，和她姐姐一个德行。谢莉喜欢操纵保罗，保罗也有样学样，跑去操纵查克。几个孩子仿佛自成一个帮派，唯谢莉马首是瞻。

她就像一只蜂后。

刚愎自用。

和她奶奶安娜一个脾性。

有的人擅长制造混乱，破坏自己和别人的生活，谢莉就是这方面的高手。被学校劝退之后，大伙儿心知肚明，战地的学校她是回不去了，也不可能回到以前的同学堆里，这对大家都没有好处。那年夏天，劳拉有一半的时间都在联系外地的学校，希望秋季学期能有学校愿意接收她，但是全都被拒绝了。就在她一筹莫展之际，俄勒冈州比佛顿市的山谷圣玛丽中学①给出了肯定的答复。该校位于战地南边，开车四十分钟就到了，也许距离不如劳拉期望的那么远，但是在她为数不多的选项里，这已经是最好的了。

后来，劳拉坦言，她当时确实刻意不去想，谢莉到了寄宿学校之后，会给那里的人带去什么麻烦，因为她太想将这块烫手山芋送出去了。那里的修女很严厉，她心存侥幸地想，她们应该能够一眼看穿谢莉最明显的操纵行为，并制止她。

几周后，修女们开始打电话过来，问他们能不能周末将谢莉带走。

"周五晚上，我们会去接她，带她去山上住，去滑雪。老实说，这么做并不轻松，但我还是坚持了下来。每到周末，我都得咬紧牙关撑下去。没有她在，日子风平浪静，就连她那两个问题不小的弟弟也会更乖些。"

似乎别人付出得越多，谢莉就越求索无厌，一旦得不到想要的，就大发脾气。

"第二年，她们就不想让谢莉再回去了，"劳拉说，"她们告诉我，谢莉有不良行为。"

---

① 一所天主教学校。

那些行为并不陌生。

学校的修女说,谢莉经常三更半夜尖叫着醒来。她偷走并撕毁女同学的作业,还被抓到偷其他女生的东西,甚至重拾以前最喜欢的"游击"战术:偷偷地往同学鞋子里放玻璃碴儿。

到了学年末,山谷圣玛丽中学的管理人员告诉沃森夫妇,谢莉下学期不用回来了。

"只要能让她留下来,不管付出什么代价,我们都愿意,"劳拉说,"但是没用,她们很坚决。"

那年夏天,回到战地的那段日子里,谢莉采取了"焦土"战术,不加区别地狂轰滥炸所有人,弄得整个家千疮百孔。她整天对继母恶语相向,说自己有多恨她,要她找个地洞钻进去,别出来丢人现眼。劳拉厌倦了忍耐,有好几次都反击了回去,让继女知道她自己也不是什么好东西。

"你到底有什么问题?"劳拉问,"不管怎么对你,你都不开心,也不感激。"

没错,她完全没有必要从丈夫身上找原因。谢莉想要什么,莱斯都会给她。哪怕她对他做了那么过分的事,坏了他的名声,他也依旧待她如公主。

尊贵的谢莉公主在战地待不下去了。

* * *

有些不知情的好心人曾向这家人伸出援手,莱斯的姐姐凯蒂正是其中一个。谢莉总有办法博得同情,让别人站在她那边,与全世界为敌——她的母亲被人杀害了,她的父亲是个虐待儿童的伪君子，她的继母是个恶毒的后妈。谢莉曾向姑姑哭诉家人对她有多坏，尤其是劳拉。听了这番话，凯蒂主动提出让谢莉暑假去找她。

劳拉无意中听到了两人的部分对话。谢莉从不掩饰自己的喜怒哀乐，电话刻意讲得很大声，准保每个人都听得见。

"她在电话里对凯蒂说，我有多坏，多刻薄，多恶毒，"劳拉回忆道，"说我从不给她买东西，什么都不给她，还天天辱骂她。"

谢莉的苦肉计很成功。

沃森夫妇有一辆皮卡和一辆露营车。那个夏天，他们打算去迪士尼乐园玩。全家人的行李都打包好了，他们准备送谢莉上飞机，让她去姑姑家，其他人在没有谢莉的情况下，享受一场美好的旅行。

几周后，凯蒂打来电话，说谢莉将一切都告诉她了。凯蒂的先生叫弗兰克，是一名采矿工程师，一家煤炭公司的总裁。两人决定，要让这个"可怜的女孩"留在东海岸[①]，下一学年住姑姑家。

劳拉简直不敢相信，天上真的会掉馅儿饼。她知道，关于家里的情况，谢莉肯定说谎了，不过结果正合她意。

"天哪！"当时，她激动得暗自庆幸，"上帝真的显灵了！"

在高中阶段，谢莉转过几次校，住过几个亲戚家，东海岸是最后一站。

那两年，谢莉寄宿在亲戚家，给亲戚带去不少麻烦。说起这段过往，劳拉只感叹"很糟糕"。在她看来，"谢莉给凯蒂和弗兰

[①] 一般指美国东部沿海地区。

克造成了很深的裂痕，导致两人最终离婚了"。

面对如此戏剧性的变故，谢莉似乎一点儿也不在意，很快就翻篇了。还不到十八岁，她就遇到了未来的丈夫。

六

当一个男人遇到一个女人，一个让自己心甘情愿变成陀螺，忍不住围着她疯狂地转，并深深沦陷的女人时，每个男人都懂，这就是心动的时刻。兰迪·里瓦多第一次见到谢莉·沃森，是在1971年的夏天。那时，她才十七岁，初来乍到，美丽动人，住在宾夕法尼亚州莫里斯维尔的姑姑家，一转到富兰克林地区高中，就吸引了当地许多男生的目光。谢莉开始跟兰迪约会，高三时确定关系。两人在一起很养眼：谢莉有一头红色的头发、光洁无瑕的皮肤，兰迪有意大利人的黑头发、黑眼睛。然而，青春期的爱情，注定是美好而短暂的，终将成为一段甜蜜的过去。1972年，两人高中毕业，分道扬镳，兰迪留在宾州打工，攒大学学费，谢莉回到华盛顿州，在父亲的疗养院当护理员。

后来，那个夏天，兰迪的旧情人突然打来电话。她很想念他，而且她还得知了一个好机会——她父亲在招人。

"你想来战地吗？"她问，"我爸爸可以请你当维修员。"

虽然听上去不错，但是这太突然了，兰迪不确定要不要去。

谢莉又抛出一个诱饵。

"我爸爸会提供免费的公寓，"她说，"这样你就能更快地攒到学费了。"

他心动了。这份工作的时薪仅五美元，但他研究了一下温哥华克拉克学院的学费，便做出了决定。于是，他开车前往战地，义无反顾地投入谢莉的怀抱，如捕蝇草般大大敞开的怀抱。

到了之后，沃森家的意图很快就完全暴露了出来。他们请兰迪过来，不光是为了找维修员，还想为谢莉找一个丈夫。老实说，当他还在赶往战地的路上时，沃森家的人指不定已经在策划婚礼了。很快，鱼儿就上钩了。谢莉对每个人都说她很爱兰迪。莱斯待他如失散多年的儿子，要什么给什么，甚至给的更多更好。

兰迪隐隐约约感觉到，有什么事正悄悄酝酿着。谢莉的父亲似乎急着将女儿托付给另一个男人。

"他们特别急，急到莱斯直接帮我挑伴郎，因为我在那里一个亲朋好友也没有，"兰迪说，"事情发生得就是这么快。"兰迪不是那种消极待命的人，但他一直没有说什么。"我一直袖手旁观，任由它发生。"

婚礼当天，兰迪的亲朋好友一个也没来。

后来，男方亲属才发现：谢莉从未给他们寄过请帖。

* * *

1973年2月，在温哥华的卫理公会教堂，十九岁的谢莉和兰迪举行了婚礼。谢莉身穿一袭白色高领长裙，效仿奥丽维娅·赫西[1]在《罗密欧与朱丽叶》里的装扮，那是1968年上映的一部电影。新郎穿了一件粉红色的燕尾服，是谢莉为婚礼特意挑选的。婚宴地点选在了老字号的格罗夫峰度假村，就在附近的里奇菲尔德市。大家都觉得这是一场温馨的婚礼，是谢莉一生的梦想。新婚夫妇很年轻，也很恩爱。至少兰迪是这么认为的。

沃森家在俄勒冈州的加文门特营[2]有一栋度假用的乡间小屋，那是谢莉小时候特别讨厌的地方。她和丈夫去那里度蜜月，蜜月结束后便搬去拖车房里住，那拖车约十二米长，是沃森家的，不用付房租。谢莉嫌它太简陋，劳拉点明这只是两人婚姻生活的起点，未来会更好的。再说了，他们现在还太年轻，根本没钱买房子。

"可我就是不想住拖车房！"谢莉一遍又一遍地抱怨。

婚礼过后不久，谢莉开始嚷嚷着痛经痛得厉害，动不动就缺勤，不去疗养院。那个一来，她就喊"不舒服"，而她所谓的"不舒服"，可以从月初持续到月底，跟海啸似的，久久不退。她会先去上班，接着称病早退，屡屡如此。最后，莱斯不得不做出一个艰难的决定——辞退自己的女儿。

"勤奋和可靠向来不是她的优点。"后来，说起当时还很年轻的妻子，兰迪是这么评价的。

在那之后，谢莉去了亲戚家的疗养院，仍旧动不动旷工，结果又被解雇了。

"然后，她会回父亲的疗养院去，"兰迪说，"跟乒乓球似的，反反复复，来来回回。"

---

[1] 奥丽维娅·赫西（Olivia Hussey），阿根廷女演员，1951年生，14岁出道。
[2] 又译为"政府营"（Government Camp）。

最后，谢莉彻底失业在家。不过，即使成了家庭主妇，她也没做什么对这个新家庭有益的事。她不做饭，不打扫卫生，只会躺在家里，对身边的人指手画脚，大言不惭地告诉别人什么是她应得的，要别人帮她得到她想要的东西，还说那是他们应该做的。

在这方面，她真的像极了奶奶安娜。

* * *

谢莉又开始动歪脑筋了。她想要一辆新车，于是故技重施——去求她的好爸爸。尽管她曾告诉警察父亲强暴她，害他差点儿名声扫地，但是这已经不重要了。事情似乎已经过去了。事实上，沃森夫妇变得很怕谢莉，怕她又做出什么出格的事来。她想要什么，他们就给她什么，这样反而更简单，只要她高兴了，就不会祸害旁人。如果谢莉想看电影，想听音乐会，或想去别的城市玩，他们就会立马掏钱。

当然，沃森家再有钱，财力也是有限的。莱斯的生意做得很好，但那并不是摇钱树。

因为一辆新车，谢莉让她的父亲和继母再次见识到了，为了得到想要的东西，她可以不择手段到什么地步。

她非要买大众甲壳虫不可。

"爸爸，我想要那辆车！我一定要有一辆那样的车！"

莱斯答应了。他跑去温哥华看车，结果带回来的不是大众甲壳虫，而是一辆几乎全新的淡粉色别克敞篷车，他觉得这车更好。

谢莉气得眼睛眯成缝,脸色比新车还要暗十倍。她跺了跺脚,开始大吵大闹,吵到窗户都在震动。她对父亲嘶吼狂叫,怪他买了一辆"老女人才会开的烂车"。

莱斯往后退了退。虽然他早该想到女儿不一定喜欢这辆车,但他实在没想到她会有这么大的反应。

兰迪也认为车挺好的,但他无法说服妻子冷静下来,谁也安抚不了她。

接下来发生的事,让大家彻底慌了手脚。

那天晚上,谢莉忽然昏迷不醒,看上去像是吞了大量安眠药和酒。兰迪怎么叫也叫不醒她,惊慌失措地打电话通知岳父岳母,三人立即将她送去温哥华纪念医院。所有人都担心她会醒不过来。急诊室的值班医生给她洗了胃,并向家属汇报情况。

"我们后来发现,她吞下的只是阿司匹林[1],"多年以后,劳拉回忆道,"而且吞的不多。她胃里一颗安眠药也没有。"

* * *

有一天,兰迪从克拉克学院上完课回来,发现拖车房内一片狼藉,妻子满脸鲜血。

他冲到妻子面前,问:"发生什么事了?"

"一个男人闯了进来。"谢莉抽噎着说,"他闯进来,打伤了我,还强暴了我,"她指了指脸上的抓痕,接着说,"拿了你的步枪就跑了。"

---

[1] 一种镇痛抗炎药物,会产生嗜睡的副作用。

兰迪打电话通知克拉克县警长和岳父，两人立马闻讯赶来。警长进入拖车房内问话，兰迪和莱斯留在外面，暂时回避。

不一会儿，警长走了出来，表情严肃地说，谢莉的伤是她自己弄的，根本没有男人破门而入。他看了莱斯和兰迪一眼，然后告诉两人，谢莉报了假警，但他不会起诉她的。

警长离开后，谢莉的说辞又变了。

"她又变回原先的说法，声称自己被强暴了，"兰迪后来回忆道，"还说先前是警长逼她，她才改口的。她说，她看到攻击自己的人将步枪埋在了离房子不远的地方。"

为了自证清白，她带着两人去了埋步枪的地点。

"就是这里，"她告诉他们，"就埋在这里。"

兰迪还没傻到相信她，他觉得岳父应该也不会信，谢莉的继母肯定是不信的。

说白了，谢莉只是不想住拖车房。那里的条件不够好。拜托，她可是莱斯·沃森的女儿，应该住更好的房子。

"她说住在那里太危险了，"多年以后，劳拉翻了翻白眼，说，"她想住在市中心漂亮的小房子里。"

* * *

在战地，谢莉想要什么就拿什么，仿佛整个镇都是她的。她在加油站和杂货店赊了一大堆账，开了一张又一张空头支票。久而久之，账单越积越多，多到一些做小本生意的老板认为有必要威逼兰迪为妻子付钱。兰迪会说，千万别再让谢莉赊账了，一分钱也不行，每个人当下都说好，转身一面对谢莉，又心软妥协了。

现在，兰迪总算明白了，莱斯为什么那么迫不及待地将他迎进门。他不仅是要嫁女儿，也是在将一个烂摊子甩出去。

1974年夏天，谢莉宣布自己怀孕了，所有人都倒抽了一口气。有了孩子，她也许就会慢慢转变心性吧？

* * *

兰迪的父母说，他们想从宾州过来，带着期盼新生命到来的喜悦之情，还有给宝宝准备的礼物。

谢莉却告诉兰迪，她不想让他们过来。兰迪没有答应，只说这事没得商量，他家人必须得过来。兰迪家人一来，她就将自己关在房间里，一次也没出来过。场面很尴尬，兰迪故作无所谓，在妻子缺席的情况下，跟家人相聚，其乐融融。

这反而让谢莉更生气了。

没过多久，忤逆谢莉的后果就出现了。兰迪的弟弟带了几本书给孩子，那些书突然不翼而飞，怎么找也找不到。书到底去哪里了，谢莉说她也不知道。大家遍寻不着，最后只能算了。

家人回去之后，兰迪随手挑了一颗爷爷做的软糖，放进嘴里尝了尝。这样的糖果，爷爷亲手做了不下百次。兰迪咬了一口，却发现它咸得不得了，立马吐了出来，打电话告诉爷爷，他最近做的那批糖有问题。老人家不明白是什么问题。除了棉花糖的味道，其他人没尝出别的味儿来。

唯一有问题的，是送去战地的那盒。

后来，他们发现兰迪姐姐落了几件新衣服在家里，谢莉自告奋勇帮她寄回去。

收到包裹时,包裹外头完好无缺,里头却惨不忍睹。有人拿了一把剪刀,将衣服剪得破破烂烂的。

谢莉告诉兰迪,她也不知道怎么会发生这样的事。

"一定是邮局的人干的。"她说。

第二部分

夹缝中生存

妮基和萨米

七

1975年2月，女儿妮基呱呱坠地时，谢莉·里瓦多的录音机里，正循环播放着船长与坦妮尔组合①的《爱让我们在一起》("Love Will Keep Us Together")，还有比吉斯组合②的《花言巧语》("Jive Talkin")。这一刻来得不算早，谢莉已经抱怨好几周了，说自己的好身材肯定会被毁了。

妮基继承了母亲的肤色和容貌，每个人看了都赞不绝口，说她是这世上最漂亮的女宝宝，谢莉也这么说。在她眼中，女儿是自己完美的延伸。她逢人就说自己有多高兴成为人母，说她要跟女儿一起实现好多美好的梦想。对此，了解谢莉的人都将信将疑，但愿她能把精力放在孩子身上，别再整天只想着自己。

谢莉没有带着刚出生的宝宝回战地，而是去了父母在温哥华的乡间小屋——一栋破旧的都铎风格房屋，她觉得那个环境更适合宝宝成长。第一次照顾宝宝，谢莉究竟是焦虑，还是不以为意，劳拉看不出来。她完全没有照顾孩子的经验，只有一次是在胡德波特市，帮外祖父母的邻居看护小孩，但是很短暂，而且那

---

① 船长与坦妮尔（Captain & Tennille），20世纪70年代闻名美国的夫妻档音乐组合。
② 比吉斯（Bee Gees），1958年成立于澳大利亚的流行音乐组合。

段经历不堪回首。

"我觉得她这辈子从来没有抱过婴儿。"劳拉说。

劳拉则恰恰相反。她是天生的母亲,也很乐意当外婆,第一次感觉到妮基在谢莉肚子里用小脚丫子蹬她时,她就给宝宝取了一个小名叫"桑普",是《小鹿斑比》①里的一只小兔子的名字。那轻轻的一蹬,叫她爱上了这个仍未出生的小外孙女。

劳拉本打算短暂逗留几天,没想到一待就是三个月,直到兰迪铁了心要回去,三人才一同回了战地镇。

劳拉每天都会开车去看外孙女。

"我只是信不过她。"劳拉坦诚地说出了她对谢莉的看法。

兰迪也信不过妻子。两人的婚姻亮起了红灯,且每况愈下。夜里,妻子锁住家门,不让他进去。不管他挣多少钱,妻子都会挥霍一空,全然不顾家人的生活。他曾对劳拉说过一句话,一句让她几十年难以忘怀的话:"只有在外人面前,谢莉才会对我好。"

兰迪开始晚上睡在车里。后来,这甚至成了家常便饭。谢莉只想要他的工资,每周五都让他把薪水支票交出来。他赚的不算多,要满足谢莉的要求,那更是差远了。即使工作还过得去,没有房租的负担,日子却依旧拮据。谢莉娇生惯养惯了,想要什么就一定要有,且贪得无厌。她跑去向父亲告状,于是父亲出手干预了,把本该发给兰迪的薪水支票,直接送到了女儿手上。

"于是,我下定决心要离开。"兰迪后来说。

没过多久,兰迪便决定不忍了。无论有多爱女儿妮基,他都无法忽视一个事实——这段婚姻正走向分崩离析。打从一开始,

---

① 《小鹿斑比》(*Bambi*),1942年上映的一部迪士尼动画电影,讲述了一只叫斑比的小鹿失去亲人和家园、克服困难茁壮成长的故事。

它的根基就很薄弱。

虽然兰迪决定离开谢莉,离开两人的家庭,但是劳拉并不怪他。没人怪他。除了谢莉。

兰迪请父母帮他买了机票,以最快的速度离开了华盛顿州,离开了谢莉。他说:"我需要一个全新的开始。"两周后,谢莉从娘家打来电话,情真意切地说想修复两人的婚姻。兰迪不情不愿地答应了,答应让谢莉带着妮基过来,跟他还有他的家人住一起。他很想念女儿,对女儿的关心远胜过对谢莉仅存的眷恋。

这次重聚是短暂的,只维持了三周。

"就连我的祖父母都很反感她的行为。她在我家掀起了很大的风波,逼得我无路可走,只能提出离婚。"

谢莉立马反手报复。她看到什么就买什么,账单全寄给兰迪,且越积越多,害他深陷在债务的泥潭里,而她却毫不在乎。兰迪寄了一张个人所得税退税支票给她,要她先在上面签字,然后他再签。他告诉谢莉,有了这笔退款,他就能打发掉那些穷追不舍的讨债人。

可惜,他跟这笔钱无缘。谢莉背叛了兰迪,找人伪造了他的签名。然后,她拿着支票去兑现,将钱占为己有。

从那之后,谢莉就消失了。劳拉打遍了所有亲朋好友的电话,能联系的都联系了,但就是没有人见过她。劳拉很担心外孙女的安危。

"我不停地打电话给谢莉,"劳拉说,"但她就是不接。我到处找她,想看看她,但她既不在家,也不接电话,一点儿母亲该有的样子都没有。她找了一份工作,在温哥华主街的一家酒吧里当服务员,似乎就这么安定了下来。"

就这么过了一阵子，某天，一位战地的亲戚突然联系劳拉，要她最好过去一下，把妮基接走。孩子在亲戚家里，由对方代为照顾。

"谢莉走了。"

"去哪里了？"劳拉问。

"不知道。"

"什么时候回来？"

"不知道。"

* * *

谢莉再也没有回来过。她在做什么，跟谁在一起，始终成谜。老实说，她不在反倒更好，幺蛾子少了，要操的心少了，周围的人也能少受点气。

走了快一年，谢莉才回来接女儿。消失了这么久，她突然出现，一句解释都不给，就要带走妮基。劳拉很疼爱外孙女，原本是想将她留下的——向政府宣称她被生母遗弃，然后领养这孩子。

劳拉暗自发誓，她一定会经常看望妮基，绝不跟她断了联系。

1978年，妮基三岁了。谢莉写下了对长女的思念，字里行间洋溢着母爱。

谢莉用爱心代替每个字母"i"和感叹号"！"里的点，用这种方式表达内心浓烈的爱。她还写了一首诗，说每当结束一天漫长的工作，只要看到妮基可爱的脸蛋，所有的辛苦和疲惫都会烟消云散。

一张世上最可爱的脸蛋……她的笑声……如小溪流水叮咚响……笑容在她可爱的小下巴上嵌下一对梨涡……一头金发罩着她的脸……还有那双棕色的大眼睛……微笑时闪闪发光。

她还在这些充满母爱的信里加了一些欢乐的日常：

她（的痕迹无处不在）在我的首饰盒里！我的钱包里！我的口红里！偶尔调皮捣蛋！

结尾处留下一句韵诗，隐约昭示着未来：

哦，妮基，我们也许越大越爱发脾气，但我们的爱永不停息！

有一阵子，谢莉不停地向女儿灌输一种"全世界都不要我们了"的思想。她告诉妮基，她的爸爸抛弃了这个家，她的爷爷奶奶不喜欢她。她紧紧搂着女儿，悲伤地诉说着这些，但又说没关系，妈妈是爱妮基的，很爱很爱。

不出所料，事实证明这是她精心编织的谎言。许多年后，妮基找到了许多被藏起来的信，是父亲及其家人写的，还发现了在她童年时期，他们一直都有寄生日礼物和圣诞礼物过来，但都被母亲剪掉标签，签上了自己的名字。

*　*　*

沃森夫妇担心谢莉外出时,会将妮基独自留在家中,便去了她在温哥华的公寓,探望母女二人。到了那里,他们遇到了丹尼·隆——住谢莉家对门的邻居。劳拉认识丹尼的母亲,她曾去老虎保龄球馆打过球。丹尼是个清瘦的男人,留着一头黑色长发,笑容很亲切。他说,他有谢莉家的钥匙。

"你有我女儿家的钥匙,看来你们俩很熟。"莱斯说。

丹尼含糊不清地说了一句什么,就打开门让两人进去了。

沃森夫妇没找到谢莉母女,却找到了一只箱子,里头装满了从胡德山上的度假屋偷来的东西,还有一大串钥匙——沃森家房子和车子的钥匙,自然也少不了胡德山度假屋的钥匙。它们原本在劳拉的手提袋里,几周前不翼而飞。

不久,谢莉带着丹尼搬回了战地,住进了奶奶留给她的房子里。安娜一直都在说,要把这房子留给她最疼爱的孙辈。很快,谢莉就会生下她的第二个孩子。1978年6月2日,她和丹尼在温哥华法院附近的一个小婚礼教堂里举行了婚礼。才二十四岁,她就已经经历了两段婚姻。短短几个月后,也就是1978年8月,二女儿萨曼莎出生了,小名萨米,是个漂亮的女宝宝,有一双会说话的大眼睛,头发是金色的。

丹尼对孩子们很好,对谢莉却不这样。他经常反抗谢莉,这是谢莉不曾遇到过的。两人经常吵架,吵得特别凶,而且还会动手。摔盘子、咆哮怒吼、摔门而去,什么夸张的行为都有。谢莉很少允许继母上她家去。有一次,谢莉同意让她过去,结果她一去,就看到石膏墙上多了几个洞。老实说,只有大人的拳头能砸出那样的洞,劳拉不太确定是哪个大人干的,但是正常人恐怕都会猜是丹尼吧。

谢莉的第二段婚姻充满了风暴,最后的结局和上一段婚姻是一样的。每次结束争吵,丹尼都会跑出去冷静一下,或者离开一段时间,谢莉则会带着女儿坐上车,开车到处找他。

后来,谢莉的家人会说,她总喜欢这样追踪别人,像猎人追踪猎物。

每次交了新男朋友,谢莉对妮基只有一条指示。

"你得喊他爸爸。"她说。

妮基乖乖喊了。后来,她去上学了,谢莉就用新男友的姓氏,给妮基报名。虽然不曾去政府部门申请改名,但是她坚持在学校里这么做,美其名曰有了新家庭。

就是这样。

和丹尼结婚五年后,谢莉打电话给父亲,说她需要钱离婚,丹尼背叛了她。

和过去一样,莱斯不曾怀疑过女儿,对谢莉言听计从。

那是 1983 年,谢莉二十九岁,身边有了一个新男人。

多年后,妮基回忆说:"我一直将丹尼当亲生父亲看待。"然而,丹尼一出局,谢莉便迅速寻找下家,将目光转向了戴夫·克诺特克,一个性格温顺的男人。"我记得妈妈将戴夫带到战地的住处,对我们说,他是我们的新爸爸。我讨厌他,因为我爱丹尼。没过多久,我们就收拾行李,搬到雷蒙德[①]去了。"

[①] 雷蒙德(Raymond),美国华盛顿州太平洋县下辖的一个城市,位于威拉帕河畔。

* * *

直到现在，有一件事妮基始终忘不掉。偶尔，它会像幽灵一样，突然浮现。

它发生在搬去雷蒙德的前夕。某天夜里，在战地疗养院后方的家中，正在酣睡的妮基忽然惊醒了，脸上蒙着一块枕头，压得她无法呼吸。她尖叫起来，大声呼唤母亲。突然，就在那一瞬间，母亲出现了。

"怎么了？"她问，"宝贝，怎么了？"

妮基哭着说，有人用枕头蒙住了她的脸。

"你做噩梦了。"母亲说。

妮基很清楚不是的，尽管母亲那么说。

"不是梦，妈妈。"

谢莉盯着幼小的女儿，一口咬定她是在做梦，丝毫不肯退让，也没有退让的必要。她永远是对的，这次也是。

这段记忆永远烙印在了妮基心中。她永远也忘不掉母亲一瞬间就出现在自己面前，忘不掉她脸上诡异的表情——更像是兴奋，而不是担心。

日后回想起这一幕时，妮基将会忍不住怀疑，这是不是母亲第一次在精神上操纵她，让她混淆现实与梦境。还有，她是不是也曾这么对待过其他人。

八

木材。牡蛎。几十年后是大麻。

华盛顿州的太平洋县是一个潮湿的地方，天空总是灰蒙蒙的，灰得过了头。一直以来，当地人极度依赖大自然生存。19世纪50年代，第一批白人定居者拥入这个风大雨多之地。自那之后，它就一直在繁荣与萧条之间轮回。在这片土地上生长的人，说他们有着杂草般顽强的生命力，似乎有点儿不礼貌，但这是不争的事实。在太平洋与威拉帕河及其支流的交汇处，财富不是上天赏赐的，而是当地人辛苦打拼来的。县政府所在地南本德市，以及雷蒙德市、老威拉帕市，是太平洋县的三大支柱。威拉帕河入海口的山麓上散落着宽敞气派的工匠风住宅，无声地诉说着经济衰退前此地曾有过的辉煌——经济高度依赖自然资源的城市，向来走不出兴衰交替的轮回。只有一座古典复兴建筑风格的法院，以及它那富丽堂皇的彩绘玻璃穹顶大厅，依然门庭若市。当地的福利部办公室，就在法院旁边的外屋里。

虽说潮湿阴暗，威拉帕河沿岸一直延伸至威拉帕湾的这片狭长地带，却在美国流行文化中留下了独特的印记——说"污点"或许更贴切些。涅槃乐队[①]在隔壁县阿伯丁组建,首演选在了雷蒙德这个人口不足三千的小城镇。著名作词人罗伯特·威尔斯从小在这里长大,他跟梅尔·托梅合写了《圣诞之歌》("The Christmas Song"),还为情景喜剧《帕蒂杜克秀》(*Patty Duke Show*)创作了主题曲。作家汤姆·罗宾斯在南本德写下了他的第一部小说《另一处路边美景》(*Another Roadside Attraction*)。

不过,生活在那里的绝大多数人,尤其是从小在木屑和牡蛎壳堆中长大的人,并不出名。他们默默无闻,大多介于社会栋梁与底层贫民之间。

在太平洋县,戴夫·克诺特克是一个土生土长的本地人,四岁前住在勒班,后来随父母沿着麋鹿溪往下,搬到附近的雷蒙德,住在小木屋里。他的母亲叫雪莉,父亲叫阿尔,他家以伐木为生,生意时好时坏,工作时有时无,家里一直没什么钱——这么说还算是委婉的。由于生活拮据,几个孩子常常自己做玩具,拿树枝和鸡毛做弓箭。在雷蒙德的学校里,和克诺特克家情况差不多的农村小孩很常见,身上穿的衣服往往比别人破旧,磨损得也更厉害。

"有几次,新学年开始了,我还穿着前一年的衣服,"他回忆说,"没有责怪我父母的意思。他们很勤奋,但我们家就是没钱。"

母亲雪莉是锯工的女儿,她先是在一家牡蛎罐头厂做了很长一段时间的散工,接着去了杰西潘尼百货商店。

家里有三个小孩,戴夫是最顽劣的那个,整天调皮捣蛋,偷父亲的烟抽,四年级时还曾半推半就地跟一个好哥们儿离家出

[①] 涅槃乐队(Nirvana),美国摇滚乐队,1987年组建,1994年因主唱科特·柯本自杀身亡而解散。

走。正因为这样，阿尔经常用他父亲对他用过的那套方法，来管教儿子戴夫。阿尔有一条钢刀布，是用来磨剃刀的，迫不得已时，他不介意用在孩子身上。戴夫不止一次领教过它的厉害，但他并不觉得自己哪一次不是活该，谁让他非要讨打。

那个年代的雷蒙德还很繁荣，锯木厂实行三班倒，马路上一天二十四小时都能看到繁忙的运材卡车将源源不断的木材运出去，威拉帕河上全是木筏，堵得几乎水泄不通。

1971年，戴夫从海鸥队所在的雷蒙德高中毕业了。他想追随父亲的步伐，做一名伐木工人，不过父亲极力打消他的念头。

"父亲不希望我干那个。太苦了。但我后来还是去了。"他在伐木场干了一年，然后加入了海军。

"我不打算像我父亲那样，一辈子做个伐木工人，但我跟他一样加入了海军，学会了操作重型设备，这也成为后来二十二年里我一直在干的事——在树林里开伐木机。"

这段参军经历极大地增强了戴夫欠缺的自信心。从夏威夷和阿拉斯加服完役回来后，他在当地人眼中摇身一变，成了一个优秀的单身男青年。他长相英俊，喜欢运动，在夏威夷学过冲浪，善良温和，也爱参加派对，与人交际。重点是，他在林产品巨头惠好公司[①]上班，这可是一份好工作。而且，他一回来就加入了一些兄弟会，比如麋鹿会[②]、老鹰会[③]，一时名气大增。后来，他认真谈过几个本地女朋友，最后都分手了。

[①] 惠好公司（Weyerhaeuser），1900年成立于华盛顿州，是世界上最大的综合林产品公司之一。
[②] 全称"麋鹿仁爱保护改良会"（EPOE），成立于1868年。
[③] 全称"老鹰兄弟会"（FOE），成立于1903年。

"开始有女生来追我了。"后来的他笑着说。

当时的他并不知道,最终他会遇到一个让自己万劫不复的人。

* * *

1982年4月底的一个周六,戴夫开着车子,不知不觉就开到了长滩①。当时的天气并不适合去海边。在华盛顿州沿海地区,8月底才是去沙滩玩的好时节。只不过,戴夫刚被一个女生甩了,特别想找个地方喝几杯,顺便找点事做,转移注意力。事实上,当他离开雷蒙德的住处,开着一辆橙色的大众露营车,走上高速公路时,对于应该右转去西港,还是左转去长滩,他有点举棋不定。当他开到一家叫"格格不入"的小酒吧时,里头已经坐满了无所事事的年轻人。

唠唠闲嗑。

打打台球。

聊聊猎艳。

在一堆男人当中,坐着一个戴夫至今见过的最漂亮的女生。

在挑男人这件事上,谢莉偶尔也有失手的时候,但不可否认的是,她真的很美。她有一双浅蓝色的眼睛、又长又浓密的红头发,以及每个女孩长大后都渴望拥有的好身材,该凹的凹,该凸的凸。谢莉知道,男人就喜欢女人把好身材秀出来,年轻时的她非常乐意那么做。

---

① 长滩(Long Beach),华盛顿州太平洋县下辖的一个城市,长滩半岛是当地著名度假胜地。

见到谢莉的第一眼,戴夫就觉得,这个女人自己应该追不到,反正他就是有这种预感。他坐在角落里,偷偷打量她红艳的秀发、婀娜的身材。戴夫是在成年后才开始有女人缘的,高中时期青涩害羞,没谈过一个女朋友,从海军退役回来后,仍未褪去腼腆。他又喝了一口啤酒壮胆,想去邀请那位红发美女跳舞。

"她真的很像一些老电影里的女明星,让人看了眼前一亮。其他男人都跑去找她搭讪,而我只是坐在边上看着她。过了一会儿,正当我准备邀请她跳舞时,她突然朝我的位子走了过来。"

谢莉告诉戴夫,她有两个年幼的女儿,母女三人住在克拉克县南部的一个小房子里,那是奶奶安娜去世时留给她的。

"能给我你的电话号码吗?"跳了几支舞后,他问谢莉要电话号码。

"好的。"她淡淡地说。

那晚结束后,他们就分道扬镳了。戴夫不曾奢望两人还能再见面,但他就是无法停止想她。然而,想再去那家酒吧与她偶遇显然是不可能的,因为两人相遇的第二天夜里,它就被一场大火给烧毁了。

有一天,他终于鼓起勇气拨通谢莉的电话,问能不能去温哥华看她。她答应了。久而久之,他开始每周去一次。最后,戴夫深深地爱上了谢莉,还有她的孩子。

"她们都是好孩子,很乖巧的好孩子。她们需要一个爸爸。我能看得出来。谁都看得出来。"

那段时间,谢莉正好需要一个"救世主",一个能让她利用的人。丹尼早就离她而去,兰迪就更不用说了。奶奶留给她的房子快保不住了,因为她缴不起税,还不起贷款,房子已经被破产管理人接管了。于是,她将房子转让给了戴夫。

"戴夫想把它留给我,"她向法官写道,"但它需要大修,可我连养活孩子都捉襟见肘,我想我只能把所有权让给戴夫了。"

这个房子,就是奶奶疗养院后头的那个,已经陪伴沃森家族三代人了,是他们家的宝贵遗产,谢莉在信中表达了对于失去它的悲痛之情:

> 我的奶奶在这里生活过。我的亲生母亲生前在这里住过。我从小在这个房子里长大,度过了我人生的前十二个年头。我的家人和亲戚一直都有一个共识:等到时机成熟了,这房子就会归我。这个时机出现在1981年。之所以没有更早给我,是因为我曾有过一段很糟糕的婚姻,我父母担心离婚时我会失去它。1979年,我与当时的丈夫分居,搬回这座房子里住。我很确定是1979年,因为我女儿在这一年秋天开始上幼儿园……请为了我的孩子保住这个房子。我一定会好好配合U.S. Credit公司,做我力所能及的事。我不曾伤害过任何人。我只是想给我和我的孩子一个未来。

后来,戴夫承诺会将房子还给谢莉,但是房子早就成了抵押品,最终他们连赎回房子的权利都失去了。

* * *

随着两人的关系越来越亲密,某次看完医生后,谢莉含泪向戴夫坦白,除了入不敷出,勉强维持生计,她还有一个更大的问题。

"我得了癌症，"她说，"可能活不到三十岁。"

戴夫错愕不已。

谢莉看上去很健康，完全不像得了癌症的样子。他早就爱上了谢莉，此时看到她如此信任地将心中的秘密告诉自己，他更加被迷得团团转。

"我在心里想，"多年以后他说，"她也许很快就会死去。如果她死了，谁来照顾妮基和萨米？她们真的没有人能依靠了。她和我交往的时候，一直在打癌症牌。我早该看穿她的，可我就是这么傻。"

在戴夫的单身公寓里住了将近一个月，四人便搬到了雷蒙德河景社区的福勒街，住进一栋红房子里。

"我跟谢莉结婚，并不是因为她的孩子需要一个父亲，"戴夫说，"但我必须承认，这是一个很大的因素。"

1987年12月28日，两人在雷蒙德正式结为夫妻，见证人之一是一个名叫凯茜·洛雷诺的年轻女子，她是谢莉的理发师，两人也是很要好的朋友。那时，谁也想不到凯茜将会在两人的婚姻里扮演着无比重要的角色，重要到超出所有人的想象。

* * *

莱斯很高兴女儿又再婚了。事实上，他感到如释重负，这意味着女儿应该不会再来找他要钱了。即使学会了与人为善，他也未曾真正原谅女儿对自己的污蔑——污蔑他强奸她。这项指控虽然没有毁了他，却留下了一道伤疤。

背地里，谢莉依然会说父亲的坏话，但是在他面前，她会委婉地表达歉意，并承诺改过自新，慢慢地化解父亲的心结。那段日子，为了看望妮基的事，继母与她有了更多摩擦。她说自己得了癌症，觉得父亲应该更希望从她口中得知，而不是由继母代为转达。父亲不肯接电话时，她会写信告诉他：

　　能有您这样的父亲，我一辈子都感到自豪。年纪越大，我就越懂得，我对您的感激有多深。爸爸，我内心充满了痛苦，我只想摆脱它。这么久以来，您对我的生活知之甚少。或许下次……我不会再重蹈覆辙了。我没有能力扛过未来几个月。但我爱您，爸爸。我很想念您。爱您的谢莉。

九

在妮基看来，母亲与继父的结合，仿佛始于一个有毒的吻，他们的婚姻誓言，犹如开战宣言。包括妮基在内，许多人都看得出来，自从跟谢莉结了婚，戴夫就失去了一个男人该有的样子。在这段婚姻里，他完全没有发挥丈夫的作用。

妮基想起了小时候发生的一件事。当时，她睁大双眼，一眨不眨地看着它发生，内心充满了恐惧。那是在福勒街上，戴夫很瘦，留着长发，身上的文身诉说着他在海军短暂服役期间形成的对大海的热爱。他正坐在自家的前廊上，手里拿着一把猎枪，枪口对准了自己。他在哭泣，在发抖。母亲刚痛骂过他，一腔厌恶与怨恨尽数发泄在他身上，不是嫌他赚的不够多，就是嫌他不够爱孩子。

母亲一遍又一遍地用最恶毒的话骂他。

"你是一个没用的丈夫！"谢莉撂下最后几句话就摔门而去，"你根本不爱我，也不爱女儿！如果你真的爱我们，就会更努力工作！"

戴夫一动不动地坐着，慢慢平复情绪，然后坐上车，默默离开了，每次跟妻子大吵一架后都这样。

被动。顺从。屈服。

"我从来没有见他动过粗,"妮基后来回忆说,"我想说的是,他甚至不曾对她说过一句脏话。"

谢莉却不是的。

"她会使用暴力。很暴力。她打过我好几次耳光,但我从不还手,因为我觉得男人不该打女人,"戴夫回忆说,"她会使劲儿推人,又吼又叫,很暴力。我不习惯那样。"

"我们好好谈谈。"谢莉不止一次这么说,试图将他留在自己身边。

"我没法这样过下去了。"他说。

谢莉依偎着他:"这样的生活很正常啊。夫妻都是这么过来的。"

"对我来说不正常。"他告诉她。

事情第一次闹得很难看,是在他某次喝醉酒的时候。有一年,惠好公司在选材场上举办了一场圣诞聚会。戴夫不小心喝多了,同事送他回家时,谢莉正站在门口,眉头紧锁,怒气冲冲,满脸通红。她用力推了他一把,不依不饶地叫骂起来。无奈之下,他只能跑去父母那里,凑合过了一夜。谢莉反而更火大了,要戴夫滚回家里来,接受她的惩罚。他连个避难的地方都没有。从那之后,她就想方设法断绝戴夫与亲人的往来。未来,她也会对女儿做同样的事。无论何时何地,一切都得听她的。如果两人在车上起了争执,她会立马将戴夫赶下车。

"滚下去!现在就滚!"

久而久之,戴夫再也无法像个正常人那样生活。变化来得悄无声息,他不知道自己到底怎么了,也不知道这是为什么。他彻

58

夜失眠，整天提心吊胆的，不知道谢莉什么时候又会发飙。

我需要停下来，需要休息一阵子，需要离开她一段时间。

有时，他会坐上车，开到雷蒙德的山上，在山上露营。有时，他会去朋友家借住几天。他知道，别人的婚姻不是这样的。他没有消沉旷工，也没有借酒浇愁，而是一个人默默走开，用这种方法来化解矛盾。

在谢莉身边，想要活下来，就得努力避开她。即使是在刚结婚的时候，她也会动不动就怒气冲冲地提一长串要求。早在那时，戴夫便学会了要躲着她。是啊，她有体贴的时候，也有风趣的时候。随着时间的推移，这两个优点退居其次，不受控制的愤怒独占鳌头，这样的脾气让人望而却步。他知道她不正常，暴躁易怒，一生气就爱大吼大叫，动不动就摔门，有时摔到门铰链都掉了。闹完之后，戴夫会带着睡袋和枕头，坐在他的卡车里，问上帝自己该怎么办。

"主啊，这是不对的，"他在心里对上帝说，"这样是不正常的。这不是一个家庭该有的样子。我知道的。请主帮帮我吧。"

"当一个人不停地将你逼入绝路，很快你就会想逃离那里。后来，有人问我为什么不离开，为什么不带上孩子一走了之。事实上，遇到谢莉那样的人，你根本走不了。就是走不了。她不会允许你逃走的。她会把你抓回来。"

当他经过一番深刻的反思，重新回到家里时，谢莉通常会换一张脸，变得温柔体贴，柔声细语，含情脉脉，就这样持续几周、几天或几小时。

然后，一切又会陷入同样的循环，直到再次失去控制。

十

几年后，克诺特克夫妇在雷蒙德福勒街的房子被烧毁了，在这片土地上留下了一片空白，犹如一大块敞开的伤疤，隐约昭示了两人婚姻的开局。每次经过这个地方，妮基都会忍不住想起母亲对自己和继父的辱骂。她会努力抓住那些美好的回忆，尽管很少。母亲是爱她的。一定是的。母亲是爱萨米的。这是显然的。

是的，是这样的，虽然她的爱让人痛苦。

有时，当生活开始陷入失控的旋涡时，通过搬家按下暂停键，确实能够改变环境，让情况好一些。

妮基希望搬家也能对他们家有好处。

必须如此。

戴夫和谢莉带着一家人搬到了老威拉帕市，租了一栋工匠风的房子住。他们管它叫"劳氏祖宅"，因为它的原主人姓劳德拜克，是一个与当地海运业渊源颇深的名门望族。一条长长的私家车道蜿蜒穿过农田，沿着山坡陡然向上，没入一片树林。路的尽头便坐落着那房子，隐匿于树林边，外墙涂成了深青色，边缘色彩反差鲜明，有一个宽阔的转角门廊，连接了进出客厅的前门，还有厨房的侧门。在里头，天花板至少十二英尺（约3.7米）高，地上铺了硬木板，尽管有些年头了，却依然赏心悦目。前厅铺的是宽木板，那里还有一座大大的砖砌壁炉，几乎占据了整个空间。穿过客厅，到了楼梯边上，有一个大浴室，里头放着一口大浴缸。前门右手边是主卧，窗户正对着前院。

沿着一段平缓的实木楼梯往上走，就到了妮基和萨米的房间。两人都有独立的卧室，分立两头，中间是两人玩耍的小客厅。妮基的房间能够看到厨房对面草木葳蕤的山坡，萨米的房间能够看到房子侧面的院子，那里有浇花的洒水龙头，还有怒放的杜鹃花。一楼往下走两段楼梯就到了地下室，那里很大，散发着霉味，有一口烧柴油的炉子，一年四季都飘散着柴油味。谢莉很喜欢这房子，觉得它很完美，想买下来，而不是租，但太贵了，负担不起。那时，戴夫在树林里开伐木机，拼命接活，加班加点地干。谢莉说她可能会出去找工作，却从来没行动过。

那是一个好房子，又漂亮，又舒适。

也是所有噩梦开始的地方。

* * *

任何东西都能成为武器。孩子知道。戴夫也知道。一把锅铲，一根鱼竿，一条电线。无论是什么，但凡够得着的，都会成为谢莉打小孩的工具。只要觉得女儿做错事了，不管事情大小，她就会随手抄起身边的家伙往女儿身上打。一旦发现某种惩罚对孩子特别管用，她就会"精益求精"，使它更有效，更残酷。打孩子似乎能让她兴奋。打人时，肾上腺素飙升带来的快感，令她颇为享受。

两姐妹后来回忆说，母亲通常会在夜里"管教"她们。

那时，妮基和萨米通常正在楼上睡觉，浑然不知母亲正怒火中烧地坐在楼下沙发上，心里盘算着怎么惩罚她们，确保既严厉有效，又出其不意。谢莉喜欢偷袭。冬天夜里，女儿会多穿几件衣服睡觉，以免突然被母亲拽到院子里。

"我猜，有时确实事出有因，"妮基后来说，"可能是因为我们偷用了她的化妆品，弄丢了一把梳子，或诸如此类的原因。但是很多时候，我们完全不知道自己到底做错了什么。"

谢莉每次打女儿，基本都会打到见血才收手。有一次，她用力将妮基推入衣帽间内，声嘶力竭地骂道："妈的小婊子！"

谢莉扑到女儿身上，开始拳打脚踢。妮基哭着求她住手。

"对不起，妈妈！我下次不敢了！"

事实上，妮基并不知道，母亲发这么大的火，到底是因为什么。

是她说错了什么？弄丢了什么？或做错了什么？

她挣扎着站起来，想往门口逃。母亲抓住她，往旁边一甩，接着将她往墙上推，正好撞上一颗突出的钉子。

这下子，妮基的脑袋真的被"钉"在墙上了。直到这时，谢莉才住手。

在雷蒙德小学打排球时，妮基会在短裤里穿一条不透明的连裤袜，掩盖腿上被电话线勒出来的伤口和瘀青，电话线是母亲发火时最喜欢用来惩罚孩子的工具之一。

后来，妮基觉得她被虐得这么惨，自己也要负一部分责任，因为"我越试图逃跑"，母亲"就打得越凶，越不能自已"。

很多次，她都有机会将自己的遭遇告诉别人，但她没有那么做，而是将它们隐藏起来，不让别人发现。她不想让别人知道自己身上发生了什么不好的事，也不想让别人知道自己的家人会使用暴力。

"我从来没有想过要说出去，"她后来说，"我不想引起旁人的关注，也不想让别人觉得我很奇怪。再说了，从来没有人问过我，一次也没有。"

谢莉对女儿的虐待并非全是身体上的，有不少是精神上的。

有一年，离圣诞节还有一周的时间，谢莉突然将妮基锁在房间里，骂她是个一无是处的人，永远不会有出息。

"你他妈的就是个没用的货色！看到你就恶心！"

到了圣诞节那天，谢莉表现出若无其事的样子，仿佛一切都很美好。她送了许多礼物给女儿，做了一桌美味佳肴，一家人开开心心地过节，俨然全世界最幸福的家庭。

这一天过后，幸福就破灭了。

她又开始了往常的那一套。礼物刚送出去没几天，她就要了回来，骂她们是坏孩子，没良心，不配拥有她给的礼物。

有一年，妮基收到了一个椰菜娃娃①，高兴得不得了，抱在手里还没焐热，就被谢莉收了回去，塞进柜子里。孩子们知道，母亲会设下一些小陷阱，好知道自己不在家时，东西是不是被偷偷动过。她会将物品摆放得格外整齐，或者将胶布撕成小块，贴在柜门的边缘上，回来时检查机关的状态。妮基学会了格外小心谨慎，尤其是在拿那只椰菜娃娃时。

"我会等到妈妈离开了，然后小心翼翼地从她的衣柜里将洋

---

① 椰菜娃娃（Cabbage Patch），20世纪80年代风靡美国的经典圣诞礼物。

娃娃拿出来，抱着它玩一会儿，"妮基后来说，"有时会被妈妈抓到，有时不会。"

又一年的圣诞节，谢莉送了妮基和萨米一支泰迪熊别针，放在她们装礼物的袜子里。随着礼物一份接一份地拆开，包装纸堆积如山，小巧的泰迪熊别针不知放哪里去了，突然就找不到了。谢莉气得火冒三丈，拿起电话线将两个女儿狠狠抽了一顿。

"你们两个就是最自私、最没良心的孩子！"

谢莉命令女儿将别针找出来，戴夫也和她同一个鼻孔出气。姐妹俩找了一整晚，最后终于在另一个圣诞礼物的盒子里找到了——在找到的那一瞬间，两人立马就意识到了，将它们藏在那里的人会是谁。

一场以殴打为高潮的节日闹剧，似乎就是谢莉想要的圣诞礼物。

* * *

女儿们渐渐长大了，谢莉也花了不少心思，发明新的折磨方法。

"井快干了，"有一天，她突然这么通知大家，说的是供全家用水的那口井，接着宣布，"不准洗澡。还有，用厕所之前必须先问我。"

这个谎言她用了无数次，即使还住在福勒街上，家里用的是市政供应的自来水，她也这么欺骗过大家。

只要母亲一不在身边，女儿们就会赶紧冲进浴室里，用最快的速度洗完澡。萨米会将淋浴间的地板、墙壁、水龙头擦干，将擦过身子的湿毛巾藏好,绝不能留下任何痕迹,让母亲发现她们做了她不准做的事。清理掉所有痕迹后,萨米会努力伪装自己,让人看不出来她洗过澡。

"没洗澡就去上学,真的很尴尬,"她后来回忆说,"没人愿意脏兮兮、臭烘烘的。我母亲想控制一切,任何事她都希望由自己来决定,我们什么时候能洗澡,甚至什么时候能用厕所,都得经过她允许。像洗澡这么简单的事,(在我们家)却被视为一种特权,只有我母亲能给予。"

* * *

有时,挨完打后,萨米会溜进姐姐的房间,爬到床上,和姐姐躺一块儿,就这么躺好几个钟头,互相哭诉自己的屁股有多疼,开动脑筋想啊想,怎么做才能让母亲伤不了她们。

"希望我能把她变小,"萨米有了一个想法,"变得超级小,关在笼子里。"

妮基觉得这想法不错,但有一个破绽。

"她会跑出来,咬我们的脚踝!"

两人被这个画面给逗笑了。

"你觉得妈妈会拿小棍子之类的东西来捅我们吗?"妮基问。

会的,她肯定会那么干的。

把妈妈变小了也没用。一点儿用也没有。

十一

尽管不会有人来做客，但在克诺特克家，门面依旧重要。戴夫看出来了。妮基也是。后来，就连萨米也说她懂得粉饰的重要性，不管生活变得多疯狂，都要将事物粉饰得很"美好"。用粉盖住瘀青。在只有枯枝杂草的院子里插一朵假玫瑰，仿佛只要将紧临前门的院子装扮得漂漂亮亮的，浴室、卧室、地下室、后院里头发生的那些事，就可以显得没那么不堪。

真的可以吗？

无论住在哪里，谢莉都会将房子装修成温馨的乡村风格，明显更偏霍莉·霍比[①]的风格，而不是玛莎·斯图尔特[②]。她最喜欢的颜色是蓝色，新家的深色橡木家具不是套上浅蓝色的套子，就是盖上绣着爱心和花朵的盖布。这里一点儿粉，那里一点儿蓝。篮子和精致的纸垫随处可见。她对小摆件情有独钟，眼睛大大的陶

[①] 霍莉·霍比（Holly Hobbie），1942年生，美国女插画家，代表作《嘟嘟和巴豆》，作品可爱温馨。
[②] 玛莎·斯图尔特（Martha Stewart），1941年生，美国模特、商人，曾主持一档著名的家居节目，自创家居用品品牌，被誉为美国的"家居女王"。

瓷摆件水滴娃娃①是她的最爱，绘着花朵或蝴蝶的茶壶更是叫她无法抗拒。只要家里还有地方能放得下喜庆的摆饰，而且是乡村风的，不管是要去商场买，还是要邮购，谢莉都会不嫌麻烦地把东西弄回家，将那地方填满。她会兴高采烈地把东西摆出来，对着它好生欣赏一番，接着欣赏下一个。谢莉还用多到惊人的家庭照来装饰每个房间。家里没有一面墙是空的，每面墙上都有女儿的照片，后来还多了她们的表亲肖恩的照片。红砖壁炉四周也挂满了肖像照。

"没错，"多年以后，萨米回忆说，"妈妈很喜欢把我们的照片挂起来。在墙上看到妮基笑得那么开心，感觉很奇怪。它让我感到心碎。看着她在照片上笑，可她是怎么被惩罚，怎么被虐待的，我心里一清二楚。这让我特别难过，光是想想就难受。"

姐妹俩的照片少说也有数百张，每个人脸上都挂着笑容，不仅是充满希望的笑容，而且还是真心的笑容。多年以后，看着这些照片的人很难想象，一个像妮基那样年幼的漂亮小姑娘，是如何在镜头前强颜欢笑的。

当母亲在餐厅里用爱心图案墙纸装饰边角，并装上灰粉色壁板时，姐妹俩就在一旁看着。当母亲琢磨着在壁炉上怎么摆放灯塔摆件，或者在茶几上怎么摆放香薰蜡烛时，姐妹俩也曾跟着出谋划策。那些时光是快乐的，虽然母亲的审美常常令她们哑口无言，但是她们知道母亲内心深处真正渴望的，是这种风格唤起的温馨与美好。然而，她们也知道，母亲内心的渴望与她真实的生活，以及她抚养女儿的方式，完全背道而驰。

---

① 水滴娃娃（Precious Moments），全球最受欢迎的陶瓷收藏系列之一，该人物形象的创作者是美国画家山姆·布彻（Sam Butcher），因水滴状的眼睛而得名。

事实也是如此。对母亲言听计从，会比反抗她更好过。每一天，每一次，她们都会心存希望，希望这可怕的日子很快就到头，希望有一天，不知怎么地，母亲突然一声不响地就变了，变成她们梦想中的样子。

这是她们童年时期对母亲抱有的幻想。然而，一种新家法的出现，彻底打破了这种希望，让最后一丝幻想荡然无存。

谢莉管它叫"泥浴"——学猪那样，在泥巴里打滚洗澡。

用这种方式，她证明在这个家里，她是至高无上的存在。"泥浴"结合了羞辱与体罚的双重功能，和所有她独创的惩罚一样。而且，这项惩罚执行起来很方便，不需要她亲自动一根手指，只要站在边上发号施令就行了。

"泥浴"通常在夜里进行，不分季节。

妮基几乎总是首当其冲的那一个。

当卧室里的灯突然被谢莉"啪"地打开时，惩罚便开始了。

"起来！衣服脱了！妈的，给我下楼去。没出息的废物！"

妮基连忙照做，眼泪立马流了下来。母亲的声音有一个特点，它很有力量感，既响亮又浑厚，让人听了心惊胆战。母亲的话背后隐藏着熊熊怒火，那股怒火让妮基相信，母亲什么事都干得出来，无论具体是什么，她都无力反抗。

"对不起！"

"闭上你的臭嘴！"

妮基浑身赤裸地蹲在泥洼里，任由继父拿着水管对她喷。谢莉吩咐什么，戴夫就做什么，跟个哑巴似的，一声不吭。妮基哭着乞求母亲再给她一次机会。

母亲站在几米外冷眼看着，对丈夫发号施令。

"她就是头猪，戴夫！叫她学猪滚！好好教教她！"

更多的水兜头浇下来，顺着她颤抖的身子，如瀑布般翻滚而下。

"滚啊，妮基！"戴夫说。

"对不起，爸爸。"

"快滚！"

有一次，她试图用手撑地站起来，指尖却碰到了冰碴儿。那是在一个严寒的冬夜，她打滚过的泥坑周围一圈全都结成冰了。她觉得自己肯定会得肺炎，然后就这么死去。

"让我死了吧，"她想，"只有这样，才能解脱。"

萨米站在二楼卧室里的窗边，亲眼看着院子里发生的一切。她希望自己也在下面——确切地说，是在下面和姐姐接受同样的惩罚，而不是去下面救她。说不上来为什么，但是萨米能够敏锐地察觉到，母亲对姐姐下手很重，对她却轻多了。如果两人犯了同样的错，姐姐将会承受这种可怕的惩罚，而萨米只会被母亲用皮带抽几下，或者重重地打手背。这对姐姐太不公平了。

"我记得自己当时想的是，我没有受到同样的惩罚，这不公平。"多年以后，萨米说，"我知道，不管她做错了什么，都不应该受这么重的惩罚，可结果就是如此，我父母就是这么对她的。"

过了好一阵子，谢莉才将妮基拖到浴室里，一路上骂声不断。她拧开热水水龙头，往浴缸里注满热水，没有兑过冷水的热水。妮基是个坚强的女孩，但她全程都在哀号。

"你是头猪，"母亲说，"洗干净了再去睡。"

妮基不记得这场噩梦持续了多久，也不记得自己被迫在泥洼里滚了多少次。几十次？还是更多？有时长，有时短。也许持续了二十分钟,也许持续了两小时。她在漆黑的泥坑里又爬又滚,灌木根硌得她生疼,水管喷出的水柱打得她无处遁形,母亲恶毒的话句句诛心。

她的妹妹目睹一切,泪流满面。

* * *

妮基能察觉到,她在家里的地位一落千丈,至于为什么,她不知道。在母亲眼里,她几乎一无是处,形同废物。她觉得,妹妹成功找到了让母亲对她更宽容的窍门,虽然不知道她是怎么办到的。母亲也会对萨米不好,但萨米似乎更擅长将好坏分开来,受完虐待,对着虐待之人,甜言蜜语照样脱口而出。这项奇特的生存技能,让萨米受益匪浅。

"萨米很会讨好妈妈,"妮基回忆说,"总能为自己发声,争取她想要的结果。这一点救了她。妈妈不怎么针对她,因为她朋友多,或许妈妈也曾想过,万一逼急了,她可能会说出去。我没有萨米的能耐——不会说好话,也不会交朋友。还有,当时的我并不觉得,有谁会在乎我的死活。"

萨米学会了既来之,则安之,不去做无谓的反抗。只要母亲想惩罚人,不管你说什么,都逃不掉的。这种觉悟,妮基就没有,或者说她拒绝有,只会负隅顽抗。

萨米记得,有一次母亲用鞭子抽打妮基,妮基不肯乖乖就范,甚至反抗了,后果反而更严重。

"妮基想跑,被妈妈逮住了,"萨米回忆说,"她一直打,一直打,打到她连路都走不了,屁股上全是血。"

萨米比姐姐小四岁，却已经晓得只要顺着母亲，跟她站在同一边，就能少受一点儿皮肉之苦。于是，她会打姐姐的小报告，但是次数不多，因为她爱姐姐。这使得妮基无法百分百信任妹妹，但也不曾想过要她跟自己遭受同样的罪。

事实上，谢莉特别喜欢玩偏心这一套。大多数时候，她偏心的对象是二女儿。因为喜欢海瑟·洛克莱尔在电视剧《豪门恩怨》(*Dynasty*)里扮演的角色，谢莉便把二女儿的姓氏给改了，改成剧中的"乔"。后来，萨米猜测母亲给她改姓，真正的原因也许不是这个，而是想将她藏起来，不让她的亲生父亲丹尼·隆找到。她听说，那阵子父亲似乎一直在找她，不知道是不是真的。

"你一出生，我们就给你起了'萨米·乔'这个名字，"某天下午，谢莉突然强硬地说，"只不过先前没人这么喊你。从今天起，我们要喊你正式的名字了。一开始就该这么喊的。"

母亲常常将宠爱给了萨米，还有萨米的毛绒玩偶小浣熊，却很少给妮基。两人刚在一起时，戴夫送了不少毛绒动物玩偶，谢莉常常煞有其事地为它们开派对，有蛋糕，有礼物，有装饰，可丰盛了。那几年，谢莉经常开车去隔壁的阿伯丁，到芭斯罗缤店①里买冰激凌蛋糕回来，给动物玩偶们"享用"，她甚至曾经藏起半个蛋糕，找了几双丈夫的运动袜，还有几条旧连裤袜，塞进玩偶的肚子里，塞得肚皮圆滚滚的，叫萨米去看小家伙们夜里偷偷干了什么。

"只要我妈妈乐意，她也可以很贴心。"萨米说。

---

① 芭斯罗缤（Baskin Robbins），全球最大的冰激凌经销商之一，发源于美国南加州，1945 年创立。

十二

在劳氏祖宅里,妮基已经记不清母亲将她锁在二楼卧室里多久了,也记不清母亲为什么要这么惩罚她。房门没有安装门锁,谢莉便在门框上插一把切肉刀,将门板给挡住,让妮基出不来。每次想将孩子关在家里,她就会用这一招。

谢莉骂妮基又丑又没出息,说她需要好好反思自己为什么那么坏,还要她接下来都待在房间里。

"待到你反省好了为止。"谢莉说。

据妮基日后回忆,她在房间里可能被关了整整一个暑假。

"后来,我已经放弃记天数了。"

老实说,被母亲驱逐,起初是驱逐至房间,后来是衣帽间,妮基并不怎么在意。衣帽间逼仄狭小,密不透风,没有窗户。然而,在里头关了一阵子之后,她渐渐习以为常,甚至欣然接受。因为,在被关禁闭的日子里,她可以离父母远远的。

一听到刀子动了,门就会随之打开。她会立马集中注意力,坚定地看着母亲,从不畏缩。

"拿去用。"谢莉凶巴巴地吼道,递给妮基一只塑料桶,那是在阿伯丁的家得宝①买的。

不用问她就知道,这是做什么用的。

接下来的几周,谢莉只允许妮基出来倒桶,倒完就进去,不可以跟妹妹说话。

谢莉告诉萨米为什么姐姐会被关在房间里,为什么不可以跟她接触。

"你姐姐很坏,"她说,"知道了吗?"

"知道了,妈妈。"她撒谎道。

萨米很担心姐姐。她也曾被母亲关在房间里,但只关了一两天。

有几次,母亲派萨米去妮基的房间,取她如厕用的塑料桶。母亲守在门口,萨米拿了桶,跑到一楼厕所倒干净,就匆匆赶回楼上。白天,趁母亲睡着时,萨米会捡几颗小松果,偷偷朝姐姐房间窗户扔,用这种方式保持交流。

妮基知道自己被囚禁了。但她觉得,囚禁也有囚禁的好处,可以远离母亲的漫骂,不必整天如履薄冰,再怎么小心,还是会犯错。被关起来,反而更自由。最妙的是,她的房间里有一个衣帽间,母亲放了好多书在里头。

"那年夏天,我才发现自己有多爱看书,先是看完了整套《南茜·朱尔》②,接着又看了约翰·索尔③和迪恩·孔茨④的书。都是我妈妈的,她喜欢看恐怖小说,有好几大箱这类的平装书,每

---

① 家得宝(Home Depot),家居建材用品零售商,1978年在美国创立。
②《南茜·朱尔》(Nancy Drew),1930年起畅销美国的著名侦探小说系列,讲述少女侦探南茜·朱尔如何侦破一件件离奇案件的故事。
③ 约翰·索尔(John Saul),1942年生,美国畅销悬疑小说作家。
④ 迪恩·孔茨(Dean Koontz),1945年生,美国惊悚小说大师。

本我都看了。"

家里的狗小雀斑产崽时,萨米扔了一颗松果,打中姐姐房间的窗户,成功引起了她的注意。

"它生了八只狗宝宝!"她小声欢呼道。

"我想看看它们。"妮基说,接着竖起手指,碰了碰嘴唇,示意她小声点。

萨米点了点头。

小雀斑和它的宝宝给妮基带来了短暂的快乐。

妮基看过一部越狱电影,她模仿电影里的犯人,将两条浴袍绑一起,一头系在塑料桶上,将桶吊到楼下去。萨米拿到桶,里里外外刷洗一番,确定不会被母亲看到,然后抱起两只小狗,放进桶里,一边看着桶被吊上去,一边提心吊胆的,害怕被抓包。

妮基抱起小狗,壮着胆子抱了一小会儿,然后才恋恋不舍地放它们下去,还给妹妹。

* * *

后来,母亲总算放妮基出来了,可没过多久又故技重施。她就是这样,偶尔消停消停,如火山般短暂休眠,冷不防又恢复活跃,迅速寻找猎物,受害的几乎总是妮基。

在被顶棚掩盖的门廊里,萨米亲眼看着母亲追着妮基穿过整个房子,接着跑进厨房。谢莉大叫着,要妮基不准跑,乖乖接受惩罚。

"看我不打死你!"

只见谢莉用力一推,妮基猛地撞上厨房玻璃门,摔了出去,整块玻璃瞬间粉碎,碎片飞得到处都是。妮基发出一声凄厉的惨叫,犹如动物受伤时发出的哀鸣。谢莉连忙扔掉手中的皮带,冲过去查看女儿的伤势,她身上被划了几十道口子,正往外渗血,染红了衣衫和裤子,衣服上还插着玻璃碴儿。妮基开始呜咽,但什么埋怨的话也没说。她已经彻底吓坏了,萨米也哭着跑过去搭把手。

与母亲目光相接的那一瞬间,萨米相信,母亲不是有意的,这样的情形,她也不愿意看到。然而,谢莉的第一反应总是反过来指责他人,撇清责任。

"还不都是你害的。"谢莉说。

过了一会儿,看着鲜血从女儿身上滴下来,谢莉突然变了语气。

一句陌生的话从她口中冒出来,仿佛是其他国度的语言。

"对不起。"

母亲的道歉,与从厨房一路滴到浴室的血一样,让人吃惊不已。

母亲和萨米将妮基扶进浴室,接着往浴缸里注满热水,不是滚烫的水,而是冷热适宜的温水,然后轻轻褪去妮基被血浸湿了的衣服,扶着她坐进浴缸里。

浴缸里的水很快就被血染红了。

"对不起。"她又说了一遍。

女儿们希望,母亲的歉意是真心的。经过这一回,她也许真的意识到,自己做得太过分了。两个孩子会产生这样的希望,并非平白无故。经过这次意外,谢莉对妮基好了一些,会带她下馆子,去理发店做头发。

"就我们两个人,"妮基后来回忆说,"以前从来没有过。"

姐姐全身上下布满了伤口,萨米亲眼目睹了她受伤的经过,即使还只是个懵懂的小孩,她也懂得那不是小伤,母亲应该带姐姐去医院。

"但她不能带姐姐去医院,"萨米推测说,"她没法解释姐姐身上的伤是怎么来的,还有那些瘀青,那些长条状的淤痕。那样的伤痕,家里每个小孩身上都有,妮基身上的永远是最重的。那些年里,我们身上总能找到被母亲打过的伤痕,没有哪一天身上是干干净净的,一块伤痕也没有。"

不过,当孩子真的需要去医院时,谢莉还是会带她们去的。

有时,她会亲自护理孩子。

她这一生都在跟护士打交道,甚至在温哥华克拉克学院上过几门课。她总爱说自己有多渴望回学校读护理专业,拿到学士学位,但是眼下最重要的是将女儿抚养长大,然后才能谈理想和抱负。家里放了一堆医学和急救书,平日里,她如果没在看斯蒂芬·金或迪恩·孔茨的书,就会拿起一本医学书翻翻。

戴夫记得有一次,妻子为他做了一个小手术,摘除了他背上的一个大囊肿。

谢莉倒了几杯威士忌,用酒精麻痹他,然后拿起一把小刀,切掉他身上的囊肿。他能感觉到痛,但他相信谢莉不会胡来。

"没什么大不了的,她爸爸还曾帮她割掉手上的疣,"他回忆说,"基本上,她就是用刀子划开皮肤,然后它自个儿突了出来,(她)就顺手将它割掉。蛮好的,什么问题也没有。"

* * *

尽管家中存在严重的家暴，而且频繁到骇人的地步，但是劳拉不曾听外孙女说过谢莉的坏话，一句也没有。无论家里发生了什么，她们都守口如瓶。

"妈妈有点儿怪。"妮基或萨米顶多只会这么说。

有一次，劳拉去谢莉家为妮基庆生。那是一个炎热的夏夜，她睡在二楼妮基的卧室里，那是整个房子最热的地方，所有热气都往那里跑。她推了推窗，想开窗透气，却发现窗户从外头被钉死了。孩子们说是母亲钉的，原因不记得了。

第二天早晨，劳拉发现每个卧室门外都装有一道搭扣锁。她问孩子们那是什么，孩子们耸了耸肩，说是妈妈装的。

妈妈就是有点儿怪。

十三

肖恩·沃森的成长岁月大半是在塔科马市的街头风餐露宿。对于这个男孩而言,去雷蒙德与其说是被迫,不如说是一个雪中送炭的怀抱,指引他过去的。肖恩是谢莉的侄子,保罗的儿子。保罗是监狱的常客,多次进进出出。谢莉特别关照肖恩,表面上看,是想将侄子拉出火坑。几年来,谢莉一直在跟戴夫商量收留侄子的事,甚至收养,但戴夫始终没有点头。谢莉花钱无度,光是承担妻子的花销,戴夫就已经吃不消了。

谢莉断然忽视了丈夫的意见,这是她一贯的作风,不管什么事,不管谁反对。她总是对的,反对她的人都愚蠢、懦弱、自私。

虽然肖恩住在几小时车程以外的地方,但是这并不妨碍谢莉向他频频表达爱意。

1985年10月,肖恩十岁。谢莉在信中替全家人表达了对他的爱:

> 你回去没多久,大家就开始想你了。但愿很快又能再相见。这周末肯定能见到的。我们很爱你!戴夫姑父说:"嗨,小男子汉,我想你!"

1988年刚过一半，肖恩便搬到了雷蒙德，投靠姑姑。事实上，除了那里，他已无处可去。他的父亲保罗十五岁那年以为自己搞大了一个女孩的肚子，从战地镇跑了——这事后来证明是个乌龙。但保罗从此开始了在外漂泊的生活，跟着飞车党厮混，干些违法的勾当，十八岁那年短暂回到家乡，身边带着一个有阿拉斯加州原住民血统的女友，肚子里怀着他的孩子。

1975年6月，肖恩呱呱坠地，从此跟着父母过尽苦日子，生活封闭，居无定所，常常遭遇暴力。父亲四处流窜，母亲滥用药物，自甘堕落。在这种环境里，肖恩神奇地做到了独善其身，不受父母的荼毒。

肖恩的到来，为这个家注入了乐观和希望，不管是装出来的，还是真的。他没有被命运打倒。当然了，因为从小生活在街头上，他比表姐妹（妮基十四岁，萨米十岁，他十三岁）更有街头气息，但他也是一个小暖男。

和雷蒙德的许多男孩子一样，肖恩喜欢重金属音乐，喜欢邦乔维乐队。他有一双黑眼睛、一头黑发，源自母亲的原住民血统。女孩子们都觉得他很可爱，不仅因为他是新来的，还因为他憨憨的，很有趣，跟他接触过的人都会想跟他做朋友。一见到肖恩，克诺特克姐妹就喜欢上了他。在她们心中，他更像亲兄弟，而不只是表亲。他总是笑嘻嘻的，爱讲笑话逗人开心。为了照顾他，谢莉申请了卫生与社会福利部的补助，给他买了新校服，在地下室隔出一间舒适的卧室，配了新买的被褥，还帮他把从自己家里带来的东西安置好，让他有家的感觉。

几乎从搬过来的那一刻起，他就开始喊谢莉妈妈，喊戴夫爸爸。

肖恩是一个待人友善的孩子，但也是一个从小在市中心最差最乱的街区里摸爬滚打过来的孩子。他很少谈论搬来雷蒙德之前的生活，只有那么一次，他真正敞开心扉，说起了自己的过去。那是在跟着姑姑一家人出去旅行的时候，他和表姐妹躺在车屁股后面的睡袋里，第一次开口告诉她们，他的母亲是瘾君子，父亲是飞车党，自己从小过着怎样的生活。他是愤怒的，愤怒于自己在塔科马的生活境况，愤怒于父母让他一直颠沛流离。直到搬来姑姑家，他才终于安定下来。来到雷蒙德之后，除了外祖父母和劳拉奶奶之外，他很少听到其他家人的消息。

"肖恩和他爸妈完全不一样。他永远不会惹上警察，也不会染上毒瘾。一样都不会。"妮基说，"我从不担心他会步上父母的后尘。他是个好孩子。"

侄子搬来没多久，谢莉就开始吩咐他干很多活儿，而且越来越多，只增不减。

"妈妈把肖恩当牛一样使唤，"多年以后妮基说，"什么活儿都叫他干。一开始，他还不情不愿的。后来，她说什么，他便做什么。"

肖恩大多数时间都在做家务，偶尔也能忙里偷闲，骑着越野摩托车，去山上的树林里转转。有时他载着的人是萨米，但大多数时候，他的知己是只比他大几个月的妮基。她懂得身为边缘人的感觉，不管是在学校里，还是在家里。和肖恩一样，她很清楚这都是拜母亲所赐。

肖恩很怕谢莉，和表姐、表妹一样，只要能不惹谢莉生气，他什么都愿意做。谢莉开始处处针对他，要他在家里和院子里做这做那，而且要求越来越多，只要不按她说的做，就得付出代价。地下室里的东西开始一件一件地消失，起初是枕头，接着是毯子，后来是床。谢莉要他睡到地板上，他抱怨过，但很快就发现，抗议只会换来更重的惩罚。

接下来，谢莉剥夺了他两周一次的洗澡权利，只给他一套衣服上学穿。于是，肖恩从一个酷酷的转学生，变成一个又脏又臭的怪人。

* * *

肖恩搬到姑姑家没多久，劳拉就北上一趟来看望他。去谢莉家看望孩子是要碰运气的，有时明明说好了要见面，她带着礼物而来，却看到家里没人，只好将东西放门口就回去。有一次，她将车停在房子外，坐在车里等了好几个小时，才等到谢莉带着女儿回来，敷衍地向她赔礼道歉，不是说记错日子了，就是说临时有急事得去阿伯丁或奥林匹亚市①办。不过这一次，当她抵达时，谢莉、两个外孙女、肖恩都在家。谢莉在楼下看电视，劳拉跟外孙女在二楼的房间里玩。楼上看着很好，外孙女的房间干净整洁、井井有条，跟谢莉小时候的闺房截然相反。

劳拉也很想看看孙子的房间。通往地下室的实木楼梯有点儿陡，她没有打招呼就往下走，谢莉则不知何时悄悄地来到她身后。才走了一半，劳拉就被呛得难以呼吸。底下有一口炉子，是烧柴油为房子供暖用的，浓烈刺鼻的柴油味扑面而来，涌入她的

---

① 奥林匹亚市（Olympia），美国华盛顿州的首府。

肺，熏得她眼泪直流。

"我刚刚把柴油罐满上了，"谢莉说，"我丈夫马上就回来处理这味道。"

劳拉走过炉子间的小门，朝地下室的前部走去，来到肖恩睡觉的地方，那里的水泥地面上放着一张床垫。

她转了一圈，眼前的景象令她困惑极了，完全无法接受。

"他的床呢？"她问。

谢莉没有回答。

劳拉很生气，不满地看着谢莉："他需要一张床，谢莉。你们家是怎么了？如果你没钱……那我给你。"

谢莉只是站着，什么也没说。

劳拉又飞快地扫视了一圈。

"他还需要一个衣柜。"

谢莉打起马虎眼，说自己太忙了，一直抽不出时间将肖恩完全安顿好。最后，她还是拿了钱。

没过多久，劳拉就听说谢莉终于给肖恩买了一张床。她想，要不是她发了好大一通脾气，谢莉会想到给侄子买床吗？或者说，她会在乎吗？

十四

妮基在电视上看到过正常人家的母亲是怎么对待孩子的,怎么认真倾听孩子的话,用温柔的言语、轻柔的抚摸,抚慰孩子。她还偷偷观察过镇上的其他妇女,观察她们怎么跟丈夫和孩子互动。没有怒骂,没有殴打,也不会强迫孩子做奇怪的事,让他们又疼又屈辱,屈辱到难以启齿。妮基知道母亲不正常。肖恩来了之后,两人常常聊起母亲,说她有多变态,一聊就是数小时。

肖恩可不像妮基那么宽容。

"她就是个疯子。"他说。

"我知道,"妮基说,"可是,有的时候……"

"有过吗?"肖恩打断她。

"有的时候,我觉得她是真的爱我的。我能感觉到她的爱,感觉到她变正常了。"

"也就一小会儿,妮基,"他提醒她,"然后又变回去了。"

妮基并不否认。她的感觉是从哪里来的,肖恩可能很难理解。事实上,母亲曾经是爱她的,只是她的爱很短暂,现在已经消失了。妮基打从心底希望,有一天它还会再回来。

不管母亲做过什么,妮基都不曾放弃希望。

多年以后,她仍在努力寻找解释,希望能让别人明白,为什么当时的她会那么深爱母亲,那个狠狠折磨着自己的施虐者。

"我觉得,当我还是个孩子的时候,我很依赖她,依赖母亲。我想,除了跟她一起生活,儿时的我并不觉得,自己还有别的选择。长大后的我会后悔,后悔自己当初没有做点什么,帮自己一把。只要我妈妈愿意,她可以表现得很爱你,说各种好话哄你……今天虐待我,第二天却搂着我,说我是她的心肝宝贝,她有多爱我之类的。我觉得,施虐者与受虐者之间的关系,大多如此……其中一方感到被困住了,无处可逃……施虐者先是殴打他们,接着释放出一些善意,将人哄骗住,于是受虐者不再企图离开,也不再思考下次还会不会被打,只是庆幸虐待终于(暂时)结束了。我母亲是一颗不定时炸弹……我永远不知道,她什么时候会发作。也许和颜悦色了几天,冷不丁就爆发了。我爱我的母亲,因为我不知道,除了爱她,我还能怎么样。我必须爱她。"

* * *

谢莉私下逼孩子做的事,有的难堪,有的痛苦,有的荒诞。这一切仿佛是她的测验,测验自己能变态到什么地步。肖恩被殴打过,被逼"洗泥浴"过,被辱骂过,什么难听的话他都听过。他和妮基被打入同一阵营,犹如战俘营里的士兵,是一根绳上的蚂蚱。

谢莉总能找到新方法羞辱两人。在这方面,她天赋异禀,令人胆寒。有一次,不知两人犯了什么错,她命令他们脱掉衣服,站在客厅里。接下来,萨米看着姐姐和表哥按照母亲的指示,光着身子缓缓地跳起舞来。

"跳到我喊停为止。"谢莉命令道。

萨米局促不安地站在边上看着,暗自庆幸被惩罚的人不是自己。她很保守,很害羞,在外头连穿着泳衣都会很不自在,尴尬得双手不知往哪里放。这种惩罚已经不光是羞辱了。

母亲用这种方法惩罚两人,看中的也是这一点。

有时,戴夫也会在场,看两个孩子跳舞。

"我爸爸会默默地坐着,"萨米说,"姐姐和肖恩则一直在哭。你只能照她说的去做。你不会想忤逆她的。"

多年以后,劳拉才听说了这些骇人的事。她努力消化着一切,试图理解为什么突然之间,继女变得对赤身裸体那么执着。这种执着来得莫名其妙,劳拉怎么想也想不出来,谢莉的童年有什么因能种下这样的果。

"我的孩子从来没有见过我只穿内裤或胸罩的样子,"劳拉说,"我总是会在外头套一件长袍。他们的父亲从来不会光溜溜地在家里走来走去,或脱光了衣服游泳。出去露营时,莱斯会跟儿子们一起洗澡,但从来不会跟谢莉一起。"

她实在想不明白,这种癖好是哪里来的。

也许谢莉住在安娜奶奶家时,曾经有过奇怪的遭遇?这并非完全不可能,虽然可能性不高。

"如果真有这样的事,我觉得谢莉当时应该会跟我讲的。我真的觉得她会。我实在不知道这是怎么形成的。"

不过,在莎伦将谢莉送到战地然后回加州之前,两人过着怎样的生活,向来不为人所知。

"也许是她那边的问题?我不知道。莎伦是个酒鬼。什么都有可能发生。我想，真相是什么，我们永远不会知道了。"劳拉若有所思地说。

不过，劳拉说，还是个姑娘家的时候，谢莉一直很保守，只会在房间里换衣服，门总是关得紧紧的，从来不会穿着暴露的衣服，在战地招摇过市。类似的事，她从来没做过。

在孩子们看来，母亲对裸体的痴迷，更多是出于权力，而不是性。萨米认为，这是母亲羞辱受害者的工具，也是防止对方逃跑的手段。谢莉会用既扭曲又羞耻的方法，比如逼对方脱光衣服，剥夺受害者的人格。也剥夺他们逃离的能力。

十五

那是一个冬天，太阳已经落到了环抱着劳氏祖宅的杉树后头。屋檐下挂着一排冰柱，屋檐上铺满了落叶和松针，沉甸甸的。冰雪在脚下嘎吱作响。放学后，妮基和肖恩一回到家，房子四周的空气就变得凝重起来。谢莉总是埋伏在家中，边看电视，边吃巧克力棒，酝酿着惩罚孩子的新花样。

接下来会发生什么，孩子们已经有了强烈的预感。那种预感犹如某种难以言喻的力量，游荡在空气之中，突然扼住两人的喉咙。

"把衣服脱了！马上！"谢莉大声喝道。

不要啊！

又来了！

为什么？

有时，面对谢莉的责骂，两人会试图反抗，结果往往适得其反，只会让她更生气。激怒她，将她气得面红耳赤，怒目圆睁，无异于激怒一头野兽，加速它消灭猎物的进程。大多数情况下，他们只会忍气吞声，默默接受。妮基怎么也想不明白，自己和表弟为何不曾反抗到底，正如她永远也想不出来，自己究竟错在哪里，让母亲气成这样。

"一定是有原因的，"后来，她努力回忆那天两人被母亲针对的原因，却怎么也想不出个所以然来，"说实话，我想不起来具体的原因了。"

他们利落地脱下衣服，以为这回又要学猪打滚儿了，但是戴夫不在家。"泥浴"这项惩罚几乎总是由他来执行，他会站在暗处操作水管，贯彻落实妻子的每一条指令。这回也许会是新惩罚，后果是什么，两人想象不到。谢莉命令两人到房子后头的山上去，找了一个地方要他们坐下，背对背罚坐。

"你们两个就待在这里，我没喊结束就不准起来。"

说完，她便走回屋子里，和萨米一起看电视去了。

肖恩瑟瑟发抖，屁股都冻僵了。

"我受够了这狗屁生活，妮基。"他说。

"我也是。"妮基光着身子坐在他身后，整个人也快冻坏了。

"我想逃离这里。"从肖恩口中呵出的白雾，是四周唯一的热气。

"我也想。"妮基说。

他们一直盯着房子看，好奇谢莉会不会突然加码，拖着水管冲出来，将他们浇成落汤鸡。那么做，才符合她的风格。

说不定她会让萨米代劳。萨米是这个家的"天之骄女"，就像监狱里最混得开的人，左右逢源，两边都吃香，为了讨好其中一方，随时可以告发另一方。

也为了夹缝生存。

有时，妮基和肖恩会故作轻松地嘲讽谢莉对他们做的一切，但是光着身子坐在山坡上的这一天不包括在内。

"靠，这日子太荒唐了，"肖恩说，"我真的恨死你妈了。"

"我也是。"

妮基并非盲目地附和肖恩。她对母亲是真的恨，只是心中另一个她始终认为，母亲对她再差，也好过没爹没娘。肖恩没有其他家人能依靠，难道他看不出来，这总比无依无靠强吗？

谢莉查过几次岗，走到门廊上，身子探到护栏外，看那两个孩子老不老实。他们背对背坐着，冻得浑身发抖，却没有多说什么，说了也动摇不了谢莉，只会吃更多苦头。

"她是个疯子。"谢莉返回屋里后，肖恩才开口说。

这点妮基反驳不了。"是，"她说，"我知道。"

他们就那么坐着，玩起了两人最喜欢的游戏：杀死妈妈。当然了，这不是真的游戏，而是一种幻想，幻想向谢莉复仇，放任自己沉浸其中。

比如，幻想谢莉穿着半敞的浴袍，唤来肖恩和妮基为她放洗澡水，两人趁机下手。

"给我放洗澡水。"有一天，谢莉心血来潮，突然这么使唤孩子。

于是，孩子们走进浴室，打开水龙头，往浴缸里注水。肖恩站在边上，看妮基往水里加泡泡液。母亲没有特别钟爱的香型。货架上有的都可以。薰衣草。玫瑰花。茉莉香。母亲坐在浴缸边上，看着泡泡满溢出来，堆成一座小山，然后伸手探入水中，测试水温。温度必须恰到好处才行。

"要够热，但不能太烫。"母亲说。

肖恩看着泡泡冒出来，嘴边露出一抹浅浅的笑。

"我们应该带一台收音机进去。"他会说。

89

妮基朝他望过去，会心一笑。他的言下之意，她总能立马领会。

然后，肖恩会颔首："她一坐进浴缸里，就将收音机扔进去。"

"这招真妙。"妮基会说。

这是两人的玩笑话，不是真的。不过，坐在一起幻想如何复仇，让他们的感情更坚固了。

谢莉一过来，两人就闭嘴了。回屋后，她脱掉浴袍，坐进浴缸里。先前，两人脑中曾划过一个念头——电死她就能结束这煎熬的人生。然而，当机会真的出现时，这个念头却溜走了。尽管她对他们做了那么多不好的事，他们却不能伤害她分毫。

当谢莉将两人从山坡上喊回来，允许他们进屋取暖时，天已经全黑了。

"希望你们已经知错了。"她说。

两人嘴里说着知错了，心里却压根儿不知道，她到底为什么生气。

第三部分

母亲的"好姐妹"

凯茜

十六

儿时住过的几个地方，萨米最喜欢的永远是老威拉帕的劳氏祖宅。它隐匿在道路的尽头，仿佛一处与世隔绝的秘境，安然藏身于花旗松之间，只可惜那一大片茂密的古松林，未来注定会臣服于咆哮的电锯之下。

六岁时，萨米已经上了两年幼儿园，不过是半日制的，因为母亲想留她在家里，看美国广播电视台的连续剧时，好有个伴。她们一边看连续剧，一边吃泡菜金枪鱼三明治，母女俩的感情就是这么在沙发上培养出来的。

在这个房子里，妮基可就没有什么美好的回忆了。

搬过来那年，妮基九岁。在这之前，她也曾被母亲狠狠管教过，管教的方式在某些人看来，还是可以接受的。搬过来之后，谢莉的做法越来越出格。随着其他人住进来，家人之间的关系也在变。

肖恩是第一个搬过来跟这家人一起住的人，第二个是凯茜。

刚来这个家时，凯茜的角色是朋友，后来是保姆。她是谢莉的理发师和好姐妹，也是谢莉和戴夫的证婚人。她身高1.83米，高挑挺拔，头发是褐色的，跟许多发型师一样，发型一季度一换，有时长，有时短，有时卷，有时直，不过大多数时候都烫着大波浪头。她经常笑着将卷发棒递给两个小姑娘，让她们也能换换发型。

萨米是全家最有眼力见儿的孩子。凯茜一来，萨米就接纳了她。"他们（妮基和肖恩）觉得，凯茜很霸道。她确实霸道。不过我很喜欢她。她对我很好，就跟我妈妈一样。搬来我家长住之前，她经常来家里做客，帮我和我朋友烫鬈发。她会带着美发工具过来，给我们做头发。她真的很好。"

姐姐和表哥则很反感又多了一个人来管他们。一开始，两人很受不了凯茜，他们并不需要再多一个母亲，也不需要有保姆看着。不过，这不能怪凯茜，是谢莉要她那么做的，要她跟老妈子似的管着他们。

1988年的圣诞节，三十四岁的谢莉怀上了三胎，为节日增添了更多喜气，三个孩子也都为家里即将迎来一个新成员而雀跃不已，浑然不知除了腹中胎儿，谢莉还打算为这个家多添一口人。

"凯茜会搬过来跟我们一起住。"谢莉宣布。

这句话突然从她口中蹦出来，不仅孩子们很诧异，戴夫也是。他知道谢莉跟自己的理发师关系很好，但是搬来和他们一起住？这完全出乎他的意料。

"她为什么要搬过来？"戴夫问。

"她家人不想跟她一起住，"谢莉说，"她需要另外找地方住。而且，孩子出生了，她会帮我带，像月嫂那样。"

戴夫很想反对，却没有开口。先前肖恩要住过来时，他也曾试图反对，但是当时肖恩的父亲又坐牢了，为了不让孩子步父亲的后尘，他需要一个稳定的环境。戴夫能看出，谢莉心意已决，不管他说什么，她都不会听的。

谢莉和戴夫将凯茜的单人床和梳妆台搬到了二楼女儿卧室中间的厅里，用她带来的一些东西装饰墙面，还将她的棉线编织篮和其他物品摆放好。凯茜三十岁了，被发廊解雇，成了无业游民，能有这么好的朋友愿意收留，她很感激。

孩子们眼中看到的是，谢莉将凯茜从窘迫的生活中解救了出来，对此凯茜感激不尽，毫无不乐意之处。早些时候，谢莉甚至告诉凯茜，这里管吃管住，她不用出去上班。

"你一定得搬过来，凯茜。"她说，"大家住在一起，肯定很欢乐。而且，我真的很需要你。"

让凯茜上钩的，是最后一句。

谢莉确实需要凯茜，起初说需要凯茜陪她去做产检，后来说需要她帮忙照顾刚出生的婴儿，最后又说家里四个调皮的孩子也需要她帮忙管教。凯茜似乎很乐意接受这个挑战。

看着这个闯入自己家的外人，这个母亲的理发师和好姐妹，这个对孩子特别专横的女人，妮基暗中观察她的一举一动，眼里充满了怀疑和焦虑。她能看得出来，这对好姐妹之间的关系正发生着微妙的变化。凯茜很崇拜谢莉，谢莉说的每一句话，她都会认真听。在这个家里，谢莉是至高无上的存在，仿佛神坛上的神明。对此，凯茜欣然接受，甘愿臣服。

"没人比你妈妈更辛苦，"凯茜坚信不疑地说，"真不懂你们这几个小孩怎么就不能多做点事，为她多分担一些。"

如果无意中听到了任何她认为对谢莉不敬的话，她就会将说错话的孩子拉到一旁训斥。

"注意你说的话，"她严厉地说，"别这么不懂礼貌。"

凯茜立马就成了萨米崇拜的对象，也许是因为她跟母亲关系好。妮基和肖恩则觉得她专横、爱管闲事，来这里只有一个目的，那就是对他们指手画脚，让他们的日子更难过，就像是又多了一个难搞的母亲。家里最大的两个孩子的情况，谢莉无疑已经向凯茜通过气了：妮基叛逆，肖恩顽劣。

"她倒不曾苛待我们，"妮基说，"她来到我们家，看到我妈妈经常对我们又吼又叫的，便先入为主地认为我们很不懂事。我们总有小辫子会被揪到，肖恩身上偶尔带着烟，有一次还被逮到吸大麻，她就觉得肖恩是坏孩子。"

如果说凯茜对谢莉家的孩子知之甚少，那么这几个孩子对她的了解只会更少。

十七

凯茜·洛雷诺的母亲叫凯伊·托马斯，是一个与众不同的女子，结过多次婚，每段都不长。凯伊从小在加州的北好莱坞长大，父亲在美国全国广播公司上班。战时，为了养家糊口，母亲在洛克西德公司①找了份工作。年纪再大一点儿之后，凯伊就去好莱坞的一个高端化妆品柜台上班了，看着光鲜，实际却很辛苦。

凯伊的幺女叫凯莉，在她的记忆中，母亲并不快乐，很少笑，工作勤奋，喜欢看书。1952年，凯伊生下了第一个孩子，是个男孩，后来又生了三个，其中两个是女孩——凯茜和凯莉。

1958年夏天，凯茜来到了这个世界上，带着一双漂亮的蓝眼睛，像一对蓝色的大珠子，还有一头金发。她跟母亲凯伊长得很像，20世纪30年代，凯伊还曾当过朗根多夫面包公司②的平面模特。

随着丈夫换了又换，凯伊和孩子的家也换了又换，搬了又

---

① 洛克希德公司（Lockheed Corporation），美国航空航天制造商，创立于1912年，1995年与马丁·玛丽埃塔公司合并，更名为洛克希德·马丁公司。
② 朗根多夫面包公司（Langendorf Bread），1895年在美国旧金山创立的一家面包公司。

搬——隆波克①、穆尔帕克②、西米谷市③。凯茜比凯莉大四岁,凯莉后面还有一个弟弟。家里经济向来不宽裕,但是几个孩子从小基本都在中产阶层的社区里长大,那里的男主人大多是水管工或印刷工,女主人则是家庭主妇,孩子们夏天都在外头玩耍,一直玩到该吃晚饭了才回家。凯茜和凯莉从小同住一间房,房里摆有两张单人床,中间隔着一个梳妆台,四周摆满了芭比娃娃,还有母亲为她们做的衣服。每天晚上,她们都会拿出母亲小时候的书,一起读睡前故事。当然,变数时有发生。狗血的事总能叫母亲凯伊碰上。不过,孩子们的童年始终是快乐的。

凯茜的继父去世后,凯伊买了一辆露营车,载着孩子到加州各地露营,为孩子留下了永生难忘的回忆。凯茜将旧牛仔裤改造成包袋,姐妹两人往袋子里塞满零食,提着零食袋爬到车顶上,一边欣赏沿途的风景,一边分享各自的人生,一聊就是几小时。凯茜暗恋家对面的男生,但两人只是朋友关系。她特别爱看禾林和剪影④出的连载言情小说,每个月一出她都会跑去买,赶在下一期出来前看完。她还很爱听乡村音乐,桃莉·巴顿和加特林兄弟是她的最爱。

大约在凯茜十八岁那年,母亲突然告诉几个孩子,全家人要一起去华盛顿州的南本德市度假。孩子们满怀期待,以为至少能住上带游泳池的豪生酒店,真正上路之后才发现,连续几晚住的都是廉价的六号汽车旅馆。就这么在路上自驾了好几天,一家人

---

① 隆波克(Lompoc),美国加州西部城市。
② 穆尔帕克(Moorpark),美国加州西部城市,位于西米谷市西边。
③ 西米谷市(Simi Valley),美国加州西部城市。
④ 禾林(Harlequin)和剪影(Silhouette)是两家美国图书出版公司,主打浪漫爱情小说,1984年剪影公司被禾林母公司收购。

才终于到了华盛顿州的太平洋县。

"当时是夏天,天空灰蒙蒙的,"凯莉回忆说,"华盛顿州沿岸的天气就那样。"

北上度完假没多久,凯伊便辞去了千橡牛排馆的厨师工作,向三个还住在家里的孩子宣布了一个重大消息。

"我们要搬去华盛顿州!"

这个消息"砰"的一声,在孩子们心中炸了开来,没人高兴得起来。当时,他们住的房子虽然也是租来的,但是很大,位于西米谷市的一处街角上,交通便利,有四间卧室、六棵核桃树,每次圣诞节快到时,还能捡核桃去卖,补贴家用。这是一个男主人来去如过客的家庭,几个孩子难得在这里找到了家的感觉。

他们不知道搬去华盛顿州会怎么样,只知道自己即将被迫割舍的是什么。

凯莉完全无法理解这个决定。母亲没有工作,也没有钱。尽管如此,1977年夏天,她还是带着全家人搬到了南本德。那时,凯茜十九岁了,正在美容学校上课,只能将学分转到阿伯丁的另一所学校。母亲花了两万五千多美元买了个老房子,是木质结构的,建于20世纪初。

母亲没有工作,买了房子之后,积蓄就所剩无几了。

"我不懂我妈是怎么想的,"凯莉尖锐地说,"接下来的日子该怎么过呢?"

凯茜念完美容学校,费尽千辛万苦才找到了工作,去了当地一家发廊。然而,在太平洋县这样的地方,想要广结客源并不容易。大多数理发师的客户都是自己的朋友,而且大多已相识多年。

这个县人口不多,外地年轻人刚来这里,会感到处处竖着无形的高墙。凯茜心地善良,有时害羞内向。对于这种性格的女孩来说,那些墙是无法逾越的。

*　*　*

凯伊的两个女儿中,凯莉是更有主见的那个,比姐姐有主见多了。她比姐姐更清楚自己想过什么样的生活。首先,她必须想办法离开南本德这个地方。其次,她想上大学,还想有一段幸福充实的婚姻。

凯茜却被困在原地。她也有梦想,却不知如何实现。

"凯茜习惯了事事讨好别人,我妈妈利用了这一点,"凯莉回忆说,"刚去发廊工作时,她跟我妈妈共用一个支票账户。当时我妈妈也在上班,但家里所有账单都要凯茜付。"

凯莉一直到二十一岁才学开车。在那之前,每次需要坐车,都是凯茜送她。姐姐能载她,她当然很高兴,她只是忍不住好奇,为什么姐姐总是有求必应,总是那么善良。

早几年的时候,凯茜常常帮别人家看小孩,当她知道某家人很穷时,她从来不会收对方的钱。有一次,她失落地对一个邻居说,家里的钱不够过节。于是,一群好心人带着礼物上门来了。这令母亲极为尴尬,尽管家里是真穷。凯茜节衣缩食,买了一枚"母亲戒"[①]作为圣诞节礼物送给母亲。母亲四十五岁生日时,为了给她一个惊喜,凯茜策划了一个生日派对。

凯茜是个只会付出不懂索取的人。

[①] 母亲戒(Mother's Ring),镶着宝石的纪念戒指,通常镶的是孩子的诞辰石,送给母亲或祖母。

许多年后，凯茜去西雅图看望妹妹，两人一起去听尼尔·戴蒙德的演唱会。在演唱会场馆外，凯茜看到一个乞讨者，立马从钱包里拿了点钱出来给他。

"我心想，姐姐是不可能在这种地方发展的，"聊到大城市的生活时，凯莉感叹道，"她太善良了。"

后来，凯茜的生父在某个录影现场死于工伤，赔偿金给了她和哥哥。凯茜特别渴望买一辆新车，雪佛兰科迈罗或特兰斯艾姆，但是在家人的劝说下，她放弃了买豪车的梦想，将钱拿去买了一个离母亲家不远的房子。

她从母亲家搬了出去，一个人在外头独自生活，在阿伯丁的发廊打工。

努力自力更生。

可惜好景不长。

不管凯茜再怎么努力，都达不到发廊老板的业绩要求。她被解雇了，整个人日渐消沉，做什么都不顺，慢慢地债台高筑，高到她不得不拿房子抵债，搬回母亲家住。命运之轮彻底逆转了过来，朝着万劫不复的方向而去。搬回母亲家没多久，母亲就开始向凯茜索要房租。她为母亲做了那么多，可当她遇到困难时，母亲却是这么回报她的。她没有一分钱，但有一个好姐妹，她还参加过对方的婚礼。

这个好姐妹名叫谢莉·克诺特克。

十八

在与谢莉的婚姻中,戴夫唯一真正快乐过的时光,是谢莉怀上他的亲骨肉的那阵子,以及这个孩子所带来的期盼与喜悦。然而,家里本就多了凯茜和肖恩两个外人,现在再添一个孩子,意味着又多了一张嘴要吃饭。身为这个家唯一的经济支柱,戴夫感受到了莫大的压力,只能加倍努力地工作。肖恩算是自家人,虽然做起家务活来比较粗心,经常需要指正,但是在戴夫看来,他基本上是个好孩子。凯茜来这个家,是来照顾怀孕的谢莉的,要带她上医院做产检,监督她定期接受癌症治疗,以免落下。虽然不曾对任何人提起过,但是戴夫的脑海中曾闪过一个念头:谢莉做了那么多次化疗,居然还能怀上孩子,真是太不可思议了。这个胎儿是什么?是奇迹,毋庸置疑的奇迹。

到了该去奥林匹亚市的医院时,谢莉告诉戴夫,她会坐凯茜的车去。

这样的安排,他还是头一回听说。

"你不坐我的车?"他问。

"不坐,"她说,"你开车跟在我们后头。"

"真的?"戴夫很错愕。

谢莉要他闭嘴。

"是的，你没听错。"

1989年6月的第一个星期，托莉出生了，第一个抱她的人是戴夫，不是凯茜。她全身包得严严实实的，皮肤有点儿灰灰的，眼睛蓝蓝的，头发泛着淡淡的金色，是戴夫这辈子见过的最可爱的小东西。

"我永远忘不了那一刻，"戴夫说，"她张开小眼睛，第一个看到的是我。"

谢莉说，托莉是早产儿，肺部发育不全。戴夫心想，感谢上天派凯茜来帮忙。他甚至觉得，凯茜是这世上最好的帮手。

出院没多久，有一天谢莉突然神色夸张地说，托莉停止呼吸了，但她将孩子救回来了。第二天，她和凯茜将孩子送回医院，在新生儿科医护人员的密切观察下，住院住了一周左右。

"我不知道谢莉是不是真的救了她，"后来戴夫说，"但她是这么说的。"

经过这次变故，情况似乎有所好转，且持续了一阵子。当时，谢莉差不多三十五岁，看上去很关心刚出生的托莉，似乎担心她出问题。托莉并不是真正意义上的早产儿，但是谢莉告诉她的两个姐姐，妹妹早产了一周，心脏有点儿问题，需要时刻有人看着。出院后，家里为她配了一张特制床，还有监测心脏的仪器。

每天晚上，两个姐姐上床睡觉后，都会被楼下的警报声和随之而来的恐慌声吓醒。她们会匆匆跑下楼，看见母亲抱着小妹妹，眼里充满了惊恐。

"她还好吗？"萨米很担心妹妹。

"她没事了。她没事了。"谢莉说道，抱着托莉，轻轻地摇啊摇。在可怕的夜半风暴中,谢莉是风平浪静的风暴眼,吸走女儿的担忧,尽力安定人心。

有一次,妮基跑下楼去,却撞见母亲拿着一个枕头,停在托莉的脸上方。

"她现在没事了。"谢莉抬起头来,眼里闪过一丝错愕。

心电监测仪还没来得及发出警报。

妮基下来得太早了。

后来,妮基想起了自己儿时的遭遇。那天,当她呼救时,母亲一瞬间就出现在了房内。她隐约感觉到,是母亲用枕头捂住了她的脸。

她会不会对每个孩子都这么做过?

这件事过后,妮基和萨米一直留着个心眼,时刻注意小妹妹的情况。谁也不曾说出内心的怀疑。没人敢逼问谢莉。她似乎很喜欢这个刚出生的宝宝,但也只会站在边上看着。又过了几周,照顾宝宝的责任更多地落到了凯茜和两个女儿的肩头上。

然而,在戴夫眼中,谢莉始终是世上最好的母亲。

"她特别擅长照顾宝宝,"戴夫后来说,"真的是这世上最好的宝妈。"

当几个女儿还是小宝宝时,谢莉很喜欢将她们洗得香香的,穿上漂亮的小衣服,抱出去炫耀,似乎很享受婴儿为她吸引来的目光。随着宝宝一天天长大,她对孩子的兴趣也一天天减弱,今天关注这个女儿,明天关注那个,到了最后,她的全部注意力都转移到了刚出生的托莉身上,每天只围着她转。

许多年后,萨米的生父丹尼来看她,告诉了她一些事,改变了她对母亲的看法。丹尼告诉她,当她还是个婴儿时,谢莉是怎么照顾她的。丹尼口中的谢莉,与戴夫口中的谢莉,判若两人。

"我一直觉得,她更会照顾婴儿,不太会照顾大一点儿的孩子,尤其当我们越来越大时,"萨米是这么评价母亲的,最后却又质疑了自己,"父亲告诉我,他曾看到我母亲跳下沙发,冲到婴儿床前,将我一把抱起来,假装她一直抱着我,但她根本没有。父亲看得出来,我那一天都是在婴儿床里度过的,尿布没换过,奶瓶随便扔在床上,身上是被尿布焐出来的红疹,很可怕。"

身为一个有太多东西需要隐藏的人,谢莉已经修炼成精,总能将东西藏在别人看不到的地方。这项能力让她能够将身上最黑暗的秘密藏起来,不让家人看到。

也不让警察看到。

十九

孩子们围着寿星萨米,中间是一个粉红色的生日蛋糕,上头插着白色的蜡烛,烛火摇曳着。每到节日或重要的日子,尤其是生日,谢莉就喜欢大肆庆祝一番。就算手头很紧或没钱,也难不倒谢莉,她总有办法买来一大堆礼物,还有好多好吃的食物,将冰箱塞得满满的。在门廊的野餐桌上,礼物堆成了一座小山,萨米开心地徜徉在礼物的海洋里。谢莉送了女儿一只波波熊,这是那个年代每个女孩都会想要的毛绒玩具。凯茜送了萨米一条金项链,项链上有一个小巧的心形吊坠。她兴奋得不得了,立马就戴上了。这可是真的金项链,而且送它的人是凯茜,大概因为送礼物的人是特别的,所以这个礼物也格外特别。

每个人都玩得很开心,然而母亲的一个问题,却让气氛冷了下来。

"你最喜欢谁送的礼物?"

萨米摸了摸项链,嘴巴咧得大大的,笑道:"凯茜的!我好喜欢这条项链!是不是很漂亮?"

"是啊,好漂亮。"谢莉说。

后来,所有人散了之后,谢莉拿出一条皮带,将寿星好好抽了一顿。

"不知感恩的白眼狼!生日派对是我给你办的。你的朋友是我请来的!这一切全都是我为你弄的。我给了你那么漂亮的礼物。凯茜的项链根本不是新的!那是她从家里带来的!"

萨米的脸上全是泪水,被母亲打过的地方也很疼。她学到了宝贵的一课——她最喜欢的礼物,永远只能是妈妈送的。

* * *

劳拉专门从事老年人护理机构的管理工作,在医疗领域做得很出色,这是在战地生活的那些年,身为沃森太太留给她的"遗产"。当心烦意乱的谢莉打来电话时,劳拉已经离婚两年多了,搬去了温哥华镇,住在樱桃西北街上的一个小房子里。

"我确诊了,"电话里的谢莉说,"是非霍奇金淋巴瘤。"

听到这个消息,劳拉大为悲恸,忍不住失声痛哭。虽然有过许多分歧,但两人终究是一家人。如今的谢莉同样身为人母,女儿尚且年幼无知,全都要仰赖她。这真是一个令人心碎的消息。

她告诉劳拉,自己正在接受治疗,但这个病非常严重。

几天后,谢莉又打来了,说医生诊断错了,不是淋巴癌,是垂体癌。

劳拉从没听过这么离谱的事。她不禁怀疑,哪个医生会犯这么严重的错误,甚至治疗到一半更改诊断结果?

"这对我来说完全不合逻辑,"劳拉后来说,"而且我本身就是干这一行的。"

她向谢莉问起了治疗的事。

"很糟糕,"她说,"我不知道自己还能活多久。我要去找专家看看。"

那一瞬间,劳拉脑中闪过一种可能——万一谢莉没能扛过来,两个外孙女也许将由她代为抚养。这两个孩子,她本就疼爱有加,接过来抚养,倒不成问题。

劳拉主动提出去雷蒙德帮她,但是谢莉婉拒了,说自己已经有了帮手。

"我朋友凯茜在这里。"

"谁是凯茜?"劳拉问。

"我的理发师,"谢莉说,"也是我的好姐妹。她对我女儿很好。我外出治病时,她会帮我看着孩子。"

劳拉觉得有点儿可疑,但没有逼问谢莉。该死的癌症,谁也不应该逼谢莉。

后来那几周,凯茜会打电话给劳拉,告诉她谢莉在做化疗,孩子们很乖。

"凯茜人很好,"劳拉回忆说,"(我记得)那是刚开始的时候。天哪,她真的心地太好了,什么都肯做,老天爷真该保佑她。每次我打电话过去,接听的都是她。"

"谢莉很累,"有一次,凯茜告诉劳拉,"我正在烧晚饭,收拾屋子。孩子们在写作业。我在尽全力(帮她)。"

然而,友谊的裂痕很早就有迹可循。有一次,劳拉正跟妮基讲电话,孩子身后突然传来了怒吼声。"妮基,出什么事了?"

"哦,"她平淡地说,"妈妈又在凶凯茜了。"

* * *

　　谢莉的癌症治疗持续了很长时间,长到过了头,令劳拉的疑心更重了。问起具体的治疗方案,谢莉总是语焉不详,主治医生是哪位,她也总说不清楚。劳拉咨询了跟自己共事的肿瘤专家,说了谢莉的病情和治疗情况,对方也感到不解。

　　有一天,谢莉打电话过来,劳拉紧咬着话题不放,语气从未有过地严肃。

　　"谢莉,实话跟你说吧,"劳拉说,"我听够了你那些癌症的鬼话。"

　　谢莉在电话里吼叫了起来。

　　"我跟一些医生聊过了,我们都觉得你又在撒谎了。"

　　谢莉将话筒用力一摔,"砰"地挂断电话。

　　几分钟后,凯茜打过来了。

　　"你把谢莉气坏了。"她说。

　　"凯茜,她根本就是在胡说八道,癌症不是这样的。"

　　"我不知道你在说什么。"

　　"你被骗了。"劳拉说。

　　下一个打电话过来的是戴夫。

　　"劳拉,你这算哪门子母亲?谢莉正在跟病魔斗争。你根本就不关心她。"

　　劳拉知道,谢莉嘴巴上说什么,戴夫都会深信不疑,不拿出证据来,他是不会清醒的。

　　"戴夫,你送她去过医院吗?"

　　"当然。"他说。

劳拉紧接着问:"你跟着她进去过吗?你知道的,医生一般都会要求家属陪同的。在癌症治疗中,家人是很重要的一部分。"

"没有,"他说,"谢莉的自尊心太强了(不想让人看到她脆弱的一面)。她让我在外面等她。"

"她输液的时候,你从来没有进去过?"

"没有,但是劳拉,你不能因为这样,就说她撒谎。"

劳拉继续逼问:"你在哪里等她?车里吗?"

戴夫努力保持坚定:"在候诊室里。一整天。"

"一整天。"她重复了一遍戴夫的话。

"没错,"戴夫说,"整整八小时。"

"根本用不着八小时,"劳拉说,"你收到过保险公司的账单吗?"

戴夫说,家里是谢莉负责收信件的,他没有看到过,但这证明不了什么。真相是,什么也说服不了戴夫。他挂掉了劳拉的电话。

"他一直守在候诊室里,"劳拉后来说,"这点我从不怀疑。戴夫不会骗人。她有可能偷偷从医院后门溜走,看电影或吃午饭去了。我不确定对不对,但这个猜测很合理。"

二十

凯茜来了之后，家人之间的关系继续悄然变化着。这个过程很缓慢，犹如温水煮青蛙。谢莉在玩什么把戏，凯茜似乎浑然不觉。她很孤独，与大多数家人关系疏远，身上没有半分钱。她个子高挑，长相粗犷，幽默风趣，曾打过当地垒球联赛，定期上教堂做礼拜。她是那种大方随和的女人，会将所有小女孩喊过来，分享自己在阿伯丁给人做头发时听说的趣事，逗得大家哈哈大笑。搬到谢莉家之后，凯茜开始淡出众人的视线。在所有人眼前，她开始丧失自我，逐渐失去个性，逐渐变得透明。

到了这一步，在这样的凯茜心中，谢莉的需求永远被摆在第一位。

好的！

马上！

我再打扫一遍。

凯茜渐渐失去了往日乐观的精气神。不管多努力，谢莉都不满意。不管怎么照顾孩子、打扫房子、做晚饭，谢莉都嫌她做得太少了。每次惹谢莉不高兴了，谢莉就会抓起身边的东西——厨具、电线、咖啡桌上的书，往凯茜身上打，狠狠地打。凯茜会哭泣,有时甚至扬言要走。谢莉会恶人先告状,说都是她的错。

"是你把我逼急了,我才会这样的,"谢莉告诉她,"下次别再这么逼我了。我还得依靠你呢。把我吩咐的事做好。别顶嘴。"

凯茜会说对不起,保证下次不会了。

谢莉会给她一个拥抱,外加一把药丸。

这一切,孩子们默默看在眼里,心中疑窦丛生。

肖恩和妮基讨论过。

"你妈是个疯子。凯茜是个傻子才会忍下去。"肖恩说。

妮基同意,但也清楚,不管怎么样,有凯茜在,自己能少受点罪。这让她松了一口气,同时也感到悲哀。母亲不应该那样对待凯茜。没人应该被那样对待,或者说这个家里的每个人都不应该被那样对待。

谢莉对凯茜越来越恶毒。有一次,在厨房门外的小山丘上,两人忽然打了起来,丝毫不留情面。虽然凯茜高大多了,谢莉肚子里还怀着托莉,但是挨打的却是凯茜。谢莉揪住凯茜的头发,让她痛得大声哀号。紧接着,谢莉将她推倒在地,对着她的肚子乱踢一通,踢得她滚下山坡去。

凯茜哭着求饶,说自己错了,不该惹谢莉生气。

她保证以后不会再犯了。妮基站在房间的窗边,目睹了整个过程,难以相信自己的眼睛。她见过母亲对凯茜大吼大叫,在言语上极尽羞辱,甚至精神操控她,但这是她头一回见到母亲动手打她。妮基不敢相信这是真的。

但它的确是真的。

还有一次,肖恩和表姐妹坐在客厅里,默默地听着两个大人之间的对话。

谢莉双手抱胸，遗憾地摇了摇头。

凯茜竭力自辩，坚持说"我没做过"，否认谢莉的指控。

谢莉一脸担忧地看着她。"你不记得自己那么做过，"谢莉纠正她的说法，"你其实是想说你不记得了。"

凯茜直视着指控她的人："我没做过。"

谢莉摇了摇头，用悲哀的眼神看着她的朋友。谢莉扭曲事实的能耐，孩子们早已领教过许多回。她总有办法将假的说成真的。哪怕心里明明知道，她说的根本不可能是真的，你还是会忍不住被她蛊惑，信以为真。

"凯茜，"她重复道，"你知道，我是爱你的。"

这句话瞬间瓦解了凯茜的防线。她开始抽泣起来。

"是，"她说，"我知道，我也爱你。"

"那么你就应该相信我说的话，"谢莉说，"你晚上一直在梦游。这真的让我很担心。"

"可我不记得我梦游过。"

"没错，"她说，"你当然不记得啦。"

看，这就是一个活生生的例子——听懂谢莉的意思，顺着她的话说，落入她的圈套，就是在间接承认她的指控。

"可我如果做过的话，我不会完全不知道的。"

"凯茜，今天早上，我在你床下发现了柠檬蛋白派。"

"不是我放的。"凯茜露出一脸茫然的表情。

"你的意思是，你不记得是你放的了。孩子们可没这么做过，"她的目光扫向了客厅里的听众，"是你们放的吗？"妮基意识到，母亲又在使用她最拿手的伎俩了——煤气灯操纵①。母亲也曾这样操纵她对现实的认知。

"不是。"他们配合地回答，以免引火上身。可是，妮基其实看到了，看到母亲将柠檬蛋白派塞到凯茜床底下。另外，她还看到过，母亲将糖果纸藏到凯茜床底下，然后假装无意中发现了。

谢莉将目光转回到自己的好姐妹身上。"听着，凯茜，你白天吃太多了，才会一直瘦不下来。现在你还会梦游，梦游的时候恐怕也在吃。"

凯茜茫然极了，但她坚决否认："我没有。"

谢莉依然一口咬定她梦游偷吃。接下来的几周里，她多次发现被吃剩的食物，不是在凯茜床底下发现的，就是在两个女儿卧室之间的某个犄角旮旯里发现的，那里正是凯茜睡觉的小客厅。有一次，母亲唆使妮基将吃的藏到凯茜床下，第二天早上跑去告诉凯茜，她"又梦游吃东西了"，"晚上把我们家的食物都吃光了"。

"昨晚，我听到你在吃冰箱里的东西，"有一次，谢莉想当面给她难堪，假装好心提醒道，"半夜里，你吃得跟头猪似的。你不能再这么下去了！"

"对不起，"凯茜哀求道，"我在努力控制自己了。"

纵使年幼懵懂，肖恩和表姐妹都看得出来，在谢莉面前，凯茜越来越不坚定，阵地一寸寸失守。戴夫是如此。他们亦是。

---

① 煤气灯操纵（Gaslighting），又称煤气灯效应，起源于1938年的话剧《煤气灯》，指对受害者施加情感虐待与操控，让其怀疑自己的记忆、感知或理智。

* * *

当谢莉跑来对峙时,妮基从凯茜眼中看到了惶恐。

"昨晚,"谢莉说,"你光着身子梦游到肖恩房间。他都告诉我了!"

"我没有,谢莉。"凯茜一脸惊恐。

"你有,"谢莉说,"他看到的人就是你,凯茜。我知道你对他有那方面的幻想,但你必须就此打住。那种下流龌龊的事,我可不想在我家看到。"

听到这项指控,凯茜震惊不已,不由得倒退一步。谢莉是在暗示,她一个三十多岁的女人,竟然想跟一个未成年人发生性关系?

"我没做过,"她说,"我发誓!我发誓!我真的没有。"

谢莉一脸同情地看着她。

"凯茜,你连自己做了什么都不知道,"她说,"你真的不知道。你别走,在这里等我。"然后,她去把肖恩带了过来。

"实话告诉她吧。"谢莉说。

肖恩一脸严肃地将事情经过复述了一遍,说法跟谢莉如出一辙。

"你确实那么做了,"他说,"就在昨晚,凯茜。我看见了。"

凯茜一脸茫然地看着这两个污蔑自己的人,眼泪再也忍不住了。

"我没有,"她说,"你们两个都错了。"

肖恩没有丝毫退让。"你有,"他坚称,"我看见了,全都看见了。"

凯茜哭着跑回自己的房间。

后来，肖恩向妮基坦言，他是瞎说的。

"凯茜才没有光着身子跑进我房间，"他说，"但我必须配合你妈妈演这场戏。"

妮基能理解他的苦衷，因为她也做过同样的事。二打一是谢莉最喜欢的攻击模式，通常是跟戴夫联手，偶尔拉女儿入伙，共同折磨他人。有时，她也会教唆肖恩，通常是在对付凯茜时。

"你妈是个内心扭曲的人，妮基。"肖恩说。

"她是个变态。"妮基跟着说。

"她以为每个人都蠢到相信她的鬼话。"

"凯茜是真的信。"

"你妈说的话，我一句也不信。"肖恩说。

"我也是，"妮基说，"她那张嘴没一句真话。"

然而，背地里骂得再难听，两人都没有能力或魄力去揭发谢莉，只能任她摆布，听她差遣，但是心里都清楚，他们如此配合谢莉，只是为了生存。不听她的命令，就会被剥光衣服，在泥巴里打滚儿，或者挨一顿打。哪天她心血来潮了，甚至会变出新花样来，狠狠折磨他们。对未知的恐惧，令两人从不敢造次。

"没错，我们乖乖按她说的去做，但根本不信她那一套，"肖恩说，"却又不能表现出来，否则一旦被她察觉到了，她会抓狂的。"

* * *

凯茜又惹谢莉生气了，不过妮基不记得是为什么了。这样的经历，家里每个孩子都有过，莫名其妙被罚，却不知道为什么。

总之，凯茜惹恼了谢莉，谢莉朝她后背一踹，她便从楼梯上滚了下去，狼狈地倒在地上。谢莉站在楼上破口大骂，骂她笨手笨脚的，脑子还不好使。孩子们早就学会了别多嘴，也别盯着母亲看，否则只会沦为下一个箭靶。

谢莉开始剥夺凯茜在这个家的权利，说她"坏透了，不能让她拥有太多"。这意味着，她带到这个家来的私人物品，大多数都被收走了。谢莉开始没收她的物品，起初是她的照片、乡间音乐唱片、针织用品，接着是她的衣服，只留一条短裤、一件胸罩和一件穆穆袍①。

没过几天，穆穆袍也被没收了。

在这之后，她连胸罩也没了，整天只能光着身子做家务。她还被告知，要用厕所必须先问谢莉。另外，除非谢莉同意，否则不许洗澡。过了一阵子，她被赶去院子里洗澡，只能拿水管冲身子。

于是，这个家里多了一个新惯例：对光溜溜的凯茜视若无睹，不做评论。在客厅里，凯茜光着身子忙进忙出，干着谢莉吩咐的活儿，孩子们若无其事地看着电视，连头都不会抬一下，更不会张嘴说什么。

有时，凯茜不知做错了什么，会被母亲锁在衣帽间里。萨米曾无意中听到母亲在柜子门外窃窃私语，安抚蜷缩在里头的凯茜。

"你会没事的。"母亲说。

凯茜在门内喃喃地说了什么，萨米听不清楚。

"伤害你是不对的，凯茜。我不会让别人伤害你的。我爱你，

---

① 一种夏威夷传统服饰，宽松的裙子，类似长袍。

凯茜。我会保护你的。"

萨米蹑手蹑脚地溜走了，心里忍不住想，狠狠惩罚完凯茜之后，母亲居然还能摆出一副守护者的姿态，仿佛她会一直守护凯茜，不让她受到一丁点伤害。真不晓得她是怎么做到如此伪善的。

对其他人，谢莉不也是如此吗？凯茜的到来，吸引了母亲的所有火力，成为她集中攻击的对象。在某一方面，这让萨米松了一口气，庆幸受惩罚的是凯茜，不是姐姐和表哥。在内心深处，萨米很感激凯茜能留下来。万一她走了，母亲最爱折磨的对象，又会变成家里的几个孩子。

在萨米眼中，凯茜很强壮，比母亲高大，脑子也聪明。

"我一直想，她是个大人，她有车子，谢莉不是她母亲，她也不是小孩，她如果想走，完全可以一走了之。"许多年后，萨米冥思苦想，"那时，我还只是个小孩，懂得不多，可我却在想，你是傻子吗？你应该走啊！"

这也是妮基的想法。她曾对肖恩说："我觉得她不正常。她应该离开这里。"

"凯茜被虐待的那段时间，"妮基回忆说，"我再也没被狠狠打过，感觉就像爸妈有点儿忘了我这个人了。"

孩子们不再受到虐待，然而这短暂的安逸，却伴随着极为沉重的代价。在他们生活的世界，不管家里发生什么，只要睁一只眼、闭一只眼，就能远离母亲的毒手，却也让各自的人生蒙上了永远挥之不去的阴影。

* * *

谢莉变本加厉,很快就联合家里的孩子,变着花样无情地欺凌凯茜。在母亲的胁迫下,妮基和萨米埋伏在凯茜下楼洗衣服的路上,用橡皮筋弹她。这时的凯茜很虚弱,行动也很迟缓,谢莉不用跑太快,就能逮住她。

"抓住她!"谢莉在楼道里大喊。

萨米不敢不从,颤抖着做了母亲强迫她做的事。

不过,执行得最勤恳的是肖恩。

谢莉叫他踹,他就踹,叫他揍,他就揍。他并不乐意,但他照做不误,否则遭殃的就是他。谢莉翻脸的速度有多快,他早已领教过了。如果不照她说的去做,他就会被迫"洗泥浴",被剥光衣服,用胶布绑在墙上,或睡在水泥地板上,没有衣服穿,也没有毯子盖。他这么做,还有一个原因——不管有多恨姑姑的作为,她终究是他身边最像母亲的人。

他想讨她的欢心,想和她站在同一边。

她需要有人扮黑脸,他就扮黑脸。

"凯茜很怕肖恩,"萨米回忆说,"她把他看作痛苦的来源,是母亲派来折磨她的恶魔。他打她。他踹她。他那么做,都是母亲逼的。"

谢莉无所不用其极,以玩弄家人为乐。

有一次,凯茜跑上楼梯,想躲避肖恩的攻击。这时,谢莉出现了,她张开双臂护住凯茜,瞬间变成了救世主,而不是加害者。

还有一次,凯茜失踪了,每个人都在找她,里里外外找了个遍。

"她肯定在家里的某个地方。"谢莉说。

大家遍寻无果。最后,萨米发现她原来蜷缩在母亲的衣帽间里。

后来才知道,是谢莉将她藏在那里的。萨米无意中听到了两人的对话。

"没事的,"谢莉安抚道,"我是来保护你的。有我在,你很安全,凯茜。我保证。没人能伤害你。肖恩不会伤害你。其他人也不会。"

凯茜哭了起来,紧紧抓住谢莉,感谢她出手相助。

"那天,妈妈明明知道凯茜在哪里,却从头到尾都装作不知道的样子。她将凯茜藏在衣帽间里,藏了好几个小时,骗她是为了躲避肖恩的伤害。事实上,她只是想营造一种假象,让凯茜以为她和自己站在一边。"萨米说。

萨米将凯茜从衣帽间里放了出来。

这不是凯茜最后一次被关在里头。

有时,家里来客人了,谢莉会将凯茜赶去衣帽间,直到客人离开了,才放她出来。客人待多久,她就得藏多久。几个小时过去了。又几个小时过去了。凯茜瘫坐在地上,耐心地等待黎明的第一缕微光。

* * *

凯茜瘦了很多,身上伤痕累累,牙齿也变差了,头发被谢莉乱剪一通,成了一个鸡窝,让人怎么也联想不到它原本又长又漂亮的样子。虽然有了凯茜,但是母亲并未停止虐待自己的孩子。

有时，妮基会忍不住想起凯茜的眼神。当凯茜看到她被虐待，向她投来同情的目光时，她会情不自禁地哽咽。

他们的痛苦，凯茜感同身受。

虽然谢莉折磨和羞辱的对象主要是凯茜，但是看到孩子们被谢莉责罚时，凯茜的眼里依然饱含同情。

凯茜不愿抓住任何一个孩子抛来的救命稻草。她知道，一旦孩子们插手，或者试图解救她，他们就会跟着遭殃。

"我当然希望你们能帮我，"凯茜曾说，"可我知道你们什么也做不了。"

当然，凯茜留下来，并不是为了牺牲自己，成全他人。妮基知道，她留下来，只是因为走投无路。

真的走投无路。

"我一直很反感凯茜对我指手画脚的，"妮基多年后说，"有时我真的很讨厌她。她就是我们这几个孩子的克星。我母亲给了她所有权力，让她觉得自己很重要，觉得这个家需要她。没有哪个青春期的小孩喜欢处处被一个陌生人管着。讨厌归讨厌，那时的我还是看得清她真正的为人。她真的很好。"

二十一

就算有钱去更远的地方玩,克诺特克一家人最喜欢的度假方式依然是在华盛顿州露营。戴夫从小在美国西北部地区长大,不是在一年四季郁郁葱葱的密林里玩耍,就是在峭壁巍然的海边玩耍。谢莉也是。青翠欲滴的原始森林环抱着太平洋县和格雷斯港县,林子里缭绕着灰白色的雾霭,低调而柔美。将露营椅、小冰箱、帐篷都放上车后,一家人挤进车里,朝西港露营地出发。

那是一辆红褐色的丰田车,里头坐了戴夫、谢莉、肖恩、妮基、萨米,没有多余的位子给凯茜,她便去了后备厢。就算还有位子,结局也会是一样的,谢莉和戴夫只准她去后备厢。奇怪的是,她完全没有意见。

"我不记得她有抗拒过,"萨米后来说,"或抱怨过,只记得我妈妈理所当然地说了一句,'凯茜,我们要去露营了,到后备厢去吧'。"

搬来不到一年,凯茜在这个家的地位就急转直下,变得很诡异,如同奴隶。这家人出去玩时,比如露营,都会带上她,但又不尽然。孩子们烤棉花糖或热狗时,她会站得远远的。男女主人早晨喝咖啡,或晚上喝啤酒时,她从来不会坐边上,跟着喝一杯。露营用的东西是她搬的,帐篷是她搭的。

"(我妈妈一直在喊)'凯茜,拿这个','凯茜,做那个'。大概就是这么一个情形。她是来给我妈妈当苦力的,不是来跟我们露营的。妈妈吩咐什么,她就做什么。"萨米回忆说,"当时,我们并不觉得这有什么不对劲。我们还太小,以为这是正常的。"

第一天晚上,凯茜没有跟其他人一起睡在帐篷里,而是睡在车底。

第二天晚上,谢莉对凯茜的睡处有了新的安排。

"凯茜,你去睡后备厢吧,一定很有趣!"妮基记得母亲一边说,一边扶凯茜爬进去,接着盖上后备厢盖,只留一条缝。

"我记得我妈妈当时还哈哈大笑,"妮基回忆道,"第二天早晨,(凯茜)爬起来,不小心从后备厢里滚下来,重重地摔在了地上,摔得很重很重。"

* * *

谢莉很懒,每个孩子都知道,只有凯茜才觉得她勤快。谢莉躺在哪里,哪里就堆满了脏盘子。有时,盘子放得太久了,食物残渣都干了,将盘子黏住,分都分不开。另外,家里的脏衣服也总是堆着不洗,直到堆得快有珠穆朗玛峰那么高,大家都没有干净的衣服可穿了,她才终于想到该洗衣服了。

有一天,母亲告诉女儿们她要出门办事,要大家跟她一起去自助洗衣店。

"把凯茜也带上,"她说,"不能留她一个人在家。"

女儿们将装着脏衣服的塑料袋放到车上,凯茜则钻入后备厢。

这时的凯茜已经很虚弱。萨米有一种莫名的预感——凯茜不会好起来了。明眼人都看得出来,她的身子一天不如一天,尽管谢莉总说她在好转。

到了洗衣店,孩子们将脏衣服往洗衣机里塞,总共塞了六台才结束。然后,萨米回到停车的地方,想看看凯茜的情况。母亲先前警告过大家,无论如何都不能放她出来。所以,她只敢隔着车厢跟凯茜说说话。

"你在里面还好吗?"萨米问。

"还好,"凯茜说,"衣服洗得怎么样了?"

"挺顺利的。"

"外头天气还好吗?"

"很好,"萨米说,"非常好。"

萨米返回洗衣店,心里很堵,没过多久又出来看凯茜了。

"在烘衣服了,"她说,"很快就好了。"

"好的,"隔着后备厢盖,凯茜的声音听上去闷闷的,不太清晰,"下次再聊。"

两人的对话通常就这样,很随意,很平和。凯茜不曾疯狂捶打车厢,拼命想逃出去,也不曾试图踢掉车尾灯,或抱怨里头很暗、很闷、很难受,而是温顺地躺着,安静地等啊等,等回到了家,她就能出来为谢莉分担更多家务了。

然而,就算凯茜顺从地待在后备厢里,光着身子在家里干活儿,乖乖吃下谢莉给的药,谢莉总能找到更残忍的方法折磨人。

因为这就是她最大的本领。

有一次,两个女儿惊恐地看着凯茜坐在外面的门廊上,头上倒扣着一只碗,她们的母亲挥舞着剪刀,"唰唰"地剪掉了凯茜波浪般的长发，那如理发师名片般的秀发。泪水顺着凯茜的双颊无声地滚落，她的头发纷纷扬扬地往下落，松散地堆在地上，犹如一团鸟巢。

"宝贝们，"谢莉摧残完凯茜的头发，将女儿们喊过来欣赏她的杰作，"看看凯茜的新发型！是不是全世界最可爱的波波头？"

看着那样的发型，两姐妹实在难以昧着良心说好看。母亲的"手艺"没有丝毫可爱之处。妮基心里想的是，这是她见过的最丑的发型，明显是故意剪得这么丑的。

"是啊，"妮基言不由衷地说，"这个发型我喜欢，真可爱！"

萨米忍住内心的不适，附和道："太可爱了，凯茜！"

她们知道，不顺着母亲的话说，就等着吃不了兜着走吧。遭殃的可能是凯茜，也可能是她们。跟母亲在一起，你永远不知道下一秒会发生什么。今天，她忽然心血来潮，将凯茜的头发剪得这么丑，也许是因为她突然想起，奶奶当年曾这么羞辱过自己。那时，奶奶故意剪坏她的头发，为的是给儿媳劳拉一个教训："你连孩子的头发都梳不好，我干脆替你剪了省事！"

和劳拉一样，妮基也学会了缄默，跟其他孩子默默转身回屋。

"凯茜怎么能容忍妈妈对她做那么过分的事？"走到母亲听不到的地方后，妮基才忍不住发问。

萨米也很纳闷。肖恩的回答永远只有一个。

"你妈妈是疯子，"他说，"这就是原因。凯茜怕她怕得要死。我们也好不到哪里去。"

二十二

一定是药的问题。搬过来之前，凯茜一直很正常，有主见，有个性，从不忍气吞声，任人搓扁揉圆。

凯茜为什么会变成这个样子？为了找出真正的原因，趁着母亲不在，凯茜忙着干活儿，没空管他们，妮基和肖恩偷偷潜入了母亲的房间。

"走，去看看妈妈给凯茜吃的究竟是什么。"肖恩说。

谢莉的梳妆台和床头柜上摆满了瓶瓶罐罐，一楼浴室里的药柜也不遑多让，跟药房似的，堆了几十种处方药的瓶子，有氯羟去甲安定[①]、硝基快[②]、阿替洛尔片[③]、帕罗西汀[④]等。

药多到令人眼花缭乱，大多数是两人闻所未闻的，处方单是太平洋县各地的医生开的，药是雷蒙德、南本德、阿伯丁等地的药房配的。

[①] 用于镇静、抗焦虑、催眠、镇吐等，可单独用于镇吐，作为癌症患者的辅助止吐药。
[②] 抗心绞痛药物。
[③] 用于治疗高血压、心绞痛、心肌梗死。
[④] 抗抑郁药物。

在五花八门的药当中,最好认的是百优解①,它的胶囊是白绿色的。

"她给凯茜吃的就是这个。"妮基说。

肖恩拿起一颗胶囊扔进嘴里,一口吞了下去。

"我记得,吞下药二十分钟后,他就晕乎乎的了。"妮基后来说。

谢莉显然一直在给凯茜下药。

后来,有人甚至怀疑,她或许对孩子们也下过药。

* * *

妮基和肖恩的关系更紧密了,不仅因为同病相怜,还因为母亲总是特别针对他们两个。每次犯下同样的错,母亲只会在身心上折磨最大的两个孩子,对二女儿萨米却格外宽容。凯茜来了之后,妮基和肖恩才有了一点儿喘息的空间。

他们常常凑在一起密谋生路,带着青少年特有的天马行空,幻想如何挣脱谢莉的魔爪,结束这苦难的日子。

"地板下的架空层,"有一次肖恩说,"我们应该把她关在那里。"

"或者关在阁楼里?"妮基另有建议,"只要能困住她,哪里都可以。"

"没错,"肖恩说,"说真的,你妈怎么能这么变态?"

妮基耸了耸肩:"我怎么晓得?"

---

① 抗抑郁药物。

肖恩想了想,又说:"好吧,有的人天生就是变态。你知道的,我一定会离开这里的。"

"我也是。"

"我是真的会离开的。"

妮基何尝不想鼓起勇气追随肖恩,可是亲情的羁绊令她踌躇不前。她可以煞有其事地说要走,却永远踏不出那一步。

肖恩却不同。他行动过好几次。

每次肖恩真的离家出走,妮基都会自我安慰地想,这对他是最好的,并默默为他加油。即使被母亲拉上车,跟着四处寻找肖恩,她也不曾改变这种想法,只希望他能成功逃脱,永远不被母亲找到。

肖恩想逃离姑姑家是有缘故的。

谢莉折磨他的方法层出不穷。

一开始只是殴打,后来愈发稀奇古怪。有一回,她从厨房抽屉里拿出胶布,从浴室药柜里拿出一瓶冰热霜①,打算测试新发明的惩罚。在女儿们的注视下,她命令肖恩脱掉衣服,接着用胶布裹住他的手脚。他口头上抗议了几声,却不敢用力挣扎。

接下来,她将他推入正门的门后,然后将冰热霜抹到他的阴茎上,痛得他立马哇哇大叫。

"看你下次还敢不敢。"她恶狠狠地威胁道。

多年以后,没人记得那天这个少年究竟做错了什么,要受这么耻辱的惩罚。肖恩羞愤难当,却只能任谢莉摆布。她就是这样,用这种心狠手辣的方法,将一个孩子逼到绝路。

---

① 冰热霜(Icy Hot)是一种缓解肌肉酸痛的软膏。

* * *

母亲和姐姐出去买东西了,留下萨米一人监视表哥。肖恩不知做了什么,气得谢莉火冒三丈,她命令他脱掉衣服,拿出胶布裹住他的手脚,推到门后去。

"别让他跑了。"出门前,她特意叮嘱萨米。

一听见车子发动的声音,萨米就立马冲向了浴室。

母亲一不在家,她就会这么干,家里其他小孩也是。

平时,只有经过谢莉允许,或者将门敞开着,孩子们才能用浴室。大多数时候,孩子们解手或洗澡时,谢莉会在边上盯着,仿佛在做什么人体科学观察。

用完浴室,萨米回到客厅,却发现肖恩不见了。

她立马慌了,里外找了个遍,都没找到肖恩。萨米很生气,气表哥跑了,母亲一定会将全家人叫上车,没日没夜地找他,不计代价地找。在找人这方面,谢莉一向锲而不舍,犹如一个猎人,不达目的绝不罢休,哪怕要找到半夜三点,孩子第二天还要上学,她也不在乎。

萨米一直找到天黑,才在隔壁邻居家的小木棚里找到了肖恩。

"肖恩,你必须回家来,"萨米说,"妈妈很生气,你知道她一定会找到你的。"

肖恩进屋时,谢莉一言不发。他光着身子,浑身发冷,脸上布满泪痕。

谢莉恶狠狠地剜了他一眼。

"对不起,妈妈。"肖恩说,"我保证以后不会了。"

终于，谢莉开口了，问他怎么那么傻。忽然之间，她的语气变得很温柔，如和风细雨般，透着一股抚慰人心的力量，仿佛肖恩是一只迷途的小猫，她将它轻轻抱过来，要给它一个遮风挡雨的家。

"我们很爱你，肖恩。"她说，"别再这样吓我们了。真不懂你为什么想离开我们。"

还有一回，戴夫带着全家人去塔科马北部的野浪主题水上公园玩，没想到肖恩中途又逃了。谢莉立马喊停，将出游改为大追捕。这样的戏码，妮基和萨米已经烂熟于心，一颗心仿佛变成了铅块，重重地往下坠。她们去不了水上公园了，母亲肯定会没完没了地找下去，找不到人就不罢休。

最终，他们找了两天。第一天，他们去了蒂利克姆社区，那是肖恩搬来雷蒙德之前住的地方。每一间废弃的小房子，每一个破败的车库后头，他们都搜过了，后来还去了塔科马大型购物中心，找遍了所有商铺，但都一无所获。

谢莉甚至找了塔科马当地的灵媒，向她打听肖恩的下落。

"妈妈，"妮基做好了狠狠挨一巴掌的准备，"他不想留在这里。让他走吧。"

谢莉置若罔闻，继续四处寻找侄子的下落。

肖恩失踪的那几天，妮基一直在心中祈祷不要找到他。

求求您，上帝，让肖恩逃走吧。妈妈是魔鬼。只有离开，才能安全。

她的祈祷，上帝显然没听到。第二天，才找了没几个小时，谢莉就找到了不听话的侄子，还说了各种他最在乎的话，将人哄上了车。

她对侄子说，自己很爱很爱他。

这番话不可能是真的，当时的他怎会不知道呢。

"肖恩，大家都被你吓坏了，"谢莉的语气多么温柔，神色多么关切，"以后不能再这样了。你会害我担心死的。你的表姐妹也很担心你。我们爱你。"

二十三

托莉的婴儿床一直放在一楼的主卧里。当谢莉觉得小女儿不能再睡在她房里时,她要求凯茜将楼上两个卧室之间的小客厅让出来。

"我在楼下给你准备了一间舒服的小房间。"

那时,凯茜的私人物品大多已经不见了,比如卧室家具和衣物。对此,凯茜毫无怨言,似乎已经忘了如何维护自身利益,彻底任由谢莉摆布。

事实证明,她口中的"舒服"根本是假的。地下室楼梯右手边放油炉的隔间就是凯茜的新房间,对面是肖恩睡觉的地方,处处漏风。炉子间只有五乘八英尺①大,地面是混凝土的,墙壁尚未完工,壁骨裸露在外,环境粗糙简陋,夏天也冷飕飕的,地方又小又挤,连一张床垫都放不下。

被迫住在那样的地方,凯茜看上去有点儿伤心,却没有一句抱怨。谢莉告诉她,这是为了托莉好,她便接受了。

"你会喜欢那里的,凯茜。"

---

① 1 英尺约等于 30 厘米。

萨米不喜欢那里。看到凯茜被迫搬到地下室,住在那么恶劣的环境里,萨米感到很糟心。凯茜搬到炉子间不久,萨米就找到了几箱凯茜的东西,先前母亲分明说过,她将它们送人了,因为凯茜表现不好,让她很不高兴。萨米带了几张海报,跑到地下室,往墙上贴。一意识到萨米在做什么,凯茜立马慌了起来,如临大敌。

"不要贴。"凯茜说。

"没关系的。"

"不,"她坚决说,"别贴了。"

"把这里弄漂亮一点儿,好让你住得舒服些。"萨米没有被劝退。

凯茜惊恐万分。

"萨米,求你了,"她哀求道,"别弄了。"

萨米不懂她为什么害怕成这个样子。她知道母亲可能不喜欢这些,但这是凯茜的房间,应该由凯茜做主。这里又臭又破,她只不过是想将它拾掇得好一点儿,看着顺眼一些,又不是要改造得多豪华。

凯茜比萨米更了解她母亲的脾性。

谢莉一看到萨米的杰作,就将海报全撕了,将凯茜臭骂一顿。然后,她找到萨米,骂她是个坏小孩,要她别多管闲事。

"你敢再那样试试。"她说。

* * *

那天,太阳已经下山了,前不久下过一场大雪,冰雪才刚消融没几天。凯茜不知做了什么,让谢莉火冒三丈。她那气急败坏的样子,妮基和萨米不是第一回见了。姐妹两人躲在妮基的房间里,挤到窗边偷偷往外看,看到她们的父母正命令凯茜爬到房子后头的小山丘上。肖恩也凑了过来,一起围观。凯茜一丝不挂,冻得瑟瑟发抖。谢莉打算怎么惩治凯茜,一开始还看不太出来。姐妹俩目不转睛地盯着山坡,看凯茜乞求谢莉和戴夫放她回去,可两人完全不为所动。

"照我们说的去做,凯茜!"谢莉怒吼道,"你非要跟我唱反调才开心吗?"

戴夫站在山顶上,闷不吭声地用胳膊肘推了推凯茜。她坐了下来,顺着山坡滑下去,一路又哭又号。才刚滑到山下,谢莉的命令又来了。

"起来!上来!"

凯茜哭着往上爬。

到了山顶,她又被逼着往下滑,就这样不停地来回,持续了数小时,浑身又冷又疼,最后几乎连路都走不了。她一次次爬上去,一次次滑下来。昏暗的灯光从厨房窗户透出来,照在她那触目惊心的屁股上,那里已经被冰碴子磨得血肉模糊。

"对不起,"她一遍遍求饶,"我不会再犯了。我好冷。我好痛。求你了,谢莉。求你了!"

这仿佛是一场永远醒不来的噩梦。肖恩摇了摇头,回地下室去了。无须他多言,每个人都看得出来,这有多荒唐。两姐妹不忍再看,转身爬上妮基的床,相拥到天明。

"早晨,我们到外头去,"后来,回想起那残忍的一幕,萨米磕磕巴巴地说,"我,姐姐,肖恩……从山顶到山下,一路上的雪,血红的,像一道红条纹,长长的。"

那天早晨，看着地上混了血迹的积雪，泪水涌上了妮基的眼眶，可她不敢让它们流下来，害怕被母亲看到。她看到了，不会愧疚，只会得意。另外，她和妹妹其实知道，这背后还有其他的原因——被折磨和惩罚的是凯茜，不是她们。

"只要妈妈忙着惩罚凯茜，"妮基后来说，"她就不会来找我们麻烦。当时，明知这是一种病态的心理，可我们还是忍不住庆幸，庆幸被妈妈那么对待的不是我们。"

二十四

1991年3月,因为心脏的问题,凯伊要动一个大手术,大女儿却不知去向。听说凯茜住在谢莉家,他们打了几次电话过去,但都没找到人。电话响了又响。最后,谢莉终于接了,漫不经心地说,凯茜走了。

"她跟她男朋友洛基走了。"她说。

"洛基?"这个名字听着有点儿耳熟,但是凯茜的妹妹凯莉从未见过真人,弟弟也没见过。

谢莉语气坚定地说她走了,没有透露任何细节,便挂了电话。

凯茜走了。去哪里了呢?

"我们试过找她,"凯莉后来说,"可就是找不到。"

没过多久,凯莉收到一封信,信里夹着一张照片,照片拍得不大清楚,依稀看得出是凯茜,站在一辆半挂车前。信里还夹了一张字条,笔迹略显女孩子气,的确是凯茜的风格。她说很遗憾姐妹两人不够亲近,但她过得很好。

"她还提到了洛基,"凯莉努力回忆信上的内容,"写得很像那么一回事。于是我想,就算她不愿意再跟家人在一起,我也不怪她。即使这意味着以后再也见不到面,那也没关系。也许她真的找到了梦中情人，这个男人跟言情小说里写的一样好。两人也许正在外头过着梦寐以求的生活，而不是在这个家里痛苦地活着。"

一个月后，也就是1991年4月15日，戴夫带着全家人坐上车，去瓦沙韦海滩玩。那是华盛顿沿岸的一处沙滩，当地的海岸被侵蚀得很快，这也许是它最为人所知的地方之一。海水顺着地势弯弯绕绕地流入低洼地，将无人居住的小木屋和拖车围困住，仿佛隐现于水面之上的孤岛。远处能看到冲浪人士的身影，乘着暗灰色的波浪，时隐时现。这一天是谢莉的生日。瓦沙韦海滩是戴夫最爱的冲浪点之一。托莉随父母坐前排，另外三个孩子坐后座。

躺在后备厢里的凯茜，身子一天不如一天。那天下午，他们带上家用摄像机，拍了不少照片。照片中有一个羸弱的女人，牙齿被蛀得只余黑色的残根，身体消瘦干瘪，不复往日的丰腴，皮肤也松松垮垮的。她坐在阳光下，两眼空洞地望着海面，身旁站着她的朋友，正享受着这个属于她的独特日子。

沙滩上，海风徐徐，谢莉搔首弄姿，宛如沙滩靓女，戴夫围着她转，忙着用镜头捕捉妻子的倩影。她笑起来时，一双蓝眼睛闪闪发亮。在阳光的照耀下，一头红发光彩夺目。这一年，她三十七岁了，依旧美艳动人，任何人见了都无法否认她的美。她答应带孩子们去吃大餐，深情款款地对丈夫说"我爱你"。

没人知道，那张美丽的皮囊之下，那些甜蜜的语言背后，究竟隐藏着什么。

没人知道，那张面具，她究竟戴了多久。

二十五

1992年夏天，父母在雷蒙德买了一幢白色农舍，位于莫洛洪公路上。萨米不懂父母是怎么想的，竟然会做出这样的决定。那房子不怎么好，谢莉并不喜欢，被迫搬去那里，她也是一肚子火。跟典雅大气的劳氏祖宅相比，它真的差了一大截，而且还很破旧，建于20世纪30年代，得大翻修一番才好住人。戴夫手脚麻利，修葺房子的事可以自己来，可是他平日里都在外头工作，很少在家。

农舍所处的地段倒不差，而且四周种满了果树，以苹果树居多，自带一个小果园，房子后头还有一大片田野，绵延至一片次生林的外缘，林子主要由冷杉和铁杉构成。农场内有一条麋鹿出没的小径，更有蓝鹭在树上筑巢。农舍紧挨着的公路沿着威拉帕河一路向下，在乡间蜿蜒蛇行，延伸至遥远的地方。要说这农舍有什么好的，萨米只想得到一个，那就是它位于交通便利的主干道上，而不是人迹罕至的小路上，隐匿于高耸的杉树之间。搬到那里之后，说不定家里的情况能有所改善，毕竟房子就在马路边上，如果更容易被外人看见，母亲或许会有所收敛，不再虐待凯茜，逼她光着身子在院子里干活儿，也不再逼姐姐和表哥"洗泥浴"。

然而，事实是，那个地方比萨米想的还要隐蔽。刚到那里的头两天，萨米就被母亲派去勘察地形。母亲要她围着农舍转一圈，再沿着公路走一段距离，去每个便于窥视的位置踩点，试试看如果路人或邻居站在那里，能不能看到农舍内外。

"我们家很注重隐私。"她义正词严地告诉萨米。

那时的萨米快上七年级了。应母亲的要求，她在外头踩点踩了数小时，从家里一路走到了树林里，路过一块惠好公司新砍伐的区域，继续往林子深处走去。最后，她踩完点回到家，将一路上的发现告诉母亲。

"看不到什么，"萨米说，"只能看到房子一小块区域，其他的就看不到了。"

农舍附带的农场差不多两公顷大，四周基本上都有护栏围着，正合谢莉的意。家里本就养了不少宠物，主要是猫和狗，搬到新家之后，宠物的队伍日益壮大，添了几匹马、几只鸡、一只鹦鹉，还有一只叫毛茛的兔子。谢莉素来自诩喜爱动物，却鲜少亲自照顾它们，似乎只喜欢像集邮一样收集动物。

农舍边上还有几个存放杂物的外屋，包括鸡舍、工具棚、老谷仓、水井房、泵房，基本上都很小。它们的存在，更加印证了这里就是一个小型农场。农场内最大的建筑，是一个谷仓式的库房，跟郊区的车库差不多大，里头放着工作台、货架、食品储藏室、冰柜。离库房后门仅几步之遥的地方，还有一座外墙为铝板装饰的农舍，它就是全家人日常起居的主屋，略显拥挤促狭，要放下全家人生活所需的一切，颇为勉强。

不仅萨米觉得它小，其他孩子也看出来了。

它不到一百五十平米大,二楼有两间小卧室,中间隔着一个小隔间,后来被这家人叫作"电脑房",一楼的主卧是父母的,剩下的卧室根本不够其他人分。

更差强人意的是,浴室只有一个,而且紧挨着主卧,这使得整个房子感觉更小了。

托莉跟父母睡一楼的主卧,肖恩睡妮基的衣帽间,没有床垫。

"只有一条毯子,"萨米后来说,"情况就是如此。在莫洛洪路居住期间,他一直没有自己的房间。"

凯茜也没有。她睡客厅地板。那时,她浑身上下没剩多少家当,一个纸袋子就能装完。刚投奔谢莉时带来的东西已所剩无几,她的卧室家具、大部分衣服、图书及其他个人物品,早就不见了。她有一辆老德斯特[1],本来被戴夫停在后院里,没过多久也不见了。

一搬到新家,谢莉就制订了"整改"计划——厨房需要大翻修,浴室里装一台大的热水浴缸,前业主留下的东西统统拆除。一家人连轴转了几周,没日没夜地修缮房屋,拆除地毯,清空厨房,大部分工作都在夜间完成。那阵子,戴夫在惠德贝岛[2]的工地上班,周末放假才能回家,每次都得开五小时车,疲惫地赶到家,投入到房子的翻修中,努力让妻子满意。女儿们的房间怎么装饰,谢莉完全让孩子自己做主。妮基想要 50 年代黑白棋盘格主题风,萨米则挑了珊瑚色的地毯。

等内部拾掇得顺眼了些,谢莉便派妮基去将主屋外墙刷成橙红色。妮基拎起油漆桶,正准备开工,却发现它是红色的。对于

---

[1] 德斯特(Duster),普利茅斯公司(Plymouth)1970 年推出的一款轿车。
[2] 惠德贝岛(Whidbey Island),美国华盛顿州的一座岛屿。

这"微小"的色差，母亲不以为然地耸了耸肩，递给妮基一把画画的刷子，催她去干活儿。那刷子才2.5厘米宽。

她刷了整整一个夏天。

萨米被派去刷库房。母亲给了她更好的刷子。对于母亲的偏心，大家早就见怪不怪了。肖恩被派去打扫院子，堆放木材。谢莉偶尔会跑出来监工，大多数时候只会坐在沙发上看电视剧，拆一包巧克力棒吃，随手将包装纸塞入沙发垫之间的缝隙里。

虽然换了一个环境，大家都很辛苦地整理新家，但是家人之间的关系并未改变。谢莉继续无情地攻击家人，火力集中在肖恩和凯茜身上。

每个人都处于高度警戒的状态，不知道什么时候又会被谢莉盯上。每次母亲一靠近，妮基就会下意识地后退。母亲会突然逼近，冲她破口大骂，狠狠抽她耳光，抡起拳头往她身上砸。有一次，妮基坐在副驾驶座上，不小心睡着了，母亲的拳头立马就过来了，只因她不乐意看到妮基在车上打瞌睡。

还有一次，母女两人站在家门口等校车。母亲闷闷不乐的，不知在生什么气，但她一直隐忍着没发作，等校车来了才给了女儿一巴掌。

"她想让我的朋友看到，给他们取笑我的谈资。"

某天中午，谢莉突然出现在妮基就读的中学，来找她的睫毛膏。她原本将东西放在浴室里，现在却不见了，肯定是被妮基偷走了。她打开女儿的储物柜，在孩子们的注视下，将柜子翻得乱七八糟，女儿的东西全掉了出来，散落一地。

"是她拿的！"她当着妮基同学的面大声控诉，"她偷了我的睫毛膏！这是不对的。这不是一个女儿应该做的事！好女儿才不会偷妈妈的东西！"

谢莉对妮基很残忍，但她将最大的残忍留给了凯茜。

* * *

凯茜常常连澡都洗不上，搬去莫洛洪路之前是如此，搬去之后更是如此。大多数时候，谢莉根本不准她进屋洗澡，肖恩和妮基偶尔也会是这个待遇。一开始，所谓的"洗澡"跟住在劳氏老宅时差不多——凯茜一丝不挂地站在屋后的草坪上，任由水管对着她喷，无论天气冷暖，一年四季皆如此。

后来，谢莉甚至连肥皂都省了，直接往凯茜身上泼漂白消毒水。

"你是一头肮脏的猪！只有用这个才洗得干净！"

凯茜浑身上下布满斑驳的伤痕，腐蚀性的液体泼到她身上，有的飞溅到伤口上，痛得她哀号呜咽。当她哭喊得太凶，或挣扎欲逃时，戴夫会拿出胶布，将她的手脚裹起来。如果戴夫不在家，谢莉就会亲自动手将她五花大绑，或叫肖恩按住她，自己拿着水管继续帮她"冲澡"。

有一回，谢莉用胶布封住凯茜的嘴，怕她叫得太大声，惊动了邻居。

"闭嘴！你脑子有病吗？我是在帮你。不知好歹的蠢猪！"

每次冲完澡，谢莉都会换上一副善解人意的面孔，亲昵地搂住凯茜的肩膀。

"你看，现在是不是舒服多了？"

* * *

关于凯茜的情况，戴夫特地问过妻子，但她总说凯茜状态不好，她在帮她恢复。过了一阵子，妻子的好姐妹越来越少出现在家中。不知从哪天起，戴夫每次周末回到家，凯茜都不见人影。

女儿们告诉他，母亲把凯茜打发去泵房了。

这么做是不对的。戴夫找到谢莉，当面质问此事。

"谢莉，她为什么在泵房里？"

对于这样的安排，谢莉完全不觉得有什么问题。再说了，她有很正当的理由。

"她需要保护。"谢莉说。

"保护？为什么？"

谢莉假惺惺地摇起头来，故作无奈地说："因为孩子们会欺负她。"

孩子们？简直是无稽之谈。他们都是好孩子。然而，他不愿多费唇舌，因为他厌倦了跟妻子争论——后来，他甚至承认，跟妻子吵架很累，即使睡了一晚好觉，也仍旧力不从心。

妻子说什么，他就信什么，仿佛她的话是真理。她一再声称虐待凯茜的是肖恩，她把好姐妹关在泵房里，为的是保护她，让肖恩没法欺负她。戴夫回忆道："有一天，我回到家，看见肖恩抓着凯茜的脚，在院子里拖行。"虽然肖恩这么做极有可能是谢莉唆使的，但是自从目睹了这次事件，戴夫便彻底信了谢莉的话，认为她说的绝对是事实。

二十六

"凯茜去哪里了?"

在莫洛洪路的家中,谢莉突然从沙发上跳起来,开始大喊。她穿着睡袍站在客厅里,蓬头垢面,不修边幅。

"她在除草。"萨米说。

"她跑了!"谢莉朝窗外看了看,愤怒地吼了一句,转身跑回卧室穿衣服去了,"去林子里找她!现在就去!"

母亲根本不用多加"现在"二字,凡是她说的皆为铁令,必须立即执行,刻不容缓。萨米冲出家门,穿过乡野,一头钻入农场后头的树林,一边四处寻找凯茜的身影,一边不停地呼唤她。在树林里,三个孩子奔跑在鹿道上,四处找人。不找到天黑,母亲是不会满意的。

"她说不定已经逃走了。"肖恩说。

"但愿吧。"妮基说。

谢莉开车走了,出去了两小时就回来了,和她一道回来的还有凯茜,手里拎着两袋新衣服,是在阿伯丁的维斯卡商场买的。谢莉说,找到凯茜时,她正跟一个朋友在一起,两人去了商场的洗手间,私下好好谈了谈,凯茜便回心转意,决定回来了。她买了两套衣服，一套绿的，一套红的，都是条纹上衣配长裤的款式，身上穿着的也是新的，整个人看上去漂亮多了，尽管牙齿和头发掉了不少。许多年没见她这么精神过了，萨米和妮基都有眼前一亮的感觉。她看着干净多了，也快乐多了。

然而，看到凯茜回来，妮基最大的感受是不可理喻。她不理解凯茜为什么不趁机一走了之，将自己的遭遇告诉别人——告诉跟她一起逛商场的朋友，告诉警察，告诉任何一个人都行。

"看到她回来，我很震惊，"许多年后，妮基说，"看到母亲什么事都没有，我同样很震惊。我简直不敢相信这是真的。我在心里想，这是犯罪，凯茜明明可以跑去报警，说她受到了虐待。她跑回来干什么？他妈的，她真疯了。她没救了。她是疯子。我父亲也是。他为什么不离婚？"

多年以后，一想到凯茜曾短暂地快乐过，萨米就忍不住落泪。多么丑陋，多么不公。"妈妈将她从商场带回来，让她在屋里住了一段时间，不是很长，但也有好几天了。"

几天后，作为逃跑的代价，凯茜又被赶回泵房去了。

从那之后，再也没人见她穿过那些漂亮的新衣服。

* * *

凯茜又试图逃跑了。一次不成，再来一次。有一回，她没穿衣服就冲出去了。

在学校里，一个同学跑来奚落萨米。

"哈哈！"他说，"他们在校车上看到你妈妈了，看到她光着身子在院子里到处跑！像一头又老又壮的裸熊！"

萨米真想找个地洞钻进去。

"我才不信嘞。"她嘴硬道，否认这完全有可能发生的事。

"艾琳妈妈也看到了。"

艾琳妈妈是校车司机。

萨米努力想摆脱这个丑闻，但它就像老式弹珠机里的钢珠，在学校里弹来跳去，传得到处都是，甩都甩不掉。

回到家后，萨米将这件事告诉了母亲。

"胡说八道！"母亲气急败坏地说，"那是凯茜！她当时又想跑了！还好被我抓住了。"

"妈妈，这真的太尴尬了，"母亲的反应，萨米早就猜到了，只觉得她是在狡辩，却还是顺着她的话说，"他们全都以为是你。"

谢莉当下就慌了。真的是凯茜！可是，万一真被人看到凯茜在院子里裸奔，他们说不定会怀疑这户人家有问题。她急中生智，立马想到了补救方法。

"请艾琳来我们家，"她说，"你们两个可以一起泡澡。"

后来，艾琳过来了，和萨米坐在热水浴缸里，谢莉状似无意地走了过来。

"哦，天哪！"谢莉说，"真是太尴尬了。那天，我正坐在浴缸里泡澡，什么也没穿，它突然狂冒火花，吓得我跳了出来，冲到院子里去。我好害怕啊，还以为要被电死了呢！"

两个女孩聚精会神地听着，随着谢莉指了指缸壁上一处烧焦的地方，描述电线如何冒火花的场景，时不时发出一两声惊呼。

"我妈妈就是这么厉害，"萨米后来说，"在艾琳来之前，她先将浴缸烧出一个印子来，好让谎言更可信。不知道艾琳信不信，反正我差点儿信了。"

*　*　*

妮基听见了哭喊声，正在库房里干活儿的她透过敞开的大门，查看外头的情况。这一天，凯茜被放了出来，在院子里除草，似乎除得不怎么样，令谢莉很不满。在妻子的示意下，戴夫将正在除草的凯茜从院子里拖走，以示惩罚。当妮基看到凯茜时，她正哭着躺在一块水泥地上，身上光溜溜的。

"踹她，戴夫！"谢莉恶狠狠地说。

戴夫没有吭声。他几乎从来不会说什么。他穿着工作时穿的安全鞋，鞋头是钢制的，朝凯茜的脑袋踢了几下。

"她躺在地上，痛苦地呻吟。"妮基后来说，"我心想，踢得可真够狠的，接着便转身回了库房，没再留意了。"

二十七

新家所属的地产上散落着一些外屋,包括一个旧谷仓、一个库房、一个鸡舍、几个储物棚,另有一个泵房,寒冷阴暗,潮湿发霉,在所有外屋里是最小的。谢莉认为,那是一个适合凯茜反省的好地方。在那里,她可以好好想想自己究竟错在哪里。泵房不到两平米大,妮基和肖恩偶尔也会被发配到那里。

有时,凯茜会被迫在里头连续待上几天,甚至几星期。

木棚子里放了一张棕色的老沙发,萨米将沙发上的垫子取了下来,带到泵房里给凯茜用,想让她坐得舒服些,后来谢莉看见了,立马叫萨米拿走。

"她是来这里反省的!"谢莉说,"不是来享受的!她必须想清楚自己做错了什么,知道为什么被罚。我们希望她想明白了,就能回到主屋里来,而不是一直住在这里!"

萨米只是想帮帮自己的朋友,她不懂为什么这样反而是在害她,但她退却了。帮助凯茜,也许只会害她受更多皮肉之苦。

母亲施虐时,通常不会亲自动手,而是假借戴夫或肖恩之手。有时,在某些事上,她明明可以做点什么,却选择袖手旁观,更加显得她冷血无情。

有一回，萨米跟着母亲和凯茜走出家门，来到库房边的过道上。不知道为什么，谢莉冷不防推了凯茜一把，推得很用力，凯茜不受控地往前扑去，脸朝下重重摔到水泥地上。她没有尝试稳住身子，而是直直地栽下去，双手抱住脑袋，惊恐地大叫，犹如一只受伤的野兽，在地上痛苦地打滚儿、扭动。萨米看到母亲迟疑了一下，然后才将凯茜扶起来，送她回泵房。

妮基想，她大概知道母亲为什么让凯茜去泵房了。并不是因为她又犯错了，也不是因为这是新惩罚，而是因为自从凯茜试图逃跑后，母亲一直盯着她，担心她再次逃跑，但她现在累了，盯不动了。虽然母亲不曾明说，但是妮基觉得，不管凯茜怎么保证，母亲都不会再信了。

母亲总是将一切说成是为凯茜好，比方说，待在泵房里对凯茜有好处。母亲对萨米就是这么说的。

"我觉得去泵房对她更好，"谢莉牵着凯茜的手走出家门，穿过院子，"她需要清静。"

无论对凯茜做什么，她总能给出一个伪善的理由。

有时，妮基会帮母亲将凯茜拉到泵房，扶她进去。凯茜的健康状况正急速恶化，母亲却还在明目张胆地说谎。凯茜需要去医院，而不是待在一个潮湿的外屋里。

就算是肖恩或妮基犯了错，也不应该被关在那样的地方。然而，每当谢莉厌倦了打人，或者想用更持久的方法惩罚孩子时，就会将他们关在那里。

这凸显了她对每个人的控制力有多强大。

"它让我们——我、凯茜、肖恩——成不了她的绊脚石，"后来，妮基道出了母亲将他们关入泵房的用意，"她不用时刻监视我们,担心我们会背着她做什么事,尤其是肖恩和凯茜。"

久而久之,凯茜似乎接受了现状,就像她已经习惯了躺在后备厢里。

有一次,萨米正好在泵房附近,听到凯茜试探性地喊了一声:"有人吗?"

她走到泵房上锁的门边,靠了上去。她不敢开门,就算她敢,凯茜也不会同意的,她知道开门的下场是什么。谢莉已经告诉过所有人,泵房对凯茜而言是惩罚的地方,也是静养的地方。

"外头下雨了吗?"凯茜问。

"刚才下过,现在停了,凯茜。"

"好吧,"她的声音里透着一丝沙哑,"还以为听见下雨声了呢。"

* * *

谢莉需要进城办事,戴夫一如既往地不在家,而是在惠德贝岛上班。出门前,谢莉交代肖恩看好凯茜,不要让她对路人乱喊。

"或逃跑,"她说,"确保她待在她该待的地方,肖恩。她现在脑子不正常,说什么都不能信。"

肖恩假装同意。

"不管了,"谢莉开车走了之后,肖恩对妮基说,"我要放凯茜走。"

妮基也很反感母亲将凯茜锁在泵房里,她知道凯茜需要看医生。她的身子一天比一天差,脸浮肿得厉害,牙齿都快掉光了,剩下的如几粒深褐色的小橡果,摇摇欲坠。

肖恩取下挂锁,一把推开门。

阳光涌了进来,洒满整个房间。凯茜眯起眼,一动不动地坐着,过了一会儿,才看向肖恩。

"出来。"他说。

她没有动。

妮基知道凯茜很怕肖恩,虽然母亲不在时,她根本没必要怕他。

肖恩刚开始还求她出来,后来见她坐着不动,一脸防备地看着他,他便烦躁了起来。

"帮帮忙,凯茜,快出来吧,你必须离开这里。"

凯茜开始哭了起来。她脸色苍白,遍体鳞伤,有的地方还渗着血,头发几乎掉光了,身上只穿着一条穆穆袍,薄薄的,破破烂烂的。

"妈的,你这人是不是有病?"肖恩越来越火大,"你必须走!妈的快走啊!好不容易有了机会。"

凯茜惊恐万分:"你骗人!"

"没骗你,"肖恩说,"我是说真的。你现在就可以走,离开这里。"

在小小的泵房里,凯茜害怕得蜷缩起身子。最后,她终于沙哑着嗓子说:"就算我走了,也会被他们找到的。你知道的。他们会找到我的。她会的。"

肖恩都快气疯了,他不明白凯茜为什么不逃。门是开着的,腿长在她身上。他和妮基是小孩,就算逃了也没地方去,可她是大人。

151

"这是你唯一的希望,凯茜。别他妈的犯傻!"

凯茜求他别再管她了。

肖恩"砰"地甩上门,任由凯茜回到黑暗之中,然后转身对妮基说:"她不走,就会死在这里。"

"我知道。"

后来,这对表姐弟回到二楼,在妮基的房间里默默坐了很久。两人心里都沉甸甸的。刚才发生的事,证明凯茜已经无药可救了。当肖恩打开门放她走时,那也许是她最后的活路,可她完全丧失了斗志,说放弃就放弃了。

第四部分
魔鬼的爪牙

戴夫

二十八

谢莉总爱数落戴夫,时刻提醒他,他是一个差劲的丈夫。

"没见过比你更差劲的!"她抱怨道,一点点摧毁丈夫的自尊心。

她真不该嫁给他。

她本可以挑其他男人的。

嫁给他是一个可怕的错误。

戴夫只能同意。他心里明白,谢莉是对的,她说的都对。一个好丈夫会经常在家,帮忙做家务,带孩子,向妻子证明,自己不只是一台赚钱机器。他每天工作十六小时,周末从惠德贝岛开车回到家,已经没有力气去尽丈夫应尽的职责。工地上都是体力活儿,下了工地之后,他早已疲惫不堪。于是,他从早到晚拼命喝咖啡,一壶又一壶地灌,靠吃瞌睡无[1]和吾醒灵[2]保持清醒。

"那时,我负责开推土机,每天上上下下的,在山里到处跑,忙着把活干完。很累,很累,很累。"多年以后他回忆说,"我困

---

[1] 瞌睡无(No-Doz),提神醒脑药品。
[2] 吾醒灵(Vivarin),提神醒脑药品。

得不得了，后来严重到我从医药箱里拿了氨吸入剂①，靠吸它们在推土机里保持清醒。"

有许多次，戴夫从惠德贝岛出发，却疲惫到了极点，实在无法坚持开到家。这样的情形太多了，多到数不清。神奇的是，他从来没有越过中线，也没有撞死哪个倒霉的路人，真是福大命大。有时，在高速公路上，他开着开着，突然就慢了下来，两旁的车子一辆接一辆地超过他，而他还浑然不觉。有时，他能听到脑子里有声音在叫，他把它们叫作"尖叫的小人"。

每当脑子里的"小人"又跑出来叫了，他会在路边停下，打个盹儿，努力让自己精神点。有时，他能撑过最困的时候，一口气开到很远的雷蒙德，甚至离家再近一点儿的地方，将他那辆皮卡——绰号"老蓝车"——停在布特克里。那是101号公路边上的一个野餐区，位于他家的北边，离家仅三英里。到了那里，他往往累到连油门都踩不动了，整个人精疲力竭，根本没有力气跟谢莉争吵。他需要休息一下，养精蓄锐，恢复元气。

还有摆脱他脑中那些"尖叫的小人"。

然而，他的妻子可不会轻易放过他。有一回，他正停在路边小憩片刻，突然被车窗上一阵急促的拍打声惊醒了。

是妮基。

"我们知道你在这里，爸爸。"说完，她便回到谢莉新买的吉普车里。

谢莉懒得下车，也懒得向戴夫说什么，只是派大女儿去羞辱他，同时提醒他，无论他去哪里，无论他做什么，她都有办

---

① 一种用于晕厥急救的非处方药，少量吸入可令人清醒。

法知道。

谢莉就是这样,像一头猎犬,一旦被她盯上,她就会追踪到天涯海角。她有足够的耐心,也有与生俱来的追踪能力去找到任何她想找的人。

不分时间,不分地点。

如果戴夫以为,他可以在外面喘口气,提前做好心理准备,平静地去迎接家中正等着他的风暴,那他就错了。劳拉曾觉得,这个女婿酒瘾太大了,但是跟他对谢莉的"瘾"比起来,简直小巫见大巫。事实证明,酒可以戒,谢莉却没那么容易。

劳拉坚信戴夫最后一定也会走的,就跟兰迪和丹尼一样。不过,后来戴夫坦言他没有勇气离开谢莉,但他总希望有一天回到家能看到妻子不在了。

"总之就是走了,搬回温哥华或别的地方,"他回忆道,"我不知我到底在奢望什么。反正她就是不曾离开过。"

当劳拉回过头来审视这一切时,她发现谢莉的某些行为,谢莉的奶奶安娜也曾做过。安娜曾让丈夫睡在屋外的棚子里。跟兰迪还是夫妻时,两人吵完架后,谢莉也曾将兰迪赶出去,让他晚上睡车里。现在,同样的事发生在戴夫身上。

"他不想回家,"劳拉说,"或者说是谢莉不让他回去。他没日没夜地工作,晚上就睡在他那辆皮卡里。谢莉给自己买了一辆那么宽敞的车,而他就只有那么一辆皮卡,晚上要么睡车里,要么在其他人都走了之后,偷偷溜进办公室,往地板上随便一躺就睡了。"

***

戴夫后来认为，一家人搬到莫洛洪路上的红房子后，之所以接二连三地发生那些不幸的事，归根结底是因为他辞掉了惠好公司的工作。然而，是谢莉坚持要他辞职的，说他被这家林产品巨头占了便宜，去其他公司工资会更高。可是他后来找的工作离家太远了，他很确定正是因为这样，他才无法做一个好丈夫，一个好父亲。

"一切都很好，"他说起在劳氏祖宅时的生活，"只有我，谢莉，妮基，萨米，一家人过得挺好的。我每天晚上都回家——本来就该如此，夫妻各承担一半的责任。在那之后，我就再也做不到了。抚养孩子并不容易，你不能指望全由母亲一人承担，又要教孩子规矩，又要辅导课业。我平时总在外面，回家又总在睡觉，连看电视都会睡着。"

在他看来，谢莉承担了太多责任，比她应尽的还要多。

"她是一个绝对称职的母亲。我的意思是，孩子总是要办生日会的，比如邀请其他孩子来家里烧烤，这些事全靠谢莉一人张罗。萨米要参加田径比赛，去学校给她加油打气的也是谢莉。孩子学校有活动，爸爸从来不出席。我这个丈夫真的当得越来越差劲。"

为了生存，戴夫做了他自认为对的事，但他很确定结果却适得其反。他让所有人失望了。他做得不够好，在他看来，离好差远了。

"父亲把我养大。他工作很辛苦。我爷爷也是。我辜负了我们家的人。我让他们失望了。这就是我，一个失败的男人。"

高昂的医疗费几乎将他的银行卡给榨干了。为了维持生计，谢莉要求他加倍努力工作，否则一家人只能喝西北风。问题是，戴夫没法更努力了。为了支付如雪花般飘来的账单，他每天加班加点地干活儿，累到快撑不下去了。

　　有一次，谢莉甚至叫他伸手跟家人要钱。因为觉得姐姐家更富裕，戴夫便打了电话过去，跟姐姐说自己缺钱。

　　"谢莉的癌症快把我们家压垮了。"他恳切地说。

　　姐姐说她愿意帮忙。

　　几天后，谢莉从邮局回来了，脸上带着戴夫所熟悉的怒气。

　　"三十美元？"她气愤地说，"你敢相信吗？他妈的打发乞丐吧！我得的是癌症，他们能帮的就这些？"

　　戴夫讨厌打电话向家人要钱，但是他更讨厌听到妻子抱怨钱少。

　　"谢莉，他们已经在帮我们了。"他说。

　　"不够！"

　　戴夫已经尽力了。他永远支持妻子，为她四处借钱，努力工作，在自己家人面前维护妻子，为她的行为找各种理由。

　　他对妻子的心不曾变过。谢莉只会打压他，骂他是一个不会赚钱的丈夫，一个软弱无能的男人。然而，只要一有机会，戴夫就会告诉妻子，她是他的全世界。

　　戴夫很用心，不像有的丈夫到了最后一刻才匆匆从货架上抽一张贺卡。他从来不会在写好祝福语的贺卡上签下自己的名字，敷衍了事。戴夫写得一手好字，他会在贺卡上亲手写下对谢莉的情感，或者将现实浪漫化：

还记得许多年前你曾对我说过的话吗?你曾说,天使将自己看得很轻很轻①。我娶的就是一个天使。你有着我见过的最善良的眼睛。无论你在哪里,你的灵魂都会洒下爱、善良与温暖的影子……不管是你的孩子还是其他人,不管是动物还是植物,你爱着这世间的种种,关心着这世间的种种。你的心灵是那么真实,那么澄澈。

这些话,他相信与否,并不重要。
重要的是,这是一种希冀,是支撑着他在雷蒙德与惠德贝岛之间长途奔波的信仰。

---

① 出自美国谚语"天使之所以会飞,是因为他们将自己看得很轻"。

二十九

谢莉不是医生……尽管她喜欢假装是医生，或在家人面前假装很懂医学。萨米记得，很小的时候，她有几次猛地醒过来，看见母亲拿着一只掰开了的安瓿，在她脸上挥了挥，接着就有不知名的气体被吸入肺中，害她止不住地咳嗽，险些被呛死。

同样的事，她曾见母亲对凯茜做过。

"当凯茜被折磨到昏厥时，我妈妈会将她弄醒，"萨米说，"好继续折磨她。"

住在莫洛洪路期间，某天萨米头很疼，母亲说家里没有埃克塞德林[①]了，但有别的药能应急。

那药看着怪怪的，以前没见过，不过她还是吃了，接下来发生了什么，她就记不清了，只记得自己倒在门廊上，头如有千斤重，抬都抬不起来。肖恩试着扶她起来，但她连站都站不住。

"你妈给你吃了肌肉松弛剂。她也给我吃过。他妈的太离谱了。"肖恩说。

家里有很多药，多到吃不完，但是谢莉并不满足。她看中了

[①] 埃克塞德林（Excedrin），非处方头痛止痛药。

一款镇静剂,叫"哈尔多",复印了不少资料,上面洋洋洒洒地列了它的众多好处。

谢莉特别想弄到这款药,不知出于什么原因,也不知为了什么人。

* * *

谢莉的癌症治疗持续得太久了,久到劳拉的耐心消失殆尽。在她看来,谢莉撒下这样的谎,只会让孩子终日活在随时可能失去母亲的恐惧里。戴夫应该拆穿妻子的谎言,但他太懦弱,也太容易上当了。于是,劳拉主动揽下了拆穿谢莉的担子。

劳拉打电话给女儿卡罗尔,也就是谢莉同父异母的妹妹,说自己打算去雷蒙德,跟谢莉一次做个了断,要卡罗尔陪她前去。每次事先说好上门的时间,谢莉准保能让她们扑个空。这次,她们打算不打招呼直接上门。

两人开着一辆1992年款的黑色雪佛兰越野车,直奔谢莉家而去,想看看她到底在搞什么鬼。当谢莉来开门时,要不是眼前这个人扭曲到可怕,劳拉说不定会当场捧腹大笑。

眼前的谢莉一脸惨白,犹如日本的歌舞伎人偶,无比苍白病态的那种。

"她脸上扑了厚厚的白粉,眉毛全剃光了,"劳拉回忆说,"她那张脸,我现在还能清清楚楚地回忆起来。啧啧,真是绝了。"

见是继母和妹妹来了,谢莉脸上毫无喜悦之色,沉默了半响,才将人请进屋。

"你们能来看我,我真是太开心了。"她说。

听继女撒谎不是头一回了，劳拉也顺口撒了一个小谎，回敬她。

"我们想谈谈你的病，看看能怎么帮你。"劳拉说。

"哦，谢谢。"谢莉坐回到椅子上。

这次，劳拉有备而来。

"这未免也拖得太久了，"她说，"我们想知道帮你治病的医生是谁，诊所叫什么，可能还得看看你的医疗账单。"

谢莉没有接话，就算接了，八成也说不出什么来。

劳拉又问："开始化疗之后，你有多不舒服？"

谢莉直视着继母的双眼："很不舒服。"

过了一会儿，谢莉起身去了浴室，劳拉和卡罗尔默默对视了一眼，没有说什么。外孙女们也在，安静地坐在边上，好似母亲的后援团。凯茜倒是不见人影。

几分钟后，谢莉捏着一撮红发回来了。

"妈，你看！"她将头发扔到地上，"我的头发，就这样一撮一撮地掉。"

"哦，天哪！"劳拉惊呼了一声，在众目睽睽之下捡起那撮头发，仔细瞧了瞧，话锋一转，再次发起攻势。

"奇了怪了，我怎么从没见过哪个化疗病人是从中间掉发的？"最后，劳拉说，"通常会从发根开始掉，可你这明明是从中间断掉的。"

为了找出里头的猫腻，劳拉转身进了浴室。

"那里有一个废纸篓，最上层放了几张皱巴巴的纸巾。"多年以后，劳拉依然能够清晰地回忆起当时的场景，"我翻出篓子里的垃圾，发现了一些长发，还有一把剪刀，剪刀上还残留着几根头发,红色的头发。我拿着剪刀走了出去。谢莉背对我坐着。卡罗尔坐在沙发上,整个人窘迫极了。两个外孙女也沉默不语。"

谢莉还在死鸭子嘴硬。

开车回家的路上,劳拉转过头来,看向卡罗尔。

"我的天,这女人是真病了。"劳拉忍不住吐槽,她说的不是癌症。

卡罗尔也这么觉得。直到这时,她仍未从方才的震惊中缓过神来。

她们都知道谢莉病了,只是不知道病得有多重。

* * *

那阵子,劳拉家的电话每天凌晨两三点左右都会响,将劳拉从床上惊醒。当她抓起话筒放在耳边时,却只听得见尖叫声。有时,电话一接起来,那头就挂断了。这样的电话打了一通又一通。肯定是谢莉打的。就算不是她,也是她指使的。

卡罗尔也接到了同样的骚扰电话。

当时,卡罗尔是一名平面模特,为诺德斯特姆百货公司拍摄商品海报,她曾对谢莉提过自己上班的地方,谢莉听得兴致勃勃。奇怪的是,有一天模特公司突然通知她,说收到了一封匿名举报信,信里称她是个小偷,公司应该开除她。

这是谢莉惯用的招数。她的愤怒犹如一座火山,总在夜深人静全世界都酣然入眠后,才轰然喷发。

"她一直都这样,"劳拉回忆道,"是个夜猫子,小时候就开始了,晚上不睡觉,白天顶着大大的黑眼圈。总爱赖床,叫都叫不醒。如果白天得出门,那必然是一场持久战,你得拼了老命拉她起床,每次都把人折腾得够呛。"

* * *

谢莉很不满。妮基有一位高中同学的家长得了癌症,学校组织了一次以爱心晚餐为主题的活动,通过卖意大利面为孩子家长筹措医药费。

"这么好的事,怎么从没见你为我做过?"谢莉诘问女儿,"你一点儿都不爱妈妈。"

妮基心想,因为你压根儿就没得癌症,嘴上却说:"对不起,妈妈。"

谢莉摇了摇头,对女儿厌恶到了极点:"真不明白我为什么对你还抱有期待。你什么都不会,只会让我寒心。你真他妈的叫人失望透顶!"

三十

肖恩快满十六岁了,每天累得跟狗似的,白天要去学校上课,放学回到家还得做家务,在院子里干活儿干到天黑,晚上睡在表姐的衣帽间。还不到十六岁,他已经身心俱疲。家里发生的一切,包括姑姑姑父逼他做的那些事,没有一件是对的或正常的。他好恨,好想走。到头来,他发现原来自己跟凯茜一样,都被这个地方困住了,无处可逃。要不是这日子真的太可怕了,他说不定还有心情自我调侃一下。姑姑曾是他最大的希望,最后的依靠,如今却这样对待他,那么当初收留他,不让他流落街头,又是为了什么呢?

在肖恩看来,姑姑是个可恶的人,姑父也好不到哪儿去,甚至有过之而无不及。姑父是个男子汉,不可理喻的是,他对姑姑言听计从,姑姑叫他做什么,他就做什么,包括逼妮基和肖恩光着身子大冬天在屋外做开合跳,三更半夜绕着房子跑到累趴在地为止。随着肖恩渐渐长大,个头越来越高,他开始反击,开始勇敢地说出内心真实的想法,要家里的每个人都听到,凯茜来之前,这个家有多不堪,她来了之后,一切又是如何变本加厉。他和姑父有过几次冲突,每次姑姑都会站在边上煽风点火,要姑父好好修理他这个臭小子,唯恐天下不乱。

"这是为了他好,戴夫!"

搬到莫洛洪路之后,两人依然矛盾不断,有几次甚至还动手了。

有一回,肖恩在洗衣房里跟姑父吵了起来,最后还打了他。两人当晚为什么打了起来,许多年后戴夫已经完全想不起来了,也许是因为听到妻子说肖恩怎么不尊重她吧。

"他变得越来越有主见,"戴夫回忆道,"不停地尝试逃跑。他是一个有想法的男生,看谁不顺眼都敢顶撞。"

尽管如此,肖恩这个孩子,戴夫打从心底是喜欢的。

"他喊我爸爸,喊谢莉妈妈,"戴夫后来说,"他很勤奋,学习也很刻苦。没人在乎他,只有谢莉一直努力帮他,因为他是我们的侄子,是血脉相连的亲人。但是很难,肖恩是个不服管教的小孩,在学校里三天两头惹麻烦。"

肖恩成绩下滑,跟家里的情况有很大的关系。这一点,戴夫根本意识不到,因为他总是不在家。

在家中,谢莉与戴夫努力制造和睦温馨的假象。然而,肖恩在一些家庭作业中留下的话,隐约揭示着这个假象出现了裂痕。

> 人啊,正变得越来越文明,也越来越野蛮……或许是因为我不喜欢这里,还有这里的人吧。

在另一项课堂作业中,肖恩写下了他最重视的人与事。

> 家人最重要。

不喝酒，不吸毒。

不告密，不背叛。

肖恩很清楚自己在这个家的地位。有一次，在姑姑的命令下，肖恩用穿着靴子的脚踢凯茜，眼睁睁地看着她被自己踢倒在地，犹如一只在门前马路上被车头撞倒的动物，苦苦挣扎着爬起来，一边哭号，一边求饶。

"再给她一脚，肖恩！"

于是，他又补了一脚，尽管这并不是他的本意。他喜欢陪托莉荡秋千，喜欢跟萨米玩游戏，但他最无话不说的挚友始终是妮基。平时，他们不是在聊有多恨谢莉，多想将吹风机或收音机扔进浴缸里电死她，就是在策划怎么逃跑。肖恩很确定，无论他的原生家庭有多混乱，都比搬来姑姑家生活好太多了。

"无论怎么样，都比现在好多了，"他告诉妮基，"我他妈的一定要离开这里。你也是。"

妮基何尝不想离开，可她才刚上高中，还有两年才毕业。

"我得先毕业，然后上大学。"她说。

肖恩摇了摇头："我等不及了。"

"如果你要走，"她说，"别丢下我。"

肖恩总会这么承诺："好，我们一起离开。不过，万一哪天事发突然，我不得不立马走人，你别担心，我一定会回来找你的。"

"你最好说到做到。"

然而，在内心深处，妮基一直怀疑自己真的走得了吗？她不能丢下两个妹妹不管，而且母亲对她有着超乎寻常的控制欲。她知道，就算逃到天涯海角，母亲也会找到她。凯茜曾逃到隔壁县的商场,肖恩曾逃到塔科马市中心,最后都被她逮回来了。

谢莉是个天生的猎人。

三十一

戴夫是自愿跟着妻子对妮基和肖恩施暴的。她总说,这两个孩子太叛逆了,不严加管教,怕会走上歧途。戴夫觉得,在一定程度上,妻子的观念是有道理的,有些孩子不打不成材,对待他们就得严厉些。

戴夫也是这么过来的。儿时,父亲经常用钢刀布打他,但他不曾心生怨恨。

在孩子身上,这种做法姑且说得过去,但是对凯茜也如此,又该怎么解释呢?戴夫很难为自己和妻子开脱。凯茜是大人,不是小孩。而且,谢莉要她做的,洗衣、扫地、喂宠物、喂牲畜,她样样都做了,尽管不是每次都能让谢莉满意,至少她尽力了。

戴夫在河边停下,默默坐在车里,既恐惧又疲惫,犹如河面上的一片落叶,只能随波逐流,无力阻止妻子折磨凯茜。没人奢望他能感化谢莉,或说服谢莉善待凯茜。当然,就算他鼓起勇气尝试了,也不可能成功。问题是,就连口头上反驳谢莉,或叫她住手这么简单的事,他都做不到。

谢莉总说凯茜是咎由自取,即使看到她努力想振作,也只会冷嘲热讽。对此,戴夫不曾指责过妻子,也不敢指出凯茜会变成这个样子，还不都是她造成的。后来，凯茜的脑子出了问题，人变得痴痴傻傻的。谢莉将错全推给了侄子，说是他踹坏了凯茜的脑子。这时，戴夫依旧没有说过她一句不是，也没有反驳说要不是她逼的，侄子也不会踢凯茜。

再这么发展下去，结局戴夫都能想得到了，也很清楚自己难辞其咎。在他看来，凯茜的身体每况愈下，而且恶化得越来越快，最后显然会出人命。他有了一个想法，说不定能行。有一天，在回雷蒙德的路上，他将谢莉拉到路边，将想法说了出来。

"我带她去外地吧。"他没头没脑地来了一句。

"什么意思？"

"我可以将她带到俄勒冈州扔下。别的地方也行。"

谢莉倒不觉得这是一个好主意。首先，凯茜可能会将戴夫把她扔在荒郊野岭的事说出去。其次，她的身体又不是好不了了。

"别杞人忧天了，"谢莉说，"她会好起来的。"

戴夫并不信，但他和往常一样，没有反驳妻子。一想到未来，他就忧心忡忡。

除了听妻子的话，戴夫就只会在心里默默担心。

* * *

谢莉发火的速度很快，跟玩偶从惊吓盒子里弹出来一样快。大晚上的，她可以上一秒睡得死死的，下一秒猛地从床上跳起来，冲女儿或侄子咆哮，像恐怖片里的反派，说变脸就变脸，不用五秒钟就从平静切换至暴怒。

许多年后，女儿们还会说，母亲整天只会躺在沙发上——跟长在沙发上似的，不是在看电视，就是在看小说，全世界大概找不到第二个跟她一样懒的人了。不过，要是有谁刺激到她，令她跳脚，她就会跟猫见了老鼠似的，立马纵身扑过去。

那天，令她跳脚的不是老鼠。

而是一只特百惠塑料盆。

谢莉窝在客厅的沙发里，不经意间朝厨房瞥了一眼，目光落到了地上，那里有一只塑料盆，盆里有一坨大便。谢莉一个鲤鱼打挺，跳下沙发，箭步冲进厨房，从台子上抄了一根电源线。那天，凯茜获准进主屋去厨房干活儿。这会儿，她正弓着背，企图落跑。谢莉眼疾手快地拦下她，甩起手里的电源线，狠狠朝她身上抽。凯茜哭着求饶，谢莉无动于衷。

谢莉是《狂犬惊魂》[①]里的恶犬古卓，《猛鬼街》[②]里的杀人狂弗雷迪·克鲁格，《小丑回魂》[③]里的小丑潘尼怀斯。

"你真该死！"

凯茜是那个洗澡时被恶犬攻击的女孩，那个抱着儿子困守车内的女人，那个临死前恳求凶手放过自己的少女。

"我再也不敢了！"凯茜求饶道。

谢莉用电源线疯狂地抽凯茜，接着揪住她的头发，将人拖到厨房另一头。这时的凯茜瘦了不少，但个头依然不小，谢莉却力大如牛，跟打了鸡血似的，拖着她到处走，仿佛在拖一只布娃

[①]《狂犬惊魂》(Cujo)，美国恐怖电影，讲述一只叫古卓（Cujo）的圣伯纳犬被蝙蝠咬伤后，变得嗜血如命，疯狂攻击人类的故事。
[②]《猛鬼街》(A Nightmare on Elm Street)，美国恐怖电影，成功塑造了变态杀手弗雷迪·克鲁格（Freddy Krueger）的经典形象。
[③]《小丑回魂》(It)，美国恐怖电影，讲述一个名叫潘尼怀斯（Pennywise）的小丑残害小镇少年的故事。

娃。愤怒给了她超人般的力量。

这样的场景，几个孩子都感到似曾相识——肾上腺素能将母亲变成大力士。

"以后别让我在厨房里看到那种东西！听懂了吗？真是脏死了。你就是一头肮脏的猪！"

凯茜这么做也是迫不得已。谢莉剥夺了她上厕所的自由，可是人有三急，她想用洗手间，必须经过谢莉同意，而她又一直在睡觉，凯茜不敢吵醒她……然而，原因是什么，谢莉根本不在乎。

是时候该想个新惩罚了，一次就能把人治得服服帖帖的那种，好叫她晓得遵守家规的重要性。

戴夫一回到家，谢莉就将凯茜干的好事告诉了他。

"戴夫，那盆子里全是屎，就在我们家的厨房里！你说，这世上怎么会有这么恶心的事？是真的，她真这么干了。你得治治她才行。"

戴夫也觉得，凯茜的行为已经不是"恶心"二字所能形容的了，但是除了将人关进泵房里，他想不出更好的惩罚。

他喜欢凯茜，家里所有人都喜欢她。这次她的确太过分了，但他不想打她，也不想踢她，那么做毫无意义，而且很奇怪。虽然不曾说出来过，但他真的觉得殴打一个成人很奇怪。

该怎么做，才能帮助凯茜克服这个坏习惯？谢莉想到了一个绝佳的方法。

"用'水刑'。"

库房里有一个旧水槽，谢莉指挥丈夫去将它搬出来，以它为底座，上面放了一块长长的木板，临时搭成一个跷跷板状的装置。妻子的命令一道接着一道，戴夫忠实地执行着，全程闷不吭声，不敢多嘴。木板的一头吊着一桶水。好了，惩罚凯茜所需的刑具上齐了。

"你们两个去望风。"谢莉对妮基和肖恩命令道。

肖恩低声对妮基吐槽，旧的惩罚已经把凯茜虐得够惨了，但这个新的恐怕会创造"新高度"。

谢莉将凯茜扶出泵房。她一丝不挂，蹒跚跟跄，整个人都瘦脱相了，全身青一块紫一块，皮肤皱巴巴的，都是红红的褶子。妮基看了，极为不适。

"对不起，"凯茜反复说，"求你别这么对我。"

"闭嘴！"谢莉呵斥道，"你这个废物。该怎么做听我的！"

凯茜一遍遍地哀求，甚至无助地朝妮基和肖恩望了过去。妮基觉得，她那一眼，仿佛是在问："没人愿意帮帮我吗？"

戴夫将凯茜押上木板，脸朝下趴着。她试图反抗，可是她太虚弱了，两人力量相差悬殊，根本挣脱不了。戴夫按住她，用胶布连人带板子裹起来，裹得跟木乃伊似的。

谢莉向丈夫使了一个眼色，他便心领神会地按下凯茜的头，按到水里去，时间短到不会淹死人，但又长到足以给她一个教训，晓得以后一定要听谢莉的话。

晓得要规矩点。

水刑就这么开始了。谢莉派妮基去前院的露台上盯着外头的马路，妮基立马跑了过去。肖恩被派去守着车道，确保马路对面的邻居不会听到凯茜的尖叫声。萨米则在院子里站岗。孩子们散落在各自的岗位上，耳边清晰地响着谢莉无情的嘲讽声，嘲讽凯茜又蠢又胖又丑。

"你是个废物,凯茜!拜托你活得人模人样点儿!"

凯茜的头浮出水面,才呼吸没几下,又被按入水中。妮基努力不去听她的呼喊。她的声音很低沉,当她露出水面,拼了命地呼吸,哀声求饶时,喉咙里只发得出浑浊的咕噜声。孩子们在院子四周放哨,母亲负责发号施令,父亲负责执行水刑。处刑现场触目惊心,犹如一场真人实景的恐怖电影,发生在淳朴美好的乡村,与四周安详和谐的田园风光格格不入。草地,苹果林,悠闲的马儿。木板,水桶,窒息的裸女。

水刑持续的时间并不长,约十分钟左右,却足以将当时的凯茜——浑身赤裸、被胶布绑在木板上、声嘶力竭地求救——永远定格在妮基的脑海中。

后来,谢莉将水刑粉饰为"洗澡",说那阵子她的好朋友太脏了,为了帮她保持卫生,她和丈夫才会出此下策。

当然,目击者才不是这么想的。他们所看到的,跟洗澡完全沾不上边。

"那样子惩罚凯茜,我妈妈看上去很享受,"某天下午,在西雅图郊区,孩子们在院子里玩耍,妮基坐在家中,任由记忆将她带回雷蒙德的童年,"说不上来为什么,但她就是乐在其中。那古怪的刑具只用过一次,后来就收起来了,再也没人见过。"

殴打、水刑、扔进泵房关禁闭——为了折磨凯茜,谢莉煞费苦心,仿佛凯茜不是人,而是虐待狂最厌恶的狗。冰箱里有食物放烂了,她拿搅拌机打成糊,转手递给凯茜。

"凯茜,这杯'果蔬汁'给你喝。"

她颤抖着手接过杯子,死死地盯着杯中灰褐色的糊状物,其中有腐烂的果蔬,也有过期很久的汉堡包。

谢莉逼视着凯茜，问："是不是很好喝？"

"很好喝，"她说，"谢谢你，谢莉。"

还有一次，妮基看见母亲打开厨房的柜子，拿出一瓶莫顿牌海盐，倒入一只儿童杯里。母亲不知又在打什么主意。妮基按捺不住好奇心，悄悄跟了上去，想一探究竟。谢莉跑去找肖恩当帮手，肖恩顺从地答应了。妮基偷偷跟在两人身后，不敢跟得太近，来到泵房外，躲在后面一点儿的角落里，看着谢莉打开锁。

谢莉进入泵房，将装满盐的杯子递给凯茜。这时的凯茜极为虚弱，站都站不起来。

"把盐吃了。"

"我不吃。"耀眼的阳光照进来，刺得凯茜睁不开眼。

谢莉说多吃盐对凯茜身子好——"能让你的腿消肿。"

"虽然我不是医生，但正常人应该都晓得，吃那么多盐不可能对身子好，"妮基回忆说，"我妈妈装得好似这是一个多么有效的民间偏方。不管对凯茜做多荒唐的事，她都能说出一个冠冕堂皇的理由来。"

凯茜试图反抗。以前她总是逆来顺受，今天却一反常态。

"我不想吃。"

谢莉由不得别人说不。

"吃掉！"她怒吼道，"把这些全吃掉！"

凯茜有点儿抗拒，但她的抗拒一如既往地太弱了，敌不过谢莉强大的意志。

妮基躲藏的地方看不到凯茜的脸，但能听见她拒绝吃那杯盐，母亲和肖恩对她又吼又骂。

"妈的，快把盐吃了！我没时间陪你耗！"

妮基听到凯茜一边吞，一边吐。母亲和肖恩不停地催她吃，吃到一粒不剩。

"吃干净！"

盐全吞下去了。谢莉给了凯茜几粒药，要她将药也吃了。最后，两人锁上门走了。

三十二

莫洛洪路上的红色小屋，住在里头的那户人家都在做些什么，街坊邻里不曾留心过。后来，有人会说那座房子里似乎偶尔有怪事发生，但是除了曾有一位邻居打电话给相关部门，抱怨那户人家没有管好自家的马，就再也没人举报过别的事了。虽说校车上有孩子看到一个光溜溜的女人在院子里头逃窜，但是谢莉急中生智，编了一个"浴缸遇难记"，成功掩盖了真相。

没人听到凯茜在院子里被踹时的哀号，或被按进水里时的呼救。

没人注意到院子里有几处坑洼，那是肖恩和妮基滚爬过的地方。

一个人也没有。

那座红色的房子，外表看上去并无异样，内里却笼罩着令人窒息的不祥之气，沉重浓郁，和牙科病人拍 X 光前穿戴的铅围裙一样，重重地压在每个人身上。有时，尚未成年的妮基和肖恩会躲在树林里，一边抽着同一支烟，一边讨论家里的事。两人同是饱受谢莉虐待的人，因而惺惺相惜，如盟友般紧密。

看到谢莉对凯茜的百般凌虐，两人更是同仇敌忾。

谢莉的作为太残忍了。

"她必须离开。"肖恩说。

"她走不了。"妮基说。

妮基说的没错。

现在,凯茜光坐着都呼吸困难,更不用说让她站着了。另外,没人搀扶,她根本站不住。她的眼球变得有点儿浑浊,身上红色血管突起,浑身布满瘀青,每一块都是惹恼谢莉的结果。谢莉叫萨米陪她去泵房,扶凯茜进屋冲澡。

"洗个澡对她有好处。"谢莉说。

凯茜能进主屋,萨米很高兴。柴火炉一整天都烧着,屋里暖烘烘的,相信能让她舒服一些。凯茜被关进泵房好几周了,也有可能是好几个月,该从哪一天算起,萨米记不清了。母亲总是反反复复,冷不防就对人下手,大家时刻战战兢兢,生怕会是下一个遭殃的人。

"好的,妈妈。"

母女两人搀扶着凯茜穿过草坪,进了屋后穿过客厅,来到主卧边上的浴室。每走一步,凯茜都会呻吟一声,身上的瘀青触目惊心,因为瘦了太多,皮肤松弛褶皱。自从搬来谢莉家,她瘦了不止一百磅(四十五公斤)。以前,谢莉总爱对凯茜说,你瘦了会"很好看"。现在,人倒是瘦下来了,她却不再这么说了。

谢莉装出一副待你不薄的样子,仿佛进屋洗个澡是多好的待遇,虽然的确如此。过去几个月,她一直不准凯茜进屋洗澡,只准在院子里拿水管冲凉,还往她身上泼漂白消毒水。

"很舒服的,凯茜,"谢莉对自己的好姐妹说,"冲个热水澡,会让你好受些。"

凯茜哼唧了几声,也不知在说些什么,但是萨米莫名地听懂了,能进屋冲个热水澡,她很感激。然而,她显然没法站着淋浴。于是,谢莉改变策略,往浴缸里放水。

当母女俩使劲儿将人扶进浴缸里时,凯茜突然脚下打滑,身子猛地一歪,撞到玻璃门上,玻璃门脱离轨道,轰然倒地,应声而碎,碎片四处飞溅,散落一地,如鱼鳞般闪着光。凯茜倒在玻璃碎片堆里,害怕得哇哇大哭。萨米努力护着她,不让她伤着自己,可她在碎片里滚了几下,把肚子和腿都划破了。

多年以后,回想起那天的场景,萨米就潸然泪下。

"她身上的伤让人不忍直视,"她仿佛再次回到那个时空,"我努力不去想它,但脑海里总会自动浮现她的惨状。真的惨不忍睹。好多瘀青。浑身都是。全是我妈妈弄的。那么多瘀青连成一片,仿佛她整个人就是一块巨大的瘀青。"

那一瞬间,浴室里的氛围变了。妮基听到动静,跑来帮忙。母亲也变了个人,不停地说着好话安抚凯茜,仿佛她有多关心她。

"一切都会没事的,凯茜。"她安慰道,无意间与二女儿对视了一眼。

那一眼,萨米能看出母亲也吓到了。明明知道回不去了,谢莉却依然这么安慰凯茜,试图让她相信一切都会好起来的。凯茜需要去医院,可是谢莉坚持说她会包扎伤口。

她能治好凯茜。

她能拯救凯茜。

"凯茜,从现在开始,你就住在主屋里,"谢莉说,"你很喜欢待在主屋里的,对不对?"

凯茜含糊不清地说了句什么,像是同意谢莉说的话。

母女三人将凯茜扶到马桶上坐好,接着用纸巾和毛巾帮她止血。

离开浴室时,妮基浑身颤抖,满脸泪水。再见到凯茜时,母亲已经将血止住了,个别伤口仍需额外处理。

"我妈妈在她身上缠了厚厚的绷带。她看上去不像失血过多的样子,但有些伤口需要上医院缝一缝。"

从妮基那里听说了整件事后,肖恩怒不可遏。

"她需要去医院,"他说,"把她留在家里是不对的,大家明明都知道。"

* * *

戴夫一直忙着扩建主屋后面的洗衣房。那地方很小,还没完工,但有暖气,里头很干燥,不像泵房那么湿冷。在那里,谢莉放了一张单人床垫,外加一个枕头,几条毯子,扶凯茜过去,让她在床垫上躺下,安慰她没事的,身子会好起来的。

可它却是谎言。透过凯茜的眼睛,萨米觉得自己看懂了她的情绪。

恐惧。怀疑。茫然。

凯茜被安置到洗衣房没多久,两个女儿和肖恩有时会扶着她去客厅看电视。她走路跌跌撞撞,左右得各有一人搀扶着才行。孩子们扶她到沙发上坐下,电视上正放着托莉爱看的卡通。凯茜人是清醒的,神志却不大清楚。萨米递给她一个托莉的玩具,是一个小小的塑料电话,有两根线可以相互扣住。凯茜用她青肿的指尖握住电线,试了一次又一次,始终没法将两条线扣起来。一个三四岁孩童就能轻松做到的事,她却怎么也做不来。这一切,孩子们看在眼里,当下就意识到,凯茜的脑子出问题了。

后来,萨米找到了一块长长的木板,厚约五厘米,宽约十厘米,正好能拿来当床挡,装在腰部的高度,凯茜起床时就能抓住它,借力将自己拉起来。于是,萨米找了些钉子,将木板两头钉在床垫两边突出的壁骨上。然而,她才刚弄好,母亲就要求拆掉。

"为什么?"她问,"这能方便凯茜行动。"

谢莉瞥了她一眼,仿佛在看一个傻瓜。

"你不懂,"在谢莉看来,女儿这不叫做好事,而叫犯傻,"凯茜太懒了,需要多锻炼,身体才会好。你这么做,只会方便她偷懒。我们都想让凯茜好起来,对不对?她需要靠自己的力量好起来。"

萨米不愿跟母亲争辩。她知道凯茜不是懒,而是病得太重了。"她没法走路,一走就摔倒,爬起来接着摔,完全没有平衡能力。她的牙齿全没了,头发也掉光了。"

某天放学回到家,萨米趁母亲不注意,偷偷溜进洗衣房,跪坐在凯茜床边,手覆在她的手背上。凯茜的手凉凉的。

"凯茜,"萨米小声呼唤她,"我来看你了。你今天还好吗?"

萨米帮她拉了拉毯子,调了调枕头。凯茜无意识地咕哝了几声,并没有回答萨米。她似乎在看萨米,眼珠子随着她转来转去,别的反应就没了。

"凯茜,"萨米试探性地问,"你能听见我说话吗?"

凯茜点了点头,突然两眼一翻。

萨米顿时吓哭了。

凯茜真的很不好。谁来帮帮她?

三十三

从惠德贝岛回家,先要坐渡轮出岛,走一段高速公路,接着穿过西雅图繁忙的车流,最后驶上101号公路。路途很漫长,仿佛没有尽头。天晓得戴夫到底开了多久。他喝了一大壶咖啡,吞了一大把提神的药片,却收效甚微,头脑依旧混沌,难以思考。今天的他压力特别大,比任何时候都要大。妻子又在抱怨他给的钱不够用——家里有好几个小孩,靠这点钱养活一大家子有多难!哦,还有一个凯茜。

一想到凯茜,涣散的思绪终于逐渐聚拢了。

戴夫听说凯茜洗澡时撞到玻璃门,肚子和腿被划破了。谢莉说自己为凯茜包扎好了,人现在好得不得了,跟没受过伤似的。对此,他心存怀疑。

1994年7月,他长途跋涉回到家,迎接他的是洗衣房里的怪声。那声音很陌生,绝不是动物发出的声音,但跟人类的声音也不尽相同,他这辈子从未听到过。那是一种低沉的呻吟声,夹杂着古怪的咕噜音。

"那是什么声音?"他好奇地问。

谢莉一脸不以为意。她正准备出门,去格雷兰的海洋之星餐厅接大女儿——妮基在那里兼职洗盘子。

"哦,是凯茜。她很好,在休息。"

"她听上去不像很好的样子。"

"萨米!托莉!准备走了!"谢莉没有理会丈夫的疑虑,径直喊了两个女儿出门。

"她到底怎么了?"戴夫追问道。上一次回家时,他私下对妻子说过,凯茜看上去病得更重了,半边脸有点儿瘫,身上伤痕累累,跟她说话时,她跟听不懂似的,眼神也很涣散。他伸出一根手指,放在她眼前晃了晃,她一点儿反应都没有,眼珠子动也不动。没有人帮忙,她就站不起来,也没法长时间站立,平衡感尽失。

"她正在恢复呢。"谢莉永远只会这么说。

说完,她就出门了,带着女儿去接妮基,留下戴夫站在原地,忧心忡忡。

肖恩在厨房里洗碗。

洗衣房那头又传来了咕噜声,而且越来越频繁。戴夫忍不住走过去查看情况。此时是 7 月,房间很小,暑气散不出去,闷热难耐。早些时候,谢莉在这里临时拼凑了一张床。此时,凯茜正躺在那张床上。

戴夫凑到凯茜身边。她刚才似乎吐了,喉咙里发出浑浊的怪声,听着很不对劲,跟噎住了似的,无法呼吸。呕吐物的味道令人作呕,戴夫的心怦怦狂跳,快到害他差点儿以为自己要心脏病发作了。凯茜又翻白眼了,每一次呼吸都很挣扎。没过多久,她突然耷拉着脑袋,发出气若游丝的呻吟,不怎么动了。

"她怎么了?"戴夫朝肖恩大喊,接着抓住凯茜的肩膀摇了摇。她整个人软绵绵的，气力全无。

"我不知道。"肖恩吓坏了，呆呆地杵在一旁，跟木头人似的。

"天哪，"他抬头看着侄子，"她的情况很糟糕。"

是的，非常糟糕。

"凯茜？"戴夫大声呼唤她，"你还好吗？凯茜，回答我。"

凯茜又发出了几声浑浊的咕噜声。戴夫彻底慌了。

"肖恩，她窒息了！"

戴夫跪在地上，设法翻过凯茜的身子，让她侧躺着。她嘴里全是呕吐物，鼻腔里也是。他伸出手指，努力将呕吐物抠出来。

"她窒息了！"

戴夫颤抖着双手为凯茜做心肺复苏，大概坚持了五分钟，还做了胸外按压，但都无济于事。

后来，回想起当时的场景，戴夫说："我知道我应该打电话报警，但是家里发生了那么多不堪的事，我不想让警察过来，不想让谢莉陷入麻烦，不想让孩子亲眼看着母亲被警察带走，心灵受到创伤……我不想让它毁了这个家，毁了我们的生活。我只是吓坏了，彻底吓坏了，完全不知所措。"

凯茜依然没有反应。戴夫想抬起她的身子，可她太重了。最后，他设法做了几次海姆里克急救法，同样无济于事。他麻木地尝试着，不知坚持了多久，只知不管怎么努力都没用。身旁的肖恩异常激动，愤怒地控诉这失控的一切。最后，他跟戴夫对视了一眼，两人木然地瘫坐在地上，脑子里一片空白，不知该怎么办。

这一天，他们早该料到的。然而，真的到了这一天，一切仍旧像梦一样，那么不真实。

凯茜死了。

戴夫打电话到海洋之星,希望能找到妮基或谢莉。不巧的是,她们离开了,但是没走远,才刚到停车场。接电话的是一个小孩,他跑了出去,将谢莉喊了回来。

女儿们还记得,谢莉回到车上时,脸色是惨白的。

"凯茜还好吗?"回家的路上,萨米记得自己缠着母亲不停地问。

"她很好。"谢莉异常沉默,眼睛死死地盯着前方,看都不看萨米一眼。

妮基有一种预感,家里肯定出大事了。

只不过不知是什么样的大事。

回到家后,戴夫将妻子拉到一旁,对孩子们说爸妈有很重要的事要商量,请他们回避一下。见孩子们仍站着不动,戴夫立马换了更强硬的语气,叫他们上楼看电视去。

"她走了。"孩子们一离开客厅,他就对妻子说。

"什么叫'走了'?"

戴夫将妻子拉到身前,要她一字一句听清楚。

"她没气了!凯茜死了!你自己去看吧。"

谢莉震惊地后退了几步,接着举步走向那个闷热的洗衣房,来到凯茜躺着的床垫前。她的脸上写满了愤怒与困惑,仿佛完全无法理解,凯茜好端端的,怎么就死了呢?

* * *

孩子们坐在大姐的房间里,紧紧依偎着彼此,耳边能听到楼下父母的嘶吼声,却听不清他们在吵什么。

"你在这里陪托莉,"妮基交代萨米,"我跟肖恩下去看看。"

萨米哭了有一会儿了。她知道家里一定出事了。

此时,父母正在院子里吵架,妮基和肖恩悄悄溜下楼,穿过客厅,进入凯茜的房间。里头很暗,两人没敢开灯。

肖恩早就知道凯茜死了,但他没有告诉表姐。两人喊了喊凯茜的名字,凯茜没有回答。肖恩推了推她的脚,依旧毫无反应。最后,他抓起她的胳膊,然后松开。她的脸又青又肿,平静无波,一丝活人的气息都没有。

"她死了,"肖恩说,"真的死了。肏!"

妮基吓坏了,颤抖着跟肖恩溜回楼上,将这事告诉了萨米。

"萨米立马崩溃了,开始号啕大哭,"妮基回忆说,"真的,她那么喜欢凯茜。"

谢莉听到动静,跑上来安抚二女儿,接着下楼去了,一分钟后又上来了。

"她回来,叫我们上车……那一刻,我妈妈很温柔,不停地安慰我们说没事的,还说不能让任何人打垮这个家。"妮基回忆说。

"我们应该叫救护车。"肖恩说。

"我们不会叫的,"谢莉眯起了眼,"叫了也没用,人都死透了。"

整个家彻底乱了套,孩子们哭得歇斯底里,谢莉一会儿安慰大家没事的,一会儿哭得稀里哗啦。戴夫也哭得不能自已,脑中像绷着一根弦,随时都会崩断,心脏像打鼓一样,"咚咚咚"地跳。

这时,他的脑中飞快地闪过一个念头:妻子刚才做的决定,他应该严正反对的。

然而,他过去没有反对的勇气,现在同样不会有。

谢莉带着女儿出去了,将她们放在离西港很近的一家汽车旅馆。

夜里十点多,谢莉去而复返,到旅馆房间里看女儿,留了一些钱和零食,说她得先回去一趟,晚点带肖恩过来,同时叮嘱女儿不要跟别人说话,任何人都不行,家里的事绝不可泄露出去。她说,凯茜的事太蹊跷了,她得回去查一查,找出真相。

妮基却在心里想,是你害死了凯茜,妈妈。没有任何蹊跷之处,也没有所谓的真相需要去寻找。这一切不过是失控了,任谁也想不到它会发展到这个地步。

半夜十二点左右,母亲带着肖恩过来了。

第二天早晨,肖恩带着两个表妹去泳池里玩儿。太阳晒得泳池烫烫的。平时到了暑假,要是能去泳池里玩儿,每个人都会雀跃不已。这一天,在水里嬉戏时,每个人却都失魂落魄的,不懂自己为什么在这里,也不明白家里究竟发生了什么。

那天早晨,去旅馆接孩子时,谢莉叫大女儿打电话向餐厅请假。

"就说家里有急事,"她说,"今天去不了了。"

三十四

眼下是什么形势，情况有多严峻，戴夫在脑中仔仔细细捋了一遍。

在他脑中的世界，他看到的是，一切只是表象，而非真相。他告诉自己，他和妻子只是两个普通人，不幸卷入一场悲剧，万一有人误会了，以为他们蓄意杀人，这个家就完蛋了。

凯茜的死纯属意外，是自然死亡，而非过失致死。

他必须处理掉尸体，不能让人发现。

整个过程中，谢莉一直陪伴着他，告诉他做什么，怎么做。

后来，戴夫回忆说，他是在"守墓时间"[①]烧掉凯茜的尸体的，浑然不觉这个词有多讽刺。他们家的房子紧邻莫洛洪公路，焚尸的火坑位于库房后头，仅几步之遥。平时，他就是在这里焚烧垃圾的。万一有人看到火光，也不会感到稀奇。

戴夫将火坑稍加改造，铺了一层厚厚的镀锡铁皮和钢板，柴

[①] "守墓时间"（graveyard hours），亦可译为"墓地时间"，一般指半夜12点至早晨8点这段时间或班次，在美国海军中则指午夜12点至凌晨4点。关于该俗语的起源，一种说法是该时段的街道跟墓地一样，寂静无人，阴森黑暗；另一种说法是古代为了避免误埋活人，下葬时会用绳子系住死者，另一头系在棺材盖上，绑着一个铃铛，请人午夜坐在棺材上，监听铃铛动静，直到天明。

火熊熊燃烧时，它们能够固热保温，将"热量留在坑内"。那天夜里，空气有点潮湿，四周漆黑一片。老谷仓里有些木板，被他取来当柴火烧。虽说是头一遭，直觉告诉戴夫，火化尸体需要很高的温度。他和肖恩抬起凯茜的遗体，放置在火堆上，接着往遗体上堆放木柴，然后是旧轮胎，最后浇上柴油。后来，戴夫回忆当时的感受，说他觉得这么做是出于"人道主义精神"。也许只有这样自欺欺人，他才有办法坚持下去。火烧了足足五个小时，遗体才彻底化为灰烬，消失在破晓之前，整个过程惊悚至极。

晨光熹微时，戴夫垂眼看了看坑里的骨灰。待彻底冷却后，他将骨灰扫了出来，装进几只桶里，带上车去了瓦沙韦沙滩，将之撒向大海。因为爱冲浪，他学了不少潮汐知识，这一刻全派上用场了。他知道潮汐会带走她的骨灰，永远消失在遥远的大海。他没有哀悼，没有默默为逝者祈祷。他想不出来该说什么。后来，他又去了三趟瓦沙韦沙滩，还去了一次长滩，将火坑里残留的灰和土掩埋在那里。

谢莉也没有闲着。她将凯茜的衣物打包好，交给戴夫焚烧。从凯茜那里没收的证件和首饰，也一并扔入火中。就这样，凯茜的遗物全被销毁了，留在人间的痕迹所剩无几。

* * *

焚烧的气味浓烈刺鼻。第二天，谢莉带着孩子们从汽车旅馆回来时，院子里仍然弥漫着恶臭，是轮胎和柴油燃烧过的味道。

除此之外，还混着别的臭味，是那些放入火中一起烧的东西散发出来的。

妮基远远地朝焚烧点望了一眼。

"我没去库房后头,"妮基后来说,"肖恩全告诉我了。家里原本轮胎很多,当时全没了。"

孩子们回到了屋里。萨米仍在为凯茜流泪。托莉还很小,懵懂无知,由两个姐姐照看着。谢莉焦虑地踱来踱去。戴夫瘫坐在餐桌旁的椅子上,眼下挂着重重的眼袋,咖啡喝了一大壶,香烟抽了一根又一根。

凯茜的死,包括他为毁尸灭迹所做的事,如两块大石压在戴夫肩上。事已至此,凯茜的家人将一辈子活在疑问中,不晓得她人在哪里,日子过得好不好。有朝一日去了市区,与凯茜母亲不期而遇时,他不知道自己会是什么反应。如果她向他打听女儿的情况,他该怎么回答?因为自己和妻子的所作所为,凯茜的家人将永远得不到答案。从他将凯茜遗体拖向火坑的那一刻起,这些念头便不停地在他脑海中盘旋着。

谢莉对丈夫说,她的内心也很煎熬。凯茜是她最好的朋友,如今凯茜死了,她简直悲痛欲绝。然而,她并未沉溺于悲伤。她的表现务实多了。她告诉戴夫,事已至此,两人必须尽快振作起来。

谢莉还告诉孩子们,从现在开始,全家人必须团结一致。

"一旦凯茜的事传了出去,"她警告孩子们,"全家人都得坐牢。"

从旅馆回来的那一天,她试探了一下家人的默契。

"她自杀了。我们不忍心告诉她的家人。"谢莉惺惺作态地说。

谁也没有接话,默默等她放弃这个谎言。妮基和肖恩并不认为有人会相信这种鬼话。自杀?妮基深表怀疑。有谁会花五年的时间去自杀？

凯茜会死，是因为长期饱受折磨，挨打挨饿。

戴夫回惠德贝岛上班去了。火堆灭了几天后，谢莉安排妮基和肖恩做一件事。她领着两人去了库房后头，递给他们一只塑料桶，吩咐道："爸爸烧了一些金属板，可能有没烧完的碎片，你们把碎片捡出来放进桶里。"

谢莉真正想找的是什么，两个孩子心照不宣。

她转身回屋去了，将那令人发毛的差事，留给两个孩子去做。两人朝火堆走去，沉默地用棍子翻着灰烬。

"你觉得这个是吗？"肖恩用棍子指了指一小块东西，是灰白色的。

"嗯，"妮基看着那块碎骨，心里涌上一股强烈的不适，"是凯茜的。"

后来，肖恩还找到了更多小碎块。他俩心知肚明，那不是金属，而是骨头。他还找到了一些残余的首饰。妮基心神不宁，如芒在背，但也找到了几块碎骨。天黑了，他们将桶交还给谢莉，谢莉将里头的东西倒入一只塑料袋。

接下来的几天，她派肖恩去火堆里又找了两次。

某次放假回家，戴夫设法借到了一台倒铲挖掘机，将它开到火坑旁，铲掉一两英尺深的泥土。他运着土来到沃德溪边一条偏僻的伐木路上，往北开了一段距离，倒到伐木工人新开辟的路段上，混入新翻的泥土，以掩人耳目。

处理掉后院的火坑后，戴夫说几年后"我们还在那块儿地上种了些花"。

三十五

他们需要一个完美的说法，来掩盖凯茜消失的真相。

自杀这个说法不能用，毕竟尸体没了。

在后院烧掉凯茜的尸体后，没过几天，谢莉就一扫颓废，又生龙活虎了起来。她想了一些掩人耳目的说法，仿佛在撰写她最爱的惊悚小说，还找了戴夫当第一个读者，检验成果。她格外兴奋，看上去跃跃欲试，仿佛自己是一个编剧，即将缓缓拉开帷幕，揭晓最终的真相，期待观众纷纷点头叫好，对她佩服得五体投地。

"我们顺着先前的说法，告诉大家她跟洛基私奔了。经由我搭桥牵线，两人相识并互生好感。她想换个地方重新开始。另外，她从来没有谈过恋爱，洛基是她的初恋。所以，她很在乎洛基。"谢莉将剧情说给戴夫听，让他参谋参谋，看看有无破绽。

这套说辞，戴夫是愿意信的，至于其他人信不信，就不好说了。据他们所知，凯茜确实从来没跟男人交往过。不过，要说她义无反顾地跟初恋远走高飞了，尤其是在她身体那么虚弱的情况下，似乎有点儿牵强。

"我不确定别人信不信。"

"总有办法叫他们不信也得信。"谢莉自负地说。

接下来,谢莉将所有孩子叫来开家庭会议。她将所有人带到客厅,在沙发上坐下。戴夫一言不发地坐在妻子身边,一边听她推销自己的剧本,一边点头附和。

"还记得我的朋友洛基吗?记不记得他对凯茜有意思,很想约她出去?"

母亲说的这番话,孩子们一点儿印象也没有,这个人他们甚至不曾见过,仅隐约记得还住在劳氏祖宅时,曾听母亲提起过这个名字。

"你们都很喜欢他。"

这就是她们的母亲,用各种暗示篡改孩子们的记忆,仿佛她可以随心所欲地将谎言植入一个人的脑海,使之成为事实。

谢莉继续向孩子们灌输她的剧本:"在这件事上,咱们一家人得口风一致,懂吗?你们需要知道的是,凯茜跟洛基走了。"

"可她没有啊!"肖恩反驳道。

谢莉咄咄逼人地瞪着肖恩,那眼神极具恫吓力,仿佛能穿透一个人的瞳孔,侵入他的灵魂,用意志力逼迫对方相信她的话。在那样瘆人的逼视下,不管她说什么,你都不敢不信。

"那是因为你不知道,肖恩,"谢莉说,"你根本就不清楚状况。"

他很清楚。他怎么会不清楚呢?是他帮着姑父点燃火堆,将凯茜的遗体拖到火坑里的。尽管如此,他还是妥协了。

"好吧,妈妈,你说什么就是什么。"

妮基知道母亲在睁眼说瞎话。萨米心中却重新燃起了一丝希望,肖恩的妥协让她觉得,也许是她记错了。

也许凯茜还活着。

这一切,也许只是一场噩梦,一场从未真正发生过的噩梦。

* * *

再动听的故事,都需要细节来填补,才具有可信度。谢莉的素材库里已经有一样细节了:一张一个女人站在一辆半挂车前的相片。相片不太清晰,只有当你被告知相片中的女人是凯茜时,你才会将她与凯茜的脸重合起来。接下来,为了增加故事的可信度,谢莉让妮基模仿凯茜的字迹,写了各种贺卡、书信,并签上凯茜的名字。妮基坐在餐桌前练习,桌上摆着贺卡、草稿纸、密封袋。

"很像了,妮基。再来一张。"

于是,妮基又写了一张。卡片上寥寥数语,炫耀着旅途有多愉快。她在加拿大。她在墨西哥。她在加州。她很快乐。她再也不会回雷蒙德了。

卡片上写的,也是妮基所憧憬的未来。她迫不及待想毕业,离开雷蒙德,摆脱这个可怕的家,永远不再回来。

谢莉仔细检查每处签名,看到模仿得特别像的,还会毫不吝啬地夸赞女儿一句。

"那些信,我妈妈从来不会用手碰,"妮基回忆道,"她会将每张卡片擦干净,然后用密封袋装好。我的猜测是,或者说我觉得,她是在运用自己所知的法医知识,不让任何指纹留在上面。"

伪造好信件后,谢莉将它们交给戴夫,叫他寄给凯茜的家人。

"她让我大老远跑到加拿大,将信寄给住在南本德的凯茜妈妈,我也照做了。"戴夫后来说。

母亲似乎在计划着什么,这还不是计划中最令人匪夷所思的部分。有时,让妮基伪造好信,并让戴夫寄出去之后,谢莉会突然改变主意,不想让凯茜妈妈拿到信。凯茜还在世时,谢莉没收了她的许多私人物品,其中就包括她母亲家的信箱钥匙。有一回,谢莉将钥匙交给戴夫,让他赶去南本德,趁凯伊还没拿到信,将之偷出来。

戴夫照办了。他跟暗侦民警似的,暗中观察,守株待兔,一看到信被投入凯伊家的信箱,就立马取走。拿到信之后,谢莉将它装在密封袋里,找个地方藏了起来。

"我不知道她在盘算什么,"戴夫后来回忆道,"也许是想制造不在场证明或烟幕弹?在我看来,这么做毫无意义,但是因为凯茜的事,我当时惊慌失措,跟无头苍蝇似的,不管谢莉叫我做什么,我都会乖乖去做。"

* * *

一家人正忙着制造凯茜与洛基私奔的假象。一切进行得如火如荼之际,谢莉突然变卦了。她开始沉默了起来,愁云满面,忧心忡忡。她并非觉得这个计划行不通了,只是觉得应该再制定一个备用方案,才能确保万无一失。为此,她冥思苦想了好几周。谢莉向来胸有成竹,最近却有点儿乱了方寸,戴夫和最大的几个孩子都看出来了。也许是因为她在电视上看到了什么不利的消息,比如美国联邦调查局的鉴定专家利用先进技术识破了罪犯伪造的证据？或者在某集电视剧里看到了寻尸犬[①]？

总而言之，计划需要调整。

在某次家庭会议上，谢莉的目光落在了肖恩身上。

"肖恩，如果你敢说出去，"谢莉威胁道，"我们会把所有事都推到你身上。"

孩子们张口结舌，面面相觑。

"胡说八道！"肖恩愤怒地站起身来，"我什么都没做。"

然而，谢莉并不肯放过他："我们会这么说的，肖恩。我们会说是你杀的。是你杀死了凯茜。"

"你乱讲！"肖恩坚称，"我什么都不会说的。我永远不会说对家人不利的话。"

谢莉死死地盯着他的双眼。

"那就好，"她说，"你得做个让姑姑信得过的人。"

"我会的，"他说，"你可以相信我。"

"但愿如此。"

谢莉为什么突然将矛头指向他，后来肖恩跟妮基讨论过。事实上，她这么做毫不意外。两人都知道，谢莉就像一个在绝境中求生的人，而且是极端自私的那一类，为了生存可以不择手段。她逼凯茜从山坡上滑下去，用水刑惩罚她，将她扔进漆黑的泵房，暗无天日地关禁闭……要不是凯茜有错在先，这一切也不会发生。要不是迫不得已，她也不想惩罚好朋友。爱之深，责之切。她所做的一切，表面上看着残忍，实际上却是出于爱，对凯茜的爱。

[①] 寻找人类残骸的搜寻犬。

肖恩已经保证会守口如瓶,但他还没有傻到相信姑姑会彻底卸下心防。总有一天,有人会发现猫腻,上门来调查。那时,谢莉将会毫不犹豫地出卖他。

"我们应该把真相说出来,"他说,"那天晚上,我们应该送她去医院的。"

妮基同意,但她害怕到什么都不敢说,也不敢做。

"我们现在还能怎么做呢?"她反问肖恩。

肖恩也不知道,但他不曾停止过思考这个问题。与此同时,谢莉丝毫没有隐藏她对侄子的怀疑,动不动就对丈夫吹耳边风,包括最大的两个女儿。

"肖恩肯定会说出去的,"侄子一不在,她就嘀咕道,"他会把我们全家人都卖了的。"

肖恩知道,他迟早得做出抉择——要么离家出走,要么说出真相。

除了这两条路,他无路可走。

三十六

谢莉继续编织着凯茜私奔的谎言,同时锲而不舍地往肖恩身上泼脏水,仿佛只要做足了这两手准备,这个家就能高枕无忧了。凯茜身亡后的那几周,谢莉告诉丈夫,她觉得凯茜家人不会想找她的,因为凯茜住过来的这五年,他们对她几乎不闻不问,不过可以试探一下,看看她想的对不对。

"我要给凯伊打电话,"谢莉突如其来地说,"告诉她凯茜想见她,看她会不会过来。"

戴夫大吃一惊,一时瞠目结舌,不知该说什么好。

邀请她母亲来这里?来这个她女儿丧命并被毁尸灭迹的地方?

"为什么?"他问。

"我想试试她的反应。"她说出了心里的打算。

戴夫觉得妻子在玩火,却什么也没做,只能睁大着眼,看她拨通了凯伊家的电话。最后,不到一分钟,电话就挂断了。

谢莉转过头来看着丈夫,脸上挂着志得意满的笑容。她的直觉是对的。

一如既往地准。

"谢莉说凯伊很生气,"戴夫回忆道,"完全不想跟凯茜说话。"事后，戴夫心有余悸地回想那一幕，只觉得自己像被妻子硬拉下场，玩了一把"谁是胆小鬼"的游戏，而这也是她最拿手的游戏。

谢莉如愿以偿地验证了自己的猜测。

凯茜的家人不足为虑，他们已经不认凯茜了，也就构不成任何威胁。排除掉凯茜家人之后，谢莉突然转移目标，怀疑起马路对面的邻居来。

"不知道他们有没有察觉到什么，"她对大女儿和肖恩说，"说不定他们有听到或闻到什么。"

妮基倒不这么认为。那天晚上，要是听到了什么，或看到了什么，对面早就报警了。

"得查清楚才能放心，"谢莉说，"他们说不定会搞得我们家破人亡，你们懂吗？"

妮基明白母亲的意思。万一警察顺藤摸瓜，查出了凯茜死亡的真相，父母极有可能被捕入狱，她和表弟将无家可归，两个妹妹会被送去别人家，一个家庭被生生拆散。

对面那户人家生了三个男孩，全都年幼无知，家里经济条件差，靠政府救济度日，房子年久失修，院子疏于打理，孩子的玩具随处堆放，因为付不起垃圾清运费，垃圾袋全堆在后院和架空层下。但凡跟这家人认识的，没人会说他们不勤奋。他们也很努力地想要摆脱贫困，但有些事不是努力了就会有结果。尽管生活拮据，但几个孩子都被喂养得很好，身上干干净净的，过得也很开心。

谢莉总说那家人会对他们不利。

"咱们得弄清楚对面的情况，"她说，"你过去听听他们都在说些什么。"

"什么意思?"妮基问,"是去套他们的话,还是去监听他们?"

这未免太过离谱了。母亲希望她跟表弟怎么套话?——

哈喽!请问你们有听到过什么奇怪的声音吗,比如女人的惨叫声?焚烧尸体的味道呢,有闻到过吗?

除了这样的对话,两人想不出别的了。

谢莉强调是监视,不是问话。

"随便怎么做都行,只要别被抓到就好。"

于是,两个孩子开始了诡异的侦察活动。

"靠,你妈可真多疑。"肖恩吐槽道。

妮基有点儿举棋不定。母亲总是一脸信誓旦旦的模样,而且料事如神。有时,妮基和萨米甚至忍不住怀疑,母亲该不会是个灵媒吧?因为她似乎什么事都知道,而且一猜就中。

"可是,万一被她说中了呢?"沉默了半晌,妮基还是反问道。

对面的邻居能构成什么威胁,肖恩实在看不出来。

两人偷偷溜了过去,看了看四周的环境,决定躲在窗口偷听。几个小时后,两人回到家中,被谢莉叫去汇报工作成果。

"没什么不对劲的。"肖恩说。

"是的,妈妈,"妮基接着说,"他们看上去很正常。"

"你们都看到了些什么?"母亲追问起细节来。

妮基事无巨细地描述了邻居家的布局,后院的垃圾,门廊上的冰柜,还说自己猫腰躲在窗外,听不清屋里的说话声。

"架空层,"这个词谢莉耳提面命了好几遍,"你得钻到架空层里,要不然怎么听得清?这很重要,妮基。全家人都靠你了。不能让任何人拆散我们。"

"架空层?"肖恩简直不敢相信自己的耳朵,"我不干。"

"妈妈说这很重要,肖恩。"

肖恩只觉得丧心病狂。

"我不去。"

那年暑假,妮基成天匍匐在邻居家房子底下的架空层里,与垃圾为伍,仰着头透过地板的缝隙,偷窥邻居一家人的生活,偶尔能听到一两句话。她匍匐在地,动也不敢动,生怕被人发现,心里越来越没底,不明白自己这么做究竟是为了什么。

"我假装能听到邻居家的对话,"妮基后来说,"一遍又一遍地告诉她,他们什么都不知道。"

然而,谢莉始终疑神疑鬼的。

"下次他们出门,你偷偷跟上去。"她说。

妮基照做了。她跟踪这家人去了杂货店、邮局、南本德的福利部办公室,监视一切日常琐碎,然后跑回去向母亲汇报。

"妈妈,"她近乎哀求地说,"他们什么都不知道。"

"你能百分百确定吗?"

她不能。母亲总能动摇你的信心,让你对事实产生怀疑。明知凯茜已经死了,有时妮基还是会忍不住希望,凯茜是真的跟洛基跑了。

她想,既然萨米能相信,她为什么不能呢?

母亲还让肖恩偷过几次邻居家的食物,甚至朝他们家的门把手上喷辣椒水。

"我想,妈妈的真正意图,是逼他们搬家,因此故意捉弄他们,"妮基后来说,"无所不用其极,只想将人逼走。"

除了喷辣椒水,谢莉还叫侄子去骚扰邻居,隔三岔五就来这么一出。肖恩烦不胜烦，又一次决定离家出走。

"你妈真是疯了，"他说，"这地方没法待了。你走不走？"

妮基何尝不想走。她每天做梦都想离开，可一天过去了，那一步却迟迟跨不过去。母亲是魔鬼，可她只有这一个母亲。

"我做不到，"最后，她告诉肖恩，"真的做不到。"

* * *

凯茜死后的一年多里，谢莉反复向全家人灌输她的剧本，还有奇怪的命令。她编了凯茜与洛基私奔的故事，拿它来试探孩子们的反应。萨米多么渴望它是真的。久而久之，她甚至放任自流，让这个美丽的爱情故事侵蚀自己的记忆，取代真相。谢莉还强迫妮基去跟踪邻居。妻子忙于这些事时，戴夫则一直待在惠德贝岛上，每天拼命加班干活儿，一方面是因为妻子需要他赚更多钱，另一方面是为了逃避那个令人窒息的家。凯茜不在了，被折磨得最狠的，便成了家里最大的两个孩子。虽然母亲不再动不动就叫两人光着身子去院子里"洗泥浴"，但是半夜三更被叫起来找鞋子、作业本或梳子的事仍频频发生。

萨米则活在另一个世界。她很受欢迎，总是穿着漂亮的衣服，光鲜亮丽地出现在人前。她痛恨母亲对姐姐和表哥做的事。她知道两人根本没犯任何错，不应该被这么对待。

但被罚的毕竟不是她。

在学校里，妮基努力融入班级。她沉默寡言，从不邀请同学到家里做客。她没有男朋友。她不知道怎么才能像妹妹那样，不管家里有多疯狂，都能若无其事地在学校里跟朋友谈笑风生。

肖恩早已忍无可忍。他想在这里坚持到高中毕业，但是只要再来一次，他就会毫不犹豫地离开。只要再被关进泵房一晚，或光着身子在院子里奔跑，他就立刻走人。

在这期间，谢莉不停地鼓吹这孩子是个隐患。

肖恩一定会说出去的。

戴夫努力为侄子说话："他跟你血脉相连。他是我们的家人。他不会那么干的。"

戴夫找肖恩聊过。虽然家里的事让肖恩很愤怒，但是他不会出卖姑姑姑父，也不会害表姐表妹失去父母，沦落到被人收养的地步。

谢莉根本听不进去。

"我不信任他，戴夫。"

"他不会说什么的。"戴夫坚持这么说，尽管心底没有十足的把握。他能想到的最坏的情况是，等肖恩再大一点儿，哪天在酒吧里喝多了，说不定会说漏嘴：

不会吧？你真觉得你家已经够烂啦？我家更烂！我们害死了一个女的，还在后院把她给烧了！

戴夫每次回到家，妻子就会在他耳边喋喋不休，让人不得清静。她没完没了地念啊念，念得他耳朵嗡嗡作响，跟耳鸣似的。后来，即使她不在身边，那些指责肖恩的话，仍会在他耳边响起。

一旦达不到目的，谢莉就会着手伪造证据。这样的事，她以前没少干过——她剪掉自己的头发，假装是因化疗脱发；跟兰迪还是夫妻时，她在自己身上弄了不少伤痕，诓骗说有歹徒闯入房子并侵犯了她；她伪造卡片寄给凯茜的家人，好让他们以为凯茜还活着，只是去了很远的地方。

在谢莉眼中,证据很重要。证据就是无法否认的事实。

有一回,戴夫回到家,妻子在门口等他。他开了很久的车,早已疲惫不堪,但是一看到妻子的表情,他立马清醒了过来,跟喝了一千杯咖啡似的。她的脸红通通的,似乎哭了好一会儿了,浑身都在发抖,是被气的。

"戴夫,这是我在柴棚里找到的!"谢莉手里捧着一条带血的内裤,"一定是肖恩藏在那里的。"

戴夫一听就知道妻子在暗示什么。

"不,"他说,"不可能。"

谢莉气到无以复加的地步。

"这是托莉的,"她斩钉截铁地说,"肖恩欺负了我们的女儿!你这个做爸爸的不能坐视不管!"

母亲的话,妮基和萨米一个字也不信。她们了解肖恩,也了解母亲。那条内裤肯定是她弄的,想栽赃嫁祸给肖恩。她又在玩弄人了。面对无端指控,肖恩矢口否认。他不曾伤害过托莉。没想到姑姑会这样猜忌他,这伤透了他的心。他不是禽兽!

尽管如此,那天晚上,在妻子的挑拨离间下,戴夫还是将肖恩毒打了一顿。

第二天早晨,被打得遍体鳞伤的肖恩再次发誓要走。他告诉表姐,如果她不跟自己走,他就一个人先走了。他真的受够了。

她难道还没受够吗?

三十七

一夜之间，肖恩销声匿迹了。

谢莉和戴夫将女儿们叫到客厅里，告诉她们肖恩离家出走了。那是1995年2月，离妮基二十岁生日仅差几周。

"他会回来的。"戴夫说。

"每次离家出走，他都会回来的，"谢莉接着说道，"我们会找到他的。"

"你们昨晚有听到什么吗？"戴夫问。

几个孩子什么都没听到。

"一点儿动静都没听到吗？"

萨米和托莉什么都没听到。妮基记得自己上床睡觉时，肖恩不在她的衣帽间里——那是他平时睡觉的地方。

"妮基，你昨晚听见他回房了吗？"

"没听到，妈妈。"

然后，谢莉走进厨房，拿出一个木头做的手工艺品，女儿们一眼就认出它是肖恩在学校手工课上做的小鸟窝，其中一面还画了一只小狗。谢莉泪眼婆娑地将它摆在桌上，说肖恩将鸟窝留给了她，作为告别礼物。

"他还给我留了一张字条,上面写着'我爱你,妈妈'。"

那张字条,谁也不曾亲眼见过。

妮基却因此起了疑心。

"肖恩恨妈妈,"母亲将鸟窝拿出来给大家看了之后,妮基私下告诉萨米,"他不可能写下那样的字条。"

要说姑侄情深,萨米是不信的,但她不愿去想这是假的,是母亲撒下的弥天大谎。

"可是,肖恩经常离家出走。"她提醒妮基。

妮基没有回答。看到那个鸟窝,她心里反而隐隐不安。她太了解肖恩了。他绝不可能给谢莉留下任何礼物或温馨的小字条。可是,肖恩就跟亲弟弟似的,她实在不愿往坏的方向想。

那天晚些时候,谢莉开车出去找肖恩,还带上了最大的两个女儿,但是只敷衍地找了一会儿,就无功而返。

时间短得太反常了。

"通常情况下,妈妈会连续找上好几个钟头。那一次,我怀疑车子在外头绕了一个多小时就回去了,"妮基后来说,"前后加起来,只找了两三趟。"

几天后,妮基在外面喂马。某一瞬间,她似乎听见了肖恩的声音,连忙转过身去,却空无一人。她跑去找母亲,将此事告诉了她。

"妈妈,肖恩还在这儿附近。我听见他说话了。"

谢莉面露忧色:"你在说什么呢?"

妮基很疼爱表弟,总希望他能跟往常一样,无论逃到哪里,最终都会回家。"他说不定没逃?"

谢莉盯着女儿看了一会儿,没有再说什么。

大约一周后,谢莉临时起意,挑了个周末,找了家汽车旅馆,带女儿去阿伯丁度假。她们在泳池里游泳,在附近的丹尼餐厅吃饭。妮基和萨米聊到了肖恩,希望他一切安好。

无论他去了哪里,都比留在家里强。

终于,家里收到了零星的回音。母亲告诉她们,肖恩在科迪亚克岛①捕鱼。

他打电话过来了,你们还在上课。

正好错过了。

他过得很好!

很想念大家。

谢莉说,她还接到过几通可疑的电话,刚接起来,就挂断了。

"昨晚又接到了一通,"她信誓旦旦地说,"肯定是肖恩打的。"

妮基没有问为什么肖恩打来又挂断,也没有问为什么只有母亲能接到,而且总是在其他人不在家的时候。那些只听得到断线音的电话,她和萨米一次也没有接到过。然而,质问母亲为什么撒谎,有意义吗?

母亲还提醒她们,一旦有人问起凯茜,必须按照先前串通好的台词说。

"如果警察上门来问凯茜的情况,你会怎么说?"

"她跟男朋友走了。"妮基回答。

"他叫什么名字?"

"洛基。"

"做什么的?"

---

① 科迪亚克岛(Kodiak Island),位于北太平洋的阿拉斯加湾。

"开卡车的。"

"他们去哪里了?"

"很远的地方?"

谢莉立马拉下脸来,她动怒了。

"好好想想。说具体点儿!"

"加州或阿拉斯加。"

"是加州。你怎么老是不认真听呢?去阿拉斯加的是肖恩!"

妮基别无所求,只求表弟真的去了阿拉斯加。

三十八

妮基站在门前，拧了拧门把手，没能拧动。凯茜和肖恩不在了，她与母亲又闹僵了。现在，她再次成为母亲最爱折磨的对象。她站在门口，轻轻地敲了敲门。敲得太响，只会让母亲更生气。她连敲了几下，力道拿捏得刚刚好，不会让屋里的人以为听错了。然而，屋里的人又怎会听错呢？

"妈妈，请开下门让我进来。"

屋内依旧无人应答。

"求求你，妈妈。外面好冷啊。我会乖乖听话的。我保证。"

谢莉坐在沙发上，自顾自地看电视，充耳不闻门外的哀求。这样的事几乎成了家常便饭。有一回，谢莉突发好心地扔了一条毯子出来。大多数时候，她什么都不会给，任由女儿在屋外自生自灭。家里有一个破败的谷仓，妮基曾在那底下藏了一个睡袋，还有一些火柴，以备不时之需。当她又一次被赶出家门，想去取时，它们却不翼而飞了。

她知道一定是母亲收走了。不管藏得再好，都会被她找到。

被关在门外的夜晚，她偶尔会去院子里的外屋凑合着过一晚，大多数时候会去后面的树林里，那里相对暖和些。她枯坐在林子里，无助地想着如何才能走出这困境，期盼着赶紧天明。她能看到托莉房间的灯光，能看到家门口的车灯，那是萨米朋友的车，载着她不知刚从哪里回来。妹妹是她在这世上最爱的人，但她不懂，同样都是女儿，母亲为什么独独针对她，对她恨之入骨，不惜用这世上最不堪入耳的话来骂她，反复骂她是垃圾、贱人、废物、婊子。

"你不配被爱，妮基。没有人会爱你！"

有时，谢莉会开门让她进来，倒不是被她低声下气的哀求或承诺打动了，而是凭心情，想开就开，想关就关。然后，她会给妮基热点儿东西吃，对她说妈妈是爱她的。

"妈妈会和颜悦色几天，"妮基许多年后回忆说，"可能一两天吧。虽然我不信她真的转了性，但还是会忍不住希望这样的日子能长一点儿。"

在这之后，母亲又会故态复萌，毫无预兆地将她赶出家门，每次都少不了谩骂和怒吼。她经常光着身子被赶出去，偶尔能带上一套换洗的衣服。

另外，母亲还一次比一次暴力。

有一回，妮基正在院子里干活儿，浑身上下只穿内衣，母亲突然拿着刀冲过来，不知为何怒气冲冲的，也许是因为在丢掉餐厅洗盘子的工作之后，妮基一直没能找到新的兼职，也有可能是因为她家务做得不够好。先不管原因是什么，妮基见状赶紧往外跑，经过库房，冲进了田里。母亲在身后穷追不舍，叫嚣着要她停下。

"反了你了，你这个该死的！"

她猛扑过去，将妮基按倒在地。这时，刀子正好落到她腿上，划开了一道口子，鲜血立马流了出来。看着自己干的好事，谢莉忽然松了手，妮基得以挣脱，转身朝树林跑去。鲜血沿着小腿往下流。伤口约五厘米长，显然得缝针，但她和凯茜一样，不能去医院。

一旦去了，别人就知道了。

那天晚上，妮基睡在树林里。第二天早晨，她回到家里，浑身又冷又脏，伤口没再出血了。母亲看到她，只字不提昨天的意外。

仿佛昨天什么也没发生。

大约从那时起，鸡舍成了姐妹两人常去的藏匿点，大多数时候是把自己藏起来，偶尔也会藏些毯子，或外套之类的，以免哪天天寒地冻的，突然被母亲扫地出门。

一天下午，萨米正在院子里干活儿，先是喂了拴在树上的狗，接着去喂鸡舍里的兔子。走进鸡舍时，妮基正陷在干草堆里，一脸哭笑不得。

"我刚才想自杀来着。"她故作轻松地告诉妹妹。

她指了指干草堆里的麻绳，那绳子原本被她打成了一个绞索，挂在房梁上，可当她站上干草堆，用力往上一跳时，那绳子"啪"地断了，于是她又落回了地上。

"我笨手笨脚的，连自杀都做不好。"她又补了一句。

姐妹俩都笑了，尽管这不是什么好笑的事。

萨米不怪姐姐想不开，因为同样的傻事，后来她也干过。有一天，她跟朋友玩儿到很晚才回家，母亲却不让她进门。

"你今晚就睡在外头。"

当时是秋天，夜里冷飕飕的。这样的人生，她真是受够了。

她厌倦了被母亲摆布的人生，却看不到任何出路，于是她冲进树林里，找到一丛鲜红的野果，明知果子有毒，却还是摘了往嘴里送，吃了一颗，再吃一颗，接着是一把，边吃边哭。夜色很黑，什么也看不清，但她不在乎，一个劲儿地将野果往嘴里塞，拼命咽下去。

然而，她运气背了点儿，找到的野果不够毒。

"我吃完野果回到家，而我妈妈却跟没事人似的，"萨米后来说，"当时已经过了半夜十二点，她甚至没有出去找过我。她知道我会回来的。我吃那些野果，是想向她'表态'，可她根本不在乎。"

后来，她上吐下泻了一个多星期。吃下有毒的野果，是想控诉这噩梦般的人生，可惜唯一的观众领会不到。

* * *

1996年9月中旬，凯茜消失两年多后，谢莉申请了南本德高中的助教职位。明明自家财务状况一塌糊涂，谢莉却在申请信中自吹自擂地写道，她曾做了几年个体户，替人办理纳税申报，现在想回归初心——照顾孩子：

> 我这一生大部分时间都在抚养我的孩子，辅导她们的功课，带她们参加学校活动，积极投入学校的志愿服务，经常帮助我孩子的同学。

她认为自己有足够的"耐心"去帮助特殊儿童。

三十九

妮基又被赶去院子里了。她从早到晚都在院子里干活儿,妹妹们则正常地上下学,看着和别人家的孩子并无不同。托莉是个文静的小女孩,凯茜还活着时,她太小了,看不懂母亲对凯茜的作为。妮基和肖恩受过的那些严酷的惩罚,她也不曾遭受过。萨米是个社交高手,习惯了用幽默掩盖家丑,从来不会因家事自怨自艾。事实上,幽默是她掩盖一切不如意的遮羞布。朋友们都知道,她母亲很凶,规矩比皇室还多,而且都很不可理喻,惩罚人的手段也不少,常常为了莫须有的罪名修理孩子。因此,他们一直很顽固,每次来接萨米,只要没人应门,他们就会一直等,等到她出来为止。妮基的朋友就不是这样的。只要找不到妮基,他们就会打道回府,以为她改变主意或临时出门了。萨米的朋友知道她妈妈是个怪人,将萨米当犯人一样囚禁在家。

因此,他们会不厌其烦地敲门。

耐心地等啊等。

再久都愿意等。

有时,他们会去镇上的麦当劳坐一坐,接着回来继续等。这些孩子可耐磨了,会磨到谢莉失去耐心,磨到她一肚子火。这就是他们的战术。

谢莉受够了有人一直在门廊徘徊,不停地跑上来敲门,害得她没法专心看电视。最后,她跑上楼去喊萨米,不爽地说:"去吧,快滚出去。"

萨米知道母亲喜欢在外人面前维持慈母的形象。这样的场合,她应付起来得心应手。她会走到门外,将母亲的谎话重复一遍。

"我妈妈不知道你们来了,"萨米会撒谎道,"刚刚才听见你们敲门。"

接着补上这世上最大的谎言:"她觉得很对不起大家……"才怪。

谢莉从来不会为任何事感到抱歉,至少不会为让别人不舒服而抱歉。在女儿眼中,她可以为死去的动物泪流不止,却不会为任何人流一滴眼泪。

* * *

谢莉仔细观察了女儿之间的关系。托莉不构成任何威胁,她还太小,什么都不懂,胆子也很小,随便吓一吓就糊弄过去了。

至于其他两个,她们越来越大了,也越来越爱聊天,两姐妹在一起的时间太长了。还住在劳氏宅子里时,她就警告过姐妹俩,不想看到两人在她背后嚼舌根。

她将责任全推到大女儿身上。

"萨米,你姐姐是个坏榜样,别跟她学坏了。"

坏榜样?真是无中生有的笑话。姐姐很勤快,从早到晚在院子里忙个不停,滴酒不沾,不碰毒品,只跟着肖恩抽过几次烟,但她根本不喜欢。

仔细回想起来，自从搬来这里，萨米和姐姐似乎就没再去对方房间玩儿过。母亲从不允许两人单独在一起，只有在做家务时，她们才能说上话。后来，就连这样的交集也越来越少了。

自从凯茜死了，肖恩走了，两人就没再说过话。

"妮基总是不在屋里，"萨米回忆道，"一直在外头干活儿，干到很晚，天都黑了才进来。我朋友很多，学校里的事也多，一忙就忘了，只记得姐姐经常不在，不是说她不在家，而是见不到人。说心里话，我觉得我妈妈是故意的，故意将她训练成一个隐形人，让你感觉不到她的存在。"

萨米的朋友甚至不知道她家里还住着一个姐姐。有一回，她和姐姐正在洗碗，母亲突然走了过来，硬将两人分开。

"不准说话！"她命令道。

"我们没有说话。"萨米辩解。

"闭嘴，"她坚称，"不准说话。"

萨米默默走开了，留下姐姐独自将碗洗完。

"能说上话的时候，我们基本都在讲妈妈的坏话，"萨米回忆道，"反正肯定不是在聊家庭作业。"

* * *

母亲忽然关注起外表来。对妮基而言，这不失为一件好事。过去这几年，谢莉胖了一些。反正丈夫每月都会将工资寄回家，她决定用这些钱给自己找点儿乐子。她开始减肥，染了头发，还去了几次酒吧。有一次，她告诉女儿自己认识了一个新朋友。

"他是个飞行员,"谢莉说,"我们只是朋友。我邀请了他来家里做客。"

她招待朋友时,托莉可以在房间里玩儿。她对萨米早有安排,不会在家里碍事。

她转身看着妮基。

"你到时就待在院子里。看到人来了记得躲开。"

妮基向母亲保证,她一定会闪得远远的。

后来,她看到了那个男人的车,一辆新的吉优车,看着不像是飞行员会开的车。那个男人在她家待了几个小时就走了。

"我不知道具体发生了什么,"妮基回忆道,"我猜她可能动了心思,想出轨却犹豫不决,也有可能已经出轨了,只是最后不了了之了。"

四十

每次主动找孙子肖恩说话,劳拉都会感叹一声,青春期的孩子可真叛逆。另外,她打电话的时机一定差得离谱,才总是找不到那个臭小子。

谢莉经常惋惜地说他正好不在,跟几个高中同学出去玩了。有几回,她甚至扮演起受害者的角色,说肖恩又赌气离家出走了,自己不知该拿这孩子怎么办。

"别担心,"她假装坚强道,"他总会回家的。就算他不回来,我们也会出去找,把他带回来。"

每次谢莉这么说,劳拉都会心怀感激地想,肖恩是个幸运的孩子,能有一个对他不离不弃的姑姑。要不是有谢莉和戴夫在,他说不定还在塔科马街头流浪呢!这小子从小没人管教,一开始,劳拉曾担心他会给外孙女带去不好的影响,后来证明是她多虑了。她很高兴他能过上正常人的生活,可以去上学,帮亲人分担家务,跟亲人出去度假,去海边玩儿。关于姑姑家的真实情况,包括凯茜的遭遇,姑姑对他的惩罚,肖恩一直守口如瓶,不曾诉奶奶。他没有告诉奶奶,姑姑曾让他睡在地上,还有表姐的衣帽间里。搬到莫洛洪路后,他还曾睡过堆放杂物的外屋。

这个笑容灿烂、幽默风趣的少年失踪后，谢莉瞒了劳拉很长一段时间。事实上，每次劳拉在圣诞节或孙子生日当天寄来支票时，它都会立马被拿去兑现，签的是肖恩的名字。

"我能跟他说说话吗？"劳拉问谢莉，却被后者四两拨千斤地推回去了。

谢莉叹了口气，仿佛劳拉有多失望，她完全感同身受。

"他不在家。"

"他怎么老是不在家？"劳拉嘟哝道，"这些青春期的臭小孩。"

"你能拿他们怎么办呢？"谢莉促狭地笑了一声。

每次谢莉说肖恩不在家，劳拉都会失望地挂上电话，不再强求。不过，听到谢莉说肖恩很好，干着这个年纪的男孩该干的事，她心里多少舒坦了些。多年以后，这将成为劳拉的一个心结。她想不通，当时她怎么这么好打发呢？她应该追着谢莉刨根问底，而不是轻易听信她的一面之词，相信她说的：青春期的孩子都这样。

"肖恩肯定很乐意回我的电话。我从不怀疑这一点。"许多年后，劳拉说。

然而，他从来没有回过。

后来，这样的对话越来越多了。纸快包不住火的时候，谢莉才向劳拉坦白，肖恩短期内不会回雷蒙德了。

"他在阿拉斯加，"她叹了口气，"在渔船上工作。你知道的，他很早以前就想去了。"

谢莉的说法听似合理，却经不起推敲。如果孙子真的早就有此打算，她这个当奶奶的，怎么从没听他说过？

"我刚跟他通过电话，"谢莉接着说，"他过得很好，很喜欢那里。那是他的梦想。下次再通电话,我会叫他打给你的。"

"他从来没跟我说过这个。"劳拉微微质疑了一下。

"说什么?"谢莉似乎有点儿不悦。

"说他想当渔民。"劳拉挑明道。

"你跟他的关系又没有我们这么近。"

"这孩子是我看着出生的,"劳拉反驳道,"他说他想读完高中,这你难道不知道吗?"

"他现在想法变了。"

"我不懂他怎么会说变就变。"

"实话告诉你吧,"谢莉说,"肖恩现在只想赚钱,这就是他离开的原因。他会回来的。我知道的。"

可是,劳拉还是一如既往地没等到肖恩的电话。

除了姑姑,谁的电话他都没打过。

四十一

1993年，从威拉帕谷高中毕业后，妮基专注于两件事：一是拿到大学文凭，二是离开父母，摆脱过去的一切，不管是她所经历的，还是她所看到的。她被格雷斯港社区大学录取了。她想去那里学刑事司法专业，还申请到了助学金。她曾被不受自己控制的事打倒，但一直保持着积极乐观的心态。是的，她很孤独，几乎不敢奢求幸福、爱情、自由，但她不曾放弃希望。她知道自己不应该认命，不能白白蹉跎一生。

可是，母亲却见不得她好，经常暗中作梗，像厨房里漏水的水龙头一样，一点一滴地腐蚀她的梦想。

起初是衣服。有一天，妮基上学穿的衣服突然不翼而飞。她只能找到几条又破又脏的运动裤，那是她在院子里干活儿时穿的，现在只能被迫穿着它们去学校。老实说，以这身打扮出现在校园里，不管白天在家以外的地方积累了多少自信，都会瞬间归零。

接下来，母亲通知妮基，二楼的卧室不再是她的了。

她指了指客厅的某个角落，说："你就睡这里。"

那是凯茜睡过的地方。

妮基有种大难临头的感觉。

后来，母亲还拿走了她上学的钱和公交车费。

"我们不会再给你一毛钱，妮基。你不配我们为你做这么多。你自私自利，忘恩负义。我和你爸爸这次是认真的。"

妮基可以痛哭，可以辩解，可以做出任何母亲期望的反应，让母亲称心如意，但她没有落入圈套。她没有车，没有钱搭公交，也没有衣服能穿去学校，这意味着她没法再上学了，也没法逃离雷蒙德了。

她什么都做不了。

她哪里都去不了。

母亲整天使唤她，让她在院子里干活儿——松土、挖坑、搬柴火，想一出是一出，任性妄为。母亲坚持要她在院子里辟一块地，做新的花圃，但根本没打算种什么，至少妮基看不出来她有这个打算。有时，她一大早起床，就被母亲赶去院子里干活儿，直到天黑才准进门。

母亲会时不时跑出来训斥几句，骂她笨手笨脚的，这也做不好，那也做不好。

"你今天就做了这些？你这个好吃懒做的婊子！"

夜里，如果母亲大发慈悲，允许她进屋，她就会睡在客厅的地板上，拿沙发垫当枕头。

要是戴夫也在家，他会跟着妻子一起辱骂她，骂她懒骨头，骂她没用，骂她啃老，赖在家里不工作。

这时，她会忍不住落泪，父母反而骂得更凶了。

看到女儿流泪，谢莉似乎很受用。

"没用的废物！"她一遍遍骂道，"还不赶紧滚出去找工作！"

妮基心想，真的吗？真的希望我去找工作吗？我怎么找？我一没车,二没钱,连洗澡都只能在院子里用水管冲!

她虽然住在父母家,却跟流浪汉没两样。

最后,她终于说出了心里的话。这用尽了她所有的勇气,但她感觉很好。

真的很好。

"我怎么找?看看我这副鬼样子!我没有衣服可以穿!我哪里都去不了!"

"我冲爸妈大吼,"妮基记得自己曾辩解为什么不出去找工作,"然后我妈妈一脸无辜地说:'你如果需要车,那你应该告诉我啊!你不说,我怎么会知道呢?'"

* * *

妮基变得越来越坚强了。如果说先前的她柔软得像橡胶,现在的她则刚硬得像钛合金。有一次,她拒绝了母亲的无理要求,结果母亲怒气冲冲地追过来,她见状赶紧跑出家门,逃到鸡舍里,想将门锁上,却还是晚了一步,被母亲追上了。

"我母亲有着后卫球员的爆发力,力气也很大,"妮基后来说,"但我才不怕。"

谢莉压在妮基身上,撕扯她的头发,冲她大声咆哮。妮基奋力反抗,将母亲推倒在地。她看上去很错愕,整个人震惊不已——从来没有人敢这么对她。

我已经快跟你一样高了,妮基在心里想,我不会再任你欺负了。

"滚开,妈妈!别碰我!"

说完,她爬起来往外跑,母亲紧追其后。

妮基跑回屋里,正好看到萨米。

"我刚才叫妈妈滚开!"她一边兴奋地对妹妹欢呼,一边马不停蹄地往前跑,从后门跑出去,一头扎入树林里,避了一晚风头才回来。

反抗母亲的感觉太好了。既恐怖,又痛快。

几天后,母亲来到妮基面前,一脸关心地看着她。那张慈母的面具,妮基早已看厌了。母亲的声音诡异地平静,近乎悲伤。

"看到你处处跟妈妈作对,"她语气沉重地说,"萨米不想让你留在这里了。我送你去崔西姑姑家。"

这个消息太突然了。妮基完全看不懂,母亲这演的是哪一出。崔西是戴夫的姐姐,妮基只见过她几面,跟陌生人差不多。她住在不列颠哥伦比亚省①霍普市的印第安人居留地,开车过去要四个钟头。谢莉给了女儿几件衣服,外加五十美元现金,开车送她去奥林匹亚市坐灰狗大巴。

一路上,母亲表现得温柔体贴,善解人意。她说自己会想念妮基的,短暂的分离对彼此都是最好的。

"十天,"她说,"然后你就可以回来了,好吗?"

妮基才刚成年,从来不曾独自出过远门。这趟未知的旅途令她惶恐,不确定五十美元够不够到姑姑家。

后来证明,跟崔西姑姑在霍普市生活的那几天,是她这么多年来最美好的时光。

"家里发生了一些不太好的事,"妮基委婉地对姑姑说,她斟

---

① 不列颠哥伦比亚省(British Columbia),加拿大西部的一个省。

酌再三，点到为止，不想说得过于具体，引发过多责问，"求姑姑别送我回去。"

于是，几天延长为几周，接着是数月。姑姑平时要打扫教堂和房子，妮基被叫去帮忙。到了周末，妮基还会学着织渔网。活儿并不轻松，但她完全不在乎，甚至乐在其中。在这里，没人会骂她，说她一无是处。

她不想离开了。

* * *

大姐为什么不在家，萨米当然清楚原因，小妹托莉却不理解，只觉得自己被抛弃了。她还是个小女孩，比大姐小十四岁。长姐如母，妮基就像她的第二个母亲，是她崇拜的对象。妮基美丽善良，总会抽出时间来陪伴托莉。大姐去加拿大的那天晚上，托莉向耶稣祈祷，求他快点将大姐送回自己身边。她不知道大姐去哪里了，但怀疑是因为妈妈对她不好，她才会离开。托莉在纸上写下了这些话，将字条往窗台上随意一放，便上床睡觉了。

隔天一大早，她还在睡梦中，却被母亲几个耳光抽醒了。

"这是什么？！"母亲一边挥舞着手里的字条，一边气急败坏地问。

这时的托莉才六岁，看到这阵仗，立马吓哭了。

"你觉得我对妮基不好？"谢莉又甩了她一巴掌，"你就是这么想的吗？真的吗？"

没错，托莉是这么想的，但她不敢说出来，只好否认自己的想法，向妈妈道歉。妈妈从来没有对她这么凶过。她完全吓蒙了。

"我想,那应该是妈妈第一次打我,"托莉回忆道,"真的很吓人。"

没过多久,家里突然收到了一些礼物。大女儿的离开对小女儿是有影响的。这一点谢莉应该察觉到了。

"这是你姐姐送过来的。"母亲会拿着礼物这么说。

"为什么我没看到姐姐?"托莉问。

"她把礼物放下就走了。"

"为什么呀?"

谢莉实在编不出什么好的借口。过了一阵子,她开始转变战术,努力破坏这对姐妹的感情。

"她很坏,"谢莉反复对托莉说妮基的坏话,"她不爱你。"

就这样,妮基从这个家消失了。母亲再也没提过她,父亲也是。她仿佛成了一个幽灵,消失在远方,不会回来了。

萨米也是。她不敢在家里提姐姐。两人私下仍有联系,但她不想让家里人知道。

* * *

崔西姑姑努力想将侄女留在加拿大,奈何自己跟其他人一样,根本不是谢莉的对手。最终,妮基还是被母亲召回华盛顿州去了。

但她没有回家。

母亲要她好好反思自己的行为,一天没想清楚,就一天不准回雷蒙德的家,否则只会带坏两个妹妹。她有家却不能回,至少目前还不行。于是，她去了惠德贝岛找继父，蜗居在工地边上的帐篷里。那里的生活条件很差，却让妮基"大开眼界"。她发现，继父从早到晚拼命工作，理论上应该赚了不少钱，却过着一穷二白的生活，钱包里空空如也，几乎找不到一分钱，三餐是从免费食品分发处拿的，洗澡是在公园里解决的，每天都要早起，去公园洗漱。对继父，妮基心里仍有怨怼，毕竟他曾那样虐待她。然而，自从来到这里，她对继父大为改观。现在，她看到的，更多的是一个可怜虫、一个窝囊废。

她打从心底瞧不起他。

"你为什么要过这样的日子？"她不解地问，"为什么不离开妈妈？"

"因为你，"戴夫毫不犹豫地说，眼睛一下也没眨过，"还有你的妹妹。"

几周后，因为要去佩恩机场附近工作，戴夫在旁边暂时租了一个公寓，带着妮基搬了过去。终于能用上热水了，妮基觉得这真是太美好了。每个周末，他们几乎都会回雷蒙德住一两晚。

每次回家，结果都一样。谢莉总会拿出教育孩子的姿态，仿佛将妮基驱逐到加拿大和惠德贝岛，只是为了教会她怎么做人。

"妮基，你觉得自己准备好回这个家，尽女儿的本分了吗？"

"您觉得我准备好了吗？"妮基知道，这个家她已经回不来了。

母亲被这话给激怒了，语气瞬间就变了："我看你还需要更多时间好好反思。"

这正中妮基下怀。

她想，我宁愿在外头流浪，也不想回这个家。

后来，戴夫将公寓退了，带着继女搬回了帐篷。帐篷四面透风，冻得人受不了。妮基一直努力寻找出路，先是在奥克港的芭斯罗缤店找了一份工作，后来又去一家汽车旅馆当保洁员。旅馆老板有一个单宽式拖车小屋，答应免费给她住。尽管它简陋破败，形同一堆破铜烂铁，妮基却感激不尽。总而言之，生活渐渐有了起色，她觉得挺好的。

好自由。

四十二

萨米不仅懂得要隐藏身上的伤痕,还懂得这么做有多重要。

被人看见父母在她身上留下的伤痕,只会陷入谁都不愿发生的谈话,甚至引发更严重的后果,毁了整个家庭。这个家再疯狂,总有一个角落不受玷污,如常地运转着,甚至值得为之奋斗。

在外头,萨米是个金发碧眼的小美女,既漂亮又受欢迎,是那种会被票选为返校日皇后①的女生。她聪颖幽默,说话风趣,很招男生喜欢。然而,到了高三,萨米突然一反常态,开始破罐子破摔起来。她厌倦了在人前掩饰母亲的恶行。从姐姐身上,她看清了再怎么委曲求全,都阻止不了母亲,只会让她更加猖狂。

"作业怎么这么晚才交?"老师问。

"作业本被我妈妈扔了。"萨米说。

类似的对话重复了无数遍。

"你迟到了。"

"我妈妈昨晚不让我进屋睡,今天早上才放我进去换衣服。"

"你弄丢了图书馆的书,得罚款。"

---

① 美国中学的返校节荣誉性人物,每年在校友返校节时进行评选,由所有学生投票选出。

"哦,"萨米说,"书被我妈妈扔到炉子里烧了。"

诸如此类的闹剧数不胜数。

没过多久,萨米就被辅导员叫过去了。"关于你家里的事,就是你说的那些,我们都听到了,"辅导员说,"你家里还有个小妹妹,我们也很担心她。你所说的情况,我们会向校方领导汇报的。"

萨米听了,百感交集,一方面高兴辅导员愿意相信自己,另一方面又担心自己捅娄子了。

而且是捅大娄子了。

意识到这一点,她开始后怕了起来。揭露母亲的真面目,让别人知道她长期虐待自己的小孩,这曾让她无比痛快。然而现在,这种快感一下子烟消云散了。

"我们会安排好住处,把你和你妹妹接出来,"辅导员说,"我们现在就打电话通知你母亲。"

辅导员伸手去拿话筒的那一刻,萨米彻底慌了。

她退缩了。至于为什么,多年以后的她也说不出来。

"也许是太突然了,让人措手不及,"她说,"具体原因我也不清楚。那一刻,说出真相变成了一件危险可怕的事。我收回了对老师说过的话,说那些都是我瞎编的。大概是因为,我不希望他们联系我妈妈,怕触怒她。"

* * *

萨米谈了一个男朋友。他叫卡利·汉森,也是个高中生。两人出去参加聚会,玩儿到很晚才回家。萨米知道他会一直开着大灯,等她安全进屋了才熄灭。她经常被锁在门外。一旦这种情况又出现了,他会猛按几下喇叭,让谢莉知道女儿要进去。

谢莉会开门让她进来,等到卡利的车走远了,再将她赶出去,让她睡门廊。

一天夜里,谢莉站在门口,手里拿着一大杯水,叫女儿滚出去。

"你今天就睡外面。"

"我不要。外面那么冷,你不能逼我。"

听到这句话,谢莉气得将手里的水杯往萨米身上扔,使劲儿将她推出门去。萨米立马转身往卡利家跑。她受够了,不愿再忍受了。虽然跑了一英里多,但她还坚持得住。她可是学校里的体育健将,参加过四百米长跑和一英里接力赛,而且还拿过奖。

每当身后有车灯划破黑夜,她就会跳到路边的垄沟里躲起来,不想被母亲发现,否则就逃不掉了。她坚持不懈地往前跑,终于跑到了卡利家所在的墓园路。

不出所料,母亲果然开着车子追了出来,像鲨鱼一样在黑暗中搜寻她。萨米害怕极了,努力鼓起勇气,偷偷钻进卡利家的车库。

她在里头躲了一会儿,希望能甩掉母亲,别拖累卡利家。

* * *

后来,戴夫说自己很少在家,无从得知家里有多糟,但是他斩钉截铁地说,妻子绝不会伤害萨米和托莉。他爱女儿,但他坚决维护妻子。当时,他觉得萨米是一个谎话精,她说的话只能信一半。事实是，无论如何他都不信妻子会虐待亲生骨肉。

"谢莉不可能整天在家无所事事，只会打萨米或托莉。"许多年后，他依然这么说，"没错，她的确会打妮基，我也会的，好吗？仅此而已。这两个孩子从未受到什么虐待。"

后来，哪怕他的世界崩塌了，他也不曾怪罪过妻子，甚至对一切证据视而不见。萨米高中毕业那一天，母亲又将她痛骂了一顿，还狠狠地打了她一顿，留下不少伤痕。起因是什么，似乎是一件很小的事，小到根本没人想得起来。也许是碗洗得不够干净？忘了给家里的动物洗澡？私自将外套或卫衣借给朋友穿？到了戴夫那里，故事却变了个样。他说萨米是个冒失鬼，冲动爱冒险，毕业典礼那天受的伤，是她自己摔出来的。

在进一步追问下，他才说出了内心的猜测。

"萨米跟她妈妈借了一些钱，因为还不起，就去刷库房的外墙。放学回到家，她已经很累了，却还是坚持出去干活儿，一边刷，一边抱怨这里疼，那里酸。谢莉告诉我，那是因为她摔了一跤。真相是什么，我也说不清，毕竟她身上的伤，我没亲眼见过。"

四十三

萨米的人生突然变成一团乱麻。那是1997年的夏天,她不知道该何去何从。母亲恶意毁坏她的入学申请表,害她错过了长青州立大学的报名时间。从记事起,她的梦想就是上大学,幻想有朝一日能成为这个家第一个拿到大学文凭的人。对于大学,她一直有一种特殊的情结。她很爱自己的男朋友,可不想这么快结婚,不想跟当地人一样,高中一毕业就去城里打工,永远走在父辈的老路上。萨米想要的更多。她什么都想要。她想要更好的。她甚至想去好莱坞寻找机会。

她曾两度计划离家出走。

第一次是在4月,不过这次行动很仓促,并未经过深思熟虑。另外,她刚定制了一条漂亮的新裙子,实在舍不得放弃穿新裙子的机会,因此没走几天就回去了。

后来,离高中毕业还有几个月,萨米开始策划真正的大逃亡。一想到要离妹妹而去,心里就涌上万般不舍,但她努力说服自己,离开是为了更好的团聚,那一天一定会很快到来。姐姐妮基早就不在家了。母亲有一阵子没再用奇怪的法子折腾人了。托莉还那么小,母亲应该不会对她下手。萨米只将自己的计划告诉了劳伦和莉娅——两人是她最信赖的朋友。那天,母亲要带她和托莉去阿伯丁买东西。出发前,萨米提前偷偷打包好行李,用五只塑料垃圾袋装下自己所有的衣服和靴子,还有自己格外宝贝的小饰品。

"我这人很看重身外之物,"许多年后,萨米自我调侃道,"一件衣服都不能少。"

萨米的计划是让劳伦趁家里没人时溜进来,先拿走她的行李,最后两人到劳伦家会师。

萨米想给妹妹一点儿暗示。

"如果我今天没有回来,"她告诉妹妹,"我会在你的枕头下留一张字条,只留给你一人。"

萨米能暗示的就这么多。她不是不信任妹妹,只是太了解母亲了。妹妹才八岁,母亲必定会威逼利诱,连哄带骗,不择手段地从她口中套出所有信息。母亲绝不会善罢甘休。萨米才不想让她知道自己的去向。

从阿伯丁回来后,萨米跑上楼去,看见行李全被拿走了。计划正按部就班地进行着。

"妈妈,劳伦的车子半路没油了,叫我去接她。"萨米撒了一个谎。

"好吧,"谢莉说,"你去吧。"

于是,萨米坐上她的白色小车,抬头最后看了一眼这个家,便往劳伦家驶去。她先在劳伦家躲了一天,接着又去男朋友家住了一夜。她知道母亲肯定正在到处找她。一想到这儿,她就惶惶不宁。

她犹如踩中陷阱的野兽,家庭的束缚就是那捕兽夹,夹住她的脚不放。她写了一封信给母亲：

我想过所有无法离开的理由，因为我是这么爱你。因为爱你，我不想伤害你。我开始思考伤害，思考人生，思考我受过多少伤害，又留下了多少伤害。于是我想，离开也许是好的。家里会安宁许多。妮基走后，家里安静了许多。我走后，一切也会好起来的。

在信的最后，她说以车为家又有何不可：

没事的。如果天意如此，那就顺应天意吧。我只希望你能理解我的决定，但我知道你永远不会理解的。

接下来该去哪里，萨米完全没有主意。她联系上了姐姐，姐姐说她跟外婆一直有联系，并打算去找外婆。

"打电话给外婆。"妮基对她说。

萨米正是这么做的。劳拉住在华盛顿州北端的贝灵厄姆，她兴高采烈地邀请外孙女过去。

萨米听说父亲正在四处寻找被她开走的白色小车。母亲报警谎称车子被人偷。看来她得想其他办法去贝灵厄姆了。卡利的母亲芭芭拉主动说要送她，反正她对谢莉向来没有好感，这个女人曾经半夜打电话扰人清梦，问她和丈夫每年挣多少钱。

"我告诉她，我不喜欢有人在这个时间点打电话来，我们家挣多少钱更不关她的事。"芭芭拉后来说。

第二天，她开车送萨米去贝灵厄姆。在路上，萨米将母亲对孩子们做的事告诉了她。当两人终于抵达外婆家时,劳拉告诉了她们更多不堪的往事,都是谢莉在童年和年轻时期所做的事。

"她对我说,我妈妈曾在家里放火,企图烧毁自家的房子,"萨米回忆起那天的对话,"还欺负自己的妹妹。她怀疑我妈妈曾喂我们吃催吐药,因为不想带我们出去玩儿。芭芭拉坐在边上,默默听完这一切。这让我心里好受了些,因为有人替我揭露母亲的不堪,而且这个人是站在我这一边的,她知道的远比我多。"

1997年的整个夏天,萨米都跟外婆住在一起。

和妮基在加拿大时的感受一样,这也是萨米一生中最快乐的一段时光。

四十四

因为见不到两个妹妹,妮基一直很伤心。离开那个家是自我救赎。她不后悔离开,只是很想念她们。听说托莉病了,她赶紧在卡片上写下自己的关心,寄回家去。

祝你早日康复,小家伙。听说马上要下雪啦,相信这会让你开心些。你有没有好好照顾妈妈和萨米呀?当然啦,我是说在你不生病的时候。

这封信,托莉从未收到过。

那阵子,谢莉一直试图联系大女儿,但是她既不接电话,也不回复。母亲是一个疯子,妮基不想再跟她有任何瓜葛,即使从此老死不相往来,她也不在乎。有一天,母亲事先没有打过招呼,就跑到妮基面前,一脸关心地叫她跟自己回去,说她可以回家里住,可以去读大学。妮基知道这是骗人的,母亲嘴里没有一句真话。后来,艾兰县警长找到她住的拖车房,问她是否安好。

"你妈妈很担心你。"警长说。

"我很好。"她说。

"给你妈妈打个电话吧。"

妮基嘴上说好的,心里根本没这个打算。看她突然这么独立,父母显然内心很不安,至于为什么,妮基怎会不晓得。

因为害怕。害怕她将凯茜的事说出去。

那时,妮基在一家冰激凌店上班。某天,有人突然朝店里扔了一块砖,砸破了窗户,紧接着就有人打电话通风报信,说这是冲妮基来的,是她惹出来的麻烦。

"我知道是爸爸干的,"后来她说,"妈妈叫他做什么,他就做什么。她想害我被炒鱿鱼,让我不得不搬回家住,这样他们就能继续盯着我了。"

砖头的风波刚过去没多久,妮基就打电话给外婆,说她想离开奥克港,不知道贝灵厄姆的疗养院还招不招人,能不能跟外婆一起工作。

一想到外孙女要来,劳拉开心得不得了,而且她还有一个好消息要告诉妮基。

"妮基,你这通电话打得太巧了,"劳拉兴奋地说,"萨米也在这里。"

妮基听了喜不自禁,迫不及待地跳上下一班去贝灵厄姆的灰狗巴士。

与姐姐重逢的那一刻,萨米的眼泪立刻夺眶而出。两人近一年没见了,姐姐看上去容光焕发,比以前漂亮多了,也开心多了。她穿着紧身的盖璞牛仔裤和紫色背心,脸上化了妆。头发以前总被母亲剪得乱七八糟的,如今留长了,烫了微卷。

"她很漂亮,"萨米至今仍记得那次重逢的情景,"更重要的是,她自信多了。以前,我从未想象过姐姐在外头的样子。在家里，她总是穿着一条破烂的运动裤，整天在院子里干活儿。二十二岁从家里逃出去之前，她一直没有朋友，没有恋人，一无所有。"

* * *

妮基找了一份助理护士的工作，跟外婆在同一家护理中心，不同部门。工作不轻松，但是待遇比汽车旅馆或冰激凌店好多了。更棒的是，她可以远离太平洋县，摆脱父母的控制，还有那些不堪的过去。

"在那里，我天天给人换结肠造瘘袋①，"她回忆道，"但我一点儿也不在意，因为我可以不用回家。"

然而，刚工作没多久，医院管理人员便开始接到匿名投诉，不是抱怨妮基对老人态度不好，就是抱怨她能力差，无法给予老人应有的护理。后来，连州政府都介入调查了，每次妮基和外婆都会被问得哑口无言，不知道为什么会被投诉，明明这里的员工、病人及其家属都很喜欢她。

匿名投诉电话还不是最可怕的。

从某天起，继父开始出现在医院的停车场，有时坐在皮卡里，有时站在树丛中，没有大喊大叫，只是让妮基知道他在。她觉得这是一种无声的威胁，她开始担心继父会绑架她。也许他和母亲心怀不轨，打算对她做什么，就像他们对凯茜做的那样。

有几次，妮基下班开车回家，发现继父跟在后头，吓得她魂

---

① 俗称"人工肛门袋"，用于收集经过结肠造口排出的粪便。

飞魄散。为了甩掉继父,她开车在贝灵厄姆到处绕。

"我很怕他会来抓我,"妮基回忆道,"我不确定,但我高度怀疑……他是来抓我的。我能想象母亲天天追问他的样子,问他逮到人了没。"

后来,听说了一些事后,妮基心有余悸地说:"能活到现在,我真的很幸运。我妹妹也这么觉得。"

四十五

1997年的夏天过去了一大半,谢莉要丈夫找到任性妄为的二女儿,弄清楚她跟什么人在一起,给他的压力也越来越大。当然了,只要谢莉想知道什么,她就有办法打听到。她知道萨米去了贝灵厄姆,跟妮基和外婆在一起。一想到这三个人凑到一块儿去了,她就气不打一处来。萨米的离家出走,加上被背叛的感觉,让谢莉又恨又痛,更加铁了心要将萨米找回来。

"她们有可能会说出去的,戴夫。"

"她们不会的。"

"你又不是她们肚子里的蛔虫。"

妻子天天这样疑神疑鬼,戴夫实在听不下去了,说孩子们大了,想独立,随她们去吧。谢莉不肯善罢甘休,哪怕他去了惠德贝岛上班,她也会三天两头打电话来,说她又发现了什么线索。

他一如既往地对妻子百依百顺,言听计从。

谢莉听说杉树营最近要办一个开放日活动。那是霍特科姆湖[①]边的一个教会营地,萨米和卡利都报名了。

---

① 霍特科姆湖(Lake Whatcom),位于美国华盛顿州的霍特科姆县。

她决定让戴夫去碰碰运气,结果还真碰上了。

萨米穿梭在杉树营参与者与辅导员之间,冷不防在人群中瞥见了一张熟悉的面孔。

她的父亲!

萨米大吃一惊,差点儿忍不住再看一眼,确认是不是父亲。他显然乔装过,戴了一副太阳眼镜,款式是他平时绝不会戴的那种,还戴了一顶棒球帽,穿了一件连帽卫衣,一身伪装笨拙可笑。

她暗暗叫了一声天哪,心里很不是滋味。她爱父亲,但她知道他突然跑来这里,不可能是来玩儿的。她很确定,他是来带她回去的。父亲朝她走了过来。

"萨米,"他的声音低沉,语气里透着关心,"你妈妈担心死你了。跟我回家吧。"

萨米没有回答父亲。她能说什么呢?母亲是个恶魔,萨米有足够的理由不信任她。

她默默带着父亲拐上一条僻静的小路,经过一个秋千,找了个地方坐下,谁也没有率先开口。

沉默了半晌,萨米终于告诉父亲为什么离家出走,那些非走不可的原因里,许多都与凯茜有关。

"我知道她死了,爸爸。我看到她的尸体了。"

戴夫垂头丧气地坐着,什么也没说。

她还提到了母亲那疑点重重的病。在她的整个童年里,母亲都在治那劳什子的癌症。

"没人得了癌症还能拖这么久,"她说,"如果是真的,她早就不在人世了。"

"是真的,"父亲反驳了这一点,"我很清楚。"

"听我说,爸爸,"萨米说,"她根本就没得癌症。你陪她做过化疗吗?"

"我送过她。"

"你进去过吗?你看过医院的账单吗?"

这些问题,几年前劳拉同样问过。

当他终于开口时,他的表情也和当时一样,透着包容与理解。他没有明确否认,也没有肯定。

"抱歉,萨米。我知道的。我知道的。"

后来,父女俩都哭了,还聊了许久。继父早已失去了自我,这是显而易见的。萨米看得出来,母亲对他的控制,和对凯茜的控制如出一辙。认识戴夫的人说起他来,从来不会有一句不好的话。同一个镇的人都觉得他是那种传统的老好人。伐木工大多勤奋温良,他父亲是那样的人,他自己也是。

至于他娶的那个女人,她不仅是外地来的,还是个怪女人。镇上的人背地里管她叫"疯子",还有更危言耸听的叫法——"变态谢莉"。

"我会回去的,爸爸,只是有一个条件。这事被妈妈搞砸了,我希望她能亡羊补牢,把我上大学的材料补齐。"

"我不确定她愿不愿意。"戴夫说。

不过,萨米和姐姐一样,已经懂得该怎么跟母亲谈判,为自己争取利益。如果说,只有跟魔鬼做交易,才能圆上大学的梦,那么她愿意冒一次险。

继父离开杉树营后,萨米打电话给母亲,说如果母亲给她学费,她就考虑回家。谢莉拒绝了,噼里啪啦地扯了一通理由,说什么她本就捉襟见肘，和戴夫的婚姻亮起了红灯，问题越来越严重，指不定明天就离婚了。雪上加霜的是，她近来身子不太好，癌症又复发了。

萨米倒是巴不得父母赶紧离婚。继父在工地上是怎么生活的，姐姐早就告诉她了。他住的是简陋的帐篷，吃的是食品银行①的免费食物，每天在工地上不要命地加班，操劳得不成人样！

至于癌症，萨米从来不敢掉以轻心，也不曾将它当成笑话，但是说真的，如果母亲得了癌症还能活这么久，那她可真是人类医学史上的奇迹！

母亲的借口，萨米一概不理会，只紧咬自己想要的不放，那就是上大学。

"妈妈，你明明说过我可以去上大学的，"萨米说，"却又暗中搞破坏。你做过什么，你我心里都清楚。"

"我听不懂你在说什么。"

是这样的吗，妈妈？到现在你还想继续跟我装蒜？

"你就是那么做了。"萨米坚称道，两人陷入了沉默。

漫长的沉默是母亲最喜欢的战术之一。这时候的她就像一个捕食者……气定神闲地等更弱的一方败下阵来，放弃自己的坚持。

"我不会告诉别人发生过什么。"最后，萨米使出了撒手锏。

电话那头沉默了一秒。"你在说什么？"

萨米反败为胜，乘胜追击："你知道我在说什么。"她能想象母亲现在的脸一定气得通红，眼睛里都能冒出火来。

谢莉最恨被人揭穿心中的秘密，但这也是唯一的一次。她那

---

① 西方救济当地穷人、分发免费食物的慈善机构。

毁天灭地的怒火,谁也不想承受第二次。

萨米没有明说,也不必明说。这是一着险棋,用它来敲诈母亲很聪明,也很有效。那年夏末,萨米还没回到莫洛洪路的家,母亲就已经填好了入学材料,并寄出去了。

* * *

那年夏天,萨米在西雅图的好莱坞星球餐厅庆祝十九岁生日。那是她过过的最好的生日,她感到自由快乐,感到人生充满了希望。她和母亲联系过,知道入学的事办得很顺利。她和姐姐走得很近,只是没让母亲知道。母亲对妮基很有意见,不让她知道是明智的,否则母亲会怎么报复两人,谁都不知道。

当萨米和男朋友卡利回到家乡,站在莫洛洪路的家门口时,谢莉神色惊慌地迎了上来。她剃掉了眉毛,将脸涂成了一张白纸,跟劳拉带着女儿来看她的那天一样白。

她悲伤地摇了摇头:"我的癌症复发了。"

门前的两人面面相觑,差点儿没笑出声来,这真是既滑稽又尴尬。

"她为什么要做那么可笑的事?"卡利后来问萨米。

"我也不知道,也许是想让别人关心她吧。"

两人心里却在想,想要博得关注,还有更多更好的方法,不用非得假装得了癌症。

卡利一走,谢莉便逼上前来,张牙舞爪,破口大骂:

"你爸爸说你不信我得了癌症!好啊,萨米,你过来瞧啊!瞧仔细了!我的头发都掉了!"

萨米反击了，毫不留情地反击。她感觉到一种前所未有的自信。

"我知道你在撒谎，"萨米挑明了说，母亲火冒三丈，却没有插话，"我知道凯茜死了。我知道是你害死了她。我都看到了，妈妈。我到她身前看过。她死了。"

母亲摇了摇手指："她是被自己的呕吐物呛死的。"

"那是因为你虐待她。"

"不是的。"

"是的。是你害死了她。就是你。"

忽然之间，母亲咄咄逼人的气焰就熄灭了。"对不起，"她说，"对不起。"

在萨米看来，道歉就是默认。

"对不起？"她怀疑地反问道，仿佛这是什么听不懂的外国话。

母亲点了点头："事情突然就失控了。萨米，我试过阻止这一切，却无能为力。"

这番话真假参半，萨米怎会不晓得。事情确实失控了，但是母亲从未加以阻拦，反而推波助澜。最后的悲剧，正是她一手造成的。

五分钟后，母亲的口风变了。

她反悔了，将说过的每句话都收了回去。

"你误会了，萨米。我可没说过那样的话。"她狡辩道。

母亲怎么说，萨米都不在乎了。反正她也要离开这个家了。她已经被长青州立学院录取了。

四十六

克诺特克家的财务状态每况愈下。除了要供女儿上大学,他们在城里还欠了一屁股债。斯坦热水器公司的维修费还没付,电话公司扬言要切断他们家的线路。谢莉绞尽脑汁找理由拖延时间,拖到弄到钱为止。她告诉自来水公司,家里临时出了急事,短期内无法支付水费。她甚至写道,丈夫心脏病发作了,很严重:

他现在好些了……我得全天候守着他,同时还要处理各种事务,焦头烂额,不堪重负……

在另一封写给贷方的信函中,她谎称自己逾期还款,是因为家人生病了,还编了各种病:

我们家今年尤其艰难。我的大女儿一直在跟多发性硬化症做斗争,我父亲也病得很重。

只要谢莉觉得打健康牌有用,她就会毫不犹豫地打出去。有一次,她在南本德市违反了道路交通安全法规,车子被扣押了。

她写信向交通法庭求情，说自己最近压力太大，才会不小心违反交通规则，法庭应该原谅她的过错：

> 今年是艰难的一年。我女儿得了癌症。我每周都得带她去奥林匹亚接受治疗。一周两次。为了照顾她，我把工作辞了。女儿是我的一切。她是那么地依赖我。我不是罪犯。

考虑到她情况艰难，华盛顿州的交通管理员同意不追究责任。

戴夫白天要靠药物保持清醒，才有办法在工地上操作器械，晚上则睡在车里，因为那是他所能找到的最好的睡处。与此同时，谢莉则三天两头跑去阿伯丁的小商场买东西。戴夫完全被蒙在鼓里，因为在两人银行账户的签字人中，妻子将他的名字去掉了。他从来都不知道自己的薪水是怎么花的。

他那点儿薪水，根本满足不了谢莉。

她背着戴夫成功申请到了三万六千多美元的个人贷款。这充分证明了她天生就是一个极具说服力的人，居然能向美国银行雷蒙德分行借到那么多钱，真是一项了不起的成就！这对夫妇根本没有任何财产可以抵押。莫洛洪路的房子本来就是贷款买的。照理说，他们的信用等级应该低到可怜才对。

尽管如此，锲而不舍的谢莉总能找到办法让自己如愿以偿，永远不会有黔驴技穷的那一天。一旦获得了高额信用额度，她就会开始花钱，大手大脚地花，仿佛消费是一种毒品，或毒品的替代物。在阿伯丁购物中心，她一天开出的支票可以多达三十张。某天下午，她在塔吉特百货开了九张支票，从一个穿着红色工作服的收银员这里开了一张，又去下一位收银员那里故技重施，每次金额都不大，基本在五至十美元之间。这也许是她有意为之。小额支票更不容易引人怀疑，她八成是这么想的。倒不是说她将钱全挥霍在自己身上。她主要是给萨米和托莉买的，偶尔也会买些小的家居用品或装饰物。谢莉的疯狂消费行为，着实令人费解——她会同一天内在同一地点多次消费，这样的行为还会在同一周内多次重复，几乎是每天。她会每天去阿伯丁，有多少花多少，没钱也照花。

她会消停一天，接着进入新一轮的疯狂消费。

就算债务随时可能雪崩，她也不在乎。她不停地买，直到额度枯竭为止。

一旦账户里没钱，她在城里留下的支票就开始到处跳票了。

有那么几个月，谢莉就曾因为透支支票账户不得不支付两百五十多美元的违约费。后来，当账户余额过低时，她会跑去另一家银行分行，再开一个新账户。到了没人愿意借她钱，消费欲得不到满足的地步时，她就会开车到雷蒙德的银行分行，从女儿的户头领钱。

"这就是雷蒙德，"妮基后来讽刺道，"在那样的小地方，一个人的母亲可以跑去银行，从不在她名下的账户里将钱全领走。"

想要申请贷款、保证金或任何需要提供社保号的东西，谢莉用自己的亲身经历向所有面临资金困难的人提供了一个万无一失的方法。

有一次，萨米从学校打电话给母亲，说自己的社保号不能用了。

"试着换换最后一位数，试到有一个能用就行。"母亲说。

萨米说，她觉得这样做不好。

"那就用你妹妹的吧,"母亲换了一个建议,仿佛这是天经地义的事,"托莉的号还没被用过呢。"

这个方法萨米同样拒绝了。

就这样,谢莉长期花别人的钱,用别人的社保号申请贷款。几年后,萨米想买一套公寓,却因信用不好被拒贷了。她的社保号上有一笔三万六千美元的欠债,但是账面上的欠款人不是她,而是她的母亲。

谢莉盗用了萨米的社保号。

谢莉试图推卸责任。她告诉女儿是银行搞错了。萨米才没那么傻。戴夫却一如既往地维护妻子。

他说:"萨米和谢莉用的是同一个账户。银行将我们在账户上的名字弄混了,是银行的错。我们三人因此有了矛盾,但是后来都解决了。"然而,当话题转移到他身上,问他谢莉是怎么管钱的,为什么家里的财务一塌糊涂,总是处于破产的边缘时,他却挠挠头,百思不得其解。

那几年,他天真地相信谢莉戒掉了挥霍的习惯,因为家里根本没钱可挥霍,她不得不学会勤俭持家。刚结婚的时候,这确实是横亘在两人之间的问题。然而他以为,现实的残酷,加上自己严厉的态度,足以让妻子改掉爱花钱的毛病。

"我不得不控制开销。后来那几年,她已经收敛很多了。她买的都是家里要用的东西。她也会为萨米买很多东西。"

戴夫从小在麋鹿溪畔过惯了苦日子,他不希望女儿也那样。虽然经常跟妻子为了钱吵架,但是他从未想过要克扣孩子的钱,不让她们买想要的东西。送孩子去上兴趣班,参加体育活动,添置新衣,办生日会,养宠物,这些从来不是问题,他很乐意掏钱。

他只是想不通，钱都花到哪里去了。

"钱到底花哪里去了？我是说，谢莉有可能拿去买车了。好一点儿的车。你知道的，我们两人的车都很破，而且开了好多年了。"

四十七

现在，作为唯一还住在家里的小孩，托莉自然而然地沦为了母亲的目标。

萨米去上大学不久，谢莉就将注意力转移到了小女儿身上。事实上，萨米还没完全离开之时，她就已经恢复了过去最喜欢玩儿的一些把戏，只不过它们都很微妙，不容易被察觉。在念小学和初中的时候，托莉就经常怀疑自己是不是脑子坏了，总是找不到自己的作业。

"妈妈，你有看见我的作业本吗？"

母亲说没看到。

"我知道我把它收起来了，可就是找不到。"

谢莉会看她一眼，说："看来你只能重做了。"

托莉觉得妈妈有点儿奇怪，可是不管怎么说，她毕竟是妈妈。

托莉童年时期最难过的记忆，大多与思念父亲有关。每次回到家，不管多疲惫，父亲都会抽出时间来陪她，一起玩儿，一起笑。长大后，她会怀念与父亲共度的美好时光，虽然只是一起做一些稀松平常的小事，比如坐在一起看电视，在河边钓鱼。然而，有时她会忍不住觉得，父亲不在家反而更轻松。倒不是因为她不想看到父亲，而是因为只要他在家，母亲就会找他吵架。

空气中充斥着怒吼与叫骂声，伴随着乒乒乓乓的摔砸声，还有威胁恐吓。母亲会将父亲骂得狗血淋头。

没有哪个孩子愿意听到那些话。

"我记得，很小的时候，一看到爸爸回来，我就兴奋不已，"托莉后来说，"过了一段时间，等我长大了，差不多十多岁吧，我就没那么期待爸爸回家了，反正他们整天只会吵架……有几次，我们玩儿得挺开心的，就玩玩电子游戏之类的。当我还小的时候，我觉得他确实有做一个好父亲的潜力，只可惜我们家当时的环境太畸形了。我知道他很爱我。"

在她的记忆中，每次吵架都不是父亲挑起的，而是母亲。

"你那该死的薪水支票呢，戴夫？"托莉记得有一次母亲对着电话怒吼道，"你这个死乡巴佬！你不是说我今天就能收到吗？"

托莉只想象得到父亲在电话那头坚称钱已经寄出去了。她不相信父亲会故意拖延时间，或是将钱藏起来自己用。只要是谢莉要的，他都会毫无保留地给她。

"可信箱里根本没有。我找过了。我他妈的真是受够你了。"

最后，她威胁道："干脆离婚算了。我就不应该嫁给你这个白痴。"

周末放假回到家里，他只能睡在沙发旁边的地板上。

这一切，托莉全看在眼里，既心碎又困惑。"爸爸从来没有快乐过，"托莉说，"他看上去很沮丧，好像他根本不想回家。我记得儿时的我总觉得，他跟我妈妈结婚是不幸的，因为他看上去那么悲伤。"

后来，托莉慢慢地看清了一点，她不幸地处于父母之间的交火地带，那里正上演着一场非死即伤的持久战，而她是那注定被殃及的池鱼。

* * *

除了被波及，也有可能被突袭。在某个漆黑的夜里，母亲对托莉发起了第一波偷袭。家里空荡荡的，只有母女两人。白天，托莉出去上学，母亲在家里睡觉。晚上，托莉睡着了，母亲则悄悄来到她床边，掀开床罩。

托莉猛地睁开眼，大口喘着粗气。她不知道出了什么事。是家里着火了，还是妈妈突然心脏病发作了？

母亲突然出现在眼前，不知从哪里冒出来的，令人不寒而栗。

"你有想过自杀吗？"母亲突然发问，语气却不容置疑。

"没想过，妈妈。"托莉说。

谢莉站在原地，沉默了许久，也许是想听到更多回答，或者说是不同的回答？托莉猜不透母亲的心思。她没再开口，心里七上八下的，不敢主动跟妈妈说话。

最后，母亲转身离开了房间。

托莉再也睡不着了，脑子里闪过诸多猜忌，其中一个如置顶的消息般挥之不去。

天哪，妈妈是不是想杀了我，然后伪装成我自杀？

* * *

厨房的早餐吧台下放着一台很大的业余无线电设备。那是父亲的东西，家里只有父亲真正用过它，但是他很少在家，它也就一直闲置在那儿。有一天，八岁的托莉不知做错了什么，惹得母亲大发雷霆，被她一怒之下猛推了一把，一头撞在那台设备上。

托莉大惊失色。她知道妈妈不应该这么做。这完全超出了她的想象。妈妈不应该这么对她。她伸手摸了摸太阳穴。湿湿的。

是血。

她吓得号啕大哭，可是妈妈既没有道歉，也没有帮她止血，而是站在原地，嗤之以鼻地看着她，完全没有要动的打算。

"你这个爱哭鬼！"母亲怒斥道，"给我站起来！"

这次意外在托莉幼小的心灵中留下了深深的烙印。从那之后，每当母亲命令她去做一些不好的事，或令她感到难堪的事，她就会想起那次头破血流的经历。她知道，母亲的字典里绝无"虎毒不食子"这几个字。

* * *

母亲的声音差点儿将小女儿吓得魂飞魄散。每次真人秀节目《勇敢者的游戏》（*Fear Factor*）开始，电视机里就会传出一个女人惊恐万分的尖叫声。每次听到这个开场白，虽然早已知道会听到什么，但托莉还是会吓一大跳，以为是母亲在楼下吼叫。

冲她吼叫。

"天哪，我今晚又要挨打了！"她会心惊胆战地想。

有一回，妈妈用木勺子打她，她将这事对一个朋友说了。朋友的妈妈在学校里遇到谢莉，便质问她是不是打了孩子，气得谢莉回到家,拿起一根丈夫的鱼竿,给了它一个新用途——她用鱼竿打托莉,因为打得太狠,最后鱼竿都断了。

"你这个坏小孩!白眼狼!我真不该生下你!"

托莉的背上和屁股上全是触目惊心的红印子,一条一条的。再过几天有游泳课,她害怕会被别人看见身上的伤痕,到时候该编什么理由呢?

"到了要游泳的那天,伤痕都不见了,"后来她说,"我妈妈总有办法让它们消失。"

然而,有些惩罚并未造成肉体的痛苦,却让人蒙受巨大的精神羞辱,这也是谢莉的惯常手法。

因为成绩不理想,谢莉让托莉一整周穿同一套衣服去上学:一条脏兮兮的牛仔背带裤,上面印着小熊维尼的图案,外加一件印着小鸟崔弟图案的上衣,没有外套。

"我当时真的好冷,还因此恨死了妈妈。同学们都发现了,问我为什么不换衣服,我说因为没洗衣服,"托莉后来说,"大概过了三四天,我连解释都不解释了。"

她很好奇,如果有旁人注意到她的反常之处,且这些反常之处与她的母亲脱不了干系,他们会怎么想。和姐姐萨米一样,在外人面前,托莉是一个衣着光鲜的女孩,总有许多新衣服穿。然而现在,她每天穿着同一套衣服走来走去,有人会觉得不对劲吗?

"你可能觉得这是鸡毛蒜皮的小事,"许多年后她说,"但它其实是件大事。你知道的,在学校里,大家都很关注你穿什么。"

等托莉进入青春期后,谢莉开始了让女儿极不自在的新游戏。每个月总有那么一天,托莉会被母亲叫到客厅里去。

"哦，托莉！时间到了。看看你这个月长了多少。"

如果没有立马响应，她就会听到母亲发出跟《勇敢者的游戏》里一模一样的尖叫声。

"把上衣脱了。"母亲命令道。

托莉不想脱。她觉得很别扭。

母亲对她的顾虑嗤之以鼻。这事很正常，也很自然。

"我得看看你发育得怎么样了，"她说，"每个妈妈都会这么做的。"

"才怪，"托莉想，"别人的妈妈才不会这么做。"

她从来没有听过哪个朋友说自己的妈妈也会逼她做同样的事。

"妈妈，我不想脱。"

母亲立刻拉下脸来，这样的表情往往预示着她下一秒要打人了。

"听好了，"她说，"我叫你做什么，你就做什么。我是妈妈。你是小孩。把上衣脱了。"

"我不想脱，妈妈。"

"为什么不想脱，托莉？你把我当变态还是什么？"

两人僵持不下。托莉知道自己跟其他家人一样，再怎么负隅顽抗，也战胜不了母亲。她脱掉上衣，一动不动地站着，任由母亲检查。

"好了，"母亲终于心满意足地说，"看着还行。"

同样的事一再重演。

有时，母亲会让托莉把内裤也脱了，好让她连阴道也一起检查了。

这比将正在发育中的胸部露出来给人看更羞耻，但托莉还是屈服了。

有一次，母亲得寸进尺地提了一个新要求，不仅更奇葩，也更羞耻。

"托莉，我要做一本关于你的婴儿成长记录册，需要你的一撮阴毛。"

这太过分了。托莉不肯配合。

"太夸张了，"她终于抗拒道，"没人会做那样的事，妈妈。"

母亲耸了耸肩，看上去很失望，甚至有点儿伤心。

"你姐姐就这么做了，"她说，"你怎么就这么不配合呢？"

"我不是不配合，妈妈，"她说，"我只是觉得这怪怪的，还有点儿恶心。"

母亲起初还只是失望、伤心，现在已经彻底变成恼怒了。

"恶心？"母亲反问了一声，接着说道，"人体没什么恶心的，如果你觉得恶心不正常，那就是你思想有问题。"

说完，她递给托莉一把剪刀。

"妮基和萨米也这么做过？"

"没错，"母亲说，"就连麻烦精妮基都这么做了。快剪吧。"

托莉拿着剪刀去了浴室。一分钟后，她拿着母亲要的东西出来了，将它递过去："给你。"

母亲盯着她的双眼，扑哧一声笑了出来："不用了。"

托莉两眼泪汪汪的，尴尬不已，羞愧难当。

"什么？"

"我只是想看看，你会不会真的照我说的去做。"母亲说。

托莉感到孤立无援。那一阵子，她每天都盼着周末赶紧到来，在外念大学的二姐就会回来。她不再期盼大姐回来，因为母亲极力抹黑她,将她说得穷凶极恶,让托莉对她先是畏惧,后是憎恨。

"她就是个魔鬼,"母亲不止一次说道,"幸好我还有你和萨米。"

不需要托莉发问,母亲随时都愿意知无不言,言无不尽。

"她打我,托莉。哪个女儿会打自己的亲妈,你能想象吗?"

母亲还谴责外婆,说她是一个恶毒的女人。

"我还小的时候,她把我当垃圾一样对待。"谢莉控诉道。

母亲说的话,托莉全盘接受。她的认知是:妈妈是全世界最好的妈妈,大姐和外婆是不共戴天的仇人。

四十八

三姐妹的关系，既残缺破碎，又错综复杂。老二萨米是唯一与两边都有联系的人。妮基独自在外生活，努力重启人生。她很想念小妹，经常向萨米打听托莉的近况，托莉对她却没那么上心。在母亲的洗脑下，托莉学会了不再打听大姐的消息。这样也好，至少萨米不必对妹妹撒谎，也不必冒着被母亲报复的风险，一旦被母亲知道自己跟妮基有联系，她肯定会将这视为最大的背叛。

即使上了大学，母亲的触手依然无处不在，这是毋庸置疑的。二女儿的生活，她方方面面都想掌控，控制欲强到让同一寝室的女生都忍不住翻白眼。几乎每晚十点或十一点，她都会打电话到宿舍来。如果萨米没接到，她就会暴跳如雷，打电话给宿管，或萨米的男朋友卡利。

最夸张的时候，她甚至会半夜三点打过去找人。

"她在你那里吗？"谢莉会问。

卡利会说不在，然后挂断电话，转头看着萨米。

两人无语地对视了一眼。

尽管跟母亲达成了交易，但这并不意味着萨米永远偃旗息鼓

了。她写了一封长达四页的信提醒母亲,虽然她口口声声说记不清以前的事了,但是萨米可没有老年痴呆:

> 我记得很清楚。不,我说的不是凯茜……我当时可能还很小,但是家里的事,我记得一清二楚。很抱歉这么说,但是妈妈,我觉得你只记得你想记得的,别的统统忘得一干二净。很多事你都这样,比如你对妮基和肖恩做过的事,强迫他们在泥巴里打滚儿,用滚烫的水洗澡,这些我猜你都忘了。在这个家,我的待遇恐怕是最好的了。

妮基早已选择向前看,尽量与母亲保持距离。然而,母亲有多邪恶,托莉尚且不知。因为放心不下妹妹,萨米尽其所能地多回家。家里发生的事,对姐妹三人而言都是一种沉重的负担,但是萨米总能找到幽默的方法,将所有的不愉快抛之脑后。

她不停地向母亲揭露过去的不堪:

> 我知道别人的家庭是什么样的。也许不是什么都知道,但是至少知道什么是对的,什么是错的。我的一生都活在谎言里。这话你可能不爱听,但事实就是如此。一切的真相,我都知道。

随着萨米不依不饶地重提往事,并质疑母亲的行为,谢莉也绞尽脑汁,想到了让二女儿重新变老实的新招。

"宝贝,我得了红斑狼疮,已经确诊了,"有一次,她在电话那头说,"很严重。"

"天哪，妈妈，"萨米说，"我很遗憾。"

这种病，萨米懂得不多，只知道很凶险。母亲将治疗方案详细说给女儿听。另外，她还提到另一项健康问题，也是很严重的病，仿佛光有红斑狼疮还不够惨。

"宝贝，我还查出了一个很大的卵巢囊肿，"她说，"得动手术摘除。"

以前，母亲说她得了癌症，萨米是不信的，只觉得那是一场骗局，一个诡计。但是，不知怎么的，母亲近来说的这几种病，她却不曾怀疑过。

事实是，它们也是假的。

"可笑的是，"萨米说，"我妈妈后来再也没提过她得了红斑狼疮的事。"

* * *

母亲是个骗子，萨米早就知道，但她想要证据，她需要证据。于是，趁母亲不在时，她决定偷偷溜进房间，碰碰运气，说不定能找到什么，就像在沙滩上随意翻动小石子，石子底下指不定会爬出什么惊喜来。她做得很谨慎，以免弄乱东西，留下痕迹。母亲有一双火眼金睛，但凡房间里的东西被人翻过，或动了位置，即使只动了一点点，她也能看出来。有时，女儿们只是偷偷瞥了某样东西一眼，也会被她发现。

萨米在床底下发现了一个小塑料袋。

她朝袋子里头瞥了一眼，不太确定自己看到的是什么。

沙子？贝壳？

她将东西拿到灯光下凑近了看。那是一袋混着木灰的碎骨。人的碎骨。

她知道这一定是凯茜的。

除了她,还能是谁的?

* * *

戴夫已经很久没有回雷蒙德的家了。原因有很多。他工作的地方太远了。除了女儿,他找不到其他回家的动力。妻子肯定不是的。她总叫嚷着要离婚,却从来不见她行动,不知道为什么,也许是舍不得他那份稳定的工资吧。戴夫定期将薪水寄回家,反正她想要的似乎也就只有这个。

最后,真正推动戴夫回家的,是岳母的一通电话。岳父跟劳拉离婚后,又娶了一个妻子。新岳母打来电话,质问他这一年多来为什么不回家看托莉。

他立马予以反驳,为这一无法接受的行为找借口。事实是,他也不知道自己为什么不回家。这个问题,他不是没有思考过。每到周五,老板都会问他回不回家,他总以第二天还要上工为由推脱。

"放你的狗屁。"老板会鄙夷地说。

"他能从我眼中看出我很想回家。"戴夫后来说。那天,接完岳母的电话,他沉默地坐了很久,内心天人交战。最后,他决定寻求上帝的帮助。

"请您给我一个指示吧,"他记得自己当时在心里祈求,"请您帮帮我。我该怎么办?"

那时，他身无分文，车子也坏了。上帝回应了。戴夫说，上帝要他回家去，说他必须履行男人的誓言。他的老板也是个有家室的男人，完全能体会戴夫的心情。于是，他将一辆旧的凯迪拉克借给戴夫。那车子耗油量惊人，却是上帝对他的回应。

"我星期五下午五点下班，正好遇上晚高峰，路况很差。我开着公司的车，从世德罗-伍利①一路开到奥克港，接着往回绕一段路，去赶渡轮。最后是漫长的5号公路。当晚深处，凌晨一点，我到家了。谢莉还在等我，给我留着饭。托莉也还醒着。一切都很美好。托莉很开心，谢莉很开心，我也很开心。"

每个人都很开心，至少脸上表现得如此。

直到戴夫再次离开，所有快乐也烟消云散。

---

① 世德罗-伍利（Sedro-Woolley），美国华盛顿州下辖的一个城市。

第五部分
沉默的羔羊

罗恩

四十九

萨米第一次听说罗恩·伍德沃思这个人，是某次在大学宿舍里接到母亲电话的时候，她提到了一位"新朋友"，这位朋友正在帮助一位养了近百只猫的老太太，她住在河景社区，离格雷斯港社区大学不远，正面临被逐出公寓的厄运。至于谢莉，她总算找了份工作，在雷蒙德的奥林匹亚地区老年人关爱机构当个案工作者，也就是社工。她与罗恩是通过仁人家园①认识的，当时罗恩正在处理那位爱猫女士的案子。

"我把她的所有东西都搬到库房里，还邀请她过来住，但她只想回她的房子。"

萨米偷偷松了一口气，心想真是谢天谢地，她可不想看到任何人跟母亲住在同一屋檐下。

"罗恩，"谢莉接着说，"为她养的大部分猫找到了去处。她的猫差不多有八十只。"

一个房子里养了八十只猫，光是想想就令人感到恶寒。

"听起来，这个罗恩是个好人。"萨米说。

---

① 仁人家园（Habitat for Humanity），专门从事建设与提供住房改善机会的美国社区服务组织。

"是啊,他也很爱猫。"

罗恩自己也养了几只猫。那阵子,下午放学后,托莉会去罗恩的拖车房里玩儿。猫咪将拖车里弄得一团乱,而且臭气熏天,神奇的是,罗恩跟大多数养了太多猫的人一样,什么味道也闻不到。

罗恩以前不是个大块头,但是到了初次见面的时候,萨米注意到他大腹便便的,肚子上的肥肉沿着腰带往下垂,跟挂了个腰包似的。他头顶毛发稀疏,脑后头发很长,用橡皮筋扎成马尾辫,戴着耳环和各类首饰,对其外表似乎颇为自信。他曾是当地报社的文字编辑,同时也是一名持有执照的护理员,最近"遇到了点儿挫折",正逢人生低谷,暂时失业在家。

他耿直爽快,言辞犀利,与萨米一见如故。

在罗恩家度过的那些午后,托莉看了各种埃及学的书,与他畅聊古埃及的神明与传说。罗恩很喜欢埃及学,这是全世界最令他着迷的东西。他还告诉托莉,现世有多重要,来世为何存在。

后来,罗恩不幸去世了。每当母亲坚称他也许是自杀的,托莉就会回想起两人在拖车里相处的点滴。

然后,她会坚定地说:"他绝不可能自杀。"

托莉越来越喜欢罗恩。有时,跟托莉玩纸牌或跳棋时,他会故意放水让小姑娘赢。她开始喊他罗恩叔叔,把他当朋友看待。虽然不曾说出口过,但是在她心目中,她希望两人是并肩作战的盟友。

* * *

1992 年夏末,罗恩跟随加里·尼尔森搬到了南本德。两人是同性伴侣，在一起十七年了。在此之前，加里的妹妹已经先一步搬了过来。1995年，罗恩的父亲身体不好，为了相互有个照应，在罗恩的坚持下，父亲威廉和母亲凯瑟琳也从加州搬了过来。

对罗恩和加里来说，搬到太平洋县生活，也是两人关系新的开始。事实上，提出搬家的人是加里，而且只给了罗恩两个选择，要么一起走，要么分道扬镳。罗恩毫不犹豫地选择了第一个。加里是他一生的挚爱，他不可能放手。

1996年6月，父亲威廉去世了，罗恩跟变了一个人似的。护理员的工作，他开始力不从心，难以胜任。跟人交谈时，他总是走神，难以专注。过去的他外向奔放，现在却变得内向封闭，郁郁寡欢。加里能理解失去亲人的痛苦，但是他实在无法长期忍受这样的罗恩，两人的关系岌岌可危。到了1997年，两人的感情走到了尽头。

罗恩无法接受两人分手的事实，既悲痛欲绝，又喜怒无常。分手后没多久，某天加里上完班，来到两人共同居住的拖车，却发现罗恩换了门锁，不让他进去。

"他想用我的东西挽留我，"加里后来说，"我告诉他，如果他那么想要我的东西，那他就自己留着吧。"第二天，加里回到拖车公园，取走罗恩交还的几样东西。罗恩将东西寄放在一个棚子里，对加里避而不见。后来，两人再也没说过话，不仅当面的没有，连电话也没打过。又过了一个月，罗恩给加里写了一封信，称自己和母亲这辈子都不想再见到他。

罗恩一夜之间回归单身，人生也急转直下，陷入低谷，身边为数不多的朋友都替他感到担心，其中一个就是桑德拉·布罗德里克。20世纪90年代初，她和罗恩都在加州萨克拉门托的麦克莱伦空军基地供应部上班，两人的友谊是从那时结下的。罗恩搬到美国西北部地区后，桑德拉后来也搬了过来。因为离得近，这段友谊得以维系下去，两人之间也有着超越友情的爱。

分手后，罗恩曾隐晦地说过"找不到活着的意义"，但他从来没有明确说过要自杀，或以死相逼。另外，桑德拉和托莉的观点相同，罗恩对古埃及文化有着坚定的信仰，在这种信仰的熏陶下，无论人生过得多不如意，他都不可能轻生。

然而，到了1999年，桑德拉看得出来，罗恩依然没有走出困境。于是，她主动伸出援手，说自己在塔科马有一套五居室的房子，罗恩可以带着母亲搬过去。罗恩礼貌性地表示感谢，还象征性地参观了一下房子，但是他告诉桑德拉，自己目前更倾向于留在原地，未来肯定是要换个地方的，不会继续留在雷蒙德和南本德，毕竟加里就住在阿伯丁，离得那么近，他可不想有朝一日在街头跟这个人偶遇。他还说，他打算去投靠朋友谢莉，她和老公想去奥克港买房子。

然而，到了2000年7月，奥克港依然没有房子出售。此时，桑德拉又一次听到罗恩的消息。他在经济上遇到了一些困难，拖欠了威拉帕房车公园的租金，需要借点钱应急。于是，她借了五百美元给罗恩，以免他无家可归。

后来，她从另一个朋友那里听说，为了留住他的活动房屋，也就是那辆拖车，罗恩借了两千美元请律师。

一听到这个消息，桑德拉立即联系了罗恩。

罗恩一副胸有成竹的口吻，仿佛一切尽在掌握。

"他告诉我，他给了谢莉一千美元，让她帮忙请律师。"桑德拉后来说。

桑德拉当下便起了疑心,问请的是哪位律师。

"他说他得去问谢莉,因为人是她帮忙找的,后来就没下文了。我至今仍不知道,到底请没请过律师。"

又过了一阵子,桑德拉特意来到雷蒙德,去天伯伦房车公园看望罗恩和他母亲。

没想到谢莉也来了,她只能匆匆结束这次拜访。

后来,认识谢莉的人都说,她这个人独占欲很强,喜欢标记领地,宣示所有权。

五十

罗恩五十多岁了,到了这样的年纪,人生想要从头再来,已经太晚了。他失去了家,失去了父亲,失去了爱人。1999年,自从失去了拖车的赎回权,他便住在母亲那里,如今连母亲也跟他有了嫌隙。最糟糕的是,他失去了他的猫。谢莉告诉小女儿,他们家打算收留罗恩,帮助他振作起来,重新找回自力更生的能力。托莉不知道的是,当初为了说服父亲同意收留凯茜,母亲说的也是同样的话。

"这是为了帮她,"母亲当初是这么对父亲说的,"同时她也能帮助我们。"

罗恩搬过来的那天,谢莉在门口铺了一张写着"欢迎"二字的地垫,将二女儿以前住的卧室腾出来给他。他有一张床、一个梳妆台、一个床头柜、一盏床头灯。他还从母亲那里带了不少书过来,以及一些个人物品。

关于罗恩这个人,戴夫听说的不多,就算听说了,也只会左耳进右耳出。当时,他仍在惠德贝岛的奥克港上班,几乎从不在家,家里发生了什么,他无从得知。直到有一天,他回到莫洛洪路的家,才赫然发现,家里多了一个人。

妻子既兴奋又贴心地介绍两人认识。

"这是我的朋友罗恩,"谢莉说,很快又补充道,"是同性恋。他暂时无家可归,先借住在我们家。"

老实说,戴夫一点儿也不在乎,就算罗恩对谢莉有意思,他也无所谓。这个男人要是真有那个意思,他反倒求之不得。他想离开这座围城。与谢莉在一起,有太多谎言要编织,太多秘密要隐藏,他已经疲于应对,不堪重负。

"我一直在等托莉长大,等她长大了,我就能离开了,"他后来坦诚地说,"只要再坚持个三四年,我就能解脱了。"

谢莉接着美言称,罗恩帮忙照看过托莉几次,是个忠实牢靠的人。

罗恩握了握戴夫的手。他个子不高,戴着一副厚厚的眼镜,耳朵上有耳洞,脖子上戴着几条金项链,其中一条还有一个十字架挂坠。

"他看上去是个好人,我当时只想远离那些压力,"戴夫说,"可惜没能及时抽身。"

* * *

见鬼了!

一听说罗恩搬到家里住了,萨米心中猛地蹦出这么一句话来。这可不是什么好事!她当下是这么想的,但是这个念头很快就缩回去了。这种装糊涂的事,她这辈子不知做了多少回。她聪明到能够一眼看透问题,但是求生的本能又让她学会了装糊涂。

她告诉自己,虽然她很清楚母亲的为人,但是历史绝不可能重演。她亲眼见过母亲是如何对待凯茜、父亲和其他人的。她凡事以自我为中心，总想站在最瞩目的位置，永远主宰一切，其他人只能为了满足她而存在。她是老大，但罗恩不是凯茜，也不是戴夫，萨米相信他一定能守住防线。

然而，这顶多只是她一厢情愿的想法、希冀或祈祷。几乎第一时刻就有迹象预示着，萨米错了。

罗恩刚搬来的那阵子，每次回到家，萨米都能看到两人一派和睦的样子，用她后来的话说叫"相亲相爱"。不过，她还是敏锐地捕捉到了两人之间微妙的动态——罗恩对谢莉总是百依百顺，跟用人似的任她差遣。

"好的，亲爱的谢莉。"他对谢莉有求必应。

每当这时，谢莉要么给他一个大大的拥抱，感谢他对她这么好，要么嗔怪他怎么没有照她吩咐的去做，但是语气极为温柔，仿佛罗恩是一个不懂事的幼童，听不懂妈妈吩咐的是什么，或不明白妈妈为什么要他那么做。

到了吃晚饭的时间，他会叫罗恩过来吃饭。

"罗恩，吃饭了！"

"来了，"他会应道，"看起来真好吃，亲爱的谢莉。"

盘子里装着的无论是什么，在罗恩眼中都是上等的佳肴，足以媲美《顶尖主厨大对决》或其他美食节目参赛者烹制的美食。

然而，谢莉最初的热情很快就消退了。

大概到了第二周，变化就出现了。托莉发现母亲时不时会对罗恩发火。

"我看见你翻白眼了，"她毫不客气地说，"我不想看到这个动作。"

"对不起，亲爱的谢莉。"罗恩说。

"你是故意用这种阴阳怪气的语气来损我吗？"

"对不起，亲爱的。"罗恩让步了。

很快，她开始说话夹枪带棒的，既刻薄又刺耳。托莉简直不敢相信母亲会这样对朋友说话。

"我不想跟一个没用的基佬说话，"谢莉曾这么对罗恩说，"你真让我恶心，罗恩。赶紧从我眼前消失，离我女儿远远的，别带坏她。"

然后，情况不停恶化，甚至到了一发不可收拾的地步。

事实上，自从罗恩来到这个家，母亲的注意力就迅速转移到家里的新成员身上，托莉的日子也因此好过了许多。以前，只要犯了一点儿小错，托莉就会挨骂挨打。现在，受害者变成了罗恩。

"她会露出那种可怕的眼神，然后开始动手打他，或将他拉去后院，不知对他做什么，同时叫我回房间去。"

同样的场景每晚都会上演。

白天也好不到哪里去。谢莉不再允许罗恩跟母女两人同桌吃饭，而且三餐只给他面包和水，外加每天两顿药。

"妈妈，你给他吃的是什么药呀？"同样的问题，托莉问了不止一次。

"安眠药，"母亲说，"帮助他镇静的。"

自从谢莉开始虐待他，并让他吃那些药，罗恩就变了一个人。

"罗恩是我见过的最聪明的人，但是自从来到我家，他就糊涂了起来，"托莉回忆道，"和过去判若两人，跟没了灵魂似的。"

*　*　*

谢莉将罗恩赶出了楼上的卧室,毫不留情地收回房间不给他用,像魔术师干净利落地从餐具下抽离桌布。属于罗恩的东西几乎全被她没收了,她还把罗恩赶去电脑房,让他在那里打地铺。对此,罗恩没有半分抗拒,反正他在屋内的时间本就不多。那时,谢莉给他安排了干不完的活儿,大部分时间,他都在院子里。

这还没完。没过多久,谢莉便使出了下一招:限制罗恩使用洗手间。她告诉罗恩,想用洗手间,得先问过她才行。电脑房在楼上,洗手间在楼下,客厅也在楼下,谢莉整晚坐在客厅沙发上,想绕开她,神不知鬼不觉地溜进洗手间是不可能的。

"亲爱的谢莉,我能用一下洗手间吗?"他问。

话刚说完,谢莉就拒绝了,再一次干净利落地抽走"桌布"。

"屋里的不行。"她说。

"亲爱的,那你想让我去哪里解决呢?"

"去外头吧。我不想让一个同性恋用我的洗手间。"

于是,他到外头去了。

后来,夜里尿急了,罗恩就尿在一只空的喷液瓶里,白天想方设法藏起来,不让谢莉发现。

某天早晨,托莉正在用电脑,罗恩还没出去做家务。她看到了那只瓶子,罗恩也注意到了。她心想,罗恩怎么就这么糊涂呢?要是被母亲发现了,他就等着受罚吧。连她都看到了,母亲不会看不到的。他为什么要跟妈妈唱反调呢?下场是什么,他又不是不知道。一想到这些,她就火大。

托莉忍不住用责备的语气问:"你怎么老是这样子?"

"对不起，托莉，"罗恩看上去有点狼狈，"对不起。"

后来，回想起这一幕，托莉就觉得难受。当时，她看上去挺恼火的，但内心其实不是的。她只是不想看到他因此挨骂，甚至挨打。

同样的事，托莉其实也做过，只是不曾告诉罗恩。半夜想上厕所时，因为害怕上下楼梯的声响会吵醒母亲，白白挨一顿臭骂，她也曾尿在瓶子里。但是，隔天一大早，她会将瓶子扔出窗外，毁尸灭迹。

她只是希望罗恩能机灵点儿，别留下痕迹让母亲抓到。

* * *

每隔一阵子，谢莉就会问小女儿记不记得凯茜这个人。托莉见过自己和凯茜的合照。照片中的自己还是个小婴儿，被凯茜抱在怀里。她知道自己的人生中曾出现过这个人，只是不知道她在这个家是什么地位，也不明白母亲为什么隔三岔五就要提一下她。

"有人向你问过凯茜吗？"

"没有，妈妈。"

"邻居、同学或老师，一个都没有吗？"

托莉摇了摇头。

"没有。我发誓。"

五十一

谢莉这个人，桀骜不驯，反复无常，她能进入奥林匹亚地区老年人关爱机构，成为那里的助理社工，而且坚持了这么久还没被辞退，同一办公室的同事都感到匪夷所思。她这也叫社工？开什么玩笑？她对待案主的方式极不专业，不是过度投入，就是漠不关心。2000年12月，她的上司因两起投诉为她写了检讨报告。有位案主身体不好，需要长期服药，谢莉却叫对方不用再吃药了，其他同事听了都暗自捏一把冷汗，担心她随意干涉医嘱，会造成无法挽回的悲剧。另一起投诉来自一位收入低微的案主，对方说谢莉顺走了他家一块价值不菲的手工桌布。谢莉早有防备，狡辩说那块桌布是案主给她的谢礼，答谢她帮他找到了新住所。对此，案主矢口否认，说没有这回事。

后来，谢莉开始对同事说谎，起初都是些小谎，后来不断变本加厉。她谎报补休时间，早上经常迟到，有时声称是去拜访案主了，同事听了都纳闷，一个小小的助理社工，需要这么早去找案主？圣诞节前，办公室准备了给每个员工的圣诞贺卡，要她寄出去，她对同事说寄好了，但是谁也没收到过。到了去阿伯丁参加公司圣诞聚会的那天，谢莉一脸惊讶地对同事说，没人通知过她有活动。尽管聚会安排在上班时间，她依然说自己去不了，和丈夫还有事要忙。有人发现她在家里接听办公室的留言，而且没有将留言转给相关的同事，便随意删除了。

2001年1月底的一次绩效考核会上，谢莉承认自己的表现不尽如人意，承诺会加以改进，做一名优秀的员工。然而，在接下来的几个月里，她的绩效不见提高，反而持续下滑。

经理写下了某位员工与她共事的感受：

（她）无法信任谢莉。她说谢莉会撒谎，经常出尔反尔。（她）觉得自己在社区里的信誉都被谢莉拖累了。

某位男同事不肯告诉谢莉他的生日是哪一天。于是，谢莉背着这位同事打电话到他家，从他妻子口中套出了他的出生日期。接下来，在这位同事毫不知情的情况下，她将事先约好的中午聚餐变成了生日会，蛋糕、气球和各种生日会装饰应有尽有。

她邀请了办公室里的所有人，唯独没邀请那位跟她有过节的女同事，成心膈应她。谢莉跟这位女同事曾是很要好的朋友。在这座小城市里，能让谢莉称得上是朋友的人不多，几乎为零。她对别人说，她曾经很喜欢这位朋友，两家的孩子还经常一块儿玩耍。后来，这个人居然向别人抱怨她工作粗心。在谢莉看来，这是不可饶恕的背叛。

这个人居然敢轻视她。她没有这样的朋友。这是女人之间的战争。谢莉说，有时你根本不知道，一个人为了得到想要的东西，会做出什么事来。

继绩效考核不佳之后，2001年1月20日，罗恩写了一封信

279

给谢莉的主管，赞扬谢莉对他的母亲照顾有加。在这封精雕细琢的表扬信中，第一部分是对谢莉主管的恭维，夸他彬彬有礼，为社会做了许多贡献。最大的溢美之词，则留给了谢莉。

在他看来，谢莉简直是万里挑一的好员工。

政府机构的大多数员工很快就学会了只做最少的事，只要饭碗保得住就够了。能少做就绝不多做！这是错误的作风，也是绝对的耻辱！但是，克诺特克女士懂得（并坚信），一名真正的公务员必须愿意多干事，切实地帮助案主解决他们的种种困难。从雷蒙德居民口中，我听说了许多克诺特克女士的事迹，关于她如何热心地帮助案主解决问题。有一天，有人到我母亲邻居家做客，不小心撞到了我母亲的活动房屋的挡板，克诺特克女士主动出面协调，帮助我母亲解决了问题。

他在信上签下自己的大名，并伪造了他母亲的签名。

这招很高明，可惜杯水车薪，而且为时已晚。2001年3月27日，谢莉收到了一份书面警告，要么好好表现，要么卷铺盖走人。她找上司理论了半天，逐条逐项为自己辩解，最后不得不承认，警告书中所述情况，条条属实，句句公道。经过这次面谈，她的表现依旧糟糕，名声也未曾变好。

……谢莉变得越来越好辩，越来越强词夺理。她告诉我，她不想"再次被逼到墙角"。

后来，同一年的春天，办公室的人接到了几通电话，都是打来夸奖谢莉的,夸她工作特别出色,令人印象深刻。同事们心知肚明,肯定是谢莉为了保住饭碗,一个个去搬救兵,拜托他们打来的,可惜注定徒劳无功。

2001年5月9日,上司给了谢莉留用察看的处分,气得她血压骤升,这是她自己说的。然后,她秉承一贯作风,写了一份书面陈述,反驳上司的每条指责,并扬言要向领导反应。

关于这次矛盾,她的上司是这么写的:

> 她说我不喜欢她,说我阴险刻薄,说我跟个警察似的。她在我面前哭了,说她血压升到了180/120,说她跟丈夫分居了,非常需要这份工作。

几周后,谢莉的行为愈发离谱。这个办公室对她"充满了敌意"。她一边承诺会改进工作方式,一边越来越捉摸不定。

> "谢莉说我们在故意找她的碴儿……"她的老板写道,"她说我不肯认真听她解释,说我们在监视她。"

那阵子,有人打了几通电话,匿名投诉另一名员工。谢莉的老板试探性地问了问她。

"罗恩·伍德沃思是你的朋友吗?"他问。

"不算是。"她模棱两可地回答。

老板没有告诉谢莉,那些打到800热线的投诉电话,全都能追溯到罗恩这个人身上。他同样没有告诉谢莉,那位记录投诉的接线员曾听见谢莉的小女儿亲昵地喊罗恩"叔叔"。1998年,罗恩甚至对外称谢莉是他的"妹妹"。他也没有说,一位同事曾在谢莉家看到一块牌子,上面写着"罗恩叔叔专属停车位"。

他只是模糊地向谢莉提了一下这些投诉电话,并没有说那位同事因此深感不安,白天也锁着办公室的门,害怕有人栽赃陷害自己,破坏"我的工作、文件及诚信"。

谢莉犹豫了一会儿才回答。

"呃,罗恩不在我家,"她顿了顿,微微调整了一下措辞,"他很久没过来了。"

5月31日凌晨三点半,谢莉在办公室的答录电话机上留了言,说家里有急事,她人不在。从那天起,她的去留问题就进入了漫长的拉锯。

不到三周后,即2001年6月19日,奥林匹亚地区老年人关爱机构辞退了她,给了她四千八百四十九美元(零头不计)的遣散费。谢莉还兼任健康安全员小组的"骨干"成员。讽刺的是,同一时间该小组也将她除名了。谢莉一听,暴跳如雷,夺门而出。

那天早上,得知被辞退后,谢莉和罗恩开车经过办公室的窗外。办公室里有一个女的,谢莉一口咬定那人对她充满敌意,害自己丢了工作。为了替谢莉出气,罗恩朝那女的竖起了中指。

五十二

2001年夏天,罗恩昔日在空军共事过的朋友桑德拉从塔科马地区搬到了华盛顿海岸的科帕利斯海滩,离雷蒙德仅一个多小时车程。她想跟罗恩重新取得联系。得知他住在克诺特克夫妇那里,她打了几次电话过去,每次谢莉接了,都说罗恩不在。就这样,桑德拉的电话,他一通也没接到过。

既让人挫败,又隐隐不安。

桑德拉又打了一次。谢莉接起电话,冷冰冰地说不知道罗恩去哪儿了。这回,她不打算就这么算了。这个女人不知在玩儿什么把戏,她不愿再奉陪了。

"你最好让他赶快给我回电话,不然我就报警了,别以为我不敢。"

"呵,他人在哪里,我是真不知道。"谢莉还在装蒜。

"那我就报警说罗恩失踪了,"桑德拉说,"让警察上你家去盘问。"

不出二十四小时,桑德拉的电话就响了。是罗恩打来的。他听上去很紧张,很苦恼。最后,他透露自己的财务问题越来越严峻,还牵扯到了法律问题。

"警察对我下了通缉令，"他告诉桑德拉，"我正躲着他们呢，就躲在谢莉家的阁楼上。"

突然，桑德拉从听筒里听见了别的声音，是其他人的呼吸声。

"谢莉！我知道你在另一台话机上，"她说，"你最好立刻挂掉！"

话音刚落，对面"啪嚓"一声挂断了。

桑德拉怒不可遏，但她还是决定拉罗恩一把。她开了一家餐厅，罗恩可以去她店里打工。

"你还可以住我那里。"

罗恩想都不想就拒绝了。

"不用了，"他告诉桑德拉，"谢莉正在帮我争取一份工作，在西雅图代人看管房子。"

两人又聊了一会儿，最后就不了了之了。

桑德拉很替他着急，但又不知道该怎么办。罗恩不是小孩子了，他口口声声说自己是因为惹上了警察才躲躲藏藏的，她又能说什么呢？

一周后，谢莉打来了。

"你让罗恩压力很大，"她斥责道，"离他远一点儿，桑德拉。你只会害了他。"

"我不会离开的，"桑德拉说，"罗恩需要人照顾。你根本不是在照顾他，谢莉。"

电话那头"嘟——"地挂断了。

桑德拉说得没错。罗恩的状况每况愈下。他没有告诉桑德拉的是，为了证明谢莉是世上最会照顾人的人，他跨越了不止一条红线。那年夏天，西雅图的律师事务所代表奥林匹亚地区老年人关爱机构寄来一封信函，信里称该机构员工受到了骚扰，感觉人身安全受到了威胁，律师奉劝他远离该机构，不得以任何形式联系该机构员工，包括书面和电话的形式。

（否则该机构）员工将报警，请求警察以非法入侵的罪名逮捕你。

自从认识了谢莉，罗恩就落入了经济困难、法律问题、家庭纠纷的黑洞。谢莉的存在只有一个使命，那就是火上浇油，将一切推向万劫不复的境地。

五十三

五十六岁这一年,罗恩跟母亲凯瑟琳彻底闹僵了,整个人怒不可遏。

事实证明,有矛盾的地方就有他的好朋友谢莉。她总能适时出现,煽风点火,激化矛盾。

凯瑟琳向其他家人抱怨儿子罗恩对自己照顾不周,顶多只能说马马虎虎。罗恩听了很不服气,谢莉趁机火上浇油,说有人向政府举报他对母亲不闻不问,这要是传了出去,他在雷蒙德将颜面扫地,以后都没法抬起头来做人了。于是,谢莉怂恿他先下手为强,在任何人提出正式指控之前,先举证驳斥。

母亲历数了儿子没有尽到的义务,其中最难以驳斥的一条是糟糕的拖车卫生情况,尤其是跳蚤滋生的问题。她曾对一家报告机构说,拖车里的跳蚤是罗恩的猫带过来的。在谢莉的监督下,罗恩逐项反驳了他所认为的不公正的指责:

> 我一直按她的要求打扫房子。每次母亲叫我打扫,我就会立刻去做。我的猫只待在室内,从来不会乱跑,它们随我搬去母亲家时,身上一只跳蚤也没有。

罗恩将错推到邻居家的狗身上，它们总是屋内屋外到处跑：

2000年9月底，我从母亲家搬出去时，她身上几乎没有被跳蚤叮咬的痕迹。我搬走之后，她才开始抱怨跳蚤好多，自作主张地把我的猫扫地出门。

* * *

罗恩不知道的是，谢莉也在不遗余力地挑拨他与其他亲人的关系。同样的套路，她在凯茜身上用过，戴夫也未能幸免。事实上，她一边扮演着罗恩的恩人，一边在背后捅刀子，乐此不疲地当着双面人。她不仅故意亲近他的母亲凯瑟琳，还向他远在密歇根州的弟弟说三道四，打了许多电话过去，一边感叹罗恩时运不济，一边为凯瑟琳打抱不平，仿佛是这世上最支持她的人。她背着罗恩，跟他弟弟杰夫通过许多电话，有一回甚至表露心声："我两岁时就没有妈妈了，你母亲就像我的妈妈一样。"这有点儿言过其实了，因为她的亲生母亲莎伦去世时，她已经十三岁了。

她接着说自己的丈夫也很喜欢凯瑟琳。

"罗恩生日那天，她为他亲手做了一个馅儿饼，他可高兴了。"

谢莉一再坚称罗恩可以在她家一直住下去，住到他重整旗鼓为止。

"作为回报，"杰夫回忆说，"她也很直率地告诉罗恩，他应该为那个家分担些什么，喂喂猫、狗、马之类的，都是些小事。"

后来，罗恩曾在信中向亲人诉苦，说自己在谢莉家要干很多活儿。谢莉则对他们说,有一回她要出门,吩咐罗恩将猫抱到屋外去,别让它们进屋。接完萨米回来后,她惊讶地发现罗恩居然没有照自己说的去做。

"我不是叫你把它们抱到屋外去吗?"

"没事的,我也在家里,有我看着呢。"他突然语气有点儿冲地说。

谢莉生气了。她告诉罗恩,她不想让猫进屋,是怕它们趁自己不在,去抓自己养的鸡尾鹦鹉。

罗恩回了一句:"我都说啦,有我看着呢。"

"你没听见我说的吗?"谢莉又强调了一遍,"我不想让它们进我的屋!"

最后,罗恩不情不愿地说:"是我做错了!对不起!"

这时,萨米正好走了进来,不解地问:"你为什么吼我妈妈?"

罗恩哑然,一声不响地夺门而出。

* * *

2001年10月1日,在谢莉的注视下,罗恩给母亲写了一封尖酸刻薄的信,说后悔当初帮助过她:

> 当我将你和父亲接过来时,我从没想过有一天,你会在我背后捅我一刀。你我都知道,要是父亲还活着,看到你对我和我的猫这么残忍,一定会很寒心。假如父亲是一个爱猫如命的人,他是绝不忍心这么对待任何动物的。

他还写道，他不仅这辈子都不想再看到她，还认为她是一个刽子手：

> 1997年6月8日，加里·尼尔森抛弃了我，无情地杀害了我这个人。恭喜您，2001年10月1日，您彻底了结了我，夺走了我身为伍德沃思家人的骄傲。

在这封刻薄至极的信中，他最后声称自己已经没有母亲了：

> 从她杀死我的猫的那一刻起，她在我心里就死了。

两天后，罗恩写了一封"诀别信"给加里，并承诺这是最后一封：

> 1997年6月，你无情地杀死了我，从此对我毫无怜悯之心。你贪婪、自私、无情、不忠……

四天后，他又寄了一封信给母亲。这一次，他在信中刻意疏远地称呼她"女士"，再次抨击她对猫的背叛，还说自己将搬去西雅图，"(但愿)能在那里忘了背叛过我的母亲"。

同一天，罗恩还给住在美国中西部的兄弟姐妹寄了一封长达三页的信，再次历数母亲对他犯下的种种过错，包括"将我心爱的猫赶到天寒地冻的屋外"这种难以言喻的残酷。他还表示，这件事就发生在他搬去谢莉家住的期间。当时，他没法将猫带走，母亲答应让猫在她那儿多留一周，然而"没过三天"，她就将猫赶了出去。总而言之,他没法再信任这个女人了,也没法忍受她出现在自己的视野里。因此,他无法再赡养她了。

为了平复我的心绪,我必须终止一切赡养义务。事实上,我真的很愤怒,愤怒到连她给的名字都不想用了。未来几个月,我会正式将名字改了。

他告诉他们,他要搬去西雅图,改名换姓,重新生活。等名字改好了,他会通知他们,但绝不准他们向母亲透露。

他留了谢莉的电话号码,以免日后需要联系:

为了我的情绪稳定着想,短期内如需找我,请透过好心的谢莉与我联系。她真的很不愿意夹在我们中间,左右为难,因为两边都是她关心的人。我不怪她。和以前一样,一切都是我的问题。

信里有一句话,激起了所有人的不安:

我的心很痛,但我不得不这么做,否则我可能会做出更可怕的事来。现在,我还不想走到那一步。

罗恩的"好姐妹"——向来乐于助人的谢莉,觉得这不像是自杀威胁,倒像是对凯瑟琳人身安全的威胁。

2001年10月9日,罗恩给母亲写了一封亲笔信:

女士：

　　谨以此信通知您，本人已授权谢莉·克诺特克女士前往您家中和仓库，搬走所有属于本人的私人财产。她如何处理，您无权过问。一旦本人所有物品皆已搬空，您将不会再收到来自本人的任何信息。本人祝愿您身心健康，长命百岁，在余生的每一天里，都记得您曾如何残忍地对待过本人。现在，您归其他人管了，与我互不相干。

　　　　　　　您曾疼爱过的不孝子敬上

　　就这样，罗恩彻底成了孤家寡人。所有人都抛弃了他，只有谢莉还在。

五十四

　　劳拉这辈子都在从事医疗护理机构的运营管理。2001年，她告别了毕生从事的行业，渴望尝试新领域。当她收到邀约，说俄勒冈州桑迪市有一个老修道院，想翻修成民宿和婚礼场地时，她立马抓住了这个机会。她和谢莉许久没联系了，但她完全不觉得可惜。只要聊到继女的癌症，她和戴夫的婚姻，肖恩在阿拉斯加的情况，对话就会陷入死胡同，永远只有她的一面之词。每次打过去，劳拉都只听得到谢莉喋喋不休的独白，最后无一不是被对方先挂断。

　　2001年7月初，妮基打来电话，说想南下到俄勒冈州找工作。劳拉一听，高兴坏了。妮基从小就跟劳拉特别亲近，她还很小的时候，谢莉曾扔下她不管，是劳拉将她接到身边，代为抚养。劳拉和最大的两个外孙女向来关系很好，萨米在大学读书，妮基在贝灵厄姆打拼，两人都走在正确的人生道路上，令她这个外婆备感欣慰。

　　刚到俄勒冈州的第一天，妮基就找到了工作。未来充满了希望，与外婆在贝灵厄姆的快乐时光，似乎将在这片土地上延续下去。然而，当天晚上，当她跟外婆坐在一起，看着电视上的犯罪节目时，戏剧性的转折悄然降临。

妮基对犯罪学一直很感兴趣，好奇是什么驱使坏人犯罪。还没从格雷斯港社区大学退学时，她的理想一直是当一名执法人员。她知道，母亲对犯罪学的兴趣并不比她少。然而，母亲更感兴趣的是如何逃过警方的法眼，而不是怎么抓住凶手。

不过，母亲有时也会说出令人意外的话。有一回，一家人正在看《亲爱的妈咪》[1]，母亲突然转过头来，一脸震惊地看着女儿，唏嘘道："真不敢相信一个母亲会这样对待自己的孩子！"

妮基和萨米面面相觑，眼里都写着难以置信。母亲难道是失忆了吗？她曾用胶布绑住孩子，将冰热霜抹在侄子的私处，逼孩子在泥巴里打滚儿，这些她都忘了吗？

那天晚上，在外婆家看电视时，妮基变得异常沉默。虽然觉得这孩子今晚怪怪的，但是劳拉并没有说什么。

这孩子也许只是累了，毕竟从华盛顿州一路下来，开了那么久的车。

隔天早晨，妮基来到外婆的书房，看到她正在整理文件。

"我有话对您说。"妮基艰难地开口。劳拉看得出来，这孩子昨晚肯定一夜没睡，眼睛又湿又红，显然哭过。

"什么事，宝贝？"她搂着外孙女的肩，关心地问。小小的书房陷入了短暂的沉默。

"爸妈杀死了凯茜。"终于，妮基将心里的话说了出来。

"杀死？"这两个字如鱼刺般卡在劳拉的喉咙里。

---

[1]《亲爱的妈咪》(*Mommie Dearest*)，1981年上映的美国电影，讲述了美国电影明星琼·克劳馥（Joan Crawford）决定收养孩子来填补生活的空缺，却用各种方式虐待养子女的故事。

妮基点了点头，说："对，是谋杀。"

两人同时哭了出来，悲痛不已。妮基抽噎着说出了一切，先是发生在劳氏祖宅的事，接着是莫洛洪路的事。

劳拉是个在社会上摸爬滚打过来的女人，什么惊世骇俗的事没听过，但是这一回，她几乎不敢相信自己的耳朵。然而，要说这是妮基编造的谎言，她想不出来外孙女为什么要污蔑自己的父母，而且她知道妮基绝不是骗子。

但是她有一个从小到大撒谎成性的母亲。

劳拉很快就缓过神来，并想好了对策。

"我们必须报警。"她说。

劳拉打电话给了桑迪市当地的警察局局长。局长赶来劳拉家中，听完妮基的陈述，致电负责管辖雷蒙德、南本德、老威拉帕三地的太平洋县警长办公室，联系上了那里的警官吉姆·伯格斯通，并将通话结果转达劳拉。

"他让我将事情经过写下来，并给了我他的传真号码，"劳拉后来说，"我和妮基照他说的去办了。所有资料都传到了太平洋县。"

2001年7月11日，劳拉给伯格斯通警官发了三页传真过去，还特意在封面上写了"紧急"二字，盼望对方尽快回复。

然而，发出去的传真如石沉大海，不见回音。

在传真中，她写下了妮基如何鼓起勇气揭露其母在莫洛洪路和威拉帕两处住宅的恶行，并附上了妮基本人陈述的复印件：

很久以前，我想大概是在我十六岁那年，母亲做了这件事。母亲经常冲凯茜发脾气，而且对她很不好。她会拿继父在伐木工地上穿的钢头劳保靴打凯茜，给凯茜吃乱七八糟的药，导致她行为变得很古怪。一天晚上，我们几个孩子听到了很大的动静，偷偷来到凯茜房外，看到她口吐大量白沫，继父不知正对她做什么。我想可能是母亲给凯茜下毒了，或将她的头打成了重伤。凯茜的身子不再动弹了。我想她已经死了。我们不得不赶紧溜回去，因为母亲不允许我们下楼。我们不想让她知道我们看见了什么。万一被她知道了，她可能会打我们，甚至做出更可怕的事来。

妮基在陈述书里写道，父母将她和妹妹暂时安置在一家汽车旅馆里，接着回莫洛洪路处理凯茜的尸体，将它抛入火堆之中：

（母亲）开车载我们回去。我们闻到了奇臭无比的味道，混着橡胶轮胎焚烧过的气味。继父站在屋外，将凯茜的东西统统扔入轮胎堆里，不停地添柴加火。

最后，妮基透露了揭发父母罪行的恐惧：

一旦知道是我说的，母亲一定会做出很可怕的事来，或者将错推到继父身上。希望继父不会因我而自杀。

五十五

将凯茜的遭遇告诉外婆，包括后来找警方谈话，妮基知道这么做是对的。她打从心底认为，她的父母欠凯茜家人一个真相，一个被亏欠了许久的真相。

说出来并不代表她不害怕。一想到有机会将父母绳之以法，她就有了说出真相的动力，但是没人能保证万无一失。万一他们不用负任何责任呢？这个可能性始终困扰着妮基。到头来，万一他们依然逍遥法外呢？托莉会怎么样？母亲会迁怒于她吗？

因为太过惶恐，妮基最终没有去新公司报到，而是回到了贝灵厄姆。那里离雷蒙德更远，隔了两百多英里，对她而言更安全些。

不过，这事有了第一次，自然就会有第二次。这一回，几杯酒下肚后，她松口了，对男友查德和盘托出，紧张到感觉随时会吐出来。

她说外婆已经出面替自己处理好了，她的陈述书也已经传真给了太平洋县警察。查德听了，只觉得这真是儿戏。他不是不信任妮基，而是觉得这么做太过虎头蛇尾，如同随手扔下一颗炸弹就跑了。想将杀人犯绳之以法，这可不是正确的做法。

哪怕杀人犯是她亲妈。

"你得亲自去警局报案。"他说。

"我做不到,"妮基太害怕了,"让我回去那里报警,我做不到。"

"听着,"他说,"要么你去,要么我去。"

"我不觉得我能去。"

"你做得到的,"他说,"你也会这么做的。"

第二天,妮基坐上查德的车,出发去雷蒙德。过了一夜,她的胃依然紧张到发疼。她知道这么做是对的,但是只要一想到要去离母亲那么近的地方,她就恐慌到了极点。

车子一路向南行驶时,妮基的脑海中突然闪过一个念头:她从小到大受了那么多苦,如今终于要轮到那个女人了——那个折磨自己的女人,那个禁锢自己的女人,那个用药物控制自己的女人,那个将赤裸的自己推到雪地里甚至玻璃门上的女人——终于要轮到她遭报应了。

风水轮流转。谢莉将会为她对凯茜所做的一切付出代价。

到了贝灵厄姆以南几英里的弗农山附近,查德的手机突然响了。上面显示的是一个陌生的号码。他接了起来。一秒钟后,他转头看向妮基。

"是你妈妈。"他说。

妮基难以置信地看着他。母亲居然知道查德的号码。怎么弄到的?跟萨米要的?

她的母亲就是这么神通广大,总有办法知道想知道的事。

查德将车开到路边停下,好让妮基专心接电话。她的心跳得很厉害,仿佛有一把大锤子在重重地敲她的胸口,一下又一下。

"我打算去迪士尼乐园玩儿。"母亲突然发出邀请,语气随意平淡,跟在话家常似的,仿佛两人从未疏离过。

然而，她们早就疏离了，而且疏离了很久，妮基也因此得以逃出生天，重获新生。

"我，你爸爸，还有你们几个小孩，"谢莉说，"是不是很不错？"

"是啊，"妮基的手在发抖，"是挺不错的。"

母亲继续说着自己的旅行计划，妮基找了个借口，说查德要用手机，便匆匆挂断了。

"我简直吓坏了，"她后来说，"我正在去雷蒙德揭发她的路上，她却突然打来电话。那种感觉很可怕，就像是她料到了我要做什么，正试图拉住我。这让我震惊不已。"

妮基紧接着打给萨米，告诉妹妹她正打算将凯茜的事告诉警察，还抛下了另一枚炸弹。

"我觉得妈妈杀死了肖恩。"

这是她第一次对妹妹这么说。

萨米不知该作何回应。肖恩失踪时，她才十六岁。母亲说的鸟窝、字条和电话，她一直深信不疑。

"萨米，肖恩绝不会给妈妈留任何字条的。"

"我也这么觉得。"

"妈妈几乎没有怎么带我们出去找他……不像前几次他离家出走时那样。你觉得这是为什么？"

萨米答不上来。

* * *

查德在警察局外等着。妮基就在里头，将自己所知道的事，关于凯茜的事,一五一十地告诉了太平洋县的伯格斯通警官。他告诉妮基,应凯茜家人的请求,这几个月他去了几趟莫洛洪路,向谢莉问问了凯茜及其失踪的事。做完笔录后,查德带着妮基回了贝灵厄姆。

没过多久,两人就分手了。

"也许是精神负担太大了的关系,"妮基坦言道,"他是一个好人,我很感激他推了我一把,让我走上那条路,说出该说的真相。"

妮基觉得自己做了一件大事,很快就会造成满城轰动。

然而,事实是,什么也没发生。家里风平浪静的。据妮基所知,那位警官从未跟进此案。他不曾找萨米求证过,更不曾上她家搜查过。

"他甚至没有做一个警察该做的事,"她说,"把我母亲叫去问话。"

五十六

事实上,太平洋县的警官曾试图联系萨米,向她求证妮基所述的事实。他发的每条短信,萨米都看到了,却不肯回电话。

她只是觉得,警方该知道的,大姐和外婆应该都说了。母亲对凯茜做的事确实不可饶恕,但那毕竟是她的母亲,她不想成为将父母送进监狱的那个人。

她告诉自己,等母亲被抓起来了,再说不迟。在那之前,她什么都不想说。

她还猜警察八成会上门去抓母亲。在她工作的幼儿园里,她曾对上司说,自己的母亲有点儿问题,但是没有细说。

"我母亲可能会因为某些事惹上麻烦,"她对上司说,"比较大的事。"

萨米和卡利分分合合了好几次,当她将家里的秘密告诉他时,他的反应让萨米吓到了。这也是她不愿意对警察说什么的原因之一。

一天夜里,两人在长青州立学院的宿舍里喝酒,百无禁忌地聊天。

萨米靠在卡利身上,突发奇想地问:"你这辈子干过的最坏的事是什么?"

他挑了最恶劣的讲,在萨米听来是挺阴暗的,但是跟她的童年经历一比,简直是小巫见大巫。

在这个问题上,她决定奉陪到底,不敷衍了事。于是,她抛出了家里最黑暗的秘密。

"我妈妈弄死了一个人,"她说,"她的朋友凯茜。我妈妈收留了她,然后将之折磨至死。"

如果这是什么"你有我没有"或"真心话大冒险"的酒桌游戏,那么这一局的赢家毋庸置疑是萨米。

卡利吓得脸色发白,立马跳起身来,夺门而出。这样的反应,萨米完全没料到。她不曾对其他人提过母亲的事,但她以为卡利不是外人,他知道了不会怎么样的。这个秘密,她背负了太久,久到差点儿以为它不是真的。这件事,她不仅亲身经历过,还在脑海里重放过无数回。因此,不需要任何铺垫,那些话很自然地就说出来了,她甚至来不及问"你准备好了吗",来暗示这将是一个惊天大秘密,就脱口而出了。

直到说完了,她才后知后觉地想:我刚才说什么了?

她追了上去,将人拽回宿舍。方才,他吓破了胆,还吐了一回。

因为喝了太多啤酒,听了太多真人恐怖故事。

"我只不过是开个玩笑嘛。"她试图收回先前的话。

"玩笑?"他重复了一遍这两个字,"这种玩笑他妈的能乱开吗?你拿这种事来开玩笑?"

重置按钮失灵。她不仅收不回说过的话,还越描越黑。

"好吧,我没有开玩笑,"她突然就放弃了挣扎,"这是真的,不是玩笑。"

接着,她将自己记得的一切全说了出来,能交代的背景也一并交代了,包括她有多爱凯茜,多身不由己。

她的家人,全都深陷其中,身不由己。

卡利艰难地消化当晚听到的一切,第二次心情复杂地走出女友的宿舍。萨米独自坐在黑暗中,脑子里翻来覆去的只有一个念头——我不应该说出来的。说出来的感觉糟透了,不但没能让人如释重负,还令人恶心、愤怒、困惑。她再信任卡利又有什么用?他的反应给了她当头一棒。当时的她还只是一个孩子,却身不由己地被卷入了那么可怕的事里。它就像一个巨大且丑陋的烙印,深深地烙在她身上。

烙在她们三姐妹身上。烙在这个家的每个人身上。

卡利会怎么做?他会说出去吗?

多年以后,萨米才恍然领悟到,将这个沉重的秘密转移给卡利,对他而言有多残酷。

"老实说,我从未替他想过,知道了我妈妈的所作所为之后,他该怎么继续面对这个人,"萨米后来说,"我一直跟在母亲身边,从小看着她那么做,却依然爱着她。然而,我从未想过别人的感受。当他们来到我家,明知我妈妈是什么样的人,却又不得不跟她共处一室时,心情该有多复杂。"

* * *

在母亲面前,萨米曾几度挑起凯茜的话题。她不再相信凯茜跟洛基私奔的爱情神话。她从来就没有真正相信过。

有一回，母亲提到了妮基，说两人现在完全不联络了，接着又问了一句："不知道妮基有没有说出去，就是你懂的，咱们家的一些事。"

"说你杀了凯茜吗？"萨米想，"有啊，她对外婆说了，对警察也说了。"

她心里这么想，嘴上却轻描淡写地说："没有，妈妈。"

这个回答令母亲很满意。顺着她挑起的话题，萨米趁机说出心里话。

"妈妈，出了这样的事，我再也无法过上正常人的生活。我永远无法对我的丈夫坦白。我们之间将永远隔着一个巨大的秘密。"萨米脱口而出，"说出来，也许会更好。"

"好在哪里？"

"凯茜的家人至今不知道她怎么了。这样是不对的。"萨米说，"也许我们应该告诉警察？"

听了二女儿这番话，谢莉心中的怒火越烧越旺："你说话不动脑子的吗？你是不是活得不耐烦了，想自毁前程？"

"妈妈，我不觉得我能像正常人一样生活，"萨米说，"只要这件事一直笼罩在我们头上。"

谢莉鄙夷地看了她一眼："你总能让我失望，萨米。"

萨米没有退缩："凯茜的家人还在找她。"

"他们不知道反而更好，"谢莉反驳道，"一想到她跟一个爱她的男人在一起，他们指不定有多高兴呢。"

"她死了，妈妈。"

"我知道，萨米。但是，现在把它说出来，只会毁了我们一家人。你想让你的朋友知道吗？"

萨米摇了摇头："不想，可是……"

"你会毁了你妹妹的人生的，"谢莉打出了小女儿这张王牌，"托莉完全是无辜的。另外，你也知道的，凯茜是自杀而死的。"

"自杀？"萨米在心里冷笑，"这又是从哪里找来的借口？"

五十七

谢莉擅长隔离身边的人——将丈夫与女儿隔开,将肖恩、凯茜、妮基与其他人隔开,将三个女儿互相隔开。

在人与人之间筑起铜墙铁壁,给了她为所欲为的空间。每个人都沦为任她摆布的棋子,供其消遣的玩具,他们是谁不再重要。

谢莉偶尔会不给托莉饭吃,但是时间不长,一般不会超过一两天,有时是为了惩罚她,有时是电视看得太入迷了,懒得去买菜或做饭。有好几次,托莉饿得受不了了,偷偷摸摸地跑去库房翻老冰柜,不敢弄出任何声响。和姐姐一样,她也觉得母亲似乎有某种邪恶的超能力,总能发现她们的秘密。

她拿了几块冷冻的煎饼,小心翼翼地将包装纸藏好,不让母亲发现。她不敢拿太多,害怕被人看出来冰柜里的食物变少了。她会调整它们摆放的位置,这边挪一挪,那边移一移,尽量保持原样。

然而,姜还是老的辣。有一天,冰柜突然空了,食物全没了。托莉后来推测,一定是包装纸藏得不够隐蔽,被母亲发现了。

"她不动声色地将吃的全扔了,"托莉后来说,"一样都不留。"

后来,母亲在半夜发动了几次"突袭"。

黑暗的房间忽然亮了。被子冷不防被抽走。

母亲站在床前,睡衣半敞,一只乳房露在外头。

"起来!把衣服脱了!"

托莉在心里哀号了一声:这次又怎么了?

她心跳如擂鼓,肾上腺素飙升,却敢怒不敢言。

她光着身子跟着母亲下了楼。下一秒,她不是在院子里做开合跳,就是在客厅里做原地高抬腿,而母亲就坐在沙发上,冷眼看着她上蹿下跳。

"再快点儿!"母亲不满地吼道。

托莉努力加快速度。有时,她会委屈得哭出来。大多数时候,她只是麻木地执行母亲的命令。

"跳得太敷衍了!"

"我没有,妈妈。我已经很努力了。我发誓。"

"没良心的白眼狼。"

"对不起,妈妈。"

"跳高点儿!我叫你跳高点儿!"

这真是让人羞愧到无地自容,可是她不敢有任何抗拒,否则就会拖得更久。她只能乖乖照母亲说的去做,暗自祈祷这个夜晚赶紧过去,毫无心思去想为什么母亲总喜欢半夜三更突袭,让人光着身子受惩。

"她真的很可怕,"托莉后来说,"可怕到让我觉得,除了听她的,还能怎么样?她让我觉得自己活得好卑微、好渺小。我没有还嘴,因为我知道,还嘴只会起到反作用。"

她感到无助极了。

然而,每次结束惩罚,同样的温情戏都会上演:"两个小时后，她会抱着你说'对不起，妈妈是爱你的'。你对她的爱，本已化为死灰，这会儿又复燃了。"

同样的惩罚，母亲从来不会反复用在托莉身上，这点倒是跟姐姐和表哥不同。事实上，在她身上，同样的惩罚鲜少用超过一次。

有一天，母亲忽然心血来潮，想去打扫后院的一个木棚。

"现在！"她毫无预兆地喊上托莉。

和往常一样，托莉立马跟上，不敢有片刻耽搁。

她跟着母亲穿过院子，钻进木棚里，按照母亲的吩咐，捡起地上的报纸和垃圾。

"把它们塞进你靴子里！"

这个要求真是莫名其妙。母亲的要求向来毫无道理可言，托莉只能乖乖照做。

"塞进内裤里，臭丫头！"

托莉瞥了母亲一眼，没敢将内心的想法写在眼里。虽然她还只是个十岁左右的小孩，但她知道没有哪个正常人会这么要求。

"最奇怪的是，"托莉后来说，"她就那么坐着，看我将垃圾往裤子里塞，看得津津有味。我记得，那是我小时候第一次觉得不对劲，反正就是怪怪的，很不正常。"

这些事，托莉从来没有告诉任何人。她不想节外生枝，说了恐怕也没人会信。每次二姐问她最近怎么样，她总说自己很好。有时，她甚至怀疑是不是自己太差劲，才会三天两头挨罚。她发誓一定要做个好孩子。

讨母亲欢心的好孩子。

从十二岁起，托莉开始在学校里写日记，努力不写那些不开心的事，尽量不给人留下孤苦可怜的印象——父亲远在某个小岛上，姐姐很早就不在家里了，母亲经常虐待她，还有寄住在她家的一个大叔。

在一篇日记中，她写下了自己最爱看的一段影像，是自己家里拍的，不是电影里的片段：

> 那是一部家庭录像带。我真的很喜欢放来看。是我三岁生日那天拍的。妈妈买了一个家用儿童充气泳池。视频里的我看上去很喜欢它。趁人不注意，我端起自己的生日蛋糕，往泳池里倒。妈妈觉得很有趣，但姐姐不这么认为。蛋糕是她亲手为我做的。我喜欢看家庭录像带。

有一篇还写到了即将到来的感恩节：

> 我很感激这个大团圆的日子。我姐姐住在塔科马，我们平时很少见面。我爸爸在很远很远的地方上班，为各地的房子修建地基，铺设管线。我妈妈天天都见得到。

那时，妮基俨然成了这个家的禁忌，再也没人提过她，包括托莉，仿佛她被母亲从所有人的记忆中抹去了，尽管她和肖恩的照片依然挂在墙上。
再也没人见过妮基。
除了萨米。
这是萨米心中最大的秘密。
这个家最不缺的，就是秘密。

五十八

谢莉继续背着罗恩向他家人嚼舌根,将挑拨离间进行到底。2001年秋末,她带罗恩的母亲凯瑟琳去看医生,然后打电话给罗恩的兄弟姐妹,说她跟凯瑟琳坐在车上时,帮她从脸上抓了三只跳蚤。另外,罗恩对凯瑟琳颐指气使的,她都撞见过好几次了。

谢莉还心疼地说,凯瑟琳那里的条件很差,感觉罗恩很久没管她了。这位可怜的老太太连一台能用的电视机都没有!她实在看不下去了,跑去给她买了一台二十七英寸的大宇电视机,还替她向一家电器行争取到了一百五十美元的信用额度。

到了该做卫生的时候,谢莉将凯瑟琳接来自己家过夜,好将她的活动房屋腾出来,找人上门除跳蚤。她对凯瑟琳像对待母亲一样,可谓是鞠躬尽瘁。

与此同时,诋毁朋友这事,谢莉也没落下。她告诉罗恩的家人,罗恩明明身上有钱,却不肯拿去付拖车公园的租金。

"那里的人收回车位,不租给他时,他身上还有六百美元。他去找了律师,律师让他走法律途径,"罗恩的弟弟杰夫后来说,"于是他去了法庭,法官为他延期了一次,但他因为个人的疏忽,白白辜负了别人的好意。在车位租赁纠纷上,他有几次出庭的机会,但都没有出现,最终法官只能判对方胜诉。"

2001年11月4日,凯瑟琳打电话给儿子杰夫,说想搬去密歇根州,离他和丈夫墓地近一点儿,还说罗恩因为开空头支票被告上法庭,还有一张"联邦逮捕令"要抓他。后来,对于搬去密歇根州一事,她又踌躇不定了起来,一会儿说那里太冷了,一会儿又说不想增加儿子的负担。

在这家人的家事里,谢莉介入得更深了。2001年11月29日,她给杰夫寄了一封简短的信:

你母亲过得很好。我这周带她去拍照,算是替你们尽一份孝心。对了,为了迎接圣诞节,她这周要去做头发。但愿能帮到你们。愿上帝保佑你和你的家人。

2001年12月2日,凯瑟琳打电话给密歇根州的杰夫,说谢莉给了她一封信,是罗恩写的,谴责她扔了他的衣服。这封信,谢莉揣在兜里好一阵子了,迟迟没有拿出来。她无奈地对杰夫说,她曾劝罗恩别送出去,但他执意如此,她只能照办。谢莉说,她是在车上将信交给凯瑟琳的,还特意开车转了一圈,让凯瑟琳慢慢消化信里的内容。信里是一张圣诞卡,卡里夹了一张纸,纸上有一句备注:"请转交给我母亲,我不想让她知道我的邮政信箱地址。"

"肏你妈的傻屄,"纸上是这么写的,"真不敢相信你会这么蠢。肏!你凭什么以为自己有权夺走我为数不多的财产?"

几天后,谢莉将这封信寄给了杰夫,还附上一句话:"这是罗恩写给你母亲的信。很遗憾发生了这样的事。"

杰夫的妻子这么评价这封信："它比上一封侮辱性更强。谢莉数过了，'肏'字开头的脏话总共出现了二十二次。"

她还给了一个解决的方法，让罗恩辱骂不了凯瑟琳："我通过电话委托谢莉筛选罗恩写给我婆婆的信。2001年12月3日那天，我还委托她联系成人保护服务部门。"

* * *

杰夫时不时会接到谢莉的来电。在罗恩家人眼中，谢莉聪慧善良，细心体贴，认真负责。他们远在密歇根州，所谓远水救不了近火，在全家人最困难的时期，谢莉就是他们的救命稻草。

家人的留言进来时，罗恩就坐在电话机边上，一动不动，跟一尊石像似的。谢莉回到家，将留言放了出来，问他听到了没。

接下来的事，她写信告诉了罗恩的家人。

> 罗恩的反应很冷淡……接着是抵触，说"没人能命令我怎么做"，还乱撒气。

杰夫后来表示，他觉得谢莉也一样，拿罗恩彻底没辙了。他写道：

> 谢莉曾多次劝罗恩"放下过去"，但他就是走不出来。谢莉说自己不像罗恩的朋友，更像一个老妈子。戴夫也说自己受够了。

* * *

放寒假了,萨米刚从学校回到家。托莉跟朋友出去了,罗恩在库房里干活儿。一辆太平洋县警局的巡逻车开到门口,停下了。一名警官下了车,上前来敲门,谢莉立马去应门。萨米听不清两人说了什么,只觉得一定跟凯茜有关。这时,距离妮基第一次报警已经过去了数月。

"警察知道了!"萨米心想,"这一天终于到了。"

门关上了。

"他们怎么来了?"萨米突然惊慌失措,"是因为凯茜,对不对?妈妈,他们发现凯茜的事了!"

谢莉被女儿的话吓了一大跳,赶紧跑过去安抚住她。

"不是的,"她说,"他们是来给罗恩送文件的。听我说,不是什么大事,跟凯茜一点儿关系也没有。"

萨米走进母亲的卧室,心有余悸地哭了起来。谢莉立马跟了进去,搂着女儿的肩膀,向她赔礼道歉,说凯茜的死同样令自己深受打击,寝食难安,后悔自己没有及时拨乱反正,眼睁睁地看着悲剧发生。她承认自己判断有误,没有料到最终会出事,但是要为此负绝大部分责任的,是妮基和肖恩。

"他们把她虐得太狠了。"母亲说。

姐姐什么时候虐待过凯茜?萨米实在想不起来。表哥肖恩也许做过几次,但是每次都是母亲逼迫的,他完全身不由己。母亲会站在边上,指挥他行动:

"踢她的头,肖恩!"

"没想到这件事对你的伤害这么大,妈妈很心疼,"母亲跟着哭道,"真的很对不起。以后不会再发生这样的事了,我保证。要是被人发现了,我跟你爸爸就自杀,你就不用再活得这么煎熬了。"

* * *

罗恩每天跟奴隶似的在院子里拼命干活儿。谢莉隔三岔五就对小女儿说,她要罗恩搬出去,但他死活不肯走,非要死皮赖脸地留下来。她的本意是帮他度过这段困难的日子,可不是要收留他一辈子。

"他非走不可。"谢莉告诉小女儿。

"去哪里呢?"

"我管不着。找份工作搬出去就是了。"

"他为什么不去找工作呢?"

"他太依恋我们了。他觉得我们家需要他。"

"但是他很勤快。"

"勤快个鬼!"母亲说,"他总是想让我心软,说他想留下来。"

五十九

托莉十二岁了。家里发生的每一件事,她都看在眼里。

刚搬过来时,罗恩有不少常穿的衣服,其中有一条短裤,还有两件背心。过了一阵子,谢莉没收了罗恩的衣服,只留给他一条内裤,让他去屋外干活儿时穿。同样的事,她没少对其他人做过。

母亲的辱骂声,托莉也都听见了。

"你不配穿衣服,"她听见母亲对罗恩说,"没用的东西。以后别再拿这个问题来烦我了。想要衣服,门儿都没有。赶紧滚出去干活儿。"

于是,从早晨七点半到晚上八点,罗恩都穿着内裤在外头干活儿,饲养家畜,除草修枝,焚烧垃圾。每天,谢莉都能列出一长串家务活儿来,只要是她吩咐做的,他都得乖乖照做,任劳任怨地做。

晚上,罗恩独自一人在楼上吃晚饭。大多数夜晚,谢莉会给他几片安眠药吃。家里不是没有空的卧室,也不是没有空的床,但他永远只能睡地上。

要是夜里弄出一丁点儿声响来,谢莉的咆哮声就会接踵而至，叫他滚下楼来受罚。托莉躺在床上，敛声屏息，纹丝不动，唯恐发出任何声响，内心却天人交战，不知该不该将家里的事告诉父亲，可她知道父亲会向着谁。

向父亲告状，只会把罗恩害得更惨。

托莉厌恶母亲对罗恩所做的一切。

有一回，她甚至当面反问母亲："妈妈，你一定要对他这么凶吗？"

"你在说什么呢？"

"罗恩人很好。他是个好人。"

母亲露出一脸嫌恶的表情。

"托莉，既然你这么喜欢他，"她阴阳怪气地说，"你怎么不嫁给他算了？"

没过多久，托莉就被母亲叫进客厅。罗恩也在那里，僵硬地站着，似乎想说些什么，却顿了许久，迟迟说不出口。

"他有话要对你说。"谢莉催促道。

终于，罗恩开口了："我不喜欢你了，托莉。"

泪水涌上托莉的眼眶："我不信。"

罗恩的眼眶也红了，差点儿就说不下去了。他的眼神闪躲着，不敢注视这个小女孩的双眼。

"是真的，"他咬咬牙狠心道，"我不喜欢你了。"

"我知道那不是真话，"托莉后来说，"是她逼他那么说的，就为了同时伤害我们俩。"

接下来，按照谢莉一贯的风格，她禁止罗恩跟托莉说话，没有任何理由，就是不乐意看到这两人有任何交集。她看得出来，罗恩越来越疼爱她的小女儿，她的小女儿也开始喊他罗恩叔叔，对他的关心表露无遗。

谢莉清楚地表示，没有她在旁监督，两人绝不准私自交谈。妮基和萨米还在家时，她也是这么要求她们的。罗恩叔叔聪明诙谐，独特另类，扎着马尾辫，戴着女孩子看了都会心动的埃及风首饰。托莉很喜欢这个叔叔，不想害他吃苦受罚。

虽然夜里罗恩大多睡在托莉房门外的地板上，但是从那天起，两人几乎没再说过话。

"不说话才是最安全的，"托莉多年以后说，"我们不想自讨苦吃。动静越少越好，尽量别惹到她。"

不过，半夜里，一旦确定母亲睡着了，听不到任何声音，托莉就会蹑手蹑脚地走出房门，来到罗恩叔叔睡觉的地方，弯下腰来，轻轻地抱他一下，匆匆结束这个拥抱，罗恩叔叔也会微笑着冲她点点头，两人都不敢出声。

他们都害怕，万一说了话，被谢莉逮个正着，后果将不堪设想。

罗恩叔叔会被罚得很惨的。托莉不想害了他。

* * *

从记事起，萨米就一直是众星拱月般的存在，是全家最受宠的孩子。她很清楚母亲是什么样的人，但那些最狠毒的酷刑，从来不会落在她身上。尽管家里发生了那么多事，她跟母亲的关系却很正常，像一对普通母女。母亲会来长青州立学院看她，跟她煲电话粥，带她去首都购物中心的塔吉特百货商店买东西。

母亲来学校看她，通常不会提前打招呼。很多时候，罗恩也会跟着来。他会坐在车里等,一等就是几小时。

罗恩消瘦得很快,明显到萨米和卡利都看出来了。

"他看着比上次更瘦了,"两人私下交流道,"感觉又瘦了一圈。"

确实如此。没过多久,罗恩就瘦得只剩骨头架子了,身上套着一件宽松女式卫衣,皱巴巴的。以前,他经常佩戴金光闪闪的首饰,这种跟当地人截然不同的风格,让人一看就知道他不是这里的人。没过多久,那些首饰就没再见他戴过了。

萨米隐隐觉得不对劲。母亲该不会是在罗恩身上重复她对凯茜的那一套吧?然而,萨米并未说出心中的疑虑。未来,她将追悔莫及。

当初,如果她出言制止了,是不是就能帮到他?

* * *

妮基却不同,她没有袖手旁观,任其一错再错。将自己知道的说出来后,警方到底做了些什么,妮基并不清楚,只觉得他们似乎没有太多行动。后来,听萨米说家里来了一个罗恩,她当下大感不妙,立即联系了母亲。

谢莉打开语言信箱,听到了妮基的留言。

"我知道家里住着一个男人。在历史重演之前,你必须叫他离开。"

谢莉立马给妮基回电。

"他是咱们家的朋友,"母亲说,"跟托莉很要好。你想多了。"

因为担心妹妹,萨米几乎每个周末都会回家,留意家里的情况。她似乎能印证母亲的说法。

"家里挺好的,"萨米告诉姐姐,"我一直都在关心托莉。她挺好的,比我们健谈多了。要是真有什么,她不会不说的。"

"你确定吗?"妮基不放心地问。

萨米很确定:"她不像我们经历了那么多。她很好。"

萨米说的,与妮基听到的,都是她们所希望的事实,而非真正的事实。

罗恩很好。托莉很好。一切都很好。

有一次,萨米提到罗恩没穿鞋子,感觉怪怪的。

"也就这一点怪怪的而已。"萨米说,没太当回事。

"坏了,会不会是出事了?"妮基心里这么想,但又打消了这个疑虑,觉得是自己想多了。

* * *

戴夫也察觉到了。

当时,他仍在惠德贝岛的奥克港上班,每个月寄工资回家。当妻子第一次告诉他,她的好朋友罗恩已经搬过来了,并在家里给她打下手时,他心里就没来由地发慌,胃无端地难受,仿佛挨了一拳,恶心想吐。

近距离看到罗恩的处境,更加印证了戴夫的猜测。

"每次周末回到家,那个人看上去都更糟糕了一些。她让他站在湿地里,光着脚,穿着短裤,拿着除草机,身上全是伤,有的还溃烂了。我还看到她逼他狂扇自己耳光,把鞋子藏起来不给他穿。"

当戴夫问罗恩的鞋子怎么没了，建议给他买双鞋穿时，谢莉只是摇了摇头，说："他老是把鞋子弄丢。"

* * *

有一次，罗恩逃跑了。谢莉叫托莉上车，一起出去找他。

"为什么要找他？"托莉问，"妈妈，你又不喜欢他老赖在我们家。"

谢莉冷冷地瞥了小女儿一眼。"他身上都是伤，"她说，"万一他撒谎说是我弄的，那我们家就要倒大霉了。"

"没想到她当时那么坦诚，真让我刮目相看，"托莉感叹道，"直到今天……她的坦诚依然让我感到不可思议。不过，她说的是大实话。她不想让罗恩跟任何人有接触，因为他真的会那么说的。"

后来，她们找到了罗恩，罗恩也乖乖上车了。他向谢莉道歉，并保证以后不会再这样了。

日子一天天过去，罗恩离家出走的频率也慢慢变低了，每次都逃不远，就算逃了出去，也跟凯茜和肖恩一样，无处可去，最终总会被谢莉找到。他通常会躲在树后面，躲在灌木丛中，躲在某个外屋里，蜷缩成一团，努力将自己变小，小到不能再小，叫人发现不了。

六十

"托莉！给我滚出来！"

母亲拿着一把斧头站在院子里，活像挥斧弑亲的丽兹·玻顿①。

"快滚过来！"她咆哮道。

托莉立刻朝母亲跑过去。从母亲嘴里发出的每一个音节，都有《勇敢者的游戏》开场白中女子尖叫声的味道，恐怖到令人窒息。她一刻也不敢耽搁。

"怎么了？"

"少装蒜！给我过来。"

那把斧头太吓人了。天晓得母亲会对她做什么，或逼她做什么。托莉不知道自己又做了什么惹母亲生气，但她先识相地道歉了。

母亲将斧头塞给她。

"你把它放屋外一整晚了。要我说多少遍你才记得，东西用

---

① 丽兹·玻顿（Lizzie Borden），美国马萨诸塞州人，1892 年用斧头砍死了生父与继母，因找不到证据，最终被无罪释放。丽兹·玻顿斧头杀人案后来被编成了一首恐怖童谣。

完要放好？"

"对不起，妈妈。"

"放你裤管里去。"她一脸凶神恶煞地说。

这个命令太荒唐了，其他人听了只会不知所云，但是托莉一听就懂，顺溜地将斧柄插进靴子里，斧刃贴着腿侧。

母亲满意地点了点头。

"去干活儿吧，"她说，"活儿没干完前，别让我看到你把它拿出来，听懂了吗？"

她当然听懂了。母亲是个疯子。接下来的几个小时里，托莉一瘸一拐地在院子里忙进忙出，干着母亲交代的事。

母亲的惩罚并未就此落幕。她从来不会轻易放过身边的人。

又有一次，托莉看到自己床上的被子鼓鼓的。她掀开被子，露出了底下的垃圾，是厨房和浴室的垃圾。她一看就知道是妈妈放的，也知道她为什么这么做。

"我忘了倒垃圾。妈妈是在用这种方式警告我，下次敢再忘了试试。"

她默默地捡起所有垃圾，拿到屋外扔掉，接着回到楼上，将床单换了。

到了浴室里，托莉抖了抖内裤，白色的粉末纷纷扬扬地落下来。那是高博爽身粉，母亲经常往她内裤里撒这玩意儿。托莉十岁左右的时候，母亲有时会拿着一盒抗菌粉来到浴室，命令她张开双腿，将粉涂到阴唇上。粉一接触到皮肤，就产生刺痛的灼烧感，托莉哭着说她不想涂了。

"这是药，"母亲诱哄道，"你需要涂这个。所有女孩子都需要。"

"真的很疼,妈妈。"托莉眨了眨眼,将眼泪憋回去。

"忍一忍就好了,托莉。"

有那么几次,母亲觉得托莉太脏了,决定好好帮她洗个澡。

"真是脏死了,"她说,"跟我出去吧。"

托莉跟着母亲来到院子里的水龙头处。

"把衣服脱了。"她命令道。

屋外很冷,但是托莉不敢说什么,否则只会被骂"话多"。这个时候"话多"无益,她乖乖地脱掉衣服,任由母亲拿着水管朝自己喷水。有一回,母亲甚至抓起高压式清洗机的水管对着她喷。至少这还不是最惨的——母亲还没有狠到像对待大姐那样,叫她躺下来,学猪在泥巴里打滚儿。

有时,罗恩也会跟个落汤鸡似的,浑身湿漉漉地走进来,冷得瑟瑟发抖。这时,托莉会默默地想,他可能也被叫去露天"冲澡"了。对于这样的遭遇,两人一直缄口不语,就算想向对方说什么也不可能,谢莉不允许他们说话。

日子就这么过着。不过,自从有了罗恩,托莉受到的惩罚确实变少了。能少挨点儿罚,总归是好的。

六十一

到了谢莉家,无论在哪里干活儿,无论远近,罗恩都得竖起耳朵,时刻保持警惕。一旦谢莉呼唤他,他就得立马放下手头上的事,用最快的速度飞奔到她面前。

要是没有立即回话,谢莉就会勃然大怒,才不管他为什么耽搁了。她会怒气冲冲地站在那里,拳头攥得紧紧的,脖子绷得紧紧的,眼睛眯成一条线。

"听见我喊你了,你他妈的不会应一声吗?"

罗恩惊慌失措地朝她走来。

"来了,亲爱的谢莉!"罗恩张皇地说,声音惊恐万分。托莉听了,不禁脊背发凉。

"它至今仍是我听过的最凄惨的声音,"多年以后,回想起罗恩当时的语气,托莉依然忍不住心里发颤,"每次听到那个声音,我都有种他下一秒就会死去的感觉,仿佛'亲爱的谢莉'是他断气前的最后一句话,那么急切,那么惊恐。"

让罗恩时刻保持警惕,时刻处于恐惧之中,只是谢莉用来"帮助罗恩恢复健康"的治疗手段之一。在她众多扭曲的养生方法之中,大剂量的羞辱似乎榜上有名。

有一次，罗恩跟这对母女一起坐在客厅里，谢莉突然将小女儿拉到一旁。

"你知道吗？罗恩有过一个孩子。"

托莉惊讶地朝罗恩望了过去，他立马将脸别开了。

"在越南，"谢莉自顾自地说，"他搞大了一个女人的肚子，那女人将孩子生下来了。那孩子可漂亮了，但是罗恩这个混蛋什么都没做，那孩子后来就死了。我觉得啊，那孩子死了更好，谁会想要罗恩这样的爸爸啊？"

托莉又看了一眼罗恩，他的头埋得低低的，缩成一团。

"妈妈，罗恩是个好人。"

谢莉当场气得拉下脸来。

"托莉，你根本不了解他，"她奚落道，"他是最坏的坏人，这是板上钉钉的事实。"

谢莉开始口伐罗恩，辱骂的话一波接一波，将他炮轰得体无完肤，畏缩不前。她骂他是个死胖子，是个死同性恋，是个连拖车都保不住的废物。她滔滔不绝地骂，难听的话张口就来，最喜欢拿感情来伤人。

"你他妈的根本就不在乎我们，罗恩。只要看你干活儿的态度，我就知道了。你表现得跟帮了我们大忙似的。死胖子，没有比你更卑鄙的小人了。你只是把我当工具利用罢了，从来没有真心当我是朋友。你就是一个只会利用人的烂人！"

有时，她会将枪口对准罗恩的爱好，拿他最爱的埃及学来膈应人。

"哦，罗恩，古埃及的神明看到你都会恶心，真的。等着下地狱吧，你这个败类。"

"如果你看到他那时的眼神,你会觉得他的灵魂像是被抽走了。"多年以后,托莉这么说。那时,她还太小,不知道凯茜的遭遇正在重演。不过,她看出来了,从搬来这里的某一刻起,罗恩就丧失了自我。

"他就那么呆呆地坐着,不哭不笑,不悲不喜。"

第六部分

山穷水复

麦克

六十二

对谢莉来说，罗恩这个人还有一个用处，而且是极为重要的用处。她拉着罗恩一起去照顾一位珍珠港事件的幸存者，这位幸存者名叫詹姆斯·麦克林托克，是凯茜母亲的老朋友（巧的是，当初正是因为这个人，凯茜母亲才举家搬来南本德），大家都叫他麦克。他是个高大魁梧的男人，平时喜欢做木工，爱喝二等的威士忌，家里养了一条爱犬，是黑色的拉布拉多猎犬，名叫茜茜。他还有一辆滑板车，经常骑着它在俯瞰威拉帕河的房子里到处转悠。能有这么一个方便的代步工具，他既感恩又知足。

谢莉说，麦克就是她心目中最理想的父亲；跟他一比，她的亲生父亲可就差远了。麦克的手干燥起皮了，她会帮他涂保湿霜。麦克需要什么，她都会准备好，逢人就炫耀麦克有多爱她，每天打好几通电话，嘘寒问暖好几遍，确认他一切安好，每天去他家一两趟也是常有的事。托莉也很喜欢麦克，他就跟自己的爷爷似的。母亲是麦克的看护者，平时去麦克家照顾他时，托莉很喜欢跟着去，听麦克讲他年轻时的故事，有几次甚至跟着他跑到街上去，比赛玩滑板车。

她总是偷偷放水让麦克赢。

麦克向谢莉表示过几次，希望她能搬过来住，就近照顾他。

不过，谢莉自己没住过去，倒是让罗恩住过去了。

托莉知道，妈妈跟麦克说过，罗恩是同性恋。麦克不想让罗恩当他的陪护，谢莉却异常坚持。她没法二十四小时看着麦克，但是罗恩可以。起初，麦克并不喜欢让罗恩帮自己洗澡，照顾自己的生活起居，然而，经过一段时间的磨合，他不再那么抗拒，两人也找到了合适的相处方式。罗恩几乎每天都会上门，偶尔还会在麦克家过夜。

麦克家有几间空卧室，托莉每间都进去看过，但都没找到罗恩。她壮着胆子来到地下室，找到一间没有窗户的小储藏室，打开一看，里头逼仄窘困，跟狭窄的囚室差不多，放着罗恩的一些物品，还有几条毯子。

她想，让罗恩睡这里，一定是妈妈的意思。

还有一次，她无意间来到房子入口通道正下方堆放柴火的储藏区，在那里发现了一些被褥。和地下室的储藏室不同，这块区域是露天的，泥土地面都是潮湿的。

谢莉对罗恩的控制无处不在，即使他远在麦克家。

托莉想，母亲要他睡哪里，他就只能睡哪里。

* * *

一听说谢莉在照顾一位叫麦克的老人，劳拉就急得跳脚。光是将那个罗恩接到家里住，劳拉就已经够不悦的了。直觉告诉她，这事肯定不简单。她的直觉不会出错。她立即打电话给太平洋县的伯格斯通警官，询问凯茜案子的进展，却听到对方说案子暂缓了。

他说自己正在审讯一个大案子，会尽快回到凯茜的案子上的。

"我一有时间就抽空继续调查。"他说。

这话听得劳拉很不高兴，她联系了自己所在警区的警长戴尔·舒伯特，舒伯特劝她少安毋躁，再多给太平洋县的警察一些时间。

"他们说不定正暗中调查，怕打草惊蛇。"他宽慰道。

听了这话，劳拉并没有更满意。她满脑子里想着的都是谢莉，一方面惊讶于她怎么做得出那些伤天害理的事，另一方面又担心她还会继续害人。

她甚至找了肖恩的外公外婆，问有没有人联系过他们。两位老人家也很关心肖恩的安危，但他们的答复也一样，没有任何警察跟他们联络过。萨米说警方从来没有直接找过她，严格来说这并不属实——伯格斯通试过联系她，只是她不曾回过电话。至于妮基，交了陈述书之后，她还亲自去了一趟警察局。自那之后，警方就没再找过她了。

凯茜的案子就这样没了下文。

六十三

谢莉高兴得简直飘上了天。她跟小女儿分享了一个天大的好消息。麦克打算将遗产留给自己的老黑狗茜茜,但是谢莉告诉小女儿:"等茜茜死了,麦克的房子和所有东西,就都归我啦!"

托莉觉得这真是一场及时雨。被老年人关爱机构辞退之后,母亲似乎有点儿失落,而且更爱拿家里人出气了。现在,她是麦克遗产的继承人了,这分走了她的一部分心思。她又忙活了起来,脑子里的小算盘打得噼啪响。

不管她在盘算什么,只要不是盘算着怎么把人折磨到跪地求饶,家里的人都乐见其成。

2001年9月7日,麦克给了谢莉一份授权委托书,授予她代理他的权利。家里的财务状况已经差到无可救药,这封委托书来得正是时候。谢莉做了太多假账,已经到了纸包不住火的地步。戴夫从头到尾都被蒙在鼓里,直到妻子打来电话,要求他预支薪水,他才知道原来家里的财务窟窿这么大。他不肯,谢莉便自作主张,用自己的方法将窟窿补上。2001年9月25日,她在阿伯丁申请了发薪日贷款[①],谎报家庭月收入为三千五百美元。

[①] 一种短期高利率贷款,通常在借款人的下一个发薪日到来时偿还。

戴夫周末回来得更频繁了，家里的争吵声也变多了。托莉故意在房间里弄出很大的声响，希望能引起父母的注意，让他们安静下来，别再吵了，可惜从未奏效过。父亲是她最爱的人，但她忍不住怨恨起他来，恨他为什么要回家。至于母亲，她似乎将对罗恩的愤怒全攒了起来，等丈夫回来了才一口气发作，要他狠狠惩治罗恩，替她出一口恶气。

父母的叫骂声永远只跟两件事有关——钱和罗恩。

"你非修理罗恩不可。"谢莉冲戴夫大喊。

不用戴夫问罗恩这次又干了什么肮脏事，谢莉已经噼里啪啦地全说了出来。

"他在院子里大便，"有一次她说，"我看见了！我转了个弯，就撞见他蹲在那里拉屎。绝不可以纵容他在我们家干这种事！"

在妻子的注视下，戴夫追着罗恩，揪住他的衣服，拽得他失去平衡，差点儿栽倒。

"别再在我家干那种肮脏事。"

罗恩错愕不已，但他习惯了用其他表情掩饰内心的仓皇，不是用讽刺，就是用愠怒。

罗恩的表情更加激怒了戴夫。

这家伙是在冷笑吗？

"你他妈的听清楚了吗？"他愤怒地将罗恩拉到身前警告。

罗恩没有回答，脑门儿上立马挨了一大巴掌，令他整个人都傻眼了。

"我以后不会了，"他终于开口道，"不会再那么做了。"

*　*　*

久而久之，谢莉身边多了一个逆来顺受的受气包，一个她亲手调教出来的奴才。罗恩对她有求必应，不管要求有多荒唐，多无理，多残忍。无论她怎么对他，他都不会皱一下眉头。

就算她要他自虐，他也会毫不犹豫地执行。

谢莉的叫骂声，就像撕裂黑夜的枪声。

"你这个白痴！快动手啊！"

突然，托莉被什么声音给惊醒了。她从床上爬了起来，想去看那吓人的声音到底是什么。就这样，她看到了母亲用一种既变态又残酷的方式惩罚罗恩。后来，她曾多次听到过同样的声音，但这是她唯一一次亲眼看到它。

罗恩穿着内裤站在门廊上，浑身僵硬，目光呆滞。托莉忍不住想，他这是吓傻了，还是吃了药的关系？谢莉站在他面前，要他扇自个儿耳光，狠狠地扇。

"用力点儿！"她冲他大吼，"看你以后长不长记性！"

肖恩狠狠地扇自己耳光，狠到每一个巴掌扇下去，头都会猛地往后偏。托莉想不明白，怎么有人能对自己下这么重的手？

谢莉继续使出辱骂与胁迫的组合拳。

"你这个好吃懒做的死同性恋！别逼我亲自动手！快给我道歉！"

罗恩没有哭，但他看上去无比惊恐。

"对不起，亲爱的谢莉。"他说。

"我为你做了那么多，你没有任何报答就算了，还天天找借口。你让我感到恶心，罗恩！你真叫我恶心。所有人见了你都恶心。你妈妈叫你滚是对的。我就是人太傻才会收留你。你这个忘恩负义的死同性恋！"

各种恶毒难听的话从谢莉口中噼里啪啦地冒出来，而罗恩从头到尾只会喃喃地说："对不起，亲爱的谢莉。"

他的脸涨得通红，甚至痛哭流涕，盲目地听从谢莉的命令，不停地抽自己耳光，仿佛被催眠了般。这个过程持续了至少五分钟，或许更长。和姐姐们一样，看着母亲折磨她的受害者，托莉有种时间停止了的幻觉。

她爬回床上，裹紧被子，抓起枕头压在自己头上。她曾无数次这样，努力将一切屏蔽在外，可是母亲这次做得太残忍了。这是不对的。

当叫骂声和扇耳光声再次响起时，托莉鼓起勇气去对抗母亲。

"妈妈，你为什么要叫罗恩扇自己耳光？"

谢莉似乎恼了，失望地叹了一口气，仿佛真正荒谬的是女儿的问题，而不是她的行为。

"你不知道他做错事了吗？"她反问道，"这是他活该。"

托莉才不信。即使罗恩做错了，也没有必要这么对他。再说了，母亲的要求太苛刻了，根本没人做得到。

明天早上我不想看到花园里有任何一根杂草！

不准你用屋里的厕所！

你为什么在院子里大便？

托莉转变战术，试着动之以情、晓之以理，希望能唤醒母亲的人性。

"但是他这样很痛的。"她说。

母亲狠狠地剜了她一眼:"痛死了也跟你无关。上楼回你的房间去。"

于是,托莉只能心有不甘地回去了。必须有人站出来为罗恩说话!但她也意识到了,把母亲逼急了,只会害了罗恩。母亲毫无人性可言,她居然试图勾起她的恻隐之心,真是愚蠢至极。她怎么会抱有这种痴心妄想呢?

罗恩依然"死性不改",不停地犯错,不停地变"坏",至少在谢莉的世界里是这样的。他就像踩中粘鼠板的老鼠,当谢莉的怒火席卷而来,他只能承受,无处遁形。有一次,两人因小便的问题起了一次冲突,被托莉撞见了。

"这是什么,罗恩?"谢莉拿着一杯黄色的液体问。

罗恩看了看杯子,然后垂下眼,盯着地面,说:"我想上厕所,但又不想吵醒你。"

这是她立下的规矩!她不准任何人打扰自己睡觉!

"你真叫我恶心,罗恩,"谢莉一脸嫌恶地说,"我不想在我家里看到这种东西。这是我的房子,罗恩!你这是什么腌臜的坏习惯?真叫人恶心!"

"对不起,亲爱的谢莉。"

她将杯子递给他。

"喝掉!"

罗恩毫不迟疑地将杯子放到嘴边,仰头一饮而尽。

又过了几周,托莉无意中看到罗恩将一杯尿倒到窗外,两人四目交接。

"别担心,"她说,"我不会跟妈妈说的。"

她说到做到了。

没人想惹谢莉生气。

托莉很爱罗恩叔叔,她没有多嘴,不想害他受罚。

有一天,罗恩在外头除草,谢莉嫌他动作太慢,正大发雷霆,可这不是他的错,是除草机出问题了。那机器开开停停的,听得谢莉火气更大了,连托莉都能感觉到那来势汹汹的怒火,让人心惊胆战。托莉赶紧朝院子那头走去,想教罗恩怎么用除草机。

她冒险这么做,只是想平息母亲的怒火,要不然不知她会做出什么事来。

朝罗恩走过去时,托莉一路上惴惴不安,差点儿喘不上气来。他正弯腰对付除草机,使尽浑身解数想让它动起来。他身上没穿什么衣服,光秃秃的头顶和后背都晒红了,这还不是最严重的,他的双脚鲜血淋漓,两只手也磨破了。

"罗恩叔叔,"托莉压低声音,不让母亲听见,"对不起。"

她希望罗恩叔叔逃走,逃得远远的,离母亲远远的,越远越好,永远不再回来。虽然有罗恩叔叔在,母亲对她的折磨会少一些,两人受的苦是此消彼长的关系,但是这不重要了。她长大了,也更坚强了,她能熬过去的。

当母亲决定让罗恩搬去麦克家,二十四小时照顾麦克时,托莉只觉得如释重负。

她想,到了那里,罗恩叔叔就安全了,日子过得再差,至少是正常的。

六十四

在莫洛洪路的家，正常是相对的，是短暂的。

2002年2月9日，托莉正准备去威拉帕谷高中看橄榄球赛，却被母亲的一通电话叫住了。母亲说她人在医院。

"麦克摔倒了，"母亲的声音有些发颤，"伤得很重。我现在就来接你。"

托莉很爱麦克，就像她爱罗恩那样。她从小就渴望拥有一个充满爱的家庭，可是姐姐长大了，都在外头，父亲很少在家。麦克和罗恩给了她所渴望的亲情，是她两位重要的亲人。

或者，至少在母亲允许的范围内，他们就是她的一切。

来接她时，母亲神色仓皇焦虑，但还不到失态的地步，嘴里念叨着麦克出事了，恐怕凶多吉少。

"摔得很严重，"她喃喃地说，"他出事的时候，罗恩正好在边上。"

托莉不由得替罗恩感到难过。他是个温柔细腻的人，心里肯定担心坏了。母女二人赶到医院，却听到护士说人没有抢救回来。托莉身子一软，瘫倒在母亲怀里，痛哭流涕。

谢莉看上去并没有伤心欲绝的样子。事实上，她开心得快要晕过去了。麦克留下了五千美元给她，还有那条狗茜茜。它很老了，活不了多久，等它死了，麦克的房子就归她了，那房子值十四多万美元呢。

麦克的死因似乎笼罩着一团小小的疑云。起初，谢莉说得有点儿含糊。罗恩打了急救电话，说麦克摔了一跤，撞到了脑袋，至于细节什么的，相关单位并没有太在意。托莉后来了解到，医生检查了麦克的身体，确认他死于急性硬膜下血肿，由头部受钝器撞击所致，建议移交给验尸官和检察院，做进一步调查。由于此类撞击也有可能为摔倒所致，这次意外便无人追查了。

这件事就这么了结了。麦克去世了。谢莉继承了一大笔钱。生活有了起色。

麦克去世几天后，在情人节那一天，托莉悄悄来到楼下，看到母亲正在包装一盒巧克力。那是她这辈子见过的最好的巧克力。

第二天，她在学校日记里写道：

> 我很确定那是给我的。我蹑手蹑脚地回到楼上，假装什么都没看见。十分钟后，我重新回到楼下。那盒巧克力果然是给我的！

虽然继承了麦克的遗产——他的存款、南本德的房子、被拴在院子里的老狗茜茜，但谢莉并未从此跟转了性似的，变成一个贤妻良母。女儿还没享用完盒子里的最后一块巧克力，她就变回老样子了。这从天而降的横财，于她而言是续命的氧气，她沉迷地吸了一大口。钱，这个她追逐了一辈子的东西，固然是好的。但她最爱的虐待游戏，更叫人欲罢不能。

339

六十五

麦克家发生的意外,很快就从所有人共同的悲伤,变成了谢莉一人翻身的大好机遇。她更是将此事变成攻击罗恩的新武器,动不动就拿出来鞭笞他,狠毒至极。有一天,罗恩正在院子里干活儿,托莉无意中听到母亲对他大吼大叫:

"你害死了麦克!你这个杀人犯!"

谢莉将罗恩推倒在地,怒气冲冲地跑回屋里,根本不给他解释的机会。

"他杀死了麦克,"她一边在屋里来回跺脚,一边对托莉说,"我不想跟一个杀人犯住在同一屋檐下!"托莉心乱如麻,不知该做何感想。她一直以为麦克的死是意外,而且她不相信罗恩会伤害任何人。他永远都不会那么做的。

还有一次,三人全都坐在厨房里,母亲一如既往地拿话刺罗恩,托莉则埋头安静地吃自己的饭。

"如果有一个杀人犯住在你家里,你会是什么感觉?"她问罗恩。

罗恩低头不语。

"感觉很不好,"谢莉兀自说,"一点儿也不好。你害死了麦克,罗恩。你是个该死的杀人犯。"

罗恩依然闷不吭声。

母亲说的话,托莉一个字也不信。母亲可能也察觉到了女儿根本不信罗恩会害人,所以才会不停地变着法子指责他是凶手。

时间久了之后,奇怪的事发生了。罗恩居然开始附和谢莉。

"你说的对,"罗恩配合地说,"是我害死了他。求求你不要说出去。"

谢莉对着他又补了一刀。

"别让我失望,罗恩。永远别做让我寒心的事。我不想举报你。但是我要你知道,你有多让我恶心。你是一个杀人犯!"

还有一次,母亲难得不看电视了,特意抽空跟托莉分享她最新的推理,关于麦克怎么出事的。

"他从轮椅上摔了下来,头重重地撞到了地面。罗恩袖手旁观,耽搁了好一会儿,才对外求救。罗恩是个没用的混蛋,托莉。你在他身上看到了一些优点,但是你要清醒一点,他是一个杀人犯啊!他害死了我们的麦克!麦克就像是你的亲爷爷!"

关于麦克的死,谢莉还有另一种说法:有一天,这位年迈的退伍老兵陷入了昏迷,罗恩什么也没做,任他在昏迷中死去。

"直到麦克没救了,他才打电话给我。"谢莉说,"在我眼里,这就等同于蓄意谋杀,托莉。看到那个死同性恋我就恶心。"

托莉不喜欢母亲叫罗恩死同性恋,但她没有说出来,而是说:"我不知道这是不是真的,妈妈。"

在贬低和编排罗恩的同时,麦克的遗嘱,谢莉也没放过,经常出言不逊。

"那些律师只会捣糨糊,"她向托莉解释,"我要告诉他们,茜茜被车撞死了。你要配合我这么说,这对咱们家非同小可,但也不是什么大事,你懂吗?"

托莉乖乖应道:"好的,妈妈。"她隐约察觉到了一丝异样,但还不到警铃大作的地步。房子迟早是母亲的,就算她对自己和罗恩做了太多不堪想象的事,但应该不至于对一条狗下毒手。

"等我们把房子修一修卖出去,"谢莉说,"就有钱搬到奥克港,跟你爸爸团聚了。"

一家人住在一起,是大多数孩子梦寐以求的生活,然而托莉能想象的,只有父母闹得鸡飞狗跳的情景。

跟父母每天生活在同一屋檐下简直是噩梦。

最可怕的噩梦。

* * *

2002年3月19日,麦克去世刚过一个月,劳拉终于收到了一条短信,要她给伯格斯通警官打电话。此时距离她和妮基第一次报警已经过去了九个月。

"总算有消息了。"劳拉在心里感叹了一声。

她听说,谢莉在看护一位老先生,那位老先生前不久去世了。

"人是她害死的。"她斩钉截铁地告诉警官。

"你又不知道真实的情况。"他说。

"我猜她给他下毒了。"

"他年纪本来就很大,而且病了很久。"

"那狗谁在照顾?"劳拉问。

"谢莉。"警官说。

"所以他把房子留给她了?"劳拉推测道。

"没错,因为她替他照顾狗。"

劳拉继续语不惊人死不休:"那狗八成也被下毒了。"

"狗好好的,"他说,"巡警见过的。"

劳拉不再纠缠。她觉得麦克八成是被谢莉害死的,凯茜则百分之百是。妮基绝不会骗人。这孩子怎么看都不是骗子。

"我不懂太平洋县的办案流程,"劳拉终于吐露内心的不满,"但现在这样肯定不对。你们得拿出实际行动来,查清楚凯茜到底怎么了。你们找过萨米了吗?"

他说他至今联系不上萨米。

劳拉根本不信他真的努力过。

"她每个周末都会回雷蒙德,警官。她很担心自己的妹妹。她回家是为了确认托莉没事,没有受到伤害。这还不足以说明问题吗?"

伯格斯通警官一再说他明白,可萨米死活不肯回电话,他能怎么着?

劳拉愤愤地挂断电话。这个案子,她不信他真的用心了。

* * *

萨米继续与姐姐私下维持着亲密的关系。每当托莉学着母亲说妮基有多目中无人、自甘堕落,萨米就会在妹妹面前维护妮基,为妮基说话,但仅此而已。她不想引起妹妹的注意。一旦发觉两个姐姐依然很亲近,托莉很有可能会说出去,就像曾经的萨米那样。小时候,看到妮基和肖恩很要好,萨米也曾跑去向母亲告密，她一直很后悔那么做。母亲总有办法套出所有细节，然后将错推给通风报信的人。

2002年5月，距离劳拉打电话给伯格斯通警官已经过去了几周，萨米一个人偷偷跑到俄勒冈州的桑迪市，来到外婆的婚礼会所参加妮基的婚礼。她为姐姐感到高兴。应该说是激动才对。妮基找到了一个好男人，过着儿时所无法想象的美好生活。

那时的她被逼在泥地里打滚儿。

被骂是没用的废物。

被说不会有人爱她。

怎么也想象不到这一天。

然而，无论母亲做过什么，萨米都依然渴望去爱她。她痛恨这样的现实，痛恨母亲被隔绝在这场婚礼之外。至于为什么，她当然清楚。是啊，妮基为什么要去邀请一个狠狠折磨过自己的人呢？

尽管如此，萨米后来还是说："看到她们这么疏远，我很难过。"

她瞒着所有人戴了一枚特殊的戒指。那是一枚"母亲戒"，金戒圈上镶着姐妹三人的诞辰石。第二天是母亲节，萨米打算将它送给母亲。在这个埋藏着无数秘密的家中，这枚戒指只是另一个微不足道的小秘密。

萨米戴着它，有种"妈妈也一同出席了婚礼"的感觉。

* * *

麦克去世后，戴夫回家越来越频繁，车轮胎都磨平了好几个。两人的婚姻曾亮起红灯，但他们一直在努力修复它，加固它的根基。没有谢莉，戴夫不知道该怎么活下去。他明知这段感情是有毒的，却无法停止爱她。

谢莉也说自己不能没有他，还说现在是两人重新开始的最好时机。离开太平洋县，告别过去，永不回头，是唯一的出路。为了处理麦克的遗产，她顶着莫大的压力，罗恩还整天只会添乱。

2002年6月的一个周末，夫妻俩短暂相聚，戴夫留下了一封深情款款的信。和往常一样，他在信里用了妻子的爱称"小兔子"来称呼她：

真舍不得离开你。这让我好难过。真想永远陪在你身边。

他说他会开始在奥克港看房子。他们必须离开雷蒙德，换一个地方重新开始：

无论在哪里，我都能感受到你温柔的抚摸，直达我心底。我能感受到你的爱，虽然我不配拥有它。我爱你，永远爱你。

在内心深处，他知道再不做出大刀阔斧的改变，这段婚姻很快就会走到穷途末路。他将这个想法藏在心底，不曾对妻子说，也不曾对其他人说。

* * *

虽然丈夫坚定地站在自己这边，但是其他力量却在暗中发酵，将谢莉的生活搅得鸡犬不宁，让她自觉委屈极了。自从成了麦克遗产的继承人，左邻右舍就特别不待见这对夫妇，这让谢莉感到莫名其妙。在一位退休警长的带头下，邻居们纷纷提出质疑，认为克诺特克家无权继承麦克的遗产，那位退休警长甚至怀疑麦克的死有蹊跷。

谢莉完全不理解这些人的恶意从何而来，怎么能把她想得这么坏。她对麦克向来很好，将他当成自己的父亲在照顾，经常熬汤给他喝，还拉了罗恩一起照顾他，甚至叫罗恩帮他打理院子。她实在想不出，这世上哪里有比自己更善良的人了。

2002年9月4日，谢莉再次打电话向律师投诉，对方记下了这次通话，并通知了谢莉的另一位律师，说谢莉受到了骚扰，必须采取措施。

"南本德的警察来过几趟，要求查看身份证明，谢莉及其先生不堪其扰。一名警察甚至向戴夫放话，要他当晚开车小心点儿。"

每次有人上门来查什么，都会助长谢莉的怒火，尤其是对罗恩的怒火。麦克去世后的那几个月，她三天两头就追着罗恩一顿痛骂。

"你害死了麦克，罗恩。妈的，人就是你害死的！"

"我没有，谢莉。他是自己摔倒的。他是从轮椅上摔下来的。"

"骗子！你做了什么，我全都知道。警察会来抓你的。他们会来的。我发誓！"

于是，罗恩整天提心吊胆的，害怕警察来抓他坐牢。如果旁边开过一辆警车，他就会瘫坐在车里，如石化般动弹不得。只要有人敲门，谢莉就会叫他躲起来。

"别出声！他们会把你抓走，永远关起来的！"

母亲在打什么主意,托莉心里跟明镜似的。她让罗恩活在恐惧里,对警察避之唯恐不及,是因为她担心一旦罗恩被警察带走,他会将她虐待自己的事全抖出来。

六十六

2002年的夏天,桑德拉来到雷蒙德的斯莱特餐厅,与老友罗恩共进午餐。这是两人最后一次见面。他形容枯槁,精神萎靡,变化之大,触目惊心。曾经的罗恩才思敏捷,妙语连珠,热情大方,人人都愿意与之亲近,眼前的罗恩却判若两人。他说谢莉给了他三种抗抑郁的药。看着他将药和饭一起吞下,桑德拉忍不住面露忧色。

"药吃了挺有效的,但头疼的老毛病还是会犯,"两人坐在餐厅的卡座上,罗恩先是拿出一粒绿色的药丸,接着拿出一片褐色的,最后是一颗白色的胶囊,"我还去州里看了医生。精神科也看过。"

"他看上去邋里邋遢的,"桑德拉仍记得罗恩当时的模样,"以前他很注重外表,现在却精神恍惚,语无伦次,颠三倒四。"

他说得越多,就越令他的朋友感到揪心。明眼人一看就知道,罗恩的身体状况很不好。桑德拉照实说了。

罗恩一脸茫然地望着她,不理解她为什么这么说。他的眼前仿佛蒙了一层雾,让他看不清自己有多虚弱,多消瘦。

"他已经不是我过去二十年所认识的罗恩了。"

聚完餐后，隔了没多久，罗恩打了一通电话给桑德拉。这通电话完全出乎她的意料，但也令她喜出望外。在电话里，他说谢莉做了一件让他不太开心的事。这是他第一次这么说，也是唯一的一次。

"她拿走了我的车，不肯还给我。"

"不肯还给你？"桑德拉难以置信地重复道。

"对，"他说，"我一直问她要，可她就是不给。"

桑德拉听了气愤不已，决定前去谢莉家侦察一番。她从铁泉镇一路开车到莫洛洪路，慢吞吞地驶过谢莉家门口的马路，看见罗恩的车停在房子前面，一辆棕褐色的，一辆蓝色的。

然而，桑德拉侦察完就走了，没有过问什么。

"我不想跟她起正面冲突。"她坦率地说。

如果当时她留下来，也许就会发现被谢莉隐藏的秘密。

看到罗恩的变化，萨米同样大吃一惊，忍不住跑去问母亲，他怎么瘦了那么多。

"罗恩还好吗？"

"为什么这么问？"谢莉防备地反问。

"他不会是生病了吧？"

"没有。"

"妈妈，我没有别的意思，只是看他瘦了好多，关心一下。"

"他本来就需要减肥，萨米。他以前太胖了，现在不吃垃圾食品，人自然就瘦了，身材好多了，还长了肌肉。他以前从来不知道自己也能有肌肉呢。"

母亲自鸣得意地说，多亏她让罗恩在家里多干活儿，他的身材才能变得那么好。

"他可喜欢在外头干活儿了。"她说。

后来,谢莉剃光了罗恩的头发,还剪掉了他最心爱的马尾辫。有一天,萨米在院子里将罗恩拦下,看了看四周,确定母亲看不到也听不到,才开口问他的头发怎么了。

"我喜欢这个样子,"他说,"全剪了也挺好的。"

她还问他牙齿怎么了。他前排的牙齿都快掉光了,只剩孤零零的一颗。

"哦,它们反正也是假的,"他无所谓地说,"我正等着装新的假牙呢。"

当然了,那一天他是等不到的。事实上,罗恩的牙齿开始掉的时候,托莉就问过母亲为什么不带他去看牙医。

"她需要装假牙,妈妈。"托莉说。

谢莉完全没有理会小女儿的建议。

"他不能去看牙医。有好几张逮捕令要抓他呢。没有哪家诊所敢接待他。再说了,"母亲冷冷地补了一句,"假牙太贵了。"

六十七

2002年，在奥林匹亚一家叫橄榄园的餐厅里，妮基与母亲见了最后一面。这一年，麦克去世了。对于这次见面，妮基一开始是犹豫的，最后还是决定去了，反正见一面也不会损失什么，说不定反而拨云见日呢？至于小妹托莉过得好不好，萨米仍旧会时不时地向大姐汇报。

"她说妈妈怪怪的，但是对她还好，不像对我们小时候那样。"

为了这次见面，母亲精心打扮了一番，容光焕发，光彩照人。不过，妮基还是能够一眼看出，她的外表再美，也只是伪装。

皮囊之下的蛇蝎心肠，不曾变过。

"她对服务员很粗鲁，"妮基说，"盛气凌人，挑三拣四，不停地把菜退出去。我在心里想，非要这样的话，大可不必见面。我根本不想面对这么尴尬的场面。这太刻薄，太丑陋了。跟她见面是一个可怕的错误。"

这些年，妮基一个人在外头是怎么过来的，她并没有趁此机会告诉母亲。在甜点上来之前，她已经关上心房，不想跟母亲讲任何心里话了。

"从那以后，我们就没再见过面了。"

* * *

托莉习惯了在人前故作坚强，从未向姐姐或任何人透露家里的事。她不是不想让母亲为其行为买单，只是不敢承受惹怒母亲的后果。

她见识过母亲的手段。要是惹怒了她，不知会被怎么折磨。一想到这儿，托莉就很惶恐。有时，她甚至担心自己也有错。

她在日记里对母亲说：

> 有时，我表现得像是不理解你，或不想理解你，但不是的，不是这样的。我永远都可以理解你，也永远渴望理解你。我只是不想再让你和爸爸失望了。我知道这都是我的错。

托莉不晓得该怎么表达，但她能够感觉到，别人一痛苦，母亲就痛快了。好像有一句话是专门形容这种心理的，那句话是怎么说的来着？在别人哭时大笑？在别人伤口上撒盐？她一下子想不起来了。

为什么母亲会有这么扭曲的心理呢？

有几次，托莉听到母亲命令罗恩钻到客厅里的大桌子底下。那桌子就在她卧室正下方。家具移动的声响惊动了她。她忐忑不安地凑过去听。

母亲这次又想怎么罚人？

"你给我待在桌子底下，"谢莉说，"待到哭出来为止。"

罗恩将自己的身子塞到桌子底下，说："对不起，亲爱的谢莉。"

"没用的死同性恋。你的道歉太不诚恳了!"

罗恩开始发出"呜呜"的哭声。

谢莉听了反而更火大。

"哭得太假了!"她咆哮道,"我知道你是装的!"

托莉问妈妈能不能让罗恩出来。

"不行,"谢莉直截了当地拒绝了,"他在接受惩罚呢。你别管他。他最近做了好多错事。我懒得多说。别理他就对了。"

过了一会儿,托莉发现罗恩被放出来了,然而还没自由多久,就又蹲桌子底下哭去了。

这回,她很确定罗恩的眼泪是真的。

六十八

太平洋县的伯格斯通警官来找罗恩了，手里拿着罗恩母亲申请的限制令，要求罗恩不得再去骚扰她。当车子驶近谢莉家时，警官远远地瞥见了罗恩消瘦的身影，他就站在门廊上。那是2003年的春天，罗恩朝警官投去错愕的目光，仓皇地穿过栅栏的缺口，逃命似的冲进了田野里。

"喂，罗恩！"警官冲着他的背影大喊，"我只是来送文件的！"

看着罗恩一头钻入房子后头的树木里，警官放弃了追赶，走到门前敲了敲。他左等右等，等了好一会儿都没人应门，虽然明知屋里有人在，也只能摸摸鼻子走了。

屋里确实有人。

十五分钟后，警局调度中心接到了谢莉的电话。她既生气又激动，同时担心得不得了，要求警官到邮局门口见她，说明上门的意图。到了那里，警官告诉了她限制令的事，说自己是去给罗恩送限制令的，这是警察的职责。

"他现在住塔科马，"谢莉直视着警官的双眼说，"不住我家。"

"我不喜欢有人骗我，"警官当场拆穿了她的谎言，"我在你家看到他了。他后来跑走了。我知道他在你家。"

每次被将一军,谢莉都能迅速重整旗鼓,见招拆招。

"他八成是因为有好几张逮捕令要抓他才跑的。他生病了,心脏不好。我一直在照顾他。"

接着又保证,她会让罗恩给他打电话的。

离开前,警官提到了凯茜这个人,说她突然跟开卡车的男朋友消失了,家里人都很担心她。凯茜的弟弟曾雇私家侦探去找她,她妈妈还在报纸上登了寻人启事。

"我很久没有她的消息了。"谢莉说。

其他人也是。

这次见面似乎让谢莉颇为不安,不是因为罗恩的事,而是因为凯茜家人和警察居然对凯茜的下落起了疑心。

没过多久,某天跟女儿萨米聊天时,谢莉突然没头没脑地来了一句,她在一家杂货店里碰到凯伊了,也就是凯茜的母亲。

"她还是那么平易近人,"谢莉对二女儿说,"跟她聊天挺开心的。"

萨米高度怀疑这次偶遇是假的。起初,她以为母亲只是强迫症又犯了,一天不撒谎就不舒服。对于她而言,撒谎就跟呼吸一样。所谓祸从口出,什么都不说反而更安全。萨米怎么都想不通,母亲为什么非撒谎不可。

有一天,她突然后知后觉地意识到,母亲谎称偶遇凯茜的妈妈,其实是想试探她,同时借机温习先前串通好的台词。

"你还记得她男朋友叫什么吗?"谢莉问。

"洛基?"萨米不确定地说。

这是一次突击测验,一场问答挑战,一碗灌输谎言的迷魂汤。

"动动你的脑子!你还记得他是做什么的吗?"谢莉口气很

冲地说。

"开卡车的!"萨米又闯过一关。

于是,这场"问答挑战"就这样无休止地进行下去。谢莉翻来覆去地考萨米——洛基长什么样子?凯茜有多爱他?她是怎么跑去追求自己梦想的人生的?

"要是警察来了,你晓得该说什么吧?"

"晓得的,妈妈,"她说,"我晓得。"

同样的对话反复重演,无论是在家里,还是在电话里。谢莉会冷不防地提问女儿,演练各种可能出现的情景。有时,演练的对象是戴夫。这么做,无非是为了确保大家都明白,这关系到全家人的命运。

"我们全家人都会完蛋。想想托莉!她会被送去寄养家庭的!"

然而,随着事态日益白热化,无论谢莉再怎么未雨绸缪,机关算尽,也算不到即将发生的事。

* * *

谢莉和小女儿托莉坐在车里,前者正忙着筛选信件,翻到账单就跳过。她想看的是更重要的东西,比如丈夫寄来的支票,还有邮购公司寄来的产品目录——看着有些俗气,大多印着她不需要的产品。

也是她买不起的产品。

谢莉拆开一封信,车里的气压立马低了下来。她脸色煞白,双手微微颤抖,眼睛死死地盯着手上的信。信上的字是打字机打出来的,邮戳日期是2003年4月18日,寄件地址是奥林匹亚市。

你们昨晚听到的枪声是凯茜发出的。她跟主耶稣一样死而复生，回来向你们复仇了。等着血债血偿吧……

谢莉大惊失色。昨天夜里，有人开枪打破了邻居家的安全灯。全家人都听到了枪声。

接下来的那几天，谢莉翻来覆去地盘问小女儿有没有人来打听凯茜的消息。

"这很重要，托莉。有没有人问过你？"

"没有，妈妈，"她说，"我发誓。"

"你再仔细回忆一遍！"

"没有。真的没有。"

托莉不懂母亲为什么紧张兮兮的。凯茜这个人，她都快记不得了，但她不是还活着吗？她跟男朋友私奔了，在远方幸福地生活着，为什么会想跑回来报复她母亲呢？凯茜可是母亲最好的朋友。

谢莉将信给了戴夫，戴夫看了也是一头雾水，猜不透是谁写的。夫妻俩都不认为妮基会背叛家人。也许是凯茜的家人听到了什么风声，想为凯茜报仇？但如果是这样的话，夫妻俩都觉得他们应该会报警才对。

可据他们所知，凯茜的家人并没有叫警察来抓他们。

谢莉已经完全丧失了理智，甚至打电话到了萨米的学校。当时，萨米正在西雅图教书，与家乡隔了数小时车程的距离。

萨米的主管将她叫到无人的角落。

"你妈妈来电话了。"

"我正在上课呢。"

357

"听上去很急的样子。"

萨米跟每个经理或主管都通过气,让他们知道自己母亲的脾气,也算是提前打过预防针了。她知道,无论电话那头是不是真的发生了十万火急的事,母亲一定会不依不饶地打电话过来,打到她接为止。

萨米拿起话筒放到耳边。

"凯茜!"母亲大声问道,"有人向你打听过凯茜吗?"

太平洋县的警官试着问过,但是被她躲开了。

"没有,妈妈。"萨米说。

"一个都没有?"谢莉不放心地问。

"没有,一个都没有,妈妈。怎么了吗?"

谢莉将信的事告诉了女儿。

萨米大吃一惊。这意味着有外人察觉了她父母干了什么,正试着深挖整件事的来龙去脉,用一封匿名威胁信来动摇这家人,逼其自乱阵脚。

"这不合理啊。"她在电话里对母亲说。事实上,她觉得这封信很合理。换作是她,如果她失去了一个自己很在乎的人,并觉得另一个人可能知道什么,却有所隐瞒,她也会想方设法查个水落石出,为死者讨一个公道。

凯茜不应该就这么死得不明不白的。

她忍不住想起了凯茜,想起凯茜曾在她生日时送了她一条项链,总会抽出时间来为镇上的女孩子做头发,讲故事逗大家笑。凯茜的好,她数都数不尽。

"我知道不合理,"母亲说,"我只是想不到是谁在装神弄鬼。你觉得会是谁,萨米?"

"我不知道。我发誓我说的是真话。"

萨米挂断了电话。她忍不住希望这封信出自凯茜的家人之手。她只是觉得,真相是什么,凯茜的家人有权利知道。

六十九

谢莉跟法医似的,将信从头到尾研究了个遍。她将信放到台灯下,各个角度转了转,仔细检查邮戳,但是任她怎么观察,都看不出个所以然来,也猜不出会是谁写的。

谁都有可能是这封信的主人。谢莉在雷蒙德的人缘并不好,这点自知之明她还是有的。

不过,匿名信中的威胁并没有吓退谢莉,也没有让她有所收敛,不再折磨罗恩。相反,她变本加厉地霸凌罗恩,穿着半敞的浴袍在家里横行,对罗恩进行"地毯式"的辱骂。罗恩每天如履薄冰,但是再怎么小心翼翼,也还是会犯错。

他总是想取悦谢莉,但他的失败难以计数。

某个周末,父亲回家了,和母亲站在院子里,不知在忙什么。托莉躲了起来,偷看他们在做什么。罗恩原本正在清理屋顶上的瓦片,不知怎么摔了下来,躺在地上,浑身是伤。戴夫没有伸出援手,反而命令罗恩站起来,爬回去再跳一次。

罗恩没有一丝反抗,挣扎着站了起来,重新爬上扶手,跳回地面。这一跳,托莉很确定,他的一条腿断了。

"我记得我回到楼上,听到他又摔了一下,然后父亲揍了他一拳,将他打趴在地。那一拳感觉挺重的,我听到了罗恩的惨叫声。不知打到了哪里,但我猜是脸上。为什么要打他呢?我不知道。"

也许是嫌他动作太慢了,或笨手笨脚的?

这样的事,后来还发生了一次。

接着又有了第三次。

有一次,托莉听到母亲的叫嚣声,叫罗恩拿出点儿骨气来,赶紧跳下去。她走过去一看,只见罗恩爬到扶手上,抱着一根栏杆站了起来,腿上鲜血淋淋,脸上涕泪纵横,全身光溜溜的,只穿了一条内裤。

这一次,罗恩温和地反抗了几下,没有大声叫嚷,也没有咄咄逼人。

"我不想跳,亲爱的谢莉。"他哀求道。

"少啰唆,赶紧跳,"谢莉不耐烦地说,"我没有整晚的时间陪你耗。"

于是,他光着脚跳了下去,落在碎石子铺成的地面上,发出"咚"的一声闷响。

"站起来!再跳一次!你就是一坨屎,活该被罚。"

罗恩站了起来,爬到扶手上,又跳了一次。

托莉不知道他怎么还站得起来,也不知道他怎么还能走路。院子里有一个坑,埋了许多碎玻璃,他踩在那个坑上,脚都划花了。从屋顶和扶手上往下跳时,他还摔伤了腿,每走一步都格外吃力。另外,母亲对伤口的处理,没有起到帮助,反而加重了伤势。

看到母亲(有时是父亲)给罗恩处理伤口,托莉就像一个司机缓缓经过车祸现场，忍不住伸长了脖子去看受害者的惨状。有时不是她主动凑上去想看，而是闪躲不及。

谢莉从灶上取下一锅开水，那水一路冒着白气，被她端到了库房里。当谢莉和丈夫合力抓住罗恩伤痕累累的腿，将它们放入掺了漂白消毒水的热水里时，托莉听到罗恩发出了撕心裂肺的惨叫声。

"我至今仍记得那个味道，是我这辈子闻过的最可怕的味道，"多年以后，托莉回忆说，"那是漂白水混着腐肉的味道，仿佛漂白水腐蚀了他的皮肤。太可怕了。他闻起来就跟腐烂了似的。没骗你，真的是肉烂掉的味道。后来的一个月里，他身上一直有那个味道，直到他死的那天都还有。"

尽管罗恩一再抗拒，谢莉始终坚持不给他鞋穿，无论是在院子里干活儿，还是在屋外锻炼身体。从扶手上往下跳时，他的脚掌重重地落在碎石子上，导致脚底开裂，出脓流血。

每当这个时候，谢莉就会拿出漂白消毒水来，将腐蚀性的液体往他腿上一倒，接着叫他闭嘴，别哭哭啼啼的。

"晓得了，亲爱的谢莉。"他会顺从地说。

有一回，她烧了开水，倒入洗脚盆，叫他将脚伸进去。

"有一天晚上，我想她把水烧得太烫了，"托莉回忆说，"烫到他的脚都脱皮了。直到那时，我妈妈才终于拿出纱布来给他包扎。"

他被烫到脱皮的那天晚上，是他最后一次睡在二楼托莉房外的电脑房里。那时，年仅十四岁的托莉天真地以为，罗恩换了睡处，只是因为腿脚不便，没法上下楼梯。从那以后，他大多睡在洗衣房、库房或外面的门廊里。他脚上缠着纱布，几乎从不说话，也从不抱怨。

多年以后，当被告知漂白消毒水对人体皮肤有害时，戴夫表现得格外震惊。谢莉不知对凯茜和肖恩用了多少漂白消毒水，甚至对女儿也用过。事实上，家里的漂白液用得特别快，每次去超市买东西，都得买上一两瓶。尽管亲眼目睹了一切，戴夫依然不肯相信妻子会蓄意伤人。

他说，谢莉可能也不知道，漂白消毒水对人体不好。

七十

和十年前的凯茜一样,罗恩自从双腿受了伤,就再也没好转过。他犹如坠崖之人,努力抓住最后一线生机,双手却被谢莉死死地踩在脚底。她装作一脸关心的样子,对他和颜悦色的,不再污蔑他害死了麦克,那位她待之如生父的老人,也鲜少再辱骂他。

2003年夏天,谢莉打电话到丈夫工作的地方,说她很担心,可能还有点儿惊慌。她好声好气地跟罗恩商量,想送他去阿伯丁的流浪汉收容所,但他二话不说就拒绝了,完全听不进去。

这个人跟狗皮膏药似的,甩都甩不掉。她爱莫能助,想赶他出去。

在电话里,谢莉还说罗恩爬到了一棵赤杨树上,从树枝上往下跳,企图自杀。

"他想干吗?"戴夫问。

"他说他想自杀。"

"真的吗?"

"真的,"谢莉说,"他知道我们这回真的打定了主意,要送他去收容所。"

老实说，戴夫并不关心罗恩这个人，他只担心他整天穿着内裤在家里晃荡，对女儿托莉影响不好。另外，他给谢莉造成太多负担了。

谢莉继续埋下更多伏笔。

"他说自己无法接受离开，但又不想继续麻烦我们，愿意自我了结，结束这一切，"她接着说，"还说很抱歉，说自己活着是个累赘，这一生活得太失败了，到头来还成了我们家的负担。除了死，他想不到其他的办法。"

后门的门廊有一条长椅，罗恩在那上面奄奄一息地躺了几天。谢莉一边喂他喝威士忌，一边对小女儿说他生病了，但他一定会好起来的。托莉很想相信母亲的话，可是只要一看到他的腿，那两条肿得无法动弹的腿，她就无法自欺欺人。

"明天我会带他去麦克家，在那里静养一阵子。"谢莉告诉小女儿。

"就他自己一个人吗？"

"他一个人没事的。对不对，罗恩？"

罗恩有点儿醉了，尽管虚弱不堪，但还是勉强点了点头。

"你确定吗，妈妈？"

"我每天都会去看他的，别担心。"

第二天早晨醒来时，托莉发现罗恩不在了。

"他去哪里了？"她问母亲。

谢莉盯着女儿的眼睛说："我今早送他去麦克家了。"

托莉房间的窗户正对着自家的车道，那是一条碎石子铺成的小路，只要有车子从上面轧过，都会发出独特且响亮的咯吱声，没人能悄无声息地进出那里。

"哦,"托莉一听就知道母亲在说谎,"可我没有听到你开车出去的声音。"

* * *

罗恩已经消失好几天了。托莉和母亲坐在电视机前的沙发上。

"你不可以跟任何人说罗恩的事。"母亲突然说。

托莉在心里想,这是认真的吗?

她不知道哪一部分不能说,如果让她列一份清单,恐怕得有上百页。

"什么?"她假装没听懂。

谢莉恶狠狠地剜了托莉一眼,只差没在眼里明晃晃地写上"威胁"二字了。

"如果你敢告诉任何人,尤其是萨米,我就不认你这个女儿。我发誓我会跟你切断血缘关系,一辈子都不见你。"

屋内鸦雀无声。

的确是威胁。

"我什么都不会说的。"托莉终于妥协道,不曾问母亲为什么单独把二姐拎出来。二姐可从来没有说过母亲一句坏话,至少没有当着她这个妹妹的面说过。好吧,她曾说过妈妈很奇怪,但是在青春期的孩子眼里,哪个妈妈不奇怪?

"托莉,"母亲接着说,"如果有警察上门来,你必须告诉他们罗恩走了,去塔科马了。"

托莉艰难地咽了一口口水。这是在撒谎。弥天大谎。

"晓得了,妈妈。"她配合道,"我会这么说的。"

这是一个很大的谎言，但是自从母女二人说好了之后，托莉发现母亲跟变了一个人似的，不仅对她更温柔了，还把她当心肝宝贝疼爱着。接下来的几天里，母亲天天做大鱼大肉给她吃，没有强迫她脱衣服，也没有要求看她的发育情况。

然而，每次问起罗恩的情况，母亲就会三言两语打发她。

"他很好。"母亲会说。

"我想去看看他。"托莉得寸进尺道。

"他在静养，不能被打扰。"

"好吧，可是我很想念他。"

"他很好，"母亲一再强调，"我每天都会去看他的，有时一天看两次。我每天早上七点给他送饭，检查他恢复的情况。"

早在这个时候，托莉就应该意识到母亲在说谎。罗恩在麦克家，哪里也不会去的。这是第一个谎言。母亲在照顾他？这恐怕是第二个。

"我从来没有听见妈妈早晨开车离开的声音，"托莉后来说，"要是她真的开车出去了，我不可能听不到的。另外，她从来不会为任何人早起。我妈妈晚上喜欢熬夜，白天总是睡到日上三竿才起床。"

托莉每天都会问罗恩的情况。

"你为什么这么爱问他？"母亲不解地问。

"我喜欢罗恩叔叔。"

"好吧，他很好，你不要再问了。"

托莉依然穷追不舍。

"我想去看看罗恩叔叔。"

"好好好，"母亲终于松口了，"没问题，但我太忙了，他也很忙,再过一两天吧。"

然后,母慈子孝的日子到头了,丰盛的饭菜没了,"我爱你"的贴心话也没了。

罗恩走了之后,家务活儿全落到了托莉一人身上。除草、喂家畜、整理厨具,以前罗恩做什么,现在她就做什么,做到母亲满意为止,还要忍受她的挑剔。

"真希望罗恩还在这里,"母亲挑剔地说,"他做家务比你强多了。"

要是狗舍打扫得不能让母亲满意,她就会命令托莉爬进去,然后将门锁上。

"非得给你点儿教训不可!怎么样,住在里面舒服吗?你就是这么对你最宝贝的小狗的!混蛋!你以为狗狗喜欢躺在自己的粪便上面吗?你喜欢吗?妈的!你就是偷懒!"

托莉透过狗舍铁丝之间的孔眼看着母亲。一个念头悄然爬上心头——被关进狗舍里,也许真的是她活该。有可能她真的做得不够好?母亲总是那么斩钉截铁。

"对不起,妈妈!"

谢莉拧开水龙头,抓起水管对着狗舍喷,冰冷的水混着狗粪,浸透托莉全身。

"没用的废物!"

七十一

当母亲打来电话，决定让托莉来西雅图陪萨米小住几天时，萨米简直喜出望外。这真是破天荒的喜事。

三人约了在奥林匹亚的橄榄园餐厅吃晚饭，那里位于雷蒙德和西雅图中间，是个碰头的好地方。一见面，萨米就注意到母亲的右手出问题了，肿得特别厉害，大拇指比平时大了不止一倍，看上去像脱臼了。

"你得去医院看看。"萨米关心地说。

母亲耸了耸肩，不以为然地说："我没事，萨米。别大惊小怪的。"

她的样子不像真的没事。一顿饭吃下来，她如坐针毡，对服务员态度冷淡，状态也不大好。她向来注重形象，自恃貌美，近来却长胖了，头发蓬乱，牙齿掉了几颗也没去补。

"她看上去心神不宁，"萨米回忆道，"情绪很不稳定。一定是出了什么事。"

开车回西雅图的路上，萨米给了妹妹两个惊喜。

"今晚会是你的寿司初体验。我要带你去格林伍德的便当店。"

托莉做了个鬼脸："这可真不好说。"

萨米冲妹妹笑了笑:"你会喜欢的。"

"另一个惊喜是什么?"

"明天我带你去见大姐。"

托莉突然慌了。与妮基七年没见了,她害怕见到母亲口中的逆女,更不想承受违抗母亲的后果。这些年来,母亲一直对她耳提面命,说妮基有多坏,多自私,多冷血,是世上最差劲的姐姐。

"不要。我不想见她。"

"她很爱你,"萨米劝道,"你知道的,不是吗?"

这一点,托莉还真不知道。

"也许吧,"她迟疑地说,"可我不想告诉妈妈。"

"不管你怎么说,我都要带你去见大姐。"萨米给了她一个放心的微笑。

寿司一般般。托莉鼓起勇气尝了一个加州寿司卷,其他的就不肯再吃了。她表面上风平浪静,内心却兵荒马乱。那天晚上,她辗转难眠,为即将见到大姐而紧张不安,忍不住胡思乱想——大姐会不会不喜欢她?大姐对她的影响很深。小时候,大姐经常照顾她,陪她玩儿。某一天,"噗"的一声,她突然人间蒸发了,还成了母亲口中十恶不赦的坏女人。托莉完全不知道,这么多年来,两个姐姐原来一直有联系。

跟大姐见面,只是她失眠的原因之一。她还很担心罗恩,不知道他怎么样了。在橄榄园吃饭的时候,她一边听母亲欺骗二姐,说罗恩搬走了,去了温洛克、温思罗普或塔科马,一边想着罗恩一个人在家里,不知道能不能照顾好自己。她知道罗恩太虚弱了,哪儿也去不了。他那样子,大概得住院才行吧。

她希望母亲能送他去医院。

* * *

第二天,三姐妹来到西雅图联合湖湖畔的杜克海鲜杂烩馆。眼前的大姐妮基让托莉惊艳不已,仿佛见到了人生中最美丽的女人。她二十八岁了,成熟妩媚,美丽从容,身上还有一股迷人的香水味。

后来,托莉说,与阔别已久的大姐重逢,是她这一生中最重要的时刻。与妮基相逢的那一瞬间,她感受到了内心深处的思念。原来,不管母亲如何挑拨离间,用无数谎言洗脑她,她对大姐的思念都不曾断过。

"你好漂亮。"托莉对大姐说。

"你也是。"

萨米将姐妹们的心拉到了一起。她是三姐妹当中的老二,是与被切断音信的两头都同甘共苦过的那个。

吃饭的时候,三人沉浸在重逢与团聚的喜悦之中,绝口不提煞风景的人——残酷无情的母亲、助纣为虐的父亲。

"记住了,托莉,"萨米说,"我们没有必要告诉妈妈。今天中午跟妮基吃饭的事,只要我们三个人知道就行了,明白吗?"

托莉答应保密,但这说起来容易,做起来却很难。母亲很擅长窥探别人的隐私,翻出她们不想让别人知道的事。在谢莉面前,任何秘密都守不住。

除了她自己的秘密。

七十二

2003年7月22日凌晨两点多，在惠德贝岛的工地上，戴夫的手机响了。他原本睡得死死的，突然让电话铃声给吵醒了，这会儿脑子仍一片混沌，听不懂电话那头的人在嘀咕什么。这么晚了，电话只能是谢莉打来的，但不是平时那个口齿伶俐、盛气凌人的谢莉，而是结结巴巴、疲惫沙哑的谢莉。

"你必须回家一趟。"她平淡地说，音量比方才高了一些。

"出什么事了吗？"他打了一个激灵，脑子瞬间清醒了过来。

妻子避而不答，只说："不太好。出了点儿事。是罗恩。"

关于其中的细节，他没有追问下去。两人结婚十五年了，对方是什么脾气，彼此早就一清二楚，但凡是谢莉不想说的，他就不该多问。她告诉戴夫，托莉会去西雅图找萨米，她需要戴夫尽快赶回雷蒙德。

戴夫上周星期天才刚回过家，看到罗恩在家里养伤，说是从树上摔下来弄伤的，手指似乎也断了一根。戴夫依稀记得罗恩腿上缠着纱布，脑袋和胸口有几处烧伤，谢莉说是他在院子里烧野草时不小心弄到的。他身上还有瘀青，数量挺多的，据说全是意外造成的。

前不久,在谢莉的敦促下,戴夫再次要求罗恩搬出去,但都被他拒绝了。有一回,戴夫给了他二百七十美元,要他拿着钱离开,但他依旧拒绝了,说不想离开谢莉。

"罗恩,你必须从我家滚出去。"戴夫提高嗓门儿严肃地说。

罗恩不肯走,每次只会以死相逼,说如果让他走,他就自残或自杀。

最近,因为一些事,戴夫跟老板的关系有点儿僵。在这个节骨眼儿上,他不敢请假回雷蒙德。

他告诉妻子:"我得等到星期五才能回去。"离星期五还有好几天。

听到丈夫这么说,谢莉不再强求,尽管她听上去很焦虑不安。

"她没有告诉我罗恩死了,"后来,说起这通凌晨的电话,戴夫是这么说的。事实上,不用妻子明说,戴夫也猜到了。"我已经猜到了,也知道他为什么会死。"

他的直觉是对的,罗恩确实死了。

谢莉声称罗恩死在了后门的门廊上,自己是偶然间发现的。当时,暑气正盛,热浪滚滚,为了让伤口透透气,他就坐在门廊里。她告诉戴夫,万一让人看见他身上的伤,那些烫伤、烧伤、割伤、磕碰伤,别人说不定会怪罪她,以为是她弄的。

谢莉坚称为他做过心肺复苏,却回天乏术。确定人救不回来了之后,她将罗恩的尸体拖到库房里,并关好库房的门。生前,她从不允许罗恩穿裤子。死后,她主动给他套上运动裤,将他塞进睡袋里。接下来,她移开压在冰柜上的露营用具,拉开冰柜门,将尸体塞了进去,然后将露营用具放回原位,按原样摆放好，以免让人发现它们被动过了，尤其是托莉。每一个细节谢莉都考虑到了，确保没有任何纰漏。

做完这一切，她才拨通了戴夫的电话。

七十三

戴夫结束一周的工作回到家，却听到妻子说，罗恩的尸体用睡袋裹着，藏在库房的冰柜里。历史又重演了。这已经超出了他所能承受的范围。他震惊到缓不过神来，犹如一具行尸走肉。他早就料到了会有这一天。他早就知道，只要罗恩不离开这个家，他就不会有好下场。谢莉说的对，他是一个麻烦精，专门祸害别人的麻烦精。

杀千刀的罗恩！

你怎么可以这样祸害谢莉？

戴夫吃力地将罗恩的尸体从冰柜里拖出来。

谢莉是怎么将他塞进去的？

简直是超人！

戴夫从来没有正眼看过罗恩的遗体。他一点儿也不想看，只是默默地做着以前做过的事。他从惠德贝岛的工地上拿了几个黑色的大垃圾袋，一边吃力地将罗恩的遗体塞进去，一边忍不住再次佩服妻子的体力，不知道她的力气是从哪里来的。他努力用袋子包住罗恩的遗体，但它们老是不听话地往下滑，他的身体也不自觉地颤抖。

这不是他第一次处理尸体了，但他依然感到无比艰难。

他站在库房里，四周全是他这辈子与家人共同生活的痕迹：一家人的旧衣物、孩子儿时的玩具、全家人露营用的装备。冰柜边上堆放着罗恩的遗物，是他这一生在世间留下的缩影，让人一看就知道他的爱好。那里有他的埃及学书籍，他的眼镜，他的首饰——在他仍未失去自我之前，他曾骄傲地佩戴着它们，向每个人炫耀它们的光芒。那里还有他的衣物，只是后来很少再穿过，因为他穿什么都得听谢莉的。谢莉将罗恩的遗物全堆放在一处，方便随时取走处理。

"我试过救他，"谢莉站在丈夫边上，不安地绞着手，"我做了心肺复苏，但是没有用，他太虚弱了。天哪，我真的尽力了。我好害怕，戴夫。"

他也很害怕。

"他们肯定会以为罗恩是被我们虐待了，"她说，"警察肯定会怀疑到我们头上。"

戴夫知道，妻子的担心不无道理。是啊，别人那么想，不是很正常吗？谁叫他们要让这样的事发生呢？

他说自己能处理好尸体的，叫妻子进屋去休息。他抱着尸体举步维艰地走出后门，每走一步都得紧紧抓住光滑的袋子。

但是有一个问题，而且是一个很棘手的问题。现在正值夏季，天气炎热干燥，太平洋县实施了禁火令，戴夫无法像处理凯茜的尸体那样，烧毁罗恩的尸体，将骨灰带去瓦沙韦海滩，撒到大海里。话说回来，不管有没有禁火令，火化都是不可能的，因为院子里没了遮挡。以前院子里好歹还有一个老谷仓，能够挡住路人的视线，可惜后来拆掉了。另外，附近装了路灯，将他家后院照得一清二楚。要是他在院子里烧火，路人绝对看得到，转身就去举报了。

戴夫从库房里拿了一把尖头的二号铁锹、一块蓝色的防水布，在院子里干起了他的老本行——挖掘。他划出了一块埋尸的区域，准备挖一个坑出来，至少需要一米深，还得足够长，才能平放尸体。他本想再挖深一点儿，无奈院子里的土层不配合，硬得跟石头似的。挖出来的土，他将它们平铺在防水布上，以免堆得太高，跟坟包似的，引人注意。戴夫想将这块地处理得尽可能自然，仿佛它本来就是这样的。

坑挖好后，他将尸体翻过来，以侧躺的姿势放入坑中，接着将土填回去，埋住尸体。以前烧垃圾的火坑里还有不少灰。掩埋妥当后，他将火坑里的灰铲出来，挪到埋尸的地点，铺在挖过的土上面，掩盖挖掘的痕迹，接着铺了一层杉树枝。

丈夫忙碌的时候，谢莉躲得远远的。她从来不参与任何脏活儿累活儿。

最后，他摘下手套，站在黑暗中，检验成果。看上去还行，但只是权宜之计，还需要一个一劳永逸的办法，得等到禁火令解除之后。他将防水布带到南本德，藏在麦克的房子里。

尽管又一次闹出人命，戴夫却一如既往地维护谢莉，不忍苛责她。

"我深爱着她，"他说，"她不可能虐待罗恩和凯茜。罗恩出事时，她只是没有报警，但那是因为过去发生了一些不好的事，让她不敢打电话。我说过了，她只是想得比较多，不想让家人受伤。她只是一如既往地想守护这个家。我看不出来她哪里做得不对。"

七十四

在西雅图，与大姐妮基重逢的喜悦消退后，两个妹妹回到了残酷的现实中。这真是美好的一天。这么多年来，托莉对大姐既畏惧又思念。重逢的那一刻，她才看清自己被母亲骗得有多苦。这让她震惊不已，尽管她早该看清母亲的嘴脸。

母亲喜欢控制身边的人，无法容忍任何不以她为中心的情形出现。他们家就像一个邪教组织，妮基是最先逃出去的，接着是萨米。外面的世界，比托莉所想的更美好，更快乐。她就像堪萨斯州的多萝茜①，来到彩虹的另一头，看见一个五彩缤纷的世界。在这个故事里，母亲扮演着怎样的角色，已经很明显了。

一想到母亲，那些最深的恐惧就重新爬上心头。托莉甚至害怕守不住跟大姐重逢的秘密。

"你可以的。"萨米坚定地说，"我就做到啦，你也可以的。"

"我不确定。"托莉不自信地说。

萨米继续乐观地鼓励妹妹："我知道你行的，因为我很了解你。"

---

① 童话故事《绿野仙踪》里的女主人公，被龙卷风卷到一个叫"奥兹国"的神奇国度，从而开始了一系列新奇的冒险故事。

回到家后,萨米从烘干机里拿出洗好的衣服,坐下来跟妹妹一起叠衣服。

"说起来还挺好笑的,"萨米接着说,"我记得妈妈以前经常半夜叫醒我,把我五斗柜里的东西倒出来,是全都倒到地板上哦,要我检查袜子全不全,只要有一双不全,那就倒大霉了。我整晚都在找袜子,找到凌晨三点才解脱。"

托莉沉默了一会儿。

"妈妈也是这样对我的。"她终于抬起头,迎着姐姐的目光说。

萨米的心忽然狂跳起来。"不,"她想,"靠。不。不。不可能。托莉怎么可能?"

"每次见面,我都会问她好不好,"萨米后来说,"保护妹妹是我的职责,但我失败了。我没有保护好她,没有问对问题。我没有把我知道的告诉她。我只会问,你还好吗?妈妈还好吗?"

"托莉,妈妈还对你做了什么?"

托莉说出了一长串母亲对她做过的事,仿佛在玩什么荒唐的宾果游戏,每说一个中一个。在妹妹面前,萨米一寸寸地崩溃。她说的那些惩罚,母亲对其他人都做过——对肖恩做过,对凯茜做过,对妮基做过,对萨米也做过。

"她是不是不让你睡觉?"萨米问。

"嗯。"

"她会逼你光着身子做事吗?"

"嗯。"

"把你整晚锁在屋外?"

"嗯。"

"让你睡在门廊上?"

"嗯。"

萨米抱着妹妹，崩溃痛哭。

"为什么不告诉我，托莉？"

"我不知道。大概是因为，我以为这是我的问题吧。我不知道妈妈以前也会这样。我以为，你和妮基的童年过得很幸福。"

萨米很清楚接下来应该问什么。好不容易撬开了妹妹的嘴，这是从她口中问出真相的机会，也是逼自己面对现实的机会。

"她对罗恩做过什么吗？"萨米问。

托莉忍不住哭了。她听得出来，二姐的问题根本不是问题，而是陈述，是事实。

"有的，"托莉深吸了一口气，"我刚才说的那些全都做过，还有更多。"她看到萨米脸上毫无惊讶之色，便以为她可能早就猜到了。

"你是怎么知道的？"托莉好奇地问。

"她以前也那样过。对所有人。还有凯茜。"萨米艰难地吞了吞口水。

萨米不曾忘记凯茜这个人。在劳氏老宅和莫洛洪路生活过的每一个画面，无论是美好的，还是丑陋的，都牢牢地印在萨米的脑海里，时间越近的，就越清晰。也许是因为那封信的关系，不管寄信人是谁，也许是因为她心存愧疚的关系，愧疚姐姐报警时，自己没有支持姐姐，为她做证。可是，如果警方再坚持一点儿，她完全有可能动摇的。早知托莉被虐待，她更不会坐视不管，即使这会毁了自己的生活。

可是，托莉看上去安然无恙，警察也没有继续找她。

她便继续当缩头乌龟，继续自我麻痹。

萨米继续问:"罗恩试过逃跑吗?"

托莉点了点头:"试过很多次,可是每次妈妈都会带着我去找他,把他拉回来。"

"凯茜也是这样。"萨米说。

"妈妈也会逼凯茜做奇怪的事吗?干活儿的时候。"

"有的,"萨米说,"逼她光着身子洗碗。"

托莉想起了一些跟凯茜有关的片段,那是在她还很小的时候,大概两岁左右吧,一家人还住在老威拉帕,凯茜站在主卧边上的浴室里,裹着单薄的黄绿色睡衣,头发稀疏,行动迟缓。

"你怎么啦?"托莉好奇地问凯茜。还没等凯茜回答,母亲就环住她小小的身子,将她拉走了。母亲没有责备她,但是自那之后,托莉就懂得了什么该问,什么不该问。她不应该跟凯茜说话,更不应该问那样的问题。

姐妹二人相拥而泣。现在,她们彻底坦诚相见,再无保留。

只差一件事。

萨米难以启齿,可她知道不能再对妹妹隐瞒了。

"妈妈害死了凯茜,"她哽咽着说,"他们在院子里烧了她的尸体。"

七十五

谢莉颓丧地站在厨房的水池前。她这辈子从未如此狼狈过。过去一年里,她胖了二十斤,神采不复往日,头发也不再红艳。当然,这只是外表上的。在内心深处,匿名的威胁信,加上罗恩的死,抽走了她所有的气焰。以前,这股气焰给了她为非作歹的底气,超乎常人的意志,去做普通人不敢想象的事。

这回,戴夫化被动为主动,率先想了一个剧本出来,解释罗恩突然离开的原因。编造逼真动人的谎言,向来是这对夫妇的绝活儿——凯茜跟爱人浪迹天涯去了,肖恩去科迪亚克岛捕鱼去了。他们不是失踪了,而是追求梦想去了。

没人关心罗恩。这很好,对他们有利。

在这段婚姻里,戴夫一直处于被动的地位,但他看得出来,妻子现在很脆弱,只能由他先拿一个主意。他的内心也很乱,可是在这个节骨眼儿上,两人必须顶住压力,不能被情绪打倒,至少得有一人先振作起来,想好怎么善后。

"他这几周都住在麦克家,"他建议这么说,"在找工作。"

"嗯,"谢莉盲目地附和,"我们还给了他一些车费。"

戴夫深吸了一口气。他不是一个擅长编故事的人,虽然跟谢莉在一起,就必须掌握这项生存技能。

"我载他去奥林匹亚坐大巴,"他接着往下编,"他决定去圣迭戈市。"

谢莉的脸色慢慢好了些。

"嗯,他一直说想去圣迭戈找工作。"她的心稍微安定了一些,看来戴夫编的故事还可以。她不确定托莉听了会怎么想,但她安慰自己,不管她说什么,托莉都会信的。

"等她从萨米那里回来,我就这么告诉她。"谢莉说。

这样再好不过了,戴夫想。

那天晚上,夫妻俩不停地演练这套说法,正着反着演练了无数遍,一出现逻辑破绽,就及时修补。罗恩想要钱,想要山珍海味,想要锦衣华服。他在这里所无法拥有的,全都被放进了托词里,成了他离开的理由。

然而,不管两人怎么努力编,始终有疑点无法排除。再微小的纰漏,再不起眼的破绽,都有可能让两人万劫不复。

作为备用方案,谢莉再次搬出罗恩为爱轻生的桥段。她告诉戴夫,罗恩去世的前几天,她曾在浴室里帮他包扎受伤的腿,看见罗恩双眼直勾勾地盯着敞开的药柜。

她还说自己在某个外屋里发现了一样东西。

"这是我在鸡舍里找到的,"她拿出两个琥珀色的药瓶,"里头的药一定是被罗恩吃了。"

戴夫并未仔细查看药瓶。他并不觉得有查看的必要。谢莉说得很有道理。

罗恩的情绪一直很不稳定,曾多次扬言要自杀。前一阵子,罗恩收到母亲的限制令,整个人都崩溃了,嚷嚷着要自杀。还有一次,他亲口对戴夫说,他希望自己能赶紧死掉,这样对大家都好。

"我真的是这么想的。"罗恩绝望地说。

七十六

萨米在心里崩溃地想,怎么会这样?历史怎么又重演了呢?她和妮基都是被母亲虐待大的,一想到妹妹同样深受其害,萨米就觉得天崩地裂。她和妹妹一直聊到凌晨才合眼。这就像一场可怕的轮回游戏——以前发生过的,现在又发生了。眼泪、愤怒,还有悔恨,推动着两人说出所有母亲干过的事。

推动着她们说出来的,还有恐惧,深入骨髓的恐惧。

还有一个问题,萨米始终不敢问出口。她一直牵挂着罗恩,自我安慰地想,他可能已经在某个地方找到工作了,虽然最后一次见到他时,他看上去弱不禁风,不像能做任何工作的人。

"罗恩还好吗?"她终于还是问了。

不用妹妹开口回答,萨米也能从她脸上得到答案。

"我觉得他可能已经死了,"托莉说,"我想妈妈应该也对他做了什么。"

新一波的悲伤汹涌而至。萨米哭得更加不能自已。她想到了母亲近来的电话。这几周,母亲打来的电话变多了,有一次甚至说,罗恩去外地找工作了。

"他去温洛克了,"母亲说,"去了一个拖车公园。他很需要这份工作。你也一起为他祈祷吧,祈祷他面试通过。"

母亲这话有问题。托莉可不是这么说的。每次跟托莉聊天,她都说母亲告诉她,罗恩暂时住在麦克家,帮母亲张罗卖房子的事。

"是时候让他自力更生了。"母亲在电话里说。

"嗯,我也觉得。"除了附和母亲,萨米不知道还能说什么。上一次见到罗恩时,他的身体很差,不可能独自出门,也不可能独自生活。

明明察觉到了不对劲儿,她却选择睁一只眼,闭一只眼。一想到这儿,萨米就自责不已。她看到了罗恩情况不妙。她看到了危险的信号。然而,为了保住自己的生活,她选择了自欺欺人,在逃避现实的海洋里沉浮,不戴救生圈,就这么随波逐流,直到一个浪头袭来,将她拉入海底,在绝望中窒息,她才醒悟过来。

凌晨两点多了。萨米终于下定决心。

"我们必须通知妮基。"她说。

* * *

这个时间点打电话过来,没人指望能听到什么好消息。也许是亲人出车祸了,心脏病发了,或任何等不及天亮再说的悲剧。

妮基接了电话,实际情况比她想的还要糟。

妮基离家出走后,母亲是怎么虐待家里人的,萨米统统说了出来,包括将小妹关在狗舍里,用水管喷她,不让她穿衣服,不给她饭吃……还有罗恩。

"这些她都对凯茜做过,妮基。"

妮基茫然地说:"我不知道该怎么办。"两年前,也就是2001年7月,她鼓起勇气回到雷蒙德,第一次亲口向警察揭发了母亲的恶行。现在,她的生活已经大不相同了。她有了一个相爱的男人。她过得很幸福。她不想回忆母亲的恶行,扰乱平静的生活。

"我们必须将托莉救出火坑。"萨米说。

妮基知道妹妹说的对,虽然她曾报过警,最后不了了之。这一次,父母一定会报复她的,她一点儿也不意外。谢莉曾将一个女人折磨至死,还撒下了弥天大谎,拉妮基下水,伪造信件欺骗凯茜的家人,让人以为她跟洛基私奔了。她强迫妮基光着身子在泥地里打滚儿。戴夫也好不到哪里去。他跑去妮基上班的地方,用砖头砸破店铺的窗玻璃,害她丢了工作,还去贝灵厄姆跟踪她。如果谢莉是希特勒,戴夫就是希姆莱,愚忠地执行她的命令,做尽各种丧尽天良的事。

"上一次就失败了。"妮基说。

萨米知道这是事实,也知道告发父母要承受多大的代价。不管怎么做,三姐妹都会身败名裂。外人只会对她们指指点点,质疑她们为什么不早点儿报警,为什么纵容父母为非作歹,对他们的罪孽视而不见。

萨米深吸了一口气,说:"也许托莉能够自己熬过来。我们两个也是这么过来的。"

妮基不确定小妹能不能熬出头,但是考虑到所有可能出现的结果,维持原状也许是最好的方法。姐妹俩努力安慰自己,一切都会过去的,最后一定会拨云见日的。

"她已经十四岁了,"萨米接着说,"再坚持几年就好了。"

"嗯,她一定可以的。"

"她可以的。"

"可是，万一她做不到，妮基……"萨米说，"万一她做不到，我们得想办法救她出来。"

妮基赞同妹妹的说法。最后，话题终于转向了肖恩。

母亲说肖恩离家出走了，虽然她们几乎没怎么找过他，但是萨米相信了。

"妈妈肯定对肖恩做了什么，萨米。"妮基斩钉截铁地说。

说到肖恩的失踪，姐妹俩私下悄悄议论过，每次都绕不开肖恩留下的鸟窝，还有那张充满爱意的字条，母亲总说那是肖恩留给她的礼物。

对此，疑心最大的人一直是妮基，她说："肖恩对她恨之入骨，绝不可能留下鸟窝和字条给她。"

"好吧，妮基，"萨米反驳道，"可妈妈是不会真的伤害自己的孩子的。肖恩就像她的亲儿子。"

* * *

萨米挂断了电话，回到托莉身边。

"我们需要想一个万无一失的方案，"她说，"你能给姐姐一点儿时间吗？能等一等吗？再过四年，你就十八岁了。"

托莉说，她希望能有一个对大家都好的方案，她愿意配合，但又义愤填膺，恨不得立即让母亲付出代价。

"不能再放任她继续下去了。"托莉说，"你知道的，萨米，她是个魔鬼，是这世上最坏的人。看看她都干了些什么。看看她对凯茜、罗恩、妮基还有你都做了些什么！"

听着妹妹对母亲的控诉,她的种种恶行在萨米脑海里历历在目。没错,她们的母亲是这个世界上最可恶的人。

可她也是她们的母亲。她们唯一的母亲。

"我没法再这样下去了,萨米。"

萨米绝望地抱着妹妹。一旦真相暴露在阳光之下,全家人都会堕入万劫不复的深渊。不管有多难,她都找到了方法,在母亲的罪孽下,夹缝生存。

她希望托莉也能找到。

* * *

萨米载着妹妹往奥林匹亚的方向驶去。她和母亲约在橄榄园餐厅停车场碰头。一路上,两人流了许多泪水。这次相聚,本应该是这个夏天最美好的记忆,却变成了一场噩梦,让两人意识到罗恩成了第二个凯茜。

在将车子停到母亲边上的车位之前,萨米给了妹妹最后一个提醒。

"如果她说罗恩走了,那就代表他可能已经死了。"

萨米哭了一路,眼睛红红的,显然逃不过母亲的火眼金睛。

"没事吧?"母亲关心地问。

"没事,"萨米立马回了一句,"只是太舍不得跟妹妹说再见了。"她总能迅速调整自己,用一句玩笑话转移话题。

谢莉坐在车里,隔着车窗看着两个女儿抱成一团,哭成了泪人儿。这是一次漫长而痛苦的告别。最后,两人依依不舍地分开了。托莉上了母亲的车。

谢莉发动车子，挂挡起步，准备回雷蒙德，漫不经心地问："刚才是怎么啦，托莉？"

"周末过得太开心了，舍不得姐姐。"

谢莉试探性地多问了几句，但是托莉不想接话，只说自己不舒服。

"妈妈，我的头好疼。"她将头靠在副驾驶座的车窗上，闭上眼，假装睡着了。

她在心里说，我不想跟你说话，妈妈。

当车子来到莫洛洪路，切入自家车道时，托莉觉得自己仿佛误入了别人家的院子。虽然只离开了短短数日，这里却已经没了家的感觉，看上去那么陌生，那么怪异。忽然之间，她看不透这个住了一辈子的地方。

"罗恩找到工作了。"母亲说。

托莉知道这是个谎言。

罗恩死了。

在开车回家的路上，母亲大多数时候都很安静。然而，一回到家，命令她去喂狗时，母亲的声音就变了，语气里透着一丝狠戾。

冰冷。

刻薄。

暴躁。

与两个姐姐的语气截然相反。

托莉表面上不动声色，乖乖照母亲说的去做，内心却忐忑不安，惊恐万分。她的世界早已天翻地覆，但她并非孤身一人，她还有两个爱她的姐姐，母亲是什么样的恶魔，姐妹三人都心知肚明。这给了她勇气,让她想去找警察,告诉他们一切。

然而,二姐劝她再等等。她的苦衷,托莉完全能理解。可是,如果她不说出来,受伤最深的那一个,也许会是她自己。她真正害怕的,不是母亲的惩罚。一直以来,母亲这样子折磨她,她不也好好地活到了今天吗?她真正害怕的,是以后再也见不到大姐了。

"我知道如果我什么都不说,"托莉后来坦白,"就有可能再也见不到妮基了。"

这样的结果,托莉完全接受不了,她不想再一次失去大姐。

她想要报警,不是为了报复母亲,而是为了让母亲得到应有的惩罚,同时阻止其继续作恶。只有这样,三姐妹才能团聚。

谢莉盯着小女儿,将她从上到下看了个遍,眼里流露出的不是好奇,不是数日不见的思念,而是打量猎物的寒光。她有一双鹰隼的眼,当她用审视的目光盯住任何一个人时,对方都会不由自主地战栗。

"你没事吧?"她问。

"没事,妈妈。"

"你说谎。"

"我没有。"

"过来让妈妈抱抱你。"

"我现在不舒服,"托莉说,"有点儿恶心想吐,流鼻涕。"

谢莉冷冷地看着她:"是吗?我有药。"

她转身走了,回来的时候,手上多了几粒药。

"给你吃。"

* * *

当天晚上,托莉打电话给二姐,说母亲给了她几粒药,但她只吃了一片。萨米一听,差点儿疯了。

"什么?她给了你什么?"

"几粒药。"

"什么药?"

"黄色的,治流鼻涕的。"

萨米越听,越心惊肉跳。小时候,她吃了母亲给的药,下一秒就四肢无力,连路都走不了。她还想起凯茜吃了母亲给的药,结果昏迷了数小时。母亲经常拿药给别人吃,说是吃了会好受些,其实只是为了让他们安静,别给她添麻烦,害她没法专心看电视。她不想分神去照顾任何人。

"快把药吐出来,托莉。现在就去!"

"妈妈不会害我的。"托莉犹豫道。

萨米倒吸了一口冷气。自从姐妹三人说出了一切,也证明每个细节都是真的之后,萨米不仅知道母亲做了什么,还很清楚她会做什么,能做到什么地步。大姐曾说,她觉得父母曾动过除掉她的心思,在肖恩消失之后就想让她也跟着消失,因为他们不相信她能永远保持沉默。

只有死人才能永远守住秘密。

"你不了解她,托莉。快把药弄出来!"

姐姐心急如焚的语气让她警醒了过来。

"好吧,"托莉说,"怎么弄?"

"催吐!"

托莉说她会试试看的，尽管她知道自己根本做不到。她担心如果把药吐出来，母亲可能会发现，并大发雷霆，甚至动手打她。她在房间里坐了一会儿，突然觉得头昏脑涨。母亲给她吃的药怪怪的，虽然不知道是什么。她走到院子里四处张望，总觉得母亲在盯着她看。

那天晚上，她给二姐又打了一通电话。

"带我离开这里，"她说，"我找不到罗恩。他死了，萨米。我知道的。"

"你确定吗？"

"我确定。求求你了。"

萨米求托莉再忍一忍，她不想现在就报警。妮基报过警，但是母亲依然逍遥法外。如果她现在草率地报警，结局不外乎也是如此。这条路注定行不通。

"你确定不能再忍几年吗？"

这个要求有多荒唐，电话两头的人都知道。

"不，我忍不了了，萨米。妈妈是杀人犯。我在她面前藏不住的。她说不定会连我也杀了。这种事，她绝对干得出来。你知道的，萨米。"

"好，"萨米说，"我们会来带你走的。"

"马上带我走，"托莉说，"就让一切到此结束吧。"

七十七

第二天早上，母亲舒服地依偎在沙发里看电视，托莉悄悄溜进库房，继续寻找罗恩的踪迹。没过多久，她就找到了一堆罗恩的物品，包括他的内衣，全堆在冰柜上面，另外还有几条带着血迹的绷带。前不久，母亲用开水给罗恩泡脚，水里兑了漂白消毒剂，泡完之后就用绷带裹脚。血迹干了很久，变成深褐色的了，但托莉很确定，那是罗恩的血。

她在心里惊呼一声，疑惑不解地想，罗恩的东西怎么会在这里？

她安静地站了一会儿，试图将眼前看到的一切都刻在脑子里。她想记住罗恩的每样东西，以免以后被母亲扔了。还没意识到自己在打什么算盘，她就已经不自觉地拿了一些沾有血迹的东西，偷偷跑去鸡舍里，藏了起来。

接下来，她继续在家里四处寻找罗恩的东西。过了这么久，他的东西已经不多了，除了几本书，还有几件衣服，一个抽屉都凑不满，其他的早就不见了。她记得罗恩有一条牛仔裤，因为太宽松穿不了，后来就塞在姐姐衣柜的某个抽屉里。她将每个抽屉都拉开来看了一遍，但都没找到。

她朝院子里焚烧垃圾的火坑走了过去。父母近来表现很反常，一直命令她不准靠近那里，而且语气很严肃，不只是口头警告那么简单。虽然已经从萨米那里听说了，但她依然很难想象，在自己还那么小的时候，凯茜就在这里被焚尸了。

托莉需要更多证据，能为警方所用的证据，让他们确定罗恩的确被杀害了，而且尸体被人处理掉了，也许是以姐姐告诉她的方式，也就是跟凯茜一样的方式。

她迅速弯下腰，悄无声息地捡起她以为是焚烧残留的树枝。坑里的土是平的。

她想，父母知道有人会来，已经提前处理干净了。

托莉的心跳得更快了。她捧起一把泥土和灰烬，匆匆跑去鸡舍。姐姐说凯茜的尸体是被烧掉的，她以为罗恩也是这样的。她的双手在颤抖，但她没有哭，她知道自己必须这么做。

她必须阻止母亲。

最后，她若无其事地回到主屋。母亲依旧坐在沙发上，做着自己的事，其实也不是多大的事。托莉上楼回房间去了。

谢莉兀自做着自己的事。罗恩名下有一张 Lowe's 信用卡，她写了一封信，要求更换持有人住址。她还没想好该写哪条街道，但她已经想好了城市。不是温洛克。不是温思罗普。不是其他遥远的城市。

她写下了塔科马。

七十八

雷蒙德已经离妮基很遥远了。至少有时她会有一种恍如隔世的感觉。她不喜欢回忆过去。她已经结婚了。不管过去父母如何对她,她已经走出来了,有了新的家庭。就算要说,她又能说什么?说母亲逼她在泥巴里打滚儿?说母亲残忍地虐待凯茜?

还有肖恩。

她该说什么?

2003年8月6日,妮基和萨米开车来到太平洋县,将自己所知的告诉了那里的警官。这辈子,她们从未如此惶恐过。一路上,她们不停地设想各种可能的如果,接着是漫长且痛苦的沉默。还有泪水。母亲正在做的事,关乎到一条人命,这条人命比她们渴望的安逸更重要。然而,她们知道自己说得太晚了,罗恩也许已经遭遇不测了。这是妮基第二次坐在伯格斯通警官面前。第一次是彻头彻尾的失败。什么事也没发生。她在心中愤怒地呐喊:为什么没有一个人愿意站出来做点儿什么?不能全怪萨米不肯回警方电话。后来,伯格斯通和另一位警官曾去莫洛洪路,询问罗恩的情况。他们知道他躲在谢莉家,也知道谢莉这个人有多声名狼藉。

镇上的人背地里都叫她"变态谢莉"。

他们还知道,凯茜最后一次被人看到时,是跟谢莉在一起。另外,麦克摔倒那天,据说是从轮椅上摔下来的,拨打急救电话的人是罗恩,继承那位"二战"老兵遗产的人是谢莉。

经过漫长的沉默之后,克诺特克姐妹流着泪,鼓起勇气说出了一切。她们这次说出的故事,与妮基第一次单独说的并无不同,但是警方终于不再无动于衷了。检察官办公室与执法部门的官员也来了,在太平洋县警长办公室的会谈室里进进出出。她们说的每一句话,伯格斯通警官与检察官办公室的人都记录下来了,内容既骇人听闻,又令人痛心。这次报警,妮基和萨米期待能有两个结果,一是救出小妹,二是将父母绳之以法。

"如果罗恩真的死了……"妮基看着警官的眼睛,声音颤抖地说,"他本来可以不用死的。"

伯格斯通警官没有接话。妮基并不期待他能回应什么,反正不管他说什么,罗恩都不会活过来了。

说完所有骇人的细节,姐妹二人回到妮基的车上,准备开车回西雅图。车外已经漆黑一片,月亮高高地挂在天上。两人都心力交瘁,既悲伤又愤怒,内心无比忐忑。最重要的是,她们都挂念着小妹。第二天早上,儿童保护服务部门的人去接她时,她的世界将会天崩地裂,不知她能不能承受得住。

"她会没事的。"妮基安慰道。

"她比我们更坚强。"萨米也相信她会没事的。

当天晚上,妮基彻夜辗转难眠。过去的一切萦绕在她脑海里,挥之不去。最后,她下了床,给她从小到大的盟友——她的外婆劳拉,打了一通电话。外婆没接。于是,妮基发了一封邮件过去。

外婆，看到请回电。我昨晚去雷蒙德了，凌晨一点才回来。儿童保护服务部门的人今天早上八点会去接托莉。妈妈和爸爸又干坏事了！我去找了太平洋县的检察官。萨米跟我一起去的。

* * *

托莉偷偷打了几通电话给大姐，想知道警察到底开始行动了没。

"我该做些什么呢？"

"再坚持一阵子，托莉。"

"坚持多久？我不能再待下去了。"

"我们很快就会救你出来。姐姐向你保证。"

那天晚些时候，谢莉打电话给萨米，讨论给她庆生的事。

"爸爸打算带你去冲浪！"她说。

"哇，好期待啊！"萨米故作自然地说，努力不让母亲有所察觉。尽管母亲作恶多端，萨米依然忍不住想提醒她——快收拾东西逃吧！赶紧离开那里，妈妈！警察要来抓你了！

当然，她没有将这些话说出来。她这辈子从未这么恐惧过。她知道，天就要塌了，谁也阻止不了。

* * *

托莉才十四岁，但是她很坚强。从当天晚上到第二天，她一直等着警察上门来抓她的父母,一遍又一遍地打电话给萨米。

"他们还没有来,"她忍不住抱怨警察慢吞吞的,"妈妈还在家里。我也还在这里。他们怎么这么慢?"

萨米不知道警察被什么耽搁了,她以为只要报了警,警方就会立即介入,很快就会尘埃落定。姐妹三人都是这么以为的。萨米很担心妹妹的安危。

"他们已经在办这个案子了,我知道的。"她安慰托莉。

"你总是这么说,"托莉嘟囔道,"我不相信。"

萨米努力安抚妹妹的情绪。她看得出来,虽然妹妹越来越丧气,她的脑子却依然很清醒,没有忘记自己的目标。

"我把罗恩的衣服藏到鸡舍里了。"托莉得意地告诉她。

"你做得很好。"

托莉还想到,有人会来家里搜证,并做好了未雨绸缪的准备。她拿出一张白色和粉色交替的横格纸,纸的最上方画了一只欢快的大黄蜂。她在纸上写下了给警察的留言:

亲爱的联邦调查局官员、警察及其他相干人等,请各位搜证时,高抬贵手,别弄坏我的宝贝。这里没有对您有用的东西。请放过我的私人物品。请给我家的动物找一个好归宿。

七十九

第二天早晨,敲门声响起时,托莉就站在门边,但她没有迫不及待地拉开门。她不想让妈妈看出自己有多高兴,高兴警察终于来了。十四岁的托莉看着伯格斯通警官朝自己走近,认出了他就是先前来家里打听罗恩消息的那位警察。

谢莉走到女儿身边,低头小声地问女儿:"你在做什么?你说什么了吗?"

托莉直视着母亲的眼睛,没有避让,也没有眨眼。

"没有,妈妈,我什么也没说。"

警官告诉谢莉,他和儿童保护机构的人是为了托莉而来的,并以涉嫌儿童虐待为由,要求将托莉带走。谢莉一听,当场气得七窍生烟。托莉看得出来,母亲也很忐忑,但她什么也没说,只是不停地告诉妈妈,她也不知道这是怎么一回事。

警官跟着托莉上楼,看着她拿了几件换洗的衣服,还有一些私人物品。她的脸都白了,身上冒出了一些小小的红疹子,耳朵后面和脖子上都是。她只要一紧张,就会冒红疹子。她倒不觉得自己有多担心,也不觉得自己有多害怕,但她的身体似乎比大脑更懂她的心情。

托莉凑到警官耳边低语。

"赶紧申请一张搜查令然后回来,"她小声地说,"库房里还藏着一堆罗恩的东西。我爸妈肯定会把它们全烧了。为了不让他们发现,我在鸡舍里藏了一些东西。"

到了门外,她告诉另一位官员,几周前,母亲给了她两粒黄色的药丸,她只吃了一粒,结果母亲很生气。

"好吧,"谢莉当时说,"看来你是不相信妈妈了。"

那天下午,托莉将自己的遭遇告诉了太平洋县来的侦查员。她对自己受到的虐待轻描淡写,将焦点全放在罗恩身上。她将自己知道的全说了出来,还说她觉得罗恩已经死了。她对凯茜的遭遇一无所知,因为当时她还太小了。她说话很谨慎,担心万一说错什么,就会被送回母亲身边。

如果他们将我送回去了,妈妈会怎么对我呢?她在心里想。

后来,她说自己只对警察说了"大概百分之十的坏事"。

侦查员明白,百分之十的噩梦,依然是噩梦。

* * *

萨米盯着手机,努力保持冷静。这是她一直害怕接到的电话。她曾想过转到语音信箱,也曾想过假装没听到。

手机上显示的是母亲的号码。

这一天终于还是到了。她家的丑闻,整个太平洋县的人很快就会知道了。

"妈妈?"

母亲没有喊她"宝贝",也没有任何温馨的开场白,而是急躁地说出了今天发生的事。

那些拜她和妮基所赐的事。

"他们刚才跑来家里,把托莉带走了,萨米!"她大喊道,"他们带走了托莉,说我虐待儿童!我完全不知道这是怎么了。你知道吗?"

萨米默默地吸了一口气,选择装聋作哑。

"怎么会这样,妈妈?"

谢莉气急败坏,语无伦次,喋喋不休地说:"我碰都没碰过她一下。我从来没有禁过她的足!每回说要将她禁足,我下一秒就收回了。"

母亲的谎话永远那么真实,让人忍不住想要信以为真。

"天哪,妈妈,"萨米说,"我很抱歉。"

这句话是真心的。她感到抱歉的事太多了——妹妹被虐待时,她不曾留意她身上的伤痕;罗恩说自己很好时,她不曾有所怀疑;妮基和外婆将凯茜的事告诉警察时,她没有支持姐姐。

对母亲,萨米也感到抱歉。她听上去很绝望,如陷入绝境的困兽,在电话那头苦苦挣扎,想摆脱自己亲手造的牢笼。她以为警察真的只是冲着托莉来的,浑然不知这一切才刚开始。

此时的母亲已经方寸大乱,她疑神疑鬼地问:"跟你在一起时,她有说什么吗?说我们不和之类的话?"

萨米,家里排行第二的孩子,母亲最宠爱的女儿,姐妹里的和事佬,又一次撒谎了。

"你想多了,妈妈,"她说,"她没有这样说过。"

"你觉得妮基会报警吗?会把凯茜的事说出去吗?他们带走托莉,不会是因为这个吧?"

"不会的，妈妈，"萨米说，"她不会说出去的。"

与母亲通完话后，萨米紧接着打了个电话给妮基。

"妈妈吓坏了。"

"正好，"妮基说，"就该如此。"

母亲后来也打给妮基了。她失策地接了电话，结果只听到母亲歇斯底里的咆哮，说有人投诉她虐待托莉，儿童保护机构的人将女儿带走了。

"无缘无故抢走我的孩子！"母亲愤怒地吼道。

妮基不知道该说什么。她不想告诉母亲，始作俑者是她和萨米，也不想说将托莉从莫洛洪路救出来这事，托莉自己也出了一份力。

"我很抱歉，妈妈。"她不咸不淡地说。

妮基一点儿也不觉得抱歉。母亲对她、凯茜、肖恩、托莉、萨米和罗恩做了那么多残忍的事。今天，她的孩子被人带走，完全是她作茧自缚，有谁会同情她？

"是谁干的，我很快就会查出来！"谢莉发誓道。

她还说，警察一定是冲她来的。她说，托莉不曾遭受过一丁点儿虐待，恰恰相反，她是一个被宠坏了的小公主，所有人都将她捧在手心里，警察说的那些虐待手法太可怕了，她想不通有谁会那样对待托莉。

她发了好大一通脾气，找了一大堆借口，矢口否认自己做过的事，最后终于大发慈悲地挂断电话，还了妮基一个清静。

妮基突然有些彷徨，忍不住动摇了。她和妹妹说出了真相，却引发了一场风暴。她给外婆发了一封邮件，说自己快崩溃了，她该不会冤枉母亲了吧？

劳拉立刻回复了。警方和检察官也去找了劳拉,谈了两个多小时。她能感觉到警察正循序渐进地展开调查,也能感觉到每个人都卷入其中。

我告诉他们,昨晚谢莉给你打电话了,他们叫你……别接她的电话。不要接……千万不要接!!!!!谢莉对每个人都狂轰滥炸,将错全推给别人……她就像一只被逼上绝路的老鼠……去申请限制令,拉黑她的号码……

劳拉是这世上最了解谢莉的人。她曾亲眼看着继女扭曲事实,颠倒黑白。天空是蓝色的,也能被她说成是绿色的。她是个操纵人心的大师。这一次,她别想再逍遥法外了。

你妈妈正在操纵你的思想,指责全世界都在恶意揣测她。相关政府部门的人说了,千万别上当!

后来,警方没再透露任何消息。事情进展到哪一步了,妮基和萨米都迫切地想知道,可是除了打电话回家问,两人再无其他消息渠道。

最后,萨米鼓起勇气给母亲打了个电话,询问家里的情况。

不出所料,母亲正焦头烂额。

"他们不让我跟托莉说话,"母亲说,"我们依然不知道到底怎么了,也不知道为什么。"

这是萨米第一次听到母亲这么焦虑不安的声音,既愤怒又彷徨。戴夫也从惠德贝岛赶了回来。他接过话筒,问萨米知不知道怎么了。

她说:"我不知道。"

他和妻子一样,既焦虑又彷徨,仿佛他对家里的事,那些不堪的事,一无所知。萨米深爱着父亲。可是,他一直在母亲身边,怎么可能毫不知情?但她相信,无论他为母亲做了多么残忍的事,都不是他的错,至少不完全是。在她眼中,父亲既是帮凶,也是受害者。

"好吧,"他说,"我去县里打听打听。"

那天晚上,太平洋县的警车驶过克诺特克家,屋内电视机发出的蓝色幽光,静静地流泻到院子里。谢莉连着看了好几个犯罪节目,抱着电话簿翻过来又翻过去,想要寻找一个得力的好律师。戴夫喝得醉醺醺的,吃了治胃痛的药,躺在皮卡里睡觉,或者试图让自己睡过去。谢莉可能已经忘了家里还埋着一颗最大的雷,一颗会让两人彻底翻不了身的雷,但他可没忘。他知道,托莉只是一个幌子,警察根本不是冲着她来的。在凯茜的事上,他们处理得很谨慎,很机智,所有痕迹都抹得干干净净。为此,妻子一直得意扬扬。但是戴夫知道,在罗恩身上不是的。他的尸体先是被放入冰柜,接着搬了出来,埋在后院的一个大坑里。他并未彻底从这世上消失。戴夫很清楚,他的尸体迟早会被发现。

尸体被找到的那一天,也就是夫妻俩完蛋的那一天。

第二天,戴夫将妻子送到麦克家,便去县里打听消息了。昨天夜里,在看电视和找律师的同时,谢莉撕了两张便利贴,各写了一句话,放在一只印着蓝色花朵的袋子里,让戴夫带去儿童保护部门,交给托莉。

第一句话是:"怎么回事?"

第二句话是:"你说了什么?"

* * *

托莉确实说了一些事。妮基说了。萨米说了。劳拉说了。其他人也说了。凯茜的母亲在《威拉帕港先驱报》上刊登了一则寻人启事,照片里的人正是凯茜,标题是"失踪人口"。

然而,仅凭这些话,警方依然无法发出逮捕令。

不过,戴夫凭一己之力,解决了所有人的困难。

因为找不到托莉,他便去了太平洋县警长的办公室。他很疲惫,也很紧张,不堪一击。当侦查员问能否借一步说话时,他想不出任何拒绝的理由。他很坦荡。他不需要律师陪同。他不曾虐待过小女儿。他的妻子也没有。

进去之后,他才发现,原来他们想问的不是这个,而是罗恩和凯茜,问来问去,都是这两个人。戴夫坚称他和妻子没有做错任何事,然而他的说辞很快就变得支离破碎,不攻自破。他开始呜咽起来。审讯到一半,他说想上厕所。审讯人员同意了,其中一个陪着他走入大厅。

到了洗手间外头,戴夫的心理防线彻底崩塌了。罗恩的尸体埋在哪里,凯茜的尸体焚烧后,骨灰撒在了哪里,他一五一十全招了。

警察去了麦克家逮捕谢莉。她既茫然又愤怒,不明白怎么有人会昏庸到相信她做了坏事。

她一直都是一个乐于助人的好公民。

得知父母被捕后,妮基哭了。父亲承认凯茜和罗恩的尸体是他处理的,其他的什么也没透露。他没有将矛头指向妻子,妻子的嘴也闭得死死的。

这一天是凯茜的生日。多么讽刺与悲伤的一天。她失踪近十年了。曾经,这个女人活得那么绝望无助,却不肯接受克诺特克姐妹的帮助,害怕连累她们。今天,她如果还活着,该有四十五岁了吧。

妮基写了一封邮件给外婆:

> 警察今天会去搜查房子和土地。希望他们能找到证据。我想,有了戴夫关于尸体的供词,以及我们的证词,应该足够了。切记,妈妈是一个聪明狡猾的人,能把许多事撇得一干二净。但愿这次不会再让她逃脱了。

当克诺特克夫妇深陷真相的旋涡时,还有一个人仍然下落不明。

肖恩。

第七部分
迟到的真相

肖恩

八十

父母被捕的第二天，萨米和男朋友卡利去了西雅图的大都会烧烤店吃牛排，庆祝自己的二十五岁生日。经历了这么多之后，小小地庆祝一下生日，就像是在惊涛骇浪的大海上，搭上了一条小小的救生筏。许多人可能觉得这样的反应很奇怪，但是萨米一辈子都渴望拥有正常的生活，无论需要付出多大的努力，她都愿意去维持至少表面上的正常。高中时期，她会穿着紧身裤参加校运动会，遮盖家暴留下的伤痕。母亲不来接她时，她会找理由搪塞过去，假装是她想走路回家。

她的脑子里思绪万千，每咀嚼一口食物，就咽下一个念头。她想拿一些事来开玩笑，却又觉得不好笑，甚至连思考都困难。报纸和电视上充斥着她父母的报道，还有凯茜的照片、罗恩的驾照头像。

雷蒙德乡村发生虐待致死案
雷蒙德夫妇好心收留三个外人，三人全都神秘失踪
雷蒙德检察官持续追查投毒可能性

雷蒙德发生的一切,令这场庆生会无比压抑。最后,这对情侣低落地离开了餐厅。

车子穿过塔科马时,萨米的手机响了。

是外婆打来的。

电话刚接通时,劳拉沉默了一会儿,似乎在斟酌该怎么说,才不会让听的人太过伤心。可是,无论怎么斟酌,伤心都是难免的。

"肖恩死了,"劳拉泣不成声,"戴夫承认杀了他。"

手机从萨米手中滑落,她开始崩溃大哭:"他真的死了!他死了!肖恩!"

卡利试着安慰她,可是他能做的只有开车。一路上,萨米放声痛哭,一直哭到喉咙哑了,发不出声音。

这些年来,她一直安慰自己,那个莫洛洪路的男孩已经长大成人,在远方快乐地生活着,也许有了自己的小孩,正为他的家庭而奔波奋斗。现在,这个幻想化为一缕烟,散了。

这是她自娱自乐的一个念想,也是用希望包裹的谎言。

"这些年来,我一直在人群中寻找他的身影,"她后来说,"我明明有所察觉,他不会无缘无故不告而别的,可我宁愿相信他真的逃了,在外面过得很幸福。"

* * *

对于自己犯下的许多错,戴夫愿意供认不讳,唯有谋杀肖恩一事,他始终有所保留,不肯完整交代,直到侦查员带着他去了房子后头的田野,他才承认侄子死了。

他站在田埂上,看着刑侦人员和警犬在田里四处搜寻,默默地说:"肖恩的骨灰在海里。"

后来,他告诉侦查员,有一天,他进入库房,发现肖恩在玩枪。他曾明确禁止肖恩拿枪,没想到他会明知故犯。

"肖恩,把枪给我!"他告诉侦查员,他曾这么要求肖恩。

少年拒绝了。

"把枪给我。"戴夫重复道。

然而,肖恩一再拒绝,戴夫便冲上去夺枪。突然,在争抢中,枪响了。他看着中枪倒地的肖恩,惊慌失措地跑回去。

三个女儿都在楼上。他确信没人听到枪声。他将意外告诉了妻子。妻子哭了。两人走到院子里。

"我想看看他。"谢莉说。

戴夫拉住她,不让她去看侄子的尸体。他也忍不住哭了。妻子像一个无助的婴儿,紧紧地抱着他。

"我们该怎么办?"她问。

那一刻,他六神无主。后来,东窗事发时,他坚称自己是因为太害怕了,才没有将库房里的意外报告警方。

事实果真如此吗?

* * *

这一生,妮基从未如此煎熬过。得知肖恩早已遇害后,她给外婆又写了一封邮件:

> 我真的觉得自己快承受不住了。我只想要安静地生活。

我一直安分守己，不曾做过任何坏事。我不敢打开电视。只要一打开，就会看到我妈妈。

她一直都怀疑肖恩很有可能凶多吉少，但是她比任何人都希望他没事。一想到她对母亲说的某句话，极有可能是这场悲剧的导火线，她就惶惶不可终日。

八十一

1994年夏天,凯茜去世后的第二天,谢莉犹如笼中困兽,在莫洛洪路的家中焦虑地来回踱步,全家人被她拉入自掘的坟墓,看不到出路。她号啕大哭,怨天尤人。最后,她像是下了什么决心,甚至立下誓言。

"我绝不会让任何人毁了这个家。"她发誓道。

她的丈夫为她做了所有最可怕肮脏的事,安慰她一切都会过去的:"没人能毁了这个家。我向你保证。"

谢莉始终放不下心来。她的注意力立刻集中到了最大的两个孩子身上。肖恩和妮基关系很好,总是一起在院子里干活儿、聊天。谢莉告诉丈夫,她知道这两个孩子平时都在窃窃私语什么,她一点儿也不喜欢。

"他们会说出去的。"她说。

"不会的,妮基是你的孩子,肖恩也是。"戴夫劝慰道。

"肖恩才不是,"她说,"他会说出去的。他会毁了这个家。"

"他不会的。"戴夫嘴上这么说,心里却很清楚,这个家最薄弱的一环,显然是肖恩。

谢莉跟念经似的,在丈夫耳边反复念叨着同样的话。他出去上班了,她就打电话去念。他一回到家,她就迫不及待地提醒他。风暴要来了,家里的那个少年就是风暴的始作俑者,要拉全家人下地狱。

"我们必须解决他。"她说。

妻子的言下之意,戴夫立马就心领神会,不必思索,也不必多问。想保住全家人,唯一的办法就是除掉肖恩,可是这个主意戴夫并不喜欢,肖恩就像他的儿子一样。

"我不懂。"

谢莉讨厌心慈手软,讨厌优柔寡断。"你心里明明白白的。这事非做不可。你早晚会想通的。"

* * *

对于姑姑和姑父做的事,肖恩确实暗中有所打算。他告诉自己的密友妮基,他有一样东西要给她看。

"但是你一定要保密。"他极其平静地说,语气前所未有地严肃,要妮基到库房碰头。到了那里,妮基亲眼看着肖恩——亲弟弟一般的肖恩——拿出一只小泰迪熊的毛绒玩具来,从它肚子里掏出了三张拍立得照片。

照片上的女人是凯茜,一丝不挂,遍体鳞伤,趴在地上。

"他们害死了凯茜,"他放下照片说,"你我都知道。我们必须告诉警察。你妈妈是个变态。你爸爸也好不到哪里去。"

"这些照片,你从哪里弄来的?"妮基问。

"从你妈妈那里偷的。"

妮基盯着照片,不知该说什么。

"我要把它们交给警察,"肖恩接着说,"你要不要跟我一起?"

妮基惶恐到了极点,犹豫了一下,还是点头答应了。

"好,"她说,"一起去。"

接下来,两人讨论了最好的行动时机,制定了必胜的方案,确保警察上门来逮捕谢莉和戴夫时,能够一招制胜。妮基告诉肖恩,她已经彻底豁出去了。她要亲手送母亲进监狱,要她为自己的所作所为付出代价,尤其是她对凯茜所做的一切。

血红的雪。被踹伤的脑袋。被血染红的浴缸。被打成糊让凯茜喝下的腐烂食物。

"我恨妈妈。"她对肖恩说。

"我也恨她。"肖恩说。

很好。两人是同一阵营的。

肖恩一直是她最忠实的盟友。她同意肖恩说的每句话,但还是忧心忡忡:"万一警察不相信我们呢?"

肖恩将照片塞回泰迪熊的肚子里。

"这些照片就是证据。"他说。

妮基在脑中继续消化着肖恩的计划,以及这么做的后果。她想上大学,想离开雷蒙德,想走得远远的,开始新生活。虽然母亲不遗余力地打击她的自尊心,但是内心深处的她知道,她有能力远走高飞,从头开始。说出真相固然是好的,能够纠正一个巨大的错误,可是她想到了两个妹妹,想到她们将从此过上寄人篱下的生活。到时,她们会怎么样呢?她们会被送去亲戚家吗?还是由陌生人收养?会不会陷入更大的不幸?在这里,至少托莉是被宠爱着的,无忧无忧,天真快乐。萨米比她这个姐姐聪明多了,知道怎么躲过母亲的惩罚。她不想破坏妹妹们的生活。受苦的其实只有她和肖恩,虽然母亲现在自顾不暇,暂时放过了他俩。

那天夜里,妮基一直想着肖恩的计划,内心天人交战,辗转难眠。她反悔了,她不想让他说出去,不想看到这个家四分五裂。

第二天早晨,一见到母亲,她就紧张得胃难受,跟打结了似的。

"妈妈,肖恩手上有照片。"

"什么照片?"谢莉停下脚步,用审视的眼光看着大女儿。

"凯茜的照片。"

谢莉勃然大怒,冲过去抓住妮基的肩膀,问:"在哪里?"

"在他房间里,"妮基害怕得后退了一步,"在他的泰迪熊肚子里。"

妮基当下就知道自己闯祸了。她点燃了家庭战争的导火线。那一瞬间,她恨不得收回刚才的话。从母亲眼中,她看到了如鲨鱼般狠戾的凶光。当母亲将家里的狗拴在苹果树下,告诉孩子们它们很好,少吃一两顿也饿不死时,它们眼中流露出的,正是这样的凶光。

盯紧猎物。饥饿难耐。渴望咬上一口。咬住不放。

后来,妮基花了二十多年的时间才想明白,那天她为什么会背叛肖恩。她爱肖恩,视他为亲弟弟,和他一样痛恨谢莉和戴夫,巴不得送他们进监狱。两人都深信,这对夫妇是全世界最应该进监狱的人,不是因为他们虐待孩子,而是因为他们害死了凯茜。

她一遍遍拷问自己的灵魂——为什么背叛肖恩?

"我不是成心想害他的,"她说,"我只是太害怕了,害怕他说出去以后,全世界就都知道我家的事了。我没说他要把照片给警察，我只说他有照片。"

* * *

一听妮基说肖恩有照片，谢莉就立即打电话给戴夫。一开始，戴夫并不明白，妻子在胡言乱语什么。

这让她又急又气。

"我说他藏了凯茜的照片，"她重复道，"他要把照片拿去给警察看。我们必须找到照片！"

"什么照片？"戴夫不解地问。

"应该是凯茜死的时候偷拍的，拍立得那类的，显得我们跟恶人似的，我们可什么都没做。被人看到那样的照片……我们就完蛋了。妈的，你一定要把照片找出来！"

从惠德贝岛赶到家时，戴夫已经筋疲力尽了。一想到有照片能够证明凯茜的死不简单，他就瞬间清醒了过来。一回到家，戴夫便开始寻找肖恩的泰迪熊，但是哪里都找不到。他翻遍了所有外屋，还挖了院子里几个可疑的藏匿点。与此同时，谢莉也把主屋翻了个底朝天。

谁都没有找到照片。

于是，戴夫跑去找肖恩当面要。

八十二

妮基听到了柴棚里传来的叱骂声。是母亲的声音，还有父亲的，又大声又暴力，听得人心惊肉跳。在大人的咆哮声之间，时不时穿插着惨叫声，妮基能听出那是肖恩的声音。

那声音，像是动物被打时的哀号声。打人的器具，有时是电线，有时是铲柄，有时是拳头。

"你想干什么，肖恩？"谢莉狂吼道，"你这个忘恩负义的垃圾！你是不是想毁了我们家？是不是想把你表姐表妹送去不是人待的孤儿院？"

"我没有。"肖恩说。

"你想去举报我们！"戴夫跟着大吼，"你想毁了我们家！你这个混蛋！你他妈的为什么要恩将仇报？"

同样的话，不知重复了多少遍，最后才归于死寂。

再次见到肖恩时，他全身都是瘀青。

"他们把我毒打了一顿，"他说，"为了凯茜的照片。"

"她就是这样的人，肖恩，"妮基说，"对不起，真的很对不起。"

害肖恩被打，妮基内疚极了，但是据她所知，肖恩并不知道是她告的状。

多年以后,妮基依旧深深自责,并说:"都是我的错。"

* * *

谢莉并没有就这么放过侄子。

"怎么处理肖恩?"她反复逼问戴夫。

他知道妻子是在问,他打算怎么处理肖恩,怎么杀死这个亲儿子般的少年。

每次回家,妻子都会再三催促,要他赶紧想好怎么杀人灭口。当他呆呆地坐着,不知道该说什么,也不知道该怎么安抚妻子时,她会抛出自己的方案,指导他怎么做。

"必须让它看上去像一场意外。"她开始下指导棋。

"嗯,"戴夫真希望他们不是在聊如何杀人的话题,"意外?不知道行不行,谢莉。我不确定我能不能办到。"

她建议带肖恩去树林里砍柴,然后砍倒一棵大树,压死他。

"这一类的意外。"她说。

"难度应该很大。"戴夫一副心里没底的样子。

他又一次犯了妻子的大忌。

谢莉勃然大怒。

"妈的,拿出点儿骨气来!胆子大一点儿!你这算哪门子男人?你知不知道这有多重要?想想你的女儿!你想让他把凯茜的事说出去,毁了我们一家人吗?"

在谢莉口中,所有事情都与她无关。她永远只会说,虐待凯茜的是肖恩,还有她的丈夫。她不在家时,凯茜遭遇了什么,她完全不知情。

"是肖恩害死了我们的凯茜!你我都知道的。他就算死了,也是罪有应得。戴夫,拿出男人该有的样子来吧!"

戴夫承诺他会搞定的。他说自己需要时间仔细筹划,思考万全的方案,心里却期盼着时间一长,这事她就忘了。

可惜,她从来没有忘记过。

* * *

后来,家里平静了很长一段时间,什么也没发生。在母亲的命令下,妮基和肖恩躲在邻居家屋檐下,观察他们是不是听到或看到任何与凯茜有关的事,比如凯茜在院子里遭受水刑时的尖叫声,焚尸时的浓烈气味。

结果是没有。什么都没有。

夏天倏然而逝,孩子们回到了学校。一转眼,圣诞节到了,谢莉像往年一样大肆庆祝,将礼物堆得高高的,隔天又收回。跨年夜紧随而至,家里静悄悄的,谢莉滴酒未沾。

凯茜去世六个月了,家里一直风平浪静的,直到2月的一个夜晚。

妮基忽然在半夜里醒来。一阵嘈杂声将她吵醒了。她直觉出事了,环顾房间一周,竖起耳朵仔细听。屋里静默无声,一片死寂。她躺下继续睡觉,心想难不成是梦里的声音?

不是。

八十三

那是 1995 年 2 月里的一天，天已黑，夜已深，阒然无声。戴夫从他那辆蓝色皮卡车上取了他那把点 22 步枪，走向库房去找肖恩。他仿佛变成了一台机器，机械地迈着步子，一只脚往前，接着是另一只。门是关着的。他拧开门把手，推门而入。灯亮了。一言不发。

他抬起步枪，对着侄子的后脑勺开了一枪。

鲜血汩汩冒出，在水泥地面上蔓延开来。

肖恩没气了。

戴夫麻木地弯下腰。他从没想过要杀这个孩子。他从没想过自己真的会动手。他犹如受程序控制的机器人，在他娶的那个红发漂亮女人一遍遍的催促下，扣下扳机。

为了那个他不顾一切深爱着的女人。

那个女人，对着他们被严重透支的银行账户，依然理直气壮地看着他的眼睛，说是银行出错了，说"银行老是记错我们的账！我明天就去投诉！"。

那个女人，父亲见到她的第一眼，就知道她是个骗子，是个祸害——"你如果跟她在一起，就是脑子进水了。"

他回到屋里，告诉那个女人，自己做了什么。

"我杀了肖恩。"

谢莉的嘴张得大大的，像一只高空抛下的箱子，合都合不上。她看上去震惊不已，仿佛丈夫的行为完全是突如其来的，毫无预兆。

"你做了什么？"她目瞪口呆地问，"你杀了我们的侄子？为什么？"

看到妻子的反应，戴夫心里五味杂陈。几乎从凯茜死的第一天起，她就不停地央求他，骚扰他，诱哄他这么做。现在，她却问他为什么。

你真的不知道为什么吗，谢莉？

"现在该怎么办才好？"她六神无主地问。

"当初对凯茜怎么做的，现在就怎么做。"他说。

这个提议，谢莉很满意。

上一次就成功瞒天过海了。

冷静下来后，戴夫回到库房，将肖恩的尸体装到睡袋里，搬到工作台边上。他取了一只家得宝的塑料水桶，装满兑了漂白剂的水，一丝不苟地清理现场的血迹。他向妻子保证，绝不会留下任何蛛丝马迹让人发现，更不会让人找到肖恩的DNA。

然后，他耐心地等待时机，等女儿们都出去了，就毁尸灭迹。

隔天早上，女儿们醒来，只看到母亲拿出肖恩留下的鸟窝，说他不告而别，去阿拉斯加捕鱼赚钱去了。又过了大概一天，母亲突然大发慈悲，允许她们去朋友家过夜。这么难得的机会，每个人都欣然接受，开开心心出门去了。

这一次，焚烧肖恩的尸体时，戴夫没有用助燃剂，没有用金属板，没有用轮胎，也没有用柴油。在处理凯茜时，那些他全都用上了，但是这一回，他只用了木头，不停地往侄子的尸体上添木头，直到大火将它烧成灰烬为止。这场火烧了整整一夜，直到第二天早晨才结束，比凯茜的尸体焚烧的时间更长。

后来，他回忆说，焚烧凯茜的尸体时用的金属板，还是挺有效的。

骨灰凉透后，戴夫将它们铲到袋子里，坐上车驾轻就熟地往瓦沙韦海滩驶去。到了后，他将车停好，环顾四周，确认四下无人，便将骨灰倒入翻着白色浪花的太平洋。

一天后，三个女儿回到家，焚尸坑已经彻底熄灭冷却了。

没过多久，戴夫开来一辆挖掘机，将坑里的土铲走，运到山丘下，倒入黑莓丛中。

谢莉坚持要报警，说肖恩离家出走了。于是，戴夫打电话到县警长办公室，说侄子肖恩不见了，但这孩子经常这样任性，一连失踪好几天。

"他的原生家庭不太好。"他感叹了一声，并说自己和妻子已经找遍了所有地方。

警官礼貌地表达感谢。戴夫告诉谢莉，警方给的指示是"顺其自然"。

肖恩这个心头大患被除掉了。骨灰也消失在了大海里。接下来，夫妻二人将目光转向了杀害肖恩所用的凶器。

* * *

那把杀死肖恩的点22卡宾枪，确实是个大麻烦。戴夫不想把它放在家里，否则肯定会有人发现它，并顺藤摸瓜地猜到肖恩的结局。他忐忑不安地想了一个主意，听着有点儿草率，但是妻子没有反对。于是，他开车北上，离开雷蒙德，来到一条偏僻的伐木路上，确认四下无人，下车挖了个坑，将枪埋起来。它犹如爱伦·坡[①]笔下的"泄密的心"[②]，无时无刻不在嘲笑戴夫，提醒他犯下的罪行。尽管这个地方很隐蔽，丈夫行事也很小心，但是谢莉越想越不踏实。她觉得，肯定会有人偶然发现这把枪，并查出它背后的秘密。

"去把枪拿回来。"谢莉说。

两周后，戴夫回到那片森林，将枪挖了出来，带回家。他将它扔入火坑，企图烧毁它。

"我本来希望能熔了它，"他后来说，"但它死活熔不掉。"

最后，戴夫将枪的残骸交给了谢莉。谢莉将它藏入碗柜最深处。后来，他就没再见过那东西了。

[①] 埃德加·爱伦·坡（Edgar Allan Poe，1809—1849），美国诗人、小说家，恐怖小说之父。
[②] 指爱伦·坡短篇小说《泄密的心》中被杀害的老人的心脏。书中的"我"因无法忍受老人的一双眼睛，将其杀害肢解后塞到自家地板下。不久，"我"开始出现幻听，仿佛听见了老人心脏跳动的声音，最后精神崩溃，并向警察自首。

八十四

肖恩遇害后,谢莉仍坚持不懈地寻找着凯茜的照片。那些照片足以证明凯茜受过非人的虐待,要是被人看到了,她可就百口莫辩了。女儿出去上学后,她将主屋翻了个底朝天,每个外屋都搜查过了,连地板上的缝隙也没放过,库房内的所有杂物也都翻遍了。

它们肯定就藏在这个家里。

当时,谢莉浑然不知,一卷未冲洗的胶卷正静静地躺在客厅的某个抽屉里,其中就有一张凯茜的照片,是肖恩拍下的。照片中,凯茜光着身子在客厅地板上爬,看了令人触目惊心,极为不适。她一定很冷,挣扎着想爬去其他房间,看上去虚弱到无法站立,或者应该说是被虐待到站不起来。

凯茜被折磨得不成人形,俨然沦为与畜生同等的存在。

"我们必须找到照片。"谢莉一边提醒戴夫,一边在女儿卧室和厨房翻箱倒柜地找。只要照片还在,没被销毁掉,她就绝不会放弃寻找。

"万一照片落到别人手里,"她说,"我们就要倒大霉了。"

倒大霉?妻子这么说时,就代表后果很严重。戴夫已经意识到，过去他所熟悉的生活，不会再回来了。他和妻子泥足深陷，几近没顶。回到家里，他会帮着妻子四处寻找照片，几周后她又推翻重来，重新将整个家翻得乱七八糟，一边找，一边骂个不停，翻来覆去地诅咒那个忘恩负义的侄子。

"他要是还活着，肯定会背叛我们的。"谢莉说。

大约从那时起，她开始扩写肖恩离家出走的故事，告诉女儿们他来过电话了。

"他说还会再打来的。"谢莉说。

还有一回，出门前，她煞有其事地叮嘱女儿："要是肖恩来电话了，一定要问清楚他在哪里。"

戴夫将妻子拉到边上。

"别再添油加醋了，"他说，"越简单越安全。他离家出走了。他不在我们家了。这样就够了。"

奈何谢莉就是控制不住"加戏"的欲望。她颇有先见之明地在日历上记下了侄子出走的日期。后来，随着时间的推移，日历上又多了寻找侄子的日期，也就是她拉着女儿坐上车，在太平洋县兜兜转转的日期。

以前，无论侄子逃到哪里，她总能找到他，现在却遍寻无果。

为了找肖恩，戴夫旷了几次工，但都一无所获。女儿们相信，父亲尽力了。

多年以后，戴夫坦言他每日每夜都会想到肖恩。

"你会永远记得你杀了人，"他说，"一秒钟都遗忘不了。它会跟着你一辈子。"

八十五

父母被抓后，妮基和萨米一直保持着联系，尽量不去看电视，虽然很难。媒体言简意赅地将其父母的罪行概括为"雷蒙德虐杀案"，她们身边所有的空间，都被这几个大字给占得满满的。各大电视频道夸夸其谈，将她们家渲染为美丽的滨海小镇上的恐怖之屋，现实版的《毒药与老妇》[①]《亲爱的妈咪》《惊魂记》[②]。人人都在谈论克诺特克家——除了克诺特克三姐妹。妮基、萨米、托莉从未对媒体说过一个字。这是她们对彼此许下的承诺。

谢莉和戴夫已被收押，保释金为数百万美元，面临着多项指控，从谋杀到隐瞒死亡都有。

虽然克诺特克三姐妹都渴望为凯茜、肖恩、罗恩讨回公道，但是透过媒体观看自己的生活，依然让人很不是滋味。另外，从媒体上看到自己的人生，总感觉既熟悉，又陌生。

她们的父母杀害了好几个人。

[①]《毒药与老妇》（*Arsenic and Old Lace*），1944年上映的美国电影，讲述了主人公发现他的两位姑妈杀人的秘密后引发了一连串惊悚又爆笑的故事。
[②]《惊魂记》（*Psycho*），1960年上映的美国惊悚片，由希区柯克执导，讲述了一名女子在旅馆浴室中被精神分裂的旅馆老板杀死，之后遇害者姐姐及其男友加入警方的调查，在逐步侦查下终于揭露旅馆老板杀人真相的故事。

做了这世间最惨无人道的事。

其中有不少,就发生在她们眼前。

这一年,萨米二十五岁,仅用了两周时间,就拿到了妹妹托莉的监护权。当时,萨米独自居住在西雅图格林伍德大道旁的一套单元房里,房子是个一居室。为了托莉,她换了一套两居室。她很高兴能让妹妹远离父母,开始新的人生。

* * *

谢莉知道萨米是最容易得手的目标——戴夫坐牢了,托莉未成年,妮基就更指望不上了,毕竟她曾那样虐待过妮基。自从坐了牢,谢莉就从没在妮基身上下过任何功夫,她肯定早就意识到了,大女儿八成不会再接纳她这个母亲了。

萨米却不同。她是典型的老二,家里的和事佬,习惯两头讨好。

几乎从拘留候审的第一天起,谢莉就开始从牢里寄信给萨米,要二女儿为她准备狱中所需的一切。信上列了她需要的物品,什么样的文胸,什么样的睡袍,什么样的乳液,每项都列得清清楚楚,盛气凌人,粗暴无礼。即使到了监狱里,她依然傲慢不改,仿佛无论她索要什么,都是别人欠她的。

萨米尽职尽责地准备好谢莉要的东西。监狱本来就是母亲该去的地方,这一点她懂,可一想到母亲一个人孤零零地在里头,别人说不定穿着舒适的内衣、漂亮的睡袍,她却只能凑合着穿政府给的东西时,萨米就忍不住心酸。

她偷偷帮过母亲几次,但都瞒着姐姐和妹妹。不过,某次跟妮基聊天时,她提到母亲在监狱里过得不太好,接着就不小心说漏了嘴。

"你给妈妈寄东西了?"妮基问。

对于这个问题,萨米垂死挣扎了一下,最后还是承认了。

"寄过几次,"她说,"又不是什么大事。"

妮基难以置信地问:"你是糊涂了吗?她那样对我们,你还帮她?"

在某种程度上,萨米依然觉得,母亲提的要求,她没有拒绝的余地。

"她在控制你,"妮基说,"以前是这样,现在还是这样。你还不明白吗?"

* * *

2004年2月,被捕六个月后,戴夫提请将杀害肖恩的罪名从一级谋杀罪降为二级,并承认犯有非法处理遗体及协助他人犯罪的罪行。女儿们有言在先,只要他执迷不悟,继续包庇谢莉,就会与他断绝一切关系。尽管如此,戴夫依然不肯协助起诉妻子。华盛顿州的婚姻特权法规定,检方不得逼迫犯罪嫌疑人的配偶做证。尽管如此,谢莉依然不放心,不顾一切地想要确保丈夫守口如瓶。不过,女儿们都知道,母亲真正应该担心的,不是他在证人席上说什么。他只要证实女儿们的证词就够了。

而他也确实这么做了。

最后,他被判处近十五年监禁。

轮到谢莉了。

太平洋县检察官告诉受害者家属，他们无法对谢莉提出一级谋杀指控。凯茜尸骨无存。床下没有骨灰。至于罗恩，尸检报告证明不了他身上的伤是怎么来的，又是谁干的，尸骨的状态也使得真实死因难以鉴定。凯茜和罗恩的支持者认为这个案子太大了，牵涉众多，似乎有一些无形的掣肘，使得县里的公检法甩不开膀子，做他们真正该做的事。

三姐妹深知，她们的母亲聪明狡猾，永远不会伏法认罪。

用开水泡脚。

用漂白水洗澡。

囚禁在泵房里。

不给吃。

不给穿。

这一切，她绝不会承认，只会将错全推给别人。

从她口中说出的，不是谎言，就是被歪曲的事实。

被捕十个月后，面对所有指控，谢莉同意进入所谓的"阿尔弗德答辩"[1]。这是一种相当令人费解的认罪协议，允许被告在认罪的同时，又宣称自己无罪。通过这种辩诉交易方式，控辩双方既能省点儿钱，也能留点儿面子，避免进入审判程序，届时被定罪基本是板上钉钉的事。此外，它也为太平洋县警方挽回了一点儿颜面。只要案子结了，媒体就不会天天翻旧账，批评警方早就有所预警，却敷衍了事，让恶人逍遥法外。不可否认的是，妮基第一次告发父母时，如果警方能够更积极地追查凯茜的命案，罗

---

[1] Alford plea，又译为"阿尔福德认罪协议"，一种在美国刑事诉讼中采用的辩诉交易方式，指被告人不承认自己有罪，但承认有足够的证据证明其有罪。被告人在此种情况下做出认罪声明，以此换取更轻的刑罚。

恩现在很有可能还活着，麦克说不定也能多活几年。

最终，双方暂时达成了十七年监禁的量刑协议。

两个月后开庭宣判时，谢莉整个人都垮了，头发乱蓬蓬的，用染发剂染红的头发，早已褪成了浅黄色，橙色的囚服挂在身上，松松垮垮的。

家人没有一个到庭支持她。

在法官宣判之前，她声泪俱下地做了最后一番陈述。

"在这个监狱，这个法庭，这个社区，"她对整个法庭上的人说，"还有其他地方，每个人都当我是妖魔鬼怪。虽然我犯了一些可怕的错误，但我不是魔鬼。凯茜是我的朋友。她有价值，有目标。她总会在我身边支持我。然而，在她需要帮助的时候，我却经常不在。凯茜死的时候，我不在她身边，没能及时帮她。"

谢莉将矛头指向了肖恩和妮基，声称这两个孩子才是虐待凯茜的人。

一切的一切，无论是凯茜，还是罗恩，都不是她的错。

"我没有谋杀任何人，也没有故意伤害凯茜，导致她死亡。但是，身为一个母亲，我对我的家庭环境负有最大的责任。在我的家里，她被虐待致死，我难辞其咎。我永远都会良心不安，也不配心安。"

检察官指出，此案错综复杂，盘根错节，有些真相可能永远都不会水落石出了。量刑法官认真倾听了双方的陈述。

不同于其他辩诉交易方式，阿尔弗德答辩并不强制谢莉一定要如实供认犯罪行为。

最后，谢莉面露惊讶之色。她的一番"肺腑之言"，居然没能如愿地打动法官。他非但不同情她，反而多送了她几年牢坐。

她目瞪口呆地听完了法官宣读判决——谋杀凯茜的指控，以二级谋杀罪定罪，谋杀罗恩的指控，以过失杀人罪定罪，判处二十二年有期徒刑，比她先前同意的十七年还多了五年。

这一天，没有人是欢喜的，但是至少每个人对结果都是满意的。

对于一个以操控人心为生的女人，一个以奴役他人为乐的女人，这样的惩罚最合适了。

在未来的二十多年里，谢莉·克诺特克将再也无法操控任何人、任何事。

后记

2016年，戴夫出狱了。现在，他住在华盛顿海岸，身子不太好，在一家海鲜加工厂上班，工作时间长。他瘦了很多，每天站着工作，身体吃不消。唯一让他坚持下去的，是女儿萨米和托莉还愿意认他。妮基不肯见他，他完全能理解。对于他在劳氏祖宅和莫洛洪路犯下的错，他所扮演的角色，他说自己一刻也不曾停止自责，永远也不会停止。

妮基既做不到原谅，也做不到遗忘，只能将过去留在身后，用谢莉永远无法理解的方式，好好地抚养自己的孩子，用爱，用尊重。那些不堪的过去，无形地改变了她的人生，但她依旧选择相信人性光明的一面，然而在自己父母身上，她就做不到了。她尽量不去想自己的母亲。她告诉自己的孩子，因为做了一些很不好的事，他们的外婆被关进监狱里了，但她没有透露任何细节。她的心一直很沉重，也一直活在遗憾和悔恨里，对肖恩，对凯茜。虽然她也是受害者，但她知道，这不是借口。

谢莉将于2022年出狱[①]，届时她将六十八岁。时至今日，她

---

① 已于2022年11月8日出狱。

仍宣称对自己的判决是错的,宣称自己误解了阿尔弗德答辩。自从她离开了太平洋县,转移到了华盛顿州吉格港女子监狱,她的女儿就没再去探监过。不过,一名探视过谢莉的人说,她的头发已经花白,正与癌症做斗争。

至少谢莉是亲口这么说的,有没有癌症就不得而知了。

在雷蒙德自家的大房子里,萨米认真思考过母亲的为人,觉得她骨子里天生携带着邪恶的因子。不幸的是,她的成长环境与人生境遇,给了它们茁壮成长的机会。"如果出生在别的家庭,别的城市,有一个更强大的丈夫,也许她就不会成为一个杀人犯,"萨米假设性地说,"妈妈喜欢折磨人。有一天,她做过了头,却发现出奇地痛快,她很喜欢。邪恶的因子可能就是这么苏醒的吧。"

父亲又该怎么说呢?她爱父亲,但她至今无法理解他的行为。

"不管妈妈做过什么,不管她有多强大,"萨米说,"就算她用枪指着我的头,威胁我,让我对表哥开枪,我也绝不会屈服的。妮基也不会。死都不会。可我们的爸爸却那么做了。"

托莉换了一份工作。刚离开母亲时,她曾有过几次想家的时刻,但她想念的不是谢莉,而是有家有父母的感觉。幸运的是,姐姐很快就弥补了这个空缺。经过一番努力,她与父亲的关系得到了修复,最近还一起过了圣诞节。至于母亲,她不想与之再有任何瓜葛。

当然了,谢莉试过亡羊补牢。

入狱之后,她曾写过一封信,让萨米转交给托莉,说她很欣慰在托莉的人生中,有这么多人爱她,关心她:

我这一辈子的选择，全部都一塌糊涂。我犯了许多错，做了许多错误的选择。我好后悔。但你跟妈妈不一样。无论听到什么，请你千万别相信。那些都不是事实。

这封信，萨米从未转交过。

"我妹妹不需要看到它，"萨米说，"她很聪明，她很快乐，她的人生中，没有妈妈的位置。"

三姐妹每年都会聚几次，大多是去大姐西雅图郊区的住处。2018年，妮基去了一趟雷蒙德。自父母事迹败露以来，这是她第一次回到家乡。这是一趟艰难的旅行，当妮基深陷不堪的回忆，想起母亲的种种恶行时，萨米就在她身边，给予她力量。她依稀记得，有那么几次，母亲对她很好，甚至关怀备至。那些为数不多的温馨回忆，叫她泪眼婆娑。这一年的秋天，萨米第一次回到小时候住过的劳氏祖宅，以及莫洛洪路的房子。一看到劳氏宅子里的浴室，还有妮基被迫"洗泥浴"的院子，尘封多年的记忆与感受就瞬间苏醒，她不知不觉泪流满面。除了痛，也有笑。她指了指卡利挖的一个小鱼塘，还有卡利的车子停过的地方。每次送她回家，他都会将车子停在那儿，没完没了地按喇叭，闪车灯，吵到谢莉抓狂，开门放她进去才罢休。

三姐妹经常发短信聊天。父母的作为有多丧心病狂，她们的童年有多不幸，她们都很清楚。虽然母亲不遗余力地挑拨女儿之间的关系，穷极一生都在控制自己的孩子，但是她低估了手足之情的力量。

她们是一辈子的姐妹。不再是母亲的囚犯。

致谢

　　这本书的主题是黑暗可怕的，但是在写这本书的过程中，因为妮基、萨米和托莉，我内心最大的感受是希望与感恩。感谢勇敢的克诺特克三姐妹将她们的故事托付给我。我从小就在一个都是男孩子的家庭中长大，如果能有幸拥有一个妹妹，我会希望是像她们那样的。她们每一个人都提醒了我，无论人生起步得多坎坷，真正重要的是现在和未来。她们还用自身行动证明，无论发生什么，家人的爱是永远的依靠。

　　我还要感谢她们的父亲戴夫·克诺特克同意与我见面，讲述他与谢莉交集过的那段至暗的人生旅途。老实说，一开始我并不晓得该作何期待，但是现在我学会了用萨米和托莉的眼睛去看待他。我知道，他永远不会对自己的罪责轻描淡写，更不会为自己开脱。他将用余生为自己犯下的错赎罪。他愿意帮助我写这本书，也只是因为这是女儿们所希望的。

　　劳拉·沃森是那种所有人都会渴望拥有的奶奶。我永远不会忘记去波特兰采访她的经历。即使后来搬家了，搬到了波特兰那个更加阳光明媚的地方，她也一如既往地给予我帮助，帮助我讲好这个故事。我还要感谢她的小女儿提供的照片，让我能够将每个家庭成员的脸和名字对应起来。

谢莉则继续保持着捉弄人的老爱好。我们通过几封信,她同意见我,却又一再推脱,说她太忙了,抽不出时间。我们还通过一次简短的电话。在一年多的时间里,我一直抱持着能与她见上一面的希望。真是太傻了。她和许多同类一样,口口声声说自己只是命运的玩物、环境的牺牲品,哪怕她所指责的"环境",与她做过的事完全沾不上边。

感谢凯莉·潘纳宁愿意分享与她姐姐有关的记忆,那些难以遗忘的记忆(还有她从纽约带来给我的饼干)。我知道,凯茜的死依然令她心情沉痛,这种伤痛永远不会消失。也要感谢她的弟弟杰夫·洛雷诺。另外,在我去雷蒙德走访时,感谢卡利·汉森和他的母亲芭芭拉抽空见我,并分享了他们的观点。我还要特别感谢太平洋县高级档案管理员詹姆斯·沃尔顿,当我不小心弄丢了一份档案时,幸好他帮我找到了。

接下来是这本书的编辑与出版人员。非常感谢香农·贾米森·巴斯克斯在编辑过程中给予的悉心指导和独到见解。她建议我更深入地挖掘,有时虽然很痛苦,但正是我所欠缺的。托马斯·美世[①]和亚马逊出版社的团队……我已经不知道该怎么用言语表达对你们的感谢了。格蕾西·多伊尔和莉兹·皮尔森斯,你们很了不起,选故事的眼光特别好。我是最幸运的作家。

我许多年没写过真实的犯罪故事了。有人会问:为什么挑了这个故事?为什么选择在这个时候写?谢莉·克诺特克在犯罪史上是一个略为奇怪的存在。她做的全是魔鬼的行径,那么骇人,

---

① Thomas & Mercer,亚马逊旗下的出版商之一,以出版中篇犯罪小说和悬疑小说为主。

那么残忍，却鲜为人知。随着时间的流逝，还有阿尔弗德答辩，她一直隐藏在公众视野之外，低调隐匿，深藏不露，没有轰动全国的大审判，她干的坏事也没有真正公之于众。

克诺特克三姐妹希望能让世人看见她的所作所为，以此提醒那些在谢莉出狱后可能与之产生交集的人，那些容易沦为受害者的人。所有人都担心她还会再犯。

跋

在一个充满暴力的家庭中，家庭成员从内部看到的样子，与外人从外部看到的，截然不同。从小在冷酷、自恋、嗜虐的父母身边长大的孩子是盲目的，浑然不知这样的监护人——心狠手辣、行事残忍——并非常态。即使日后从朋友家中看到了反差，也为时已晚，他们也许早已丧失了挑战父母权威的能力，不敢对外寻求帮助，只会一味改变自己，去适应父母决定的环境。

越来越多连环杀手的孩子站出来，讲述自己与穷凶极恶的罪犯之间的关系。这些愿意说出来的人，以女性居多。她们称自己也是受害者，事实的确如此。这些人的自述，你可以在脱口秀、播客及回忆录中找到。梅丽莎·摩尔的父亲是"笑脸杀手"基斯·杰斯帕森[①]，她甚至制作了一档电视节目，创造了一个让加害者亲属与受害者亲属相互认识并对话的平台，希望能够治愈所有深受其害的人。

有些连环杀手在自己的孩子面前慈眉善目，这些孩子知道真

[①] 加拿大一个臭名昭著的连环杀手，至少杀害了8名无辜女性，自称杀死了大约166人。因曾写信给报社和警局，自称是杀害其第一名已知受害人汤佳的凶手，并在信中画上笑脸，因而被媒体冠上了"笑脸杀手"的外号。

相后往往大受打击，比如克丽·罗森。她的父亲叫丹尼斯·雷德，外号"BTK 杀手"，在美国堪萨斯州威奇托地区虐杀数人，2005年被捕。十年后，克丽才向一名记者透露，一直以来，父亲都很疼爱她，当她听说自己最敬爱的父亲在家乡杀害了十个人（其中包括小孩）时，她的内心痛苦、屈辱到无以复加。后来，她写了《连环杀手的女儿》(*A Serial Killer's Daughter*) 一书，讲述自己如何试图理解父亲的心理，以及如何走出这段阴影的艰难历程。

对于父母的双重面孔和双重人生，有些孩子并不感到惊讶，因为父母从不在他们面前掩饰自己的愤怒与暴虐，有的人甚至大义灭亲，亲自引警察上门。背叛父母令他们恐惧自责，但他们更希望能够弥补过错，阻止魔鬼继续为害人间。

这也是杀人犯谢莉·克诺特克的女儿们的故事。这个女人，以美貌为掩护，以性别逃脱嫌疑，如暴君般统治着自己的家庭，残忍地折磨自己的孩子和房客。为了掩盖其凶残嗜虐的本性，她编造了无数蛊惑人心的谎言，并披着护工的外衣，成功逍遥法外多年。她操纵第三任丈夫，让他为其掩盖罪行，甚至为其杀人。

在常人看来，不可能有人会绝对服从另一人，但是成功的掠夺者善于使用各种手段，确保猎物死心塌地地听自己的话。他们善于揣摩人心，物色目标时有条不紊，有耐心，有计划，有准备。首先，他们会物色温顺听话、难以自立的人：自己的孩子、年迈的父母、走投无路的朋友、无家可归的流浪汉、精神失常的病人、无亲无故的人。接下来，他们会一点一点地削弱受害者的反抗能力。在这个过程中，即使受到了不人道的待遇，受害者也会因为恐惧、温顺、困惑或软弱无能，不敢反击或求助。

掠夺者对真理与道德只有粗浅的情感，但他们会武装自己，模仿令人信任的品行，比如诚实守信、慈悲怜悯，利用他人的心理，做出对方期待的行为，骗取信任。就算被当面质疑，他们也能立即气定神闲地搬出另一套天衣无缝的托词，四两拨千斤地化解危机。他们知道自己想要什么，也知道怎么才能达到目的。谢莉伪装成迷人、成功的模样，骗取潜在受害者的信任。苍蝇一旦落网，蜘蛛就亮出毒刺。

有的掠夺者是虐待狂，这类人常被形容为变态杀人狂中的"大白鲨"。他们的阴险狡诈、诡计多端，让人望尘莫及。他们伤害人的功力，亦是无人能企及。只有践踏周围的生命，通常是施以身心虐待，他们才能感到快慰。他们享受将人折磨到晕过去再醒过来的过程，鞭打、捆绑、焚烧、绞缢、电击、踩踏、刺穿、掐脖，各种手法轮番上阵。用痛苦控制他人，能让施虐者更强大。

施虐倾向通常在青春期早期的某些相关经历中形成，同时伴随着需要加以干预的情绪缺陷——冷血无情、缺乏悔恨。不过，仍有三分之一以上的虐待狂直到成年了才发现自己有这种变态的倾向——通过虐待软弱顺从的人，收获令人陶醉的权威感。一旦尝到了甜头，就一发不可收拾。久而久之，他们对权威的幻想日益复杂、扭曲，为了追求刺激，在虐待手法上，不断推陈出新。在他们看来，为人父母、养育子女，这些平凡庸碌之事，索然无味，毫无意义。

迈克尔·斯通博士是法医精神病专家，"二十二个邪恶等级"的发明者。在每个人心目中，家是最安全的地方，也是最后的庇护所。然而，最安全的地方，也有可能变成最危险的地方。在剖析背后的成因时，斯通采用了许多"地狱来的父母"的案例。有的父母在外以温良的形象示人，掩盖私下所做的伤害，这类父母被他称为"邪恶的父母",为了满足一己私欲,不惜折磨身边的人,尤其是子女。施虐带来的快感越多,他们就越放肆。斯通将最高级别的邪恶,也就是第二十二级,留给了心理变态的虐杀者,这类罪犯最大的行凶动机是为了施虐,以让别人痛苦为乐。每当用腻了一种酷刑,他们就会转身去物色或发明新的酷刑。虽然知道受害者迟早会死,但他们更倾向于留着他们的小命,留得越久越好,这样才能充分展示他们最具破坏力的幻想。

想要获得外界的帮助,就得先让政府相信施虐者的变态行为是真的,这有多难,有意求助的受害者都知道,而且一旦失败了,就会遭受更残酷的虐待。因此,他们往往选择忍受,告诉自己忍一忍就过去了,并希望有一天能逃出去。即使是虐待狂的共犯,被抓了之后也会百思不得其解:当初,他是怎么跨越那条线的,那条他曾以为永不会跨越的线?在施虐过程中,虐待狂身边的人一旦选择了睁一只眼、闭一只眼,或被迫跟着做出令人发指的行为,这个人便同流合污了,而且一旦走上这条不归路,就只能一直走下去,不能回头。经验老道的掠夺者懂得怎么维持对一个人的控制。

即使变态杀人犯最终被逮捕、定罪、判刑,对于他们的孩子而言,噩梦并不会就此结束。有的人躲避媒体,改名换姓,看心理医生,努力回归正常的生活。有的人愿意公开谈论此事,毫不避讳。无论怎么应对,他们的灵魂已经沾上了罪犯的污点。他们可能患上睡眠或进食障碍,可能无法正常地与人交往,可能出现强烈的创伤后应激障碍,更甚者不自觉地虐待自己的孩子,或忍不住想迁怒身边的人。对儿时家庭的反常之处了解得越多,就越有可能使得童年创伤影响到成年后的生活。除了自己,他们甚至担心会将邪恶的基因传给下一代,因此诚惶诚恐地观察孩子的成长,内心的担忧和警惕与日俱增。

这些以掠夺和施虐为乐的"看护人",会给幸存的受害者留下长久的创伤,需要许多年的时间才能愈合。到了最后,有些人即使看清了父母对自己的伤害,心里也始终挥不去负罪感,甚至仍然爱着伤害过他们的父母,不肯完全接受家庭虐待的严重性。即使到了监狱里,这些邪恶的父母依然试图操控外面的孩子,有些孩子依然会不由自主地给予回应。外人很难理解这一点,但是无论以何种形式延续,家仍然是家。

受虐者仍然爱着施虐者。这种矛盾的忠诚,或许就是掠夺者对一个人的终极伤害。

凯瑟琳·朗斯兰博士

凯瑟琳·朗斯兰博士,宾夕法尼亚州迪西尔斯大学法医心理学教授,已发表一千多篇文章,出版六十五本图书,包括《死亡调查心理学》《连环杀手的自白:"BTK 杀手"丹尼斯·雷德不为人知的故事》《杀人犯心理》,曾担任多部美剧的法医顾问,包括《沉默的天使》《犯罪现场调查》《识骨寻踪》等,为执法人员、验尸官、律师举办研讨会,同时是《今日心理学》的定期撰稿人。

图书在版编目（CIP）数据

如果你敢说出去 /（美）格雷格·奥尔森著；张玫瑰译 . -- 北京：北京联合出版公司，2024.8
ISBN 978-7-5596-7504-0

Ⅰ.①如… Ⅱ.①格…②张… Ⅲ.①纪实文学－美国－现代 Ⅳ.① I712.55

中国国家版本馆 CIP 数据核字 (2024) 第 079201 号

北京市版权局著作权合同登记 图字：01-2024-3068 号
Text copyright © 2019 by Gregg Olsen
All rights reserved.
This edition is made possible under a license arrangement originating with Amazon Publishing, www.apub.com, in collaboration with The Grayhawk Agency Ltd.

如果你敢说出去

作　　者：[美] 格雷格·奥尔森
译　　者：张玫瑰
出 品 人：赵红仕
策划编辑：王　鑫
责任编辑：李　伟
出版统筹：慕云五　马海宽
封面设计：陆　璐 @Kominskycraper

北京联合出版公司出版
（北京市西城区德外大街83号楼9层　100088）
北京联合天畅文化传播公司发行
北京中科印刷有限公司印刷　新华书店经销
字数 308 千字　880 毫米 ×1230 毫米　1/32　14.25 印张
2024 年 8 月第 1 版　2024 年 8 月第 1 次印刷
ISBN 978-7-5596-7504-0
定价：78.00 元

版权所有，侵权必究
未经书面许可，不得以任何方式转载、复制、翻印本书部分或全部内容。
本书若有质量问题，请与本公司图书销售中心联系调换。电话：(010) 64258472-800